U0721317

一念在兹，万山无阻；

克艰克难，荣归故土！

中国精神
标识研究

# 归 来

## 中国海外文物回归纪实

翁淮南　主编

李竞辉　杨晓明　著

中国大百科全书出版社

图书在版编目（CIP）数据

归来：中国海外文物回归纪实 / 李竞辉，杨晓明著.
—北京：中国大百科全书出版社，2022.9

（中国精神标识研究 / 翁淮南主编）

ISBN 978-7-5202-1210-6

Ⅰ．①归… Ⅱ．①李…②杨… Ⅲ．①纪实文学—中国—当代 Ⅳ．①I25

中国版本图书馆CIP数据核字（2022）第166122号

| 出 版 人 | 刘祚臣 |
|---|---|
| 策 划 人 | 王一珂　曾 辉 |
| 责任编辑 | 鞠慧卿 |
| 责任印制 | 魏 婷 |
| 封面设计 | 末末美书 |
| 出版发行 | 中国大百科全书出版社 |
| 社 址 | 北京阜成门北大街17号　邮政编码　100037 |
| 电 话 | 010-88390969 |
| 网 址 | http://www.ecph.com.cn |
| 印 刷 | 北京地大彩印有限公司 |
| 开 本 | 710毫米×1000毫米　1/16 |
| 印 张 | 25 |
| 字 数 | 347千字 |
| 印 次 | 2022年10月第1版　2023年5月第2次印刷 |
| 书 号 | ISBN 978-7-5202-1210-6 |
| 定 价 | 88.00元 |

本书如有印装质量问题，可与出版社联系调换。

# 目录

# 归来

泱泱中华，文明博大。

我国考古发现的重大成就证实：我国有百万年的人类史、一万年的文化史、五千多年的文明史，浩如烟海的文献典籍记录了中国三千多年的历史；我国是东方人类的故乡，同非洲并列人类起源最早之地；我国是世界四大文明古国之一，中华民族有着悠久的历史和灿烂的文化，为人类文明进步做出了巨大贡献。

珍贵的历史文化遗产不仅生动述说着过去，也深刻影响着当下和未来；不仅属于我们，也属于子孙后代。然而，令人痛心的是，晚清以降，列强东顾，国力衰微，大量珍贵文物或被列强掠夺倒卖，或因商人走私而流散他乡，中华文化遗产蒙受巨大损失，成为时代之痛、民族之殇。据不完全统计，目前世界各国公私单位收藏的中国文物总量超过一千万件，其中很多文物是被西方列强或明抢或暗夺或诱骗或走私而流失的。而这些流失海外的文物大多不受珍视，还屡屡出现被损毁的案件。

流失文物的命运，紧紧牵动国人的心；坚持不懈追索流失文物，是每一个中华儿女责无旁贷的使命。中华人民共和国成立伊始，党和政府就把遏制文物流失、抢救珍贵国宝摆上重要议程，建章立制，开启了追索流失文物的新篇章。从1949年至今，我国通过执法合作、司法诉讼、协商捐赠、抢救征集等各种方式，坚定追索流失文物，积极参建文物返还国际秩序，成功促成了三百余批次、十五万余件流失海外中国文物的回归。

特别是党的十八大以来，习近平总书记多次就文物保护工作作出重要指示、批示，对提升文物保护水平提出更高要求。2020年9月28日，习近平总书记在主持十九届中央政治局第二十三次集体学习时强调："保护好、传承好历史文化遗产是对历史负责、对人民负责。""考古遗迹和历史文物是历史的见证，必须保护好、利用好。"中办、国办印发的《关于加强文物保护利用改革的若干意见》提出"建立文物安全长效机制"。公安部与国家文物局不断完善"打击和防范文物犯罪联合长效工作机制"，全国文物犯罪信息中心研发的"中国被盗（丢失）文物信息发布平台"持续发挥作用。据统计，党的十八大以来，我国文物保护力度、文物追讨力度持续加大，成功促成一千八百余件（套）流失文物返还。值得关注的是，近几年，我国流失文物追索返还工作进入了全方位发展、多层次提高的崭新阶段，文物追索返还的国际合作不断扩展深化，流失文物返还的"中国实践"备受瞩目。

2019年3月23日，在习近平主席、孔特总理的见证下，中意双方代表交换关于七百九十六件（套）中国流失文物艺术品返还的证书。2019年9月17日，"回归之路——新中国成立七十周年流失文物回归成果展"开展。这是我国首次对流失文物回归工作进行全景式展现。为做好展览筹备工作，国家文物局系统梳理了中华人民共和国成立七十年来三百余批次、十五万余件回归文物情况，精心遴选二十五个具有代表性的文物回归案例，统筹调集全国十二个省市、十八家文博单位的六百余件文物参展，包括《伯远帖》《五牛图》、王处直墓浮雕石刻、龙门石窟石刻佛像、秦公墓地金饰片、皿天全方罍、圆明园青铜虎鎣、曾伯克父青铜组器等珍贵回归文物，引起国际舆论的关注。

这本《归来——中国海外文物回归纪实》，正是致力于呈现近年来成功追讨流失海外的中国文物案例，挖掘文物回归背后的曲折历程与精彩故事。整体看来，本书呈现以下几个特点：一是首次对中华人民共和国成立七十多年来有代表性的流失海外文物进行"图片＋文字"的系统化梳理和解读，展现七十多年来我国流失文物回归工作的不凡历程与丰硕成果；二是通过讲好有代表性的流失海外文物的故事，用事实回击对中华民族历史的各种歪曲污蔑，展示中华文明起源和发展的历史脉络，展示中华文明的灿烂成就，展示中华文明对世界文明的重大贡献，也展示中华民族迎来从站起来、富起来到强起来的伟大飞跃，为弘扬中华优秀传统文化、增强文化自信提供坚强支撑；三是精选的《中秋帖》《伯远帖》《韩熙载夜宴图》、子龙鼎、皿天全方罍、虎鎣、圆明园兽首、天龙山佛首等有代表性回归文物，年代跨度之久、品类之全、价值之重、涉及单位之多，均为过去所少有，为开展学术研究提供了史料信息，解读这些文物，也为全面展现中国不同时期、不同地域、不同民族、不同阶层、不同群体所生产文物的万象，为研究中华文明的发展进程以及各个历史时期人们的生产生活场景和精神文化面貌提供新的实物见证；四是首次通过追踪有代表性文物从颠沛散失到盛世重光的海外回归历程，总结追索成果，铭记追索历程，从而唤起全社会对流失海外文物的更多关注和更多思考，激发民族自豪感和自信心，形成强大力量，推动更多流失文物的回归；五是通过用中国话语向世界讲好人类有代表性的文物流失故事，加深中外人民的了解，促进文明交流互信，共建"一带一路"，推进构建人类命运共同体。

本书以文物回归的时间顺序，逐个回顾有代表性的文物回归故事，重点讲述在新时代增强文化自信的政策指导下，调整工作思路，拓宽渠道，改进方法，开创文物回归工作的崭新格局。

中国共产党领导的中央人民政府成立伊始，以周恩来总理为代表的国家领导人在国宝流失与外汇储备紧张的形势下，毅然决然地选择了重金回购本就属于中国人民的珍宝。这也开启了中国政府抢救流散海外国宝的序幕。

画家、鉴藏家张大千，即使移居海外、前途未卜，也要以最低价"半售半捐"国宝书画《韩熙载夜宴图》给国家。

《永乐大典》经历了两次大规模的外敌入侵和二战的洗礼。中华人民共和国成立后的几十年里，我们结交的朋友也越来越多，国际上主动归还的《永乐大典》数量多达六十七册。

如今，曾经历过盗掘、倒卖、走私出境的晋侯稣钟赫然呈现于上海博物馆的展柜中。1996年，中国考古界开始了规模宏大的夏商周断代工程。在晋侯稣钟发现前，中国历史最早的确切纪年是公元前841年，史称"共和元年"，这套钟的发现，为人们重新确定西周王年乃至推断出武王伐纣的确切年份提供了重要的实物证据，其纪年资料成为"夏商周断代工程"的重大研究课题之一。

《淳化阁帖》收录了先秦至隋唐一千多年的书法墨迹，包括帝王、名臣以及书法家等一百零三人四百二十篇作品，是中国最早的一部汇聚了各家书法墨迹的法帖，被后人誉为"中国法帖之冠"和"丛帖始祖"。而从学术角度上看，《淳化阁帖》的刻印是中国历史上一次规模浩大的留存古人书法的运动，它使中国古代的诸多书法真迹有幸存世。王羲之虽然是对中国书法历史发展影响巨大的书法家，但是其亲笔墨迹至今已荡然无存。《淳化阁帖》拓本中保存了许多至今已失传的王羲之书迹。面对回归的四部《淳化阁帖》，启功称赞"这是彩陶般的魏晋至唐法书的原始留影"。

作为2006年国家重点珍贵文物征集项目的征集对象，子龙鼎的回归可谓一波三折、惊心动魄。子龙鼎的名字取自内壁口沿处铸造的铭文"子龙"。左上角为"子"字，字体较小，下方的"龙"字双线勾勒，颇有力度，俨然一条挺身而立的圆目瞪眼、张口欲咬、卷尾盘曲的气势威严的中国龙。子龙鼎还是现已发现商代青铜圆鼎中形体最大的一件，高于著名的大克鼎和大盂鼎，仅次于淳化五耳大鼎，但年代比三者都要早。在商末周初器中，子龙鼎为目前已知最大的圆鼎，堪称商周青铜器中的瑰宝、国之重器。而且，它还是中国古代青铜铸造技术的经典之作。大鼎铭文"子龙"是目前所知"龙"字铭最早的青铜器。

每当人们信步走进山东博物馆，一尊带有巨大圆形头光的石刻菩萨像鹤立鸡群的外表下，隐藏着跌宕起伏的意外现身又流失海外的传奇经历。这尊被称为"东方维纳斯"的蝉冠菩萨像见证了一千四百多年前中国南北朝时期的那两次大规模的灭佛运动。

进入新时代，中国政府不断完善追索流失文物的法规制度，在日益强盛的民族力量感召下，团结国内外正义、友好的力量，文物回归工作成果斐然，振奋了民族精神，增强了我们的文化自信。

2015 年，流失海外的五十六件出自甘肃省礼县秦公墓地大堡子山的金饰片，分三批先后回归祖国，这是国内外政府机构通力合作，勇于担当的有识之士共同努力取得的举世瞩目的辉煌战果。这批金饰片于 20 世纪 90 年代初被非法盗掘、走私出境，开启了海外漂泊的经历，后由法国爱好收藏人士购买并捐给法国国立吉美亚洲艺术博物馆。通过中国国家文物局长达数年的不懈努力，与法方持续协商谈判，最终法国政府同意将文物退还原捐赠人，解除文物的国有性质，再由文物持有人——法国收藏家弗朗索瓦·皮诺和克里斯蒂安·戴迪安将文物捐赠给中国政府。此次文物返还在中法两国政府和友好人士的通力合作下得以实现，是突破文物所在国法律障碍实现文物返还的典范。

《丝路山水地图》又名《蒙古山水地图》，绘于绢本之上，幅宽零点五九米，全长三十点一二米，是一幅绘制于明朝嘉靖三年至嘉靖十八年（1524—1539）之间的明朝宫廷的皇家地图，气势恢宏，尺幅巨大，相当于三幅《千里江山图》和六幅《清明上河图》，展示了东起嘉峪关西至天方城（今沙特阿拉伯伊斯兰圣城麦加）的辽阔地域范围，绘制了大量原始的地理信息，可谓古代千里江山图的典范。2018 年春节联欢晚会上展示了这幅归来地图，在全世界的华人中引发了热议。

2018 年，圆明园流失文物青铜"虎鎣"在英国被拍卖，引发全国上下的广泛关注。政府有关部门牵头，各收藏机构、行业组织、媒体与国内外友好人士团结协力，最终达成了文物返还中国的共识。中国派出专家队伍带回"虎鎣"并入藏中国国家博物馆，彰显了中国政府保护文化遗产的坚定信念与负责态度，也显示出我国流失文物追索返还工作赢得了社会各界广泛的理解与支持。

中国力量、中国智慧倾情奉献，使得文物追索返还工作不断打开新局面。2019 年 3 月 23 日，在习近平主席、孔特总理的见证下，中意两国代表在罗马交换了七百九十六件文物艺术品返还证书。这批文物艺术品主要是来自中国甘肃、陕西、四川、山西、河南和江苏等地的出土与传世物品，时代跨越新石器时代至民国时期，具有较高的文物价值。其中，丰富多彩的新石器时代彩陶，纹饰精美多样，为研究史前社会文化风貌提供直接的实物例证；数量繁多的汉代陶器，造型古朴厚重，是汉代农耕文明的缩影；造型生动传神的唐代骆驼俑、马俑、人物俑，记录着古代中西方文化交流互鉴的重要信息。2019 年 4 月 10 日，这批流失海外多年的中国文物艺术品抵达北京，重回祖国怀抱。

2019 年，海外流失文物的追索工作中，最为引人瞩目、可圈可点的事件当属国家一级文物——曾伯克父青铜组器的光速回归。曾伯克父青铜组器，是我国近年来在国际文物市场成功制止非法交易、实施跨国追索价值最高的一批文物。文物的成功回归，是文物部门与公安机关、驻外使馆通力协作，选取最优追索工作方案共同努力的结果。

如今，圆明园十二生肖中的牛首、猴首、虎首和猪首由保利艺术博物馆收藏并作为常设展对外展出，马首由北京市圆明园管理处收藏并在正觉寺长期展出，而鼠首和兔首则由中国国家博物馆收藏，目前正在《复兴之路》的展览中长期对外展出。

文物只有在故乡才能使文物信息完整呈现，才能最好地发挥记录历史、传承文明的价值，否则只能在异国他乡孤零零地展览。所幸遍布世界各地的中华儿女无时无刻不在关注流失海外的中国文物艺术品的信息，一旦时机到来，便会迅速出手，争取国宝回归祖国。同时，走近世界中心的中国日益强大，将继续有效运用包括多边国际条约、国际私法准据法、国际民事诉讼等在内的法律手段，充分发挥政府间协商、民间人士的积极作用，探索多样化的文物追索路径。我们相信不久的将来，定将会有更多的流失文物踏上回家之路。

本书共三十二章，其中二十七章由李竞辉同志撰写，另五章由杨晓明同志撰写。在本书写作过程中，我们访谈了国内外相关专家，查阅了国内外相关文献，并实地考察了相关博物馆、考古所，力争梳理出第一手资料。特别感谢中国共产党历史展览馆、中国国家博物馆、故宫博物院、中国国家图书馆、首都博物馆、河北博物院、山西博物院、上海博物馆、山东博物馆、南京博物院、浙江省博物馆、湖北省博物馆、湖南省博物馆、海南省博物馆、北京市颐和园管理处、龙门石窟研究院、大沽口炮台遗址博物馆、天龙山石窟博物馆、晋商博物院、龙美术馆等单位，特别感谢董帅、余冠辰、庞道琼、胡安娜、刘德发、王晓丽、滕卫、王佳佳、曾攀、孙玲玲、高文杰、韩飞、崔志华、张晔等专家、学者和文博工作者的帮助、支持！

据联合国教科文组织不完全统计，在全世界四十七个国家、二百一十八家博物馆中，中国文物数量达一百六十七万件，而流散在海外民间的中国文物数量更是馆藏的十倍之多。推动国宝归来，需要热情，更需要理性。一要做好追索的整体规划。对追索的范围进行科学界定，主要针对因为战争和其他不道德的方式，掠夺或者盗窃等非法出境的文物。构建完善追索体系和机制，明确追索主体和职责；二要开展国际合作。构建国际法理体系和行动纲领。对非法出境的文物，应及时宣布属中国所有或声明中国保留追回的权利。做到既管住文物的非法流出，也管住外国文物的非法流入；三要鼓励民间参与。构建流失文物综合数据库，支持各界人士持续参与追讨和拍回，并减免回归税收。

作为中国国家图书馆 2019 年年底的重要展览，"郑振铎等抢救流散香港文物往来信札入藏纪念展"于 12 月 26 日如期启幕。这批多达一百六十六页的郑振铎等人与"香港秘密收购文物小组"成员在 1952 年至 1958 年间的往来信件、电报存根客观地记录了中华人民共和国成立初期，老一辈文博工作者们为抢救国宝文物所付出的艰苦卓绝的努力。这些信件顺利入藏国家图书馆，是在政府部门、良心企业的积极合作与共同推动下实现的。2019 年 9 月，国家文物局得到这批信札即将在香港拍卖的消息，便与中国嘉德国际拍卖有限公司及时沟通，后者在国家利益与商业利益面前迅速做出抉择，不仅在尊重商业规则的前提下成功竞购，而且义无反顾地将其捐赠给国家文物局，它们最终被划拨入藏国家图书馆。

这批体量和数量并不十分显眼、用各色墨水书写在各种材质和尺寸纸张上的信札看似凌乱且平淡无奇，但其中涉及的收购文物小组成立、文物收购原则、文物真伪鉴定和收购资金筹措等方面的内容却重如千斤，它们承载了旧中国被外国侵略者欺侮、国宝流落异乡，中华人民

周恩来总理

共和国党和政府积极奔走抢救国宝的一段充满辛酸无奈、历经艰难险阻，最终拨云见日、喜迎国宝回归的历史。

在周恩来总理的大力支持下，在文化部文物局①首任局长郑振铎的积极倡议下，中央人民政府政务院于 1950 年 5 月 24 日颁布《禁止珍贵文物图书出口暂行办法》。中华人民共和国的第一部文物保护法令充分彰显了党和国家对文物工作前所未有的高度重视和坚定保护的决心。这份中华人民共和国文物保护史上的第一部法规文件，于 1950 年 7 月 8 日在《人民日报》第二版左上角的显著位置全文刊发，在全国人民面前树立了国家坚决保护文物、防止文物流失海外的光辉形象。一方面，文物出口限制更加严格、文物进出境审查制度更加完善；另一方面，新政府对旧中国流散于海外的国宝竭尽全力地采取多种途径抢救回国。

中华人民共和国成立前夕，有些内地收藏家携带大量古董珍玩移居香港，并时常在香港市场上出售，其中也包括一些流散于民间的故宫文物。而香港作为自由港，汇集了世界各地的收藏机构、私人藏家和文物贩子，很多人对中国文物虎视眈眈，随时准备以重金收入囊中。郑振铎先生在得知这一情况后心急如焚，即刻向时任政务院文化教育委员会主

---

① 中央人民政府文化部文物局：1952 年至 1965 年 8 月文物局改名为社会文化事业管理局，为避免烦琐，本文对称呼的变化不做区分，统一称为"文物局"。

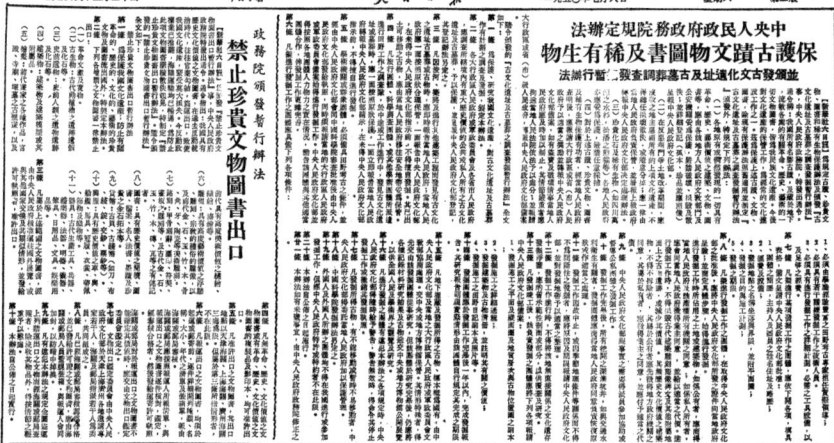

1950 年 7 月 8 日，刊载于《人民日报》的《禁止珍贵文物图书出口》一文

任的郭沫若和文化部部长沈雁冰做了汇报。三人经过磋商，于 1951 年 3 月，以文化部的名义向政务院呈交报告，申请专款抢救在港文物。向来对文物保护工作十分重视的周总理亲自批复成立"香港秘密收购文物小组"，同意拨出专款抢救文物，并指示这一工作必须秘密进行。文化部文物局按照周恩来等中央领导的批示，委派专人负责香港文物的回购任务，时任文化部文物局局长的郑振铎组织领导，王冶秋、张珩、王毅、徐森玉参与其中，时任广州市副市长的朱光负责联络协调工作。香港方面的人选是郑振铎经过反复思量才最终确定的。徐伯郊不仅是我国著名的古文物鉴定专家徐森玉的长子，自幼耳濡目染，酷爱文物，打下了坚实的文物鉴定基础；更为难能可贵的是，他还是一位具有高尚道德情操、优良藏风的收藏家，始终把国家和民族的利益放在至高无上的地位；再就是，徐伯郊常年来往于香港与广州之间，作为香港银行界的翘楚，与香港的上流社会交游甚广，向来出手阔绰、消息灵通，且口碑极佳。因此，徐伯郊便顺理成章地成了香港方面的负责人，沈镛和温康兰两人从旁协助。刚刚成立的"香港秘密收购文物小组"面临的第一个挑战就是抢救在港重要文物——《中秋帖》与《伯远帖》。在多方人士的积极筹措、共同努力下，两件价值连城的书法作品实现了有惊无险的顺

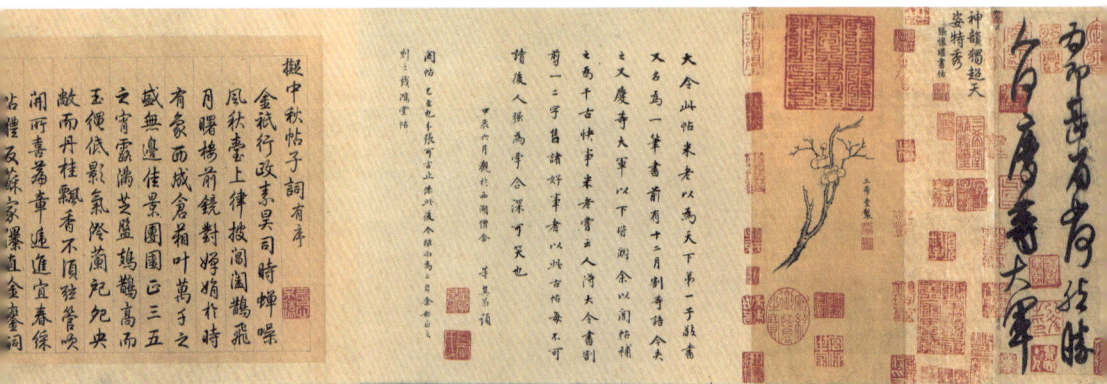

东晋·王献之《中秋帖》全卷（故宫博物院藏）

利回归！首战告捷，中央政府回购流失海外中国文物的信心倍增，随之筹划开展更大规模的文物回购。这个临时性的组织在短短几年的时间里成绩斐然，令人刮目相看，接连创造了一个又一个抢救文物回归祖国的奇迹。许多文物，尤其是古代书画和善本古籍，在与祖国分隔若干年后终于回归故土，后被故宫博物院和国家图书馆永久珍藏。

每当人们提及"香港秘密收购文物小组"抢救回国的顶级国宝——《中秋帖》和《伯远帖》，关于"三希堂法帖"的来历这段令人称道的美谈总会引起人们的关注。位于北京故宫西北面的养心殿是清朝自雍正帝后历代皇帝的起居场所，其西侧的西暖阁有一间小屋，屋墙上悬挂着一块乾隆帝御笔题写的"三希堂"大字的匾额。这间屋子里珍藏着中国古代书法作品中的三件稀世墨宝：东晋王羲之的《快雪时晴帖》、王羲之之子王献之的《中秋帖》和王羲之侄子王珣的《伯远帖》。它们一直被

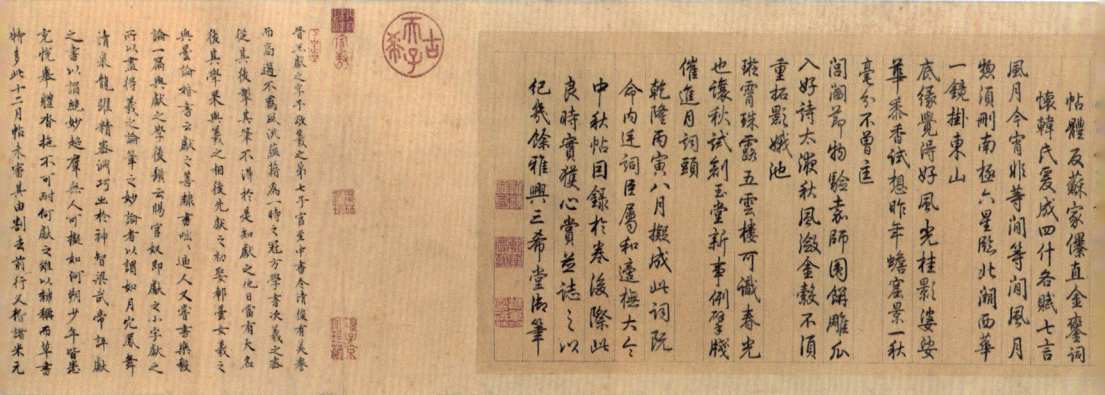

乾隆帝视为珍宝，以至于专门辟出一间屋子妥善保管。三件宝帖虽然屡次涉险，却总能逢凶化吉、安然无恙。1924 年 11 月 3 日，冯玉祥责令原驻扎景山的故宫守卫部队缴械，国民军进驻故宫。11 月 5 日，溥仪被迫迁出故宫时，欲将《快雪时晴帖》藏于寝具中夹带出宫，幸好被国民军的士兵及时发现，因而躲过一劫。1928 年 6 月 4 日清晨，东北奉系军阀张作霖乘坐的从北平开往沈阳的列车被日本人炸毁，得到消息后的故宫博物院院长易培基不免冷汗淋漓、一阵后怕，因为前一天张作霖曾派人向他索要《快雪时晴帖》，欲带回沈阳，只因易培基当时急中生智，推说宝帖被锁在保险柜中，而钥匙分别在冯玉祥等三人手中保存。张作霖由于第二天急于离开，也不便抢夺宝帖，故而《快雪时晴帖》再次幸运地躲过一劫。后来，该帖被国民党政府迁移至台湾，现收藏于台北故宫博物院。

　　而其他"二希"《中秋帖》和《伯远帖》的运气就远不及此了。虽

东晋·王献之《中秋帖》

然集万千宠爱于一身，却命运多舛，几度流落民间，辗转数人之手。在它们即将再次被售卖前，身居中南海的周恩来总理决定收购，终于力挽狂澜，结束了国宝四处漂泊的命运。《中秋帖》，传为东晋王献之书，纸本，手卷，高二十七厘米，宽十一点九厘米，现藏于北京故宫博物院。《中秋帖》原为五行三十二字，后被割去二行，现仅存三行二十二字。释文曰："中秋不复不得相，还为即甚省如，何然胜人何庆，等大军。"无款署，有明董其昌、项元汴，清乾隆帝等人的鉴藏印跋。《中秋帖》字形大小正斜组合，行草相杂，书法古厚，墨彩鲜润，字距布置紧密，运行流利，连断往复。整幅字守中线，行间透气，齐头平脚，气韵贯通，雄浑奔放，气吞万里。《伯远帖》，东晋王珣书，纸本，手卷，高二十五点一厘米，宽十七点二厘米，现藏于北京故宫博物院。《伯远帖》为五行四十七字，释文曰："珣顿首顿首，伯远胜业，情期群从之宝。自以羸患，志在优游。始获此出意不克申。分别如昨永为畴古。远隔岭峤，不相瞻临。"有明董其昌、王肯堂，清董邦达、乾隆帝等人的鉴藏印跋。是作者给亲友伯远书写的一通信札，其行笔自然流畅，俊丽秀雅，为早期行书的典范之作。全篇随其本字之形，顺其自然之态，而又通篇和悦，自然一体，有如天成。

　　关于二帖如何流落民间，历史学家考据认为：自1911年后至1924年溥仪出宫前，《中秋帖》《伯远帖》曾藏在敬懿皇贵妃所居住的寿康宫，溥仪出宫之时，敬懿皇贵妃将两幅字帖偷偷携带出宫，后转卖给一家名为"品古斋"的不起眼的小古董铺。而经常光顾这家古董铺的人里，有一个叫郭葆昌的，是势力庞大的北洋军阀头子袁世凯的账房先生。此人家财万贯，酷爱收藏。当他在店里看到展现在面前的两幅字帖竟然是只闻其名未见其貌的"三希堂"法帖中的二帖时，难掩心中的震惊与喜悦之情，遂与掌柜讨价还价一番，一掷千金买下二帖，并提醒店主按规矩为他保密。郭葆昌死后，其子郭昭俊从父亲手中继承了这两幅珍稀的字帖，但可惜由于国内形势混乱，家道日益中落、生意经营惨淡等多种原因，郭昭俊的生活一度出现问题；为解燃眉之急，被迫

东晋·王珣《伯远帖》全卷（故宫博物院藏）

# 江左風華

光華法道逸古色照人望而知為晉
人之澤經唐歷宋人主崇尚翰墨叔
括民間珍祕歸于天府不如其幾矣而
尚肯逸之如此庶著即賞鑒家好尤
坐華六末之見吾於此有深藏焉
元琳書名當時頗為東珉所掩祇有之
語曰法法非不佳僧弥難為兄法護徇
小字伯珉小書池此帖之遠於為近世
王穉登山人游孫其芳柱乃未得旁
謂是己老十二月晉新寫吳新宇中
秋出示留賞信宿書此歸之

延陵王肯堂

三希堂歌
江左風流數王氏司遠以後
子樹清節謨文學趙常倫勳父名

工既以王氏三帖貯三希堂
詔臣連繪為晉以此伯遠一
札發其餘紙中有老臣
命補其室臣謹按札中有老臣
優遊及遠隔嶺嶠謫
沸情景紛林下願戲仿
其後筆之榮寔彼謳掛
臣董即連搨曾欵記

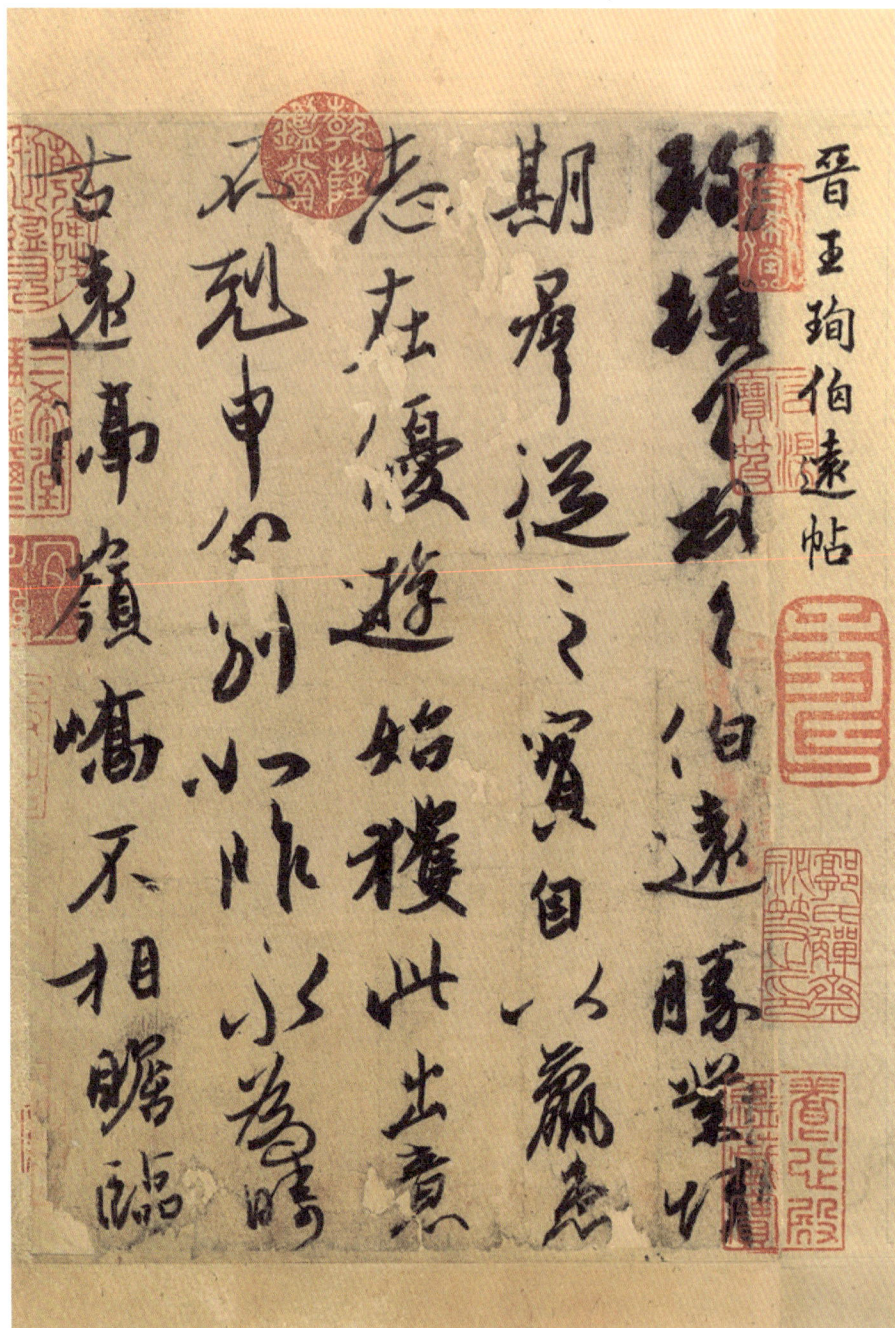

东晋·王珣《伯远帖》

在 1949 年登门拜访新组建的台北故宫博物院，急欲将二帖出售。博物院领导经历了短暂的惊喜之后，考虑到国内复杂的政治形势，且采购经费捉襟见肘，只能万般无奈地拒绝了郭昭俊提出的售价。"二希"就此再次流散民间。"三希堂"法帖的团圆梦就这样由于时局的动荡、人心的不稳和资金的匮乏而破碎了。台北故宫博物院毕竟是国民党政府溃败台湾后在匆忙之间仓促组建的，虽然收藏的珍宝琳琅满目，但是始终无法与安居故土的北京故宫博物院相提并论。如果说，我们的祖先流传下来的珍稀墨宝自带灵气，得天地护佑的话，那么冥冥之中《中秋帖》和《伯远帖》的归宿早有定数。

既在意料之中，也在意料之外的是，时隔不久后的 1951 年，两幅书法作品竟然在英国于香港建立的汇丰银行重见天日。不善经营的郭昭俊因为急需用钱不得不把两幅宝帖抵押给汇丰银行，终日靠贷款度日，而眼见抵押期限在 1951 年年底即将到期，郭昭俊却无力赎回。一时间，郭昭俊每日都处在焦躁不安和忧心忡忡的状态中，一方面，汇丰银行不停地向郭氏催促还款；另一方面，郭氏四处筹措资金却收效甚微。如果不能及时还款，那么汇丰银行就会依法依规对这两件墨宝进行公开拍卖。届时，世界各地的古董机构和商人定会蠢蠢欲动，争先恐后地争夺中国的珍贵文物艺术品，当年圆明园的悲剧恐会再次上演，中国文物恐难逃再次流落他乡的厄运。正当郭昭俊一筹莫展之时，他的一位世交好友的出现不仅为他解了燃眉之急，也为国宝的回归立下了汗马功劳。

时任广东省银行香港分行经理的徐伯郊在得知事情的来龙去脉后，在国宝即将流落异乡的紧急关头，当机立断，决定竭尽全力挽救国宝。于是，他一方面尽力劝说郭昭俊把国宝卖给祖国，使其回归故土；另一方面，他也在第一时间把此事告知其父——时任上海市文物管理委员会主任委员的徐森玉，后者将此事及时上报了国家文物局。而这份报告即刻被送进了中南海周恩来总理的办公室。1951 年 11 月 5 日，周恩来总理关于同意购回《中秋帖》《伯远帖》致马叙伦、王冶秋、马衡等的函件，全文如下：

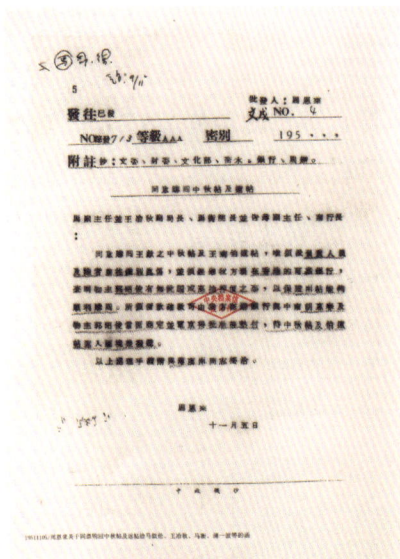

1951年11月5日，周恩来总理关于回购《中秋帖》《伯远帖》的批示

马副主任并王冶秋副局长、马衡院长并告薄副主任、南行长：

同意购回王献之《中秋帖》及王珣《伯远帖》。唯须派负责人员及识者前往鉴别真伪，并须经过我方现在香港的可靠银行，查明物主郭昭俊有无讹骗或高抬押价之事，以保证两帖能够顺利购回。所需价款确数可由我方在港银行与中南胡慧春及物主郭昭俊当面商定并电京得批准后垫付，待《中秋帖》及《伯远帖》运入国境后拨还。以上处理手续

2019年12月26日，郑振铎等抢救流散香港文物往来信札入藏国家图书馆

请与薄南两同志接洽。

按照周总理指示，文化部文物局决定立即派出"三人专家小组"赶赴香港。除了王冶秋，还有马衡与徐森玉这两位故宫元老。马衡在日记中详细记载了"二希"回购的具体细节：11 月 15 日，马衡和王冶秋乘火车抵达广州，与先期到达的徐森玉和徐伯郊父子会合。1951 年，粤港往来已不自由，迫于形势，最终决定由裴延九、徐鹿君和徐伯郊三人化装成船员从澳门赴港，鉴定二帖真伪并与郭昭俊谈判。香港方面，中南银行行长胡惠春已作为中间人与郭昭俊接洽，"三人小组"准备请胡惠春先行垫款，为了以防万一，又请周作民的金城银行作为垫资备选。11 月 23 日晚，马衡广州寓所的电话铃声响起——徐伯郊告诉他，谈判成功，除赎金外，再给郭三万，本息共计四十八万八千三百七十六点六二元港币，便可顺利拿下"二希"。挂上电话不久，马衡又接到北京消息：总理已获知此事，并批了五十万港币回购款，次日将汇到中国银行户头。由于中国银行及时出资，中南和金城银行并未先行垫付。[①] 稀世国宝以近五十万元港币的天价成交，约相当于八万七千五百美元。而这一年我国正处于内忧外患之中，抗美援朝战争进行得如火如荼，国家外汇储备处于 20 世纪 50 年代的最低值，仅四千五百万美元。"二希"的购买经费大约占到了当年外汇储备的千分之二。若以当时大陆的物价水平测算，大约能购买二百三十万斤大米。两幅宝帖顺利归国后，由国家划拨给故宫博物院永久收藏。

在外流浪了二十多年的两件顶级文物终于在经历了一番险象环生、惊心动魄的夺宝大战后安然无恙地重回祖国怀抱，结束了四处漂泊、无家可归的命运。这也开启了中国政府抢救流散海外国宝的序幕，随后一大批国之重器、国之瑰宝陆续归来。

---

① 孙文晔：《港岛救宝》，《北京日报》第 9 版深读周刊·纪事，2022 年 4 月 19 日。

# 第二章

# 《韩熙载夜宴图》：

散佚街头的传世名作失而复得

中华人民共和国成立前夕，国内局势动荡不安，虽然二战已经结束，国内战争也已接近尾声，但是许多人仍然对未来感到一片迷茫。大陆有些实力雄厚的收藏家为求自保，举家移居香港，当然一起带走的还有各类古董珍玩、书法绘画、善本古籍等。一时间，香港市场上中国文物艺术品汇聚一堂、待价而沽。许多国外机构、私人藏家和文物贩子也蠢蠢欲动，伺机通过各种方式抢夺、占有这些文物。建国初期，国际形势复杂多变，国内各行各业百废待兴，各项工作千头万绪，一切都要从头开始，而且必须自力更生。中国共产党以非凡的勇气和坚韧的毅力带领全国各族人民实现了一个又一个目标。面临中国文物可能流失海外的局面，以周恩

郑振铎

来总理为代表的中国领导人再一次向全世界展现了中央人民政府坚决保护文物、争取国宝回归的决心。中央人民政府政务院于1950年5月24日颁布《禁止珍贵文物图书出口暂行办法》，第一条明确指出：为保护我国文化遗产，防止有关革命的、历史的、文化的、艺术的珍贵文物及图书流出国外，特制定本办法。第二条严格规定了禁止出口的文物、图书的种类，主要包括革命文献及实物、古生物、史前遗物、建筑物、绘画、雕塑、铭刻、图书、货币、舆服和器具。这是中华人民共和国制定、颁布的第一部文物保护法令。

中华人民共和国首任文化部文物局局长郑振铎是这部法令的主要制定者，更是这部法令的坚定执行者。后来，从香港抢救国宝的重任落到了徐伯郊等三人身上，他们在日后的工作中精诚合作、密切配合、不辱使命，抢救、征集了大量珍贵文物，包括从故宫流失的多幅价值连城的字画，书写了"凡是国宝，都要争取"的一段传奇，也成就了中华人民共和国保护文物的一段佳话。

继"香港秘密收购文物小组"成功回购《中秋帖》和《伯远帖》之后，在北京坐镇的郑振铎与在香港积极奔走的徐伯郊鱼雁往来、精心筹划，再次完成了一件功德无量的文物回购任务，那就是从中国著名书画家、

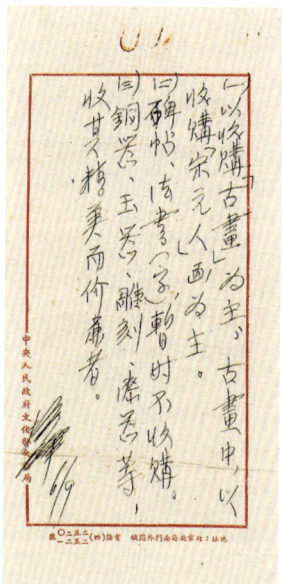

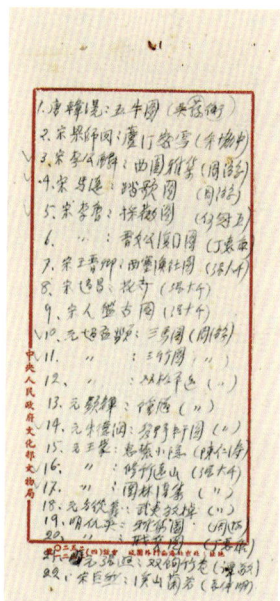

1952年9月6日，郑振铎致徐伯郊函，提出收购文物的总体原则，并开列了重要藏家和重点收购的文物清单

南唐·顾闳中《韩熙载夜宴图》全卷（故宫博物院藏）

鉴藏家张大千手中，购回南唐顾闳中的《韩熙载夜宴图》（宋人摹本）、南唐董源的《潇湘图》和元代方从义的《武夷山放棹图》。在这三张画作中，《韩熙载夜宴图》名噪一时，身世最为传奇。今日所见的这幅画并不是当年顾闳中所画的原作，原作早已遗失；所以，这幅宋人摹本自然是价值连城。据记载，在南宋时，画作曾藏于内府，后不知何时散佚民间，在清代曾经落到权倾朝野的大将军年羹尧手中，而在1726年年氏被雍正帝处死后才成为皇宫内府收藏的珍宝，其后又经历了乾隆、嘉庆、道光、咸丰、同治、光绪、宣统七朝。而溥仪在1924年离开北京故宫时偷偷携带了许多皇宫中的精品字画，其中便包括这幅久负盛名的《韩熙载夜宴图》。1945 年 8 月的一天，眼见气数将尽、大势已去的日本关东军不得已决定转移伪满洲国的皇帝溥仪，匆忙出逃的溥仪来不及带走当年从故宫携出的若干珍宝，于是，负责守卫伪满洲国皇宫的士兵三五成群地一哄而上，抢夺了当年皇宫中的古董珍玩。最先被抢的是金石玉器，大概是这些没有文化的士兵觉得这些物件看起来比较值钱；接下来遭殃的便是古代字画，很多传世名作被过度撕扯、一分数段，或直接被撕成碎片。稍微幸运些得以保全的字画便散落

《韩熙载夜宴图》局部

到长春街头。当年，这些佚散的国宝被古玩界称为"东北货"，很多人因为贩卖"东北货"而一夜暴富。由于社会局势动荡，文物的价值大幅缩水，有些懂行的文物贩子便把这些字画带进关内，只要是进了当时北京的古玩字画和文物的集散地——琉璃厂，所有文物艺术品都会身价倍增。《韩熙载夜宴图》经过多次转手，最终落到了琉璃厂一家叫作"玉池山房"①的店铺老板马霁川②的手中。这家店铺专营字画装裱，也经营字画。由于马霁川装裱手艺精湛，在琉璃厂一带口碑甚佳，出入其店铺的皆是社会名流、达官显贵和书画名家，如张学

---

① 玉池山房：民国年间，位于北京琉璃厂的著名书画装裱行和古玩店。其创始人为装裱名匠——马霁川。

② 马霁川（1892—1959）：京城书画装裱名匠、古玩商人。

良、徐悲鸿、于右任、张大千和齐白石等都曾是其店中常客。马霁川在京城开店期间，多次收购散落民间的珍贵书画文物，避免了这些文物遭到毁坏或流失海外。据记载，他曾于1947年将六件珍贵字画送交故宫博物院，包括五幅手卷和一幅册页[①]。马霁川在得到《韩熙载夜宴图》之后如获至宝，在白雪覆盖北京城的初冬时节，叫价五百两黄金，待价而沽。

所有的古玩商人都得知了这一消息，他们都在议论纷纷的同时不住地摇头，为高昂的价格望而却步。有一天，走进店铺的一位中年男人在

---

① 参见故宫博物院：《1947年的文物入藏》，https://www.dpm.org.cn/classify_detail/158438.html，2021年4月6日查阅。

《夜宴图》中满怀心事的韩熙载

仔细地观摩画作之后便匆匆地离去，而在第二天直接交给店主一张五百两黄金的银行汇票。这个人就是中国著名画家、鉴藏家张大千。是年秋天，他从成都飞往北京，本打算用五百两黄金买下一座前清王府，定居北京，但嗜画如命的他在看到南唐画家顾闳中的传世名作《韩熙载夜宴图》后又不愿轻易错过。

这幅绢本绘画宽二十八点七厘米，长三百三十五点五厘米，现藏于北京故宫博物院。它描绘了南唐官员韩熙载家设夜宴、载歌行乐的场面。此画绘写的是一次完整的韩府夜宴过程，即琵琶独奏、六幺独舞、宴间小憩、管乐合奏、应酬宾客五段场景。韩熙载出身北方望族，唐朝末年登进士第，因其父被诛才逃至江南，投顺南唐。而南唐后主李煜对北来官员常心存猜忌甚至迫害，整个南唐统治集团内部斗争激烈。身居高位的韩熙载为求自保，故意装扮成醉生梦死之人，夜夜笙歌，设宴行乐。《韩熙载夜宴图》一直围绕中心人物韩熙载步步展开，从倾听演奏，到亲自击鼓，欣赏独舞，直到宴会结束，各个场景中的韩熙载都沉浸于享乐之中；而仔细观察会发现，他的表情略显凝重，心思并未投入欢快的夜宴，而是别有寄托。整幅作品线条遒劲流畅、工整精细，构图富有想象力。顾闳中用其独特的手法描绘出韩府夜宴的情景，将《韩熙载夜宴图》巧妙地分为五部分，每部分间既独立又连贯。这样的处理，在唐与后世的技法中有承前启后的作用。此画在美术史上的地位十分重要，代表了古代工笔重彩的最高水平。《韩熙载夜宴图》是五代时期写实性较强的画作之一，其内容丰富，涵盖了家具、乐舞、服饰、礼仪等方面，是研究五代时期服饰、装饰等艺术风格的重要参照物，对研究中国古代绘画、传统服饰、民族音乐以及古代人文生活艺术具有极高的参考价值。

重金买下这幅令众多藏家垂涎的精品画作后，张大千连续数日把自己关在房间内，细细地揣摩顾闳中的绘画技法，并在脑中形成清晰构图后，一气呵成，亲自上阵临摹了一幅，然后便把原画束之高阁，妥善地保存起来，不敢再对外宣传，以免惹来不必要的麻烦。为了表达对这幅画溢于言表的喜爱之情，他还专门为《韩熙载夜宴图》刻了一枚印章，文曰"东南西北，只有相随无别离"，加盖在画作的跋首底部。张大千的另一枚常用印章"大风堂珍藏印"则加盖在了跋尾底部。

1949 年，张大千移居香港，随身携带了一批多年来从各处觅得的古代字画，自然也包括"大风堂"的镇堂之宝《韩熙载夜宴图》。虽然张大千在香港的生活时常捉襟见肘，并不宽裕，但他仍能通过售卖自己的绘画作品贴补家用，从未动过售卖国宝字画的念头。然而，平静终于在 1952 年的夏天被打破。张大千计划迁居南美国家阿根廷。远离故土、远赴他乡开始新的生活固然值得憧憬，但现实中筹措资金的任务也不得不提上日程，张大千不得不做出售卖自己收藏多年的珍贵书画的决定，出售《韩熙载夜宴图》、南唐董源的《潇湘图》和元代方从义的《武夷山放棹图》。但张先生深知，这些珍贵书画是国之瑰宝，不能流散海外，而他本人也不能成为民族的千古罪人。所以，他思来想去找到了一个特殊的方法。他既没有把这些书画委托给古玩商代卖，也没有把它们拿到香港的拍卖行去拍卖，因为这些方法都无法保证书画的最终归处还在中国。张大千与徐森玉是多年的挚

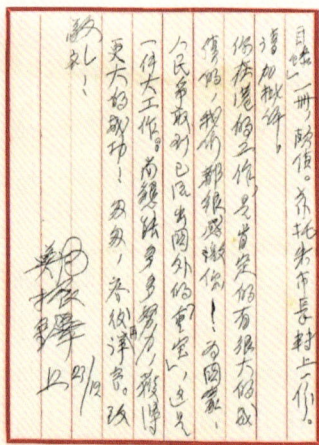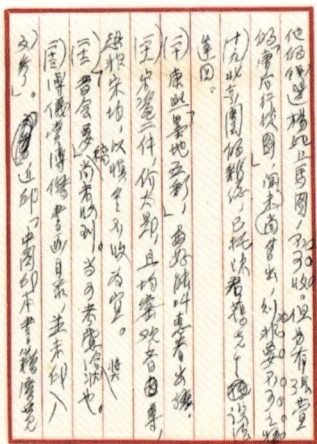

1952 年 12 月 23 日，郑振铎致徐伯郊函

友，与其子徐伯郊也十分熟悉，当时徐伯郊正是国家秘密成立的"香港秘密收购文物小组"的核心成员。在得知张大千欲出售这些国宝书画的消息后，徐伯郊立即乘飞机赶往北京。1952 年 5 月 13 日，北京西郊机场迎来了一位特殊的客人，他一路风尘仆仆地赶到了位于北京南池子胡同里的欧美同学会小礼堂，并受到了周恩来总理、郭沫若、沈雁冰、郑振铎的亲切接见和款待。周总理当即指示徐伯郊回港后立刻私下收购张大千欲出售的书画。徐氏最终以区区两万美元的超低价①买下了张大千手中的《韩熙载夜宴图》、董源的《潇湘图》、方从义的《武夷山放棹图》、北宋刘道士的《万壑松风图》和他收集的一些敦煌卷帖以及宋代画册等珍品。随后，郑振铎也在周恩来总理的安排下赶赴香港，再从徐伯郊手中以同样的价格购回这几件国宝。这批国宝在

---

① 据《解放初期国家黄金之论证》一文所载，20 世纪 50 年代初，1 盎司 =34.72 美元。1950 年我国黄金储备 46 万盎司（45.2 万两）。按照当时的换算关系，2 万美元约等于 566 两黄金，基本上是平价转让给了国家，况且还额外附上了几张珍贵画作和一些画册。张大千半卖半送的说法是成立的，可算得上是爱国表现。

经历了几十年的辗转漂泊后终于又
回到了位于北京故宫的家。

作为"香港秘密收购文物小
组"的核心成员，徐伯郊在香港的
工作成效显著，每次出手都十分精
准，总能以令人皆大欢喜的方式帮
助国家、人民争取到已流出国外的
"重宝"。从郑振铎、徐伯郊二人的
通信记录可以看出，郑对徐取得的
巨大成绩给予了相当高的评价，充
满了褒奖赞美之辞。甚至在这些书
画精品回归祖国数年之后，郑振铎
在与徐伯郊的父亲徐森玉书信往来

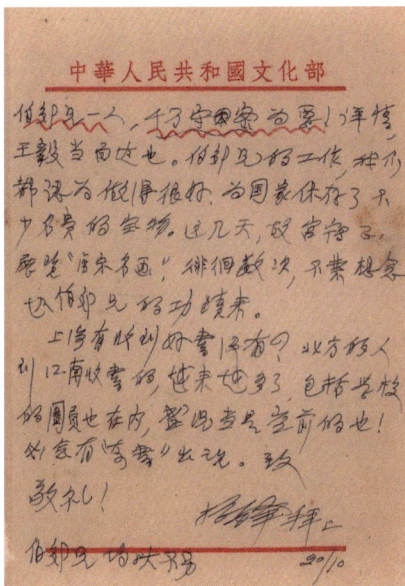

1956 年 10 月 20 日，郑振铎致徐森玉函

过程中，仍然不忘提及徐伯郊为祖国和人民所做出的巨大贡献。通过
徐伯郊之手回归祖国的香港文物，前有《中秋帖》《伯远帖》，后有《韩
熙载夜宴图》，虽然说并非是特意为了充实故宫所藏，但事实上，文物
局回购的这些文物，后来绝大部分都拨交给了故宫博物院。这些藏品
不仅极大地丰富了故宫博物院的馆藏，而且极大地提高了其藏品水平，
正因为这个原因，郑振铎才会在信中向徐老感慨："这几天，故宫馆正
展览'唐宋名画'，徘徊数次，不禁想念起伯郊兄的功绩来。"

一位是共和国的总理，纵使国家财政的外汇储备再紧张，也要省出
钱来购回本就属于中国人民的国宝书画；一位是嗜画如命的画家、鉴藏
家，即使移居海外、前途未卜，也要以最低价"半售半捐"国宝书画给
国家；一位是身居香港却心系祖国的银行家，即使远隔千山万水，誓
要竭尽全力争取国宝回家。还有千千万万的中华儿女，他们为了国宝
回到祖国母亲的怀抱，不计名利、前赴后继，奔走在争取抢救国宝回归
的路上。

第三章

《永乐大典》：
那些吉光片羽的前世今生

中国历史上有一部古代经典类书，可谓"前不见古人，后不见来者"。这部书的诞生动用了举国之力，延续了数年之久，耗费了千万人力。尤其令人瞩目的是，这部书遍搜天下八千种文献，涵盖历史地理、文学艺术、哲学宗教、科学技术等多个学科。它就是成书于明永乐六年（1408年）的《永乐大典》。就搜集的文献数量而言，《永乐大典》是此前《艺文类聚》《太平御览》《册府元龟》等的数倍之多；即使与此后收书三千余种的《四库全书》相比，也是卷帙浩繁。甚至连《四库全书》的总校官纪晓岚在《阅微草堂笔记》中都提到：他编纂《四库全书》时，曾参考残存于世的《永乐大典》，虽然他看到的只是《永乐大典》的冰山一角，但上面的记载事无巨细、包罗万象，饶是他读遍世间万卷书，睹之还是对世间知识之浩渺广博倍感惊诧。这部誉满天下的皇家巨典和百科全书不仅在中国历史上书写了辉煌的篇章，在世界范围内也令西方国家刮目相看，比法国的狄德罗编纂的《百科全书》和英国出版的《不列颠百科全书》要早三百年。《不列颠百科全书》在"百科全书"条目中称其为"世界有史以来最大的百科全书"。作为中国古代的一项重大工程，它凸显着成千上万中华儿女伟大的奋斗精神和团结精神，为后代炎黄子孙保留了一份珍贵的文化记忆，俨然已经成为中华文化的一个符号，更成为中华民族献给全人类的一份文化遗产。这部皇皇巨帙承载了拥有着五千年历史的东方大国的文明进程，它本身多舛的命运也是中华民族走过的一段国家兴衰史的真实写照。

《永乐大典》初名《文献集成》，初步成书于永乐二年（1404年），但永乐帝阅后甚为不满，钦

永乐帝朱棣

点姚广孝担任监修，同时编纂队伍扩大到了两千一百六十九人，于永乐五年（1407年）定稿，永乐帝亲自作序并赐名《永乐大典》。全书于永乐六年（1408年）才抄写完毕，共计两万两千九百三十七卷，分装为一万一千零九十五册，约三亿七千万字。完整的《永乐大典》单册，高五十点三厘米，宽三十厘米，开本宏大，具有皇家的威仪和气魄。每册《大典》约有五十叶（页）左右，主要为二卷一册、一卷一册或三卷一册。《永乐大典》采用雪白厚实的树皮纸书页，硬裱书面，粗黄布包装，庄重典雅。《永乐大典》在永乐年间编纂成书后，只抄录了唯一的一部，视为正本；到嘉靖朝，由于宫殿失火，险被大火毁于一旦，为防不测，嘉靖帝又命臣工重录一部，历时六年，截至1547年副本抄录完毕。重录的《永乐大典》格式、装帧与原本毫无二致，史称"嘉靖副本"。

明朝嘉靖年间重录《永乐大典》后，嘉靖副本收藏于皇史宬，而珍藏于文渊阁的《永乐大典》正本的下落却是扑朔迷离，成为中国文化史上的一大谜案。有人认为《永乐大典》正本毁于战乱或火灾，早已荡然

无存。当然，更多历史研究者顺着典籍中的蛛丝马迹一路追踪，推断《永乐大典》的正本极有可能是殉葬在明世宗嘉靖帝的陵墓——永陵中了。今人无缘得见正本，副本在之后的岁月中所遭受的磨难更令中华儿女痛惜不已。乾隆三十八年（1772年），为了编修《四库全书》，朝廷欲将《永乐大典》用作参考时发现大典缺失两千四百二十二卷，即千余册不知所终。原来，那个时候，翰林学士可以随意地借阅《永乐大典》回家阅读，许多人借后并未归还；而且由于疏于管理，许多太监也纷纷偷盗《大典》出宫换取钱财。

1860年英法联军侵略北京，使这部奇书遭到了前所未有的劫难。那群白皮肤、蓝眼睛、黄头发的外国侵略者在北京城如入无人之境，肆无忌惮、无恶不作，所到之处无不一片狼藉、惨不忍睹。他们令人发指的恶行之一就是洗劫了珍藏于翰林院的《永乐大典》，[①]将数十卷皇家巨著运往英国，大部分随后入藏大英博物馆（现藏于大英图书馆）。这也开启了《永乐大典》这部类书流落海外的悲惨命运。联合国教科文组织的统计数据显示，在四十七个国家的二百多家博物馆中有中国文物一百六十七万件，而民间收藏的中国文物更是多达一千多万件，收藏于大英博物馆中的中国文物数量竟然多达二万三千余件。最令中国人民难以接受和痛苦至极的是，当年的强盗对抢夺的文物毫无归还之意，拒不参加国际上创立的双边或多边关于保护文物的公约，使国际社会无法在法律层面上对这些抢夺文物的行为加以惩处，仅能从道德的层面对其进行言辞激烈却收效甚微的强烈批判。一百多年前的掠夺行为既是对中华文明的野蛮摧残，也是对中国人民尊严的无耻践踏，更是对中华儿女情感的巨大伤害。经历这场浩劫后，光绪元年（1875年）清查时，《永乐大典》已不足五千册；光绪二十年（1894年），翁同龢入翰林院查点时仅剩八百余册。

---

① 缪荃孙：《永乐大典考》载："咸丰庚申（1860年）与西国议和，使馆林立，与翰林院密迩，书（《大典》）遂渐渐遗失。"

光绪二十六年（1900年），中华民族所面临的第二次声势浩大的外敌入侵，致使残存的八百余册《永乐大典》也无法保全。八国联军入侵北京后烧杀抢掠，《永乐大典》在劫难逃。当时，慈禧太后仓皇西奔，义和团和侵略军展开殊死搏斗，位于北京东交民巷、珍藏《永乐大典》的翰林院成了战场，玉石俱焚、藏书散落。在激烈的巷战中，八国联军用质地厚实的《永乐大典》代替砖块，修筑防御工事。炮火纷飞间，《永乐大典》损毁严重。由于义和团寡不敌众，八国联军最终占领了北京城。他们对《永乐大典》肆意抢掠，并作为战利品带回国内。经过这次抢夺，《永乐大典》有的被焚烧，有的被毁坏，几乎损失殆尽，遭遇了毁灭性的重创。剩余的少量卷册多被劫掠他乡，四散海外，运往英、美、法、日等国。经历了八国联军的洗劫，清政府收拾残局时，清理出残存的《永乐大典》仅剩六十四册，被翰林院掌院学士陆润庠运回府中。后经时任教育部社会教育司第一科科长——主管图书馆工作的鲁迅不断致函游说劝说，陆润庠才于1912年7月16日将这批典籍交由京师图书馆保管。集中展现中华民族博大精深的优秀文化、深藏宫中从未外传、令世界惊叹不已的百科全书就此消失殆尽。

令人倍感欣慰和欢欣鼓舞的是，中华人民共和国成立后的几十年间，《永乐大典》陆续、大规模地回归祖国。中华人民共和国成立后，国际地位越来越高，结交的朋友也越来越多，受到越来越多知识分子和各界爱国民主人士的拥护。最先向我们表示友好、愿意归还《永乐大典》的是同处社会主义阵营的苏联。1951年至1955年间，苏联先后三次向我国返还六十四册《永乐大典》。1951年，苏联列宁格勒大学东方学系图书馆将十一册《永乐大典》归还中国；1954年，苏联国立列宁图书馆，赠还原藏南满铁道株式会社大连图书馆的《永乐大典》五十二册；1955年，苏联科学院把原藏海参崴远东大学的一册《永乐大典》赠还中国科学院访苏代表团，后于1958年移赠北京图书馆。

1955年，德意志民主共和国总理格罗提渥访华，将德国莱比锡大

"回归之路——新中国成立七十周年流失文物回归成果展"上的《永乐大典》

1951年，苏联归还的《永乐大典》卷五百三十八"容"字册（中国国家图书馆藏）

1954年，苏联归还的《永乐大典》卷四百八十"忠"字册（中国国家图书馆藏）

1955年，苏联归还的《永乐大典》卷一万三千一百三十五"梦"字册（中国国家图书馆藏）

学图书馆所藏三册《永乐大典》赠还中国政府，后拨交北京图书馆。数年之内，国际上主动归还《永乐大典》的都是同属社会主义阵营的国家，数量多达六十七册。回归故土的《永乐大典》虽然外观保存完好，但是内页中泛黄的斑驳痕迹，尤其是卷首页面上清晰可辨的国外收藏单位留下的各式印记，仍然在向我们讲述着那一段不堪回首的屈辱史，也激励着国人继续为《大典》的回归积极奔走。

《永乐大典》卷四百八十"忠"字册卷首的外国收藏单位印记

国内一次性捐赠数量最多的是上海商务印书馆，1951 年 7 月，在商务印书馆董事长张元济的提议下，其下属东方图书馆的二十一册《永乐大典》全部无偿捐给了国家。8 月，时任天津市副市长、实业家、收藏家周叔弢将所藏一册捐给政府。1951 年，定居在香港的藏书家陈清华要出让一批古籍。由于陈清华的藏书素以珍贵著称，郑振铎得知此事后，迅速向周恩来总理报告。当时国家财政窘迫，但周总理仍决定购买这批藏书。1955 年陈清华第一批藏书入藏北京，其中包括四册《永乐大典》。还有一些爱国人士，包括金梁、徐伯郊、赵元方、张季芗等也陆续慷慨捐赠私藏《永乐大典》数册。这些《永乐大典》都先后入藏中国国家图书馆。截至 1965 年，入藏总量已达二百二十册。《永乐大典》最近的捐赠是国家文物局使用国家文物征集经费购回加拿大华人袁女士收藏的《永乐大典》一册，2013 年正式入藏国家图书馆。根据最新统计，海内外已知存世的《永乐大典》总计四百一十八册、八百多卷以及部分零散页。目前，中国国家图书馆已收藏《永乐大典》二百二十四册，占存世四百余册的一半以上，至此，我国成为全世界收藏《永乐大典》数量最多的国家。虽然《永乐大典》仍有一百多册流散于英国、美国、法国、德国、爱尔兰、日本、越南、韩国的多家机构和私人藏家手中，回归之路漫长且艰难，所幸遍布世界各地的中华儿女无时无刻不在关注流失海外的中国文物艺术品的信息，一旦时机到来，便会迅速出手，争取国宝回归祖国。

2020年7月7日再传佳音，在法国巴黎的知名拍卖行——博桑·勒菲弗尔拍卖行（Beaussant Lefèvre）[①]二号厅举办的亚洲艺术品拍卖会图录上，有一件拍品吸引了买家，尤其是中国买家炙热的目光，它就是《永乐大典》。

2013年，加拿大华人袁葰文女士捐赠国家图书馆的《永乐大典》卷二千二百七十二"湖"字册

拍卖于北京时间7月7日晚上八时（当地时间下午二时）在巴黎公开举行，共计二百七十七件拍品，主要以瓷器、佛造像、书画为主，其中最令人瞩目的就是这两册极其罕见的明嘉靖抄本《永乐大典》。凭借以往的拍卖经验，拍卖行认定这件拍品必将创造佳绩，所以在事前印制的拍卖图录的第四十二页上，利用整幅版面展示了两册《永乐大典》的高清图片，并在图片下方用法语对拍品进行了详尽的介绍。

事实证明，拍卖行的判断准确无误，北京时间晚上十一时左

---

① 博桑·勒菲弗尔拍卖行，位于法国巴黎的一家知名拍卖行。官网地址：https://www.beaussant-lefevre.com/

右，《永乐大典》以五千欧元的价格起拍，仅仅用了不到两分钟的时间，价格便已经加到了七十万欧元，令在场的观众以及拍卖师惊诧不已。一位华人女士在竞拍至二百万欧元时加入争夺战，最终经过一番鏖战，以六百四十万欧元成功拍得，加上佣金共计八百一十二万八千欧元。这个价格在令人咋舌的同时，至今仍位列拍卖行的拍卖纪录佳绩榜，甚至在拍卖行的官网首页上，《永乐大典》长期霸屏，可见这件

博桑·勒菲弗尔拍卖行举办的《亚洲艺术品拍卖会图录》书影（2020 年 7 月 7 日）

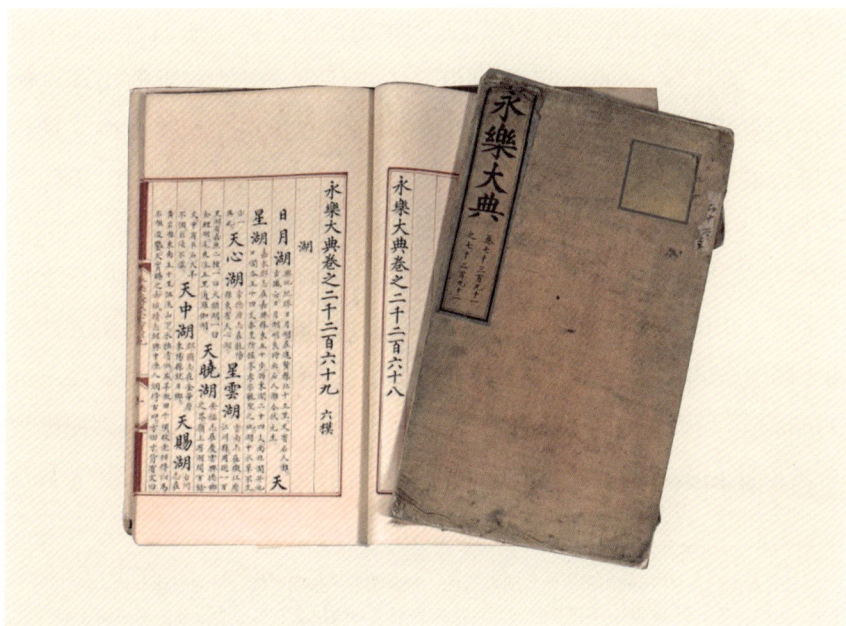

上拍的两册《永乐大典》

拍品在这家拍卖行的历史上也创造了前所未有的中国艺术品的拍卖巅峰。这位女士在事后接受媒体采访时表示，自己是应中国内地某位买家的委托，专程赶来参加竞拍的，对于六百四十万欧元的最终竞拍价超出了委托买家的心理预期五百万欧元，买家虽然感到无奈，却也执意出手。事后知晓，委托买家正是多年来热衷于收藏古籍、数次捐赠国家收藏单位的金亮先生。在公藏单位由于手续烦琐、耗时偏长等因素无法抢救国宝回国的紧急关头，他毅然挺身而出，在竞拍价格一度高于心理估价的不利局面下，坚决高价回购国宝《永乐大典》两册。关于这两册《大典》，据拍卖公司介绍，它们来源于法国私人藏家，其家族成员曾于 19 世纪后半叶被派往中国，任职上校军衔，在 19 世纪 70 年代与中国的一些官员往来频繁，相交甚深，得到了许多官员馈赠的心爱之物，其中便包括这两册《永乐大典》。关于这两册书的价值，北京故宫博物院图书馆馆长、研究员、古籍版本专家翁连溪曾撰文称："此物乃古籍中之白眉，收藏家梦寐以求，经眼手触都深感荣幸，定要争取回国……"尤为难得的是，此两册四卷与国家图书馆藏"湖"字、"丧"字册均相连，并且此"湖"字册的出现，使得现在发现的"湖"字卷全部相连（2260—2283），实属难得。具体卷册为卷二千二百六十八、二千二百六十九（2268、2269）"模"字韵"湖"字册和卷七千三百九十一、七千三百九十二（7391、7392）"阳"字韵"丧"字册。关于这件在法国巴黎引起不小轰动的中国文物艺术品，法国当地的媒体纷纷第一时间进行报道，其中最为引人注目的当属 2020 年 7 月 16 日法国知名拍卖杂志《杜鲁埃周刊》（*La Gazette Drouot*）[1]"顶级拍卖"版块下的一篇文章，这篇文章标题是"回顾法国 2020 年拍卖市场上的最高成交价：八百一十二万八千欧元"（A Look

---

[1]《杜鲁埃周刊》，法国的拍卖媒体集团发行的一份介绍法国拍卖市场行情的权威刊物。从 1891 年开始，这份每年出版 44 期的周刊及时地刊登法国当地举办的拍卖家具、油画和艺术品的拍卖信息，其中的文章包罗万象，针对拍卖的艺术品进行解读、解析，并分析其市场行情和未来走向。官网地址：https://www.gazette-drouot.com/

Back: € 8,128,000 was the Highest Bid in France in 2020），副标题是"两册图书引起的一场长达三十分钟的争夺战，最终以八百一十二万八千欧元的价格收场"（Two albums created quite a stir, sparking a nearly 30-minute battle that ended with a result of € 8,128,000）。文章作者安·多里杜－海姆（Anne Doridou-Heim）简单介绍了《永乐大典》的成书背景，并形象地描述了永乐年间成书时的原始体量，用几条和数字"四"相关的数据向人们展示了其庞大的规模：大约能够占据四十立方米的空间，嘉靖副本目前存世仅四百余册，占原始总量的百分之四，这也部分解释了其珍贵的原因和令人意外却也在情理之中的拍卖结果。《古董贸易公报》（Antiques Trade Gazette）① 也在 7 月 18 日刊登了罗兰·阿克尔（Roland Arkell）撰写的一篇以"估价五千欧元，拍卖结果竟达六百四十万欧元：中国遗失的两部百科全书亮相巴黎"（Estimate € 5000,sold for € 6.4m: Lost folios for Chinese encyclopedia surface in Paris）为题的评论文章。

在国外拍卖行大放异彩的《永乐大典》在国内的影响力更是不容小觑，作为向中国广大普通民众宣扬中华传统文化的国家级图书馆——国家图书馆，于 2002 年举办了"《永乐大典》编纂六百周年国际研讨会"，不仅对国家图书馆近年《大典》研究成果进行了检阅，也通过交流，大大促进了《大典》研究的进展。2013 年 9 月 30 日至 10 月 6日，国家图书馆举办"《永乐大典》特展"，庆祝新近从海外回归的一册《大典》入藏国图。2021 年 6 月 1 日，国家图书馆主办的"珠还合浦　历劫重光——《永乐大典》的回归和再造展"正式向公众开放。展览以图表加重点事件描述的形式，整理了《永乐大典》通过政府拨交、海外送还、藏家捐赠、员工采访等多种途径入藏国家图书馆的经过，梳理海外《永乐大典》的回归历程。此次展品有六十余种七十

---

① 《古董贸易公报》：创建于 1971 年的一份致力于通过无与伦比的新闻报道和分析为艺术和古董界服务的、具有权威性和准确性的周报。官网地址：https://www.antiquestradegazette.com/

余册（件），其中九册《永乐大典》嘉靖副本为近年来首次展出。就《永乐大典》的收藏而言，不论是作为"中华总书库"的中国国家图书馆，还是作为中华儿女一员的金先生，都在通过积极有效的方式增强我们中国人的骨气和底气。这既能加强文物的保护和利用，加强历史研究和传承，使中华优秀传统文化不断发扬光大；也能激发我们的民族自豪感和自信心，坚定全体人民振兴中华、实现中国梦的信心和决心。

# 第四章

# 屈原故里青铜敦：

## 开启外交追索文物的先河

众所周知，我国伟大的爱国诗人屈原的故里在湖北秭归。中国人每年都要过的传统节日端午节，民间认为农历五月初五是他的忌日。为了纪念这位满怀爱国热情的诗人，秭归县从汉代起就修建了屈原祠。千百年来，人们从四面八方赶到这里拜谒，追思。据史料记载，屈原祠于清乾隆十九年（1754 年）重建，乾隆二十年（1755 年）竣工，一百余年后的同治八年（1869 年）又一次修缮。屈原祠的地理位置在秭归县的长江岸边，位于汨罗江下游北岸的玉笥山上，东南距汨罗市区约十公里。1978 年，由于葛洲坝水利枢纽工程的兴建，屈原祠搬迁到秭归城东三华里的向家坪，并按照原貌重新建造，改名为

屈原

战国·嵌地几何纹青铜敦（湖北省博物馆藏）

屈原纪念馆，1979年建成并于1980年2月对外开放。纪念馆建筑结构简单，划分为两层，一层是纪念展厅，展出的是关于屈原的典籍资料；二层展厅展出当地出土文物，包括秭归当地出土的战国青铜敦、春秋玉璜、铜剑、越王剑等。屈原纪念馆每年都吸引着大批国内外游客前来观光；但同时，也有一些盗贼蠢蠢欲动，准备伺机盗取馆内的珍贵文物。

1988年6月4日夜，纪念馆的九件文物被盗，其中便包括久负盛名的战国时期的嵌地几何纹青铜敦。

这件青铜敦是1974年10月30日在屈家坪战国一号墓出土的，属于国家二级文物，在所有被盗文物中最为珍贵。1988年6月5日清晨，守夜的看门人起床后，四处巡视时看到了倚在后墙的一张梯子，他顿时惊出一身冷汗，随后，便发现展厅的后窗被人掀开，于是立即报案。根据警方在案发现场的勘察结果显示，盗贼胆大心不细，竟然留下了鞋印和梯子。警方判断，这是一起两人或两人以上的团伙作案；作案时间在凌晨四时左右；对纪念馆周边环境和展厅环境相当熟悉，很可能是本地人，且是惯犯作案，早有预谋。警方在排查案发前三天的来馆人员、馆内工作人员，甚至包括馆里做临时工的十几个人以及周边村民后，未发现可疑对象。最后有船民报告：案发当天黎明时分，有两个操荆州当地口音的男人花五百块声称租用船只到宜昌进货。两人一胖一瘦、一高一矮，高的大概有一米七，三十岁上下，背着大旅行袋。警方立即前往查看，调取到船上脚印，竟然与案发现场的脚印完全一致。可以肯定，盗贼是通过水路逃走的。可惜，顺着水路查了十几天，却没有任何收获。后来，是在盗贼租的船上发现的一节"万光"牌电池使案件峰回路转。电池是四川万县生产的，警方判断这两名盗贼或是万县人，或在那里作过案。经过核实，在当年的3月5日，离万县仅有几十里的云阳张飞庙发生过文物失窃案，被盗的是最贵重的青铜编钟和一枚战国铜镜。通过对这两起文物被盗案的卷宗分析，警方认为这是同一团伙所为。两案有四点相似之处：一是盗窃目标都是春秋战国时期的青铜器；二是都是包船逃离现场；三是都使用监利县工人的工作证，操荆州口音；四是他们在现场同样遗留有四川万县产的"万光"牌电池。屈原纪念馆在当地具有独特的历史地位，当地百姓对其有着特殊情结，它的被盗是一起十分严重的文物失窃事件，在当地激起了一片民愤，造成了恶劣影响。湖北省立即着手成立了专案组，并且由湖北省公安厅厅长亲自督办、参与审案，重视程度可见一斑。同时，借此事件，省公安厅要求全省加强文物场馆安保，加大打击文物走私力度，短时间内收效明显，一下子查出七个走私文物团伙，抓获走私、倒卖楚地文物贩子二十一人。但是，在如此强大的攻势下，却始终没有挖出屈原纪念馆的盗贼。这起文物盗窃案不仅成为当地尽人皆知、街谈巷议的话题，第一时间上报公安部后也受到了上级领导部门的高度重视。

时至 1988 年 11 月中旬，湖北省公安厅接到了公安部要求尽快破案的紧急传真。原来，被盗的青铜敦突然在美国的苏富比拍卖行现身了！当时，湖北省博物馆的谭维四先生在美国参加学术研讨会期间，突然接到一位台湾同行的电话，向他询问湖北近期是否有文物被盗。这位同行在电话中还大胆猜测，失窃的可能是荆州博物馆，因为他发现即将在 11 月 29 日举行拍卖的苏富比拍卖行的目录里有个青铜敦，内行人一看就知道是楚文化的典型器物。凭借高度的职业敏感和出于对祖国文物认真负责的态度，谭先生旋即将这个重要的消息上报了国家文物局。国家文物局经调查发现，像这种镶嵌蟠龙纹的战国青铜敦在中国只有两件：一件在湖北随州市，另一件原在湖北秭归的屈原纪念馆。从苏富比拍卖目录中展示文物的现状来看，苏富比拍卖行即将拍卖的战国青铜敦，很可能就是屈原纪念馆失窃的那件。要成功地索回我国遗失的文物，就必须提供详尽的第一手证据。11 月 23 日，湖北省派人将青铜敦的全部资料送到了北京。经专家对资料和苏富比拍卖目录中的第四十三号文物进行鉴定，证实了最初的判断。11 月 26 日，国际刑警组织中国国家中心局致电美国，要求其协助中国警方追回战国青铜敦。为了向美方及苏富比拍卖行施加压力，11 月 28 日，新华社各驻外分社和国内各大新闻机构播发了如下电稿：

> 美国苏富比公司计划明天
> 拍卖的一件我国铜敦，是今年
> 6月在湖北省秭归县屈原纪念
> 馆失窃的中国文物，希望苏富
> 比公司暂停这一珍品的拍卖。

国外的一些媒体也对此大加渲
染，甚至有的报纸使用了"中国大
陆战国铜敦被盗，中国警方一筹莫
展"的标题，似乎有意嘲讽中国警
方的办事效率，也对事态的发展抱

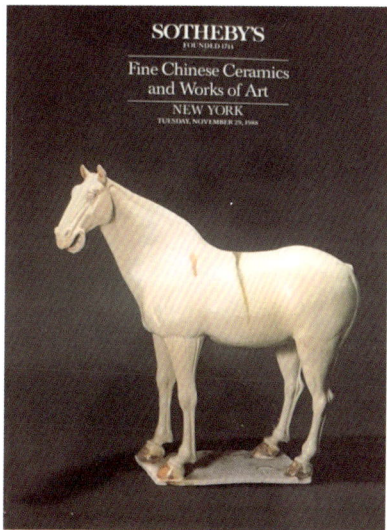

《纽约苏富比拍卖图录》书影（1988年11
月29日）

有看热闹的心态。就在拍卖会开始的当天凌晨，《洛杉矶时报》报道宣
称，6月在中国屈原祠青铜敦被盗的新闻，美方直到上个周末才知晓。
中国警方称，苏富比拍卖行图录中的青铜敦，无论是在形状、纹饰和
铜锈方面都与屈原祠6月被盗的中国屈原祠那件毫无二致。苏富比拍
卖行目前尚未公开青铜敦持有人的身份，但已经表示这件拍品将以估
价六至八万美元的价格在当天参拍①。

但在当天晚些时候，事态突然发生变化。我国警方接到美国驻华使
馆的通知：苏富比拍卖行决定取消中国铜敦的拍卖计划。与此同时，美
国苏富比拍卖行也向我国表示，只要能够提供证明青铜敦确实属于中国
的相关资料，他们的委托人——一位香港商人愿意以无偿捐献的方式，
将青铜敦归还中国。与此形成鲜明对比的是，国内各界也十分关注此
事，各方人士都在通过力所能及的方式为青铜敦的索回提供帮助。

外界的消息每天都在更新，这些都给中国警方增加了无形的压力，

---

① 约翰·沃兰（John Voland）：《序幕》，《洛杉矶时报》，1988年11月29日。

抓获罪犯迫在眉睫。湖北省公安厅立即紧急研究，决定从作案工具入手——青铜敦的作案工具是管钳，云阳张飞庙被盗案的作案工具也是管钳，而监利在数月以前，县工商银行一万六千元金融债券被盗案，作案工具也是管钳。于是，警方把侦查的视线转移到距秭归五百公里外的监利县。1988年10月，监利县爱民路曾发生了一件拾荒者与小孩争夺路边铁管，从中掉落金融债券的怪事，事后证实债券正是工商银行失窃之物。而一个盗窃团伙也正居住在监利县的爱民路一带。经过缜密排查，12月5日，监利县公安局证实，这个盗窃团伙成员李建新的指纹与屈原纪念馆文物窃盗案罪犯的指纹一致。12月7日，近期暴富的李建新被逮捕归案。他很快地供述了与栗金飞一起盗窃屈原纪念馆青铜敦的犯罪事实。而此时，栗金飞正因其他案件被收审在押。原来，他用盗窃青铜敦、销赃所得赃款购买了辆价值二万二千元的摩托车，在大街上招摇过市，结果被知晓底细的民警发现，追问钱的来路，他支支吾吾地企图搪塞，结果就被关了起来。12月8日夜，栗金飞在强大的法律攻势面前，也对全部犯罪事实供认不讳。1988年3月24日，他曾伙同两名当地青年盗窃了张飞庙中收藏的铜编钟一个、铜镜两个、金手镯一个，以一万二千元的价钱卖给了武汉的刘学丰。1988年9月，他同李建新等人从郑州市博物馆盗窃了一件西周时期的蟠龙纹铜方壶，后以五十一万元港币加两万元人民币的价钱，通过一个广州人卖给了两个港商。

关于屈原纪念馆盗窃文物的始末和销赃过程他也如实坦白。原来，栗金飞听别人说，陕西咸阳某个村子因为盗墓纷纷发家致富，他也想效仿。但他又听说盗墓需要专业工具和一定的专业知识，颇费周折，于是便急中生智，决定直接偷盗博物馆。他找到好友李建新，一起到奉节白帝城打探，和黑市上的古董贩子先接触了一下。5月31日，他们两人乘船西上，到秭归下船，直奔偷盗目标——屈原纪念馆。踩点过后，才重新上船去奉节。由于在奉节没有发现发财的机会，6月4日他们只好买票返回秭归，并带好作案工具：管钳、手电、螺丝刀、匕首，还有破玻璃用的一把玻璃刀。到达秭归已至深夜，趁着夜深人静正好动手。之前踩点时知道到西院内墙边有梯子，他们翻墙入院，用梯子攀爬至二楼，拿玻璃刀划开窗上玻璃，由窗户入室。两人分工明确，栗金飞望风，李建新带着工具入室后，首先撬开了摆有青铜宝剑的三号展柜，然后又撬开四号展柜，取出了青铜敦等贵重藏品。二人盗得文物，离开秭归后，栗金飞便在广州将青铜敦以三万八千元的低价转手卖给了一个叫陈金明的文物贩子。后来，青铜敦被高价卖给一位香港商人袁某后，通过黑道出境，再由香港通过海运抵达美国，摇身一变成了美国苏富比拍卖行准备上拍的拍品。主犯栗金飞后来被湖北高级人民法院判处死刑，并立即执行。

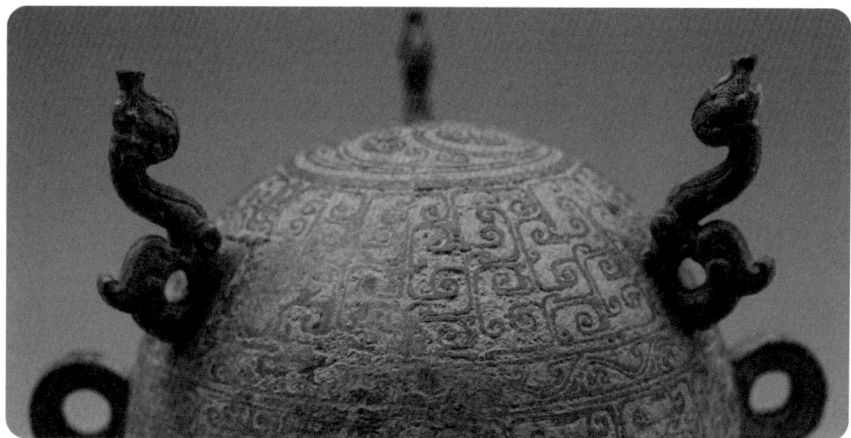

嵌地几何纹青铜敦局部细节

　　至此，案情终于水落石出，中国国家文物局将有关青铜敦的资料寄到了美国，而公安部也将案犯的口供通过国际刑警组织中国中心局，转交给了美国中心局，并通过我驻美国纽约的领事馆，稳妥地递交给苏富比拍卖行。随后，拍卖行与未曾公开露面的香港卖主一起协定，以捐赠的形式将青铜敦归还给中国。1989 年 5 月 25 日，双方代表在中国驻纽约总领事馆签署了备忘录，中方代表接收青铜敦并将其运回祖国。5 月 29 日，在纪念屈原的端午节即将来临之际，秭归县里的几十万百姓奔走相告，在外漂泊近一年的战国铜敦又重新回到了它的故乡——秭归屈原纪念馆。

战国青铜敦是中华人民共和国成立后首次通过外交途径追回的流失境外的文物，在我国追索流失海外文物的历史上具有划时代的意义，开创了我国在国际上通过外交手段追索文物的崭新篇章，也为中国政府日后在国际上追索流失海外的中国文物提供了宝贵的实践经验和参考价值，并对我国政府积极参与国际社会追索本国流失海外文物的相关公约起到了极大的推动作用。这一经典案例发生数月后，我国国务院

嵌地几何纹青铜敦局部细节

于1989年9月25日宣布接受《关于禁止和防止非法进出口文化财产和非法转让其所有权的办法的公约》（简称"1970年公约"），正式加入其中，成为这项公约的成员国，并在国际公约的框架下，与二十三个国家先后签署了打击文物非法贩运、促进流失文物返还的双边条例。此后，我国还在制度上针对中国文物的出境做出了详细的规定，并且在多地设置文物进出境审核机构，防止珍贵文物流失境外，实施文物拍卖标的审核制度、文物购销标的审核备案制度。另外，这一案例也同样开启了追索流失海外文物的多部门协同配合的工作模式。我国警方，包括从公安部到湖北省公安厅、秭归县当地公安局；我国外交机构，包括外交部、驻外使馆；我国文物部门，包括国家文物局、湖北省文物局、秭归县当地文物机构；我国国内和驻外的新闻机构，以及社会各界人士协同努力，提供了包括战国青铜敦的资料以及盗窃案告破后犯罪嫌疑人的供词

等完备材料。只有在所有证明材料齐全的情况下，苏富比拍卖行才会同意撤拍这件已经登上拍卖图录、即将上拍的文物，香港卖家也才有可能心悦诚服地无偿捐赠这件文物，让这件青铜敦在短时间内重返祖国。虽然战国青铜敦从屈原纪念馆失窃，辗转流落到香港，又远赴大洋彼岸的美国，再到最终重回祖国的怀抱仅有不到一年的时间，它的命运一直牵动着屈原故里的乡亲和全国人民的心。青铜敦能够在第二年的端午节来临前夕回归故里，或许是冥冥之中得到了屈原魂灵的庇佑；当然，更赖中华儿女团结一心、远赴海外索回中国文物的坚定信念和决心。如今，这件楚文化的代表性器物和体现中国政府追索海外流失文物卓越战绩的典型文物——战国青铜敦，离开了最初的收藏地屈原纪念馆，呈现在湖北省博物馆楚文化展厅中。它不仅作为一件文物向前来参观的观众讲述着自身的文物价值、历史价值和艺术价值，也同时向观众展示着中国政府通过外交手段从美国追索国宝的艰辛历程，并激励着中华儿女前赴后继，沿着前辈们追索国之瑰宝的足迹坚定不移地走下去，在 21 世纪甚至更遥远的未来，将中华流落海外的国宝一一追回。

第五章

晋侯稣钟：
呈现鲜为人知的周厉王形象

上海博物馆创建于 1952 年，半个多世纪以来，经过几代人筚路蓝缕的艰辛开拓，如今已发展成为一座世界一流的现代化博物馆。作为一座大型的古代艺术博物馆，上海博物馆有馆藏文物近百万件，其中精品十二万件。上海博物馆收藏的青铜器种类齐全、系统完整，以具体和典型的实例全面反映了公元前 18 世纪前至公元前 7 世纪中国古代青铜艺术的发展史。这些文物大多是依靠政府提供的资金征集所得，其余有些曾远涉海外，几经辗转回到祖国[①]。在上海博物馆多年来征集的中国文物中，有一套由曾任上海博物馆馆长的马承源先生亲自联系征集的国家一级文物青铜编钟尤为引人瞩目。现在已经成为上海博物馆镇馆之宝的晋侯稣钟在当年刚刚出现在市场上时，无人认可其价值，甚至大多数人都斩钉截铁地断定其为赝品；而马馆长顶住巨大压力，凭借自身过硬的考古学知识和丰富的青铜器鉴定经验，力排众议，动用征集经费果断买下。事后证明，马馆长的当机立断不仅及时抢救了流失海外的国宝，也

---

① 陈燮君：《上海博物馆》，长城出版社，2007 年，第 9 页。

为中国西周历史和中国铸造史的研究提供了不可辩驳的实物证据，并且有效补充了古代史籍中关于西周历史的史料。

晋侯稣钟，西周晚期厉王时期（公元前 9 世纪中叶）金属器，大者高五十二厘米，小者高二十二厘米，皆为甬钟。1992 年山西曲沃县北赵村晋侯墓地八号墓出土。整套编钟共十六件，上海博物馆征集到十四件，其余两件收藏于山西博物院。这套编钟可分为两组，每组八件。经测音，它们音律和谐，表明这套编钟的配选是以音律为标准的。十六件钟上凿刻有一篇三百五十五字的长篇铭文，完整记录了西周厉王三十三年（前 846 年），晋侯稣率其军队参加的一场由周厉王亲自指挥的征伐东方夙夷的战争。晋侯稣战功卓著，多次受到周厉王的赏赐，晋侯稣因而作此编钟。晋侯稣钟铭文记载的这场战争，为史籍所阙载，对研究西周历史和晋国历史都极为重要。全篇铭文用坚硬的金属工具刻凿而成，不同于铸造而成的青铜器铭文，为西周青铜器上首见[1]。

分处异地的十六件编钟，本来是一套，为何没能以完整的面貌呈现在世人面前呢？为了揭开这个谜底，必须要讲述一段晋国的历史和北大教授——邹衡的考古经历。

距今三千多年前的一天，年幼的周成王与其弟叔虞在玩耍的过程中，随手拿起一片桐叶对叔虞道："这是玉圭，我封你为诸侯。"旁边的史官赶忙用笔记下："某年某月某日，王封叔虞于某地。"叔虞很高兴地把这件事告诉了周公，周公立刻去见周成王，求证封侯的真假。成王说，我不过是陪他玩玩儿而已。周公说，天子一言既出，史官就会记下来，朝廷上下就会议论，也会在全国流传开来，封侯怎么可以当儿戏呢？于是，经过了几年，成王兑现了自己当初的诺言，把叔虞封到了一个叫作"唐"的地方。这就是历史上著名的"铜叶封弟"，"君子无戏言"也从此广为人知。叔虞死后，他的儿子燮父继位，改称晋侯。后代的子孙又不断迁都，国家实力逐渐强大，到了春秋时期，晋国更成为北方诸

---

① 陈燮君：《上海博物馆》，长城出版社，2007 年，第 39 页。

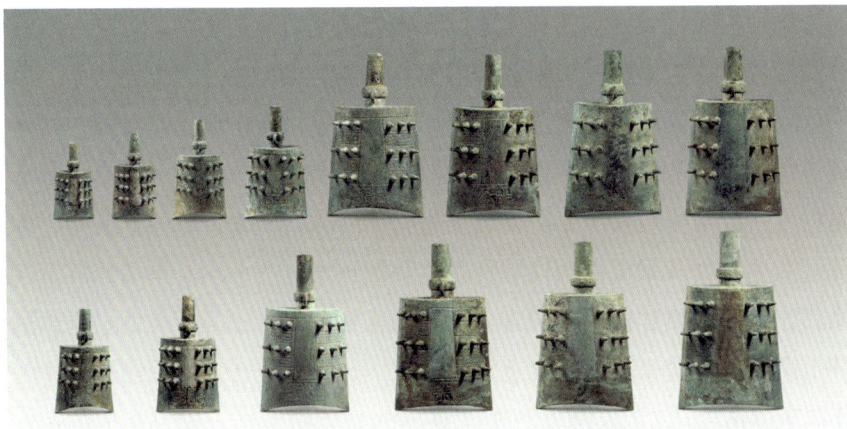

西周·晋侯稣钟（上海博物馆藏）

侯国的盟主而称霸一时，也留给后人许多待解的谜团。

　　谜团之一便是当年叔虞的封地"唐"究竟在哪里。史学界众说纷纭，但主要集中在两种观点上：一种是汉代史学家班固提出的，认为"唐"在今天太原附近；另一种是清代大儒顾炎武提出来的，认为"唐"应该在山西省的南部。在 20 世纪 70 年代末，中国著名考古学家、北京大学的邹衡教授带领学生在山西做文物调查，试图找到晋国的始封地——唐，他一直相信班固的说法，便带领学生先去了太原调查，结果一无所获；后来又到了顾炎武提及的汾河南面，却也是无功而返。最终，回到北京的邹衡教授对史料进行一番细致的整理后将重点放在了临汾一带。1979 年，他又带领考古队员对山西曲沃和翼城两县交界处的天马—曲村遗址进行发掘。发掘工作持续了十余年，发现了近千座西周至战国时期的中小型墓葬和数万平方米的建筑基址。邹教授坚信，天马—曲村遗址就是晋国最初的封地"唐"。然而，经年累月的考古发掘活动也引起了盗墓贼的密切关注，盗掘之风愈演愈烈。1991 年，位于遗址的北赵村多座大墓相继被盗，于是考古队于 1992 年上半年开始进行抢救性文物发掘，并清理了严重盗毁的一、二号大墓。然而，当地每年 6 月便会进入麦收季节，所以，参加发掘的民工都各自回家收麦去了，考古发掘工作也不得不暂告一段落。谁都不曾料到，就在这一段的发掘间隙，八号墓又遭到了严重盗掘，考古人员清理残留时发现了一批鼎、簋、壶、尊等青铜器，并在青铜鼎上发现了铭文"晋侯稣"；另外还有两件带铭文的编钟，稍微大点的铭文内容为"年无疆，子子孙孙"，小点的铭文为"永宝兹钟"。通过铭文内容判断，这套编钟明显不止两件，这两件很明显是一套编钟的最后两件，使用了应用于结尾的习惯用语。这便是后来收藏于山西博物院的那两件。而其余包括十四件晋侯稣钟在内的诸多器物已流失到境外。不久，盗掘走私出境的十四件编钟在香港的文物市场上现身了，但几乎所有人都一致认定这些编钟是现代仿品，因为通常情况下，青铜器的铭文都是通过范型铸造上去的，而这套编钟上的文字却是在编钟铸造好之后才刻凿上去的。这套编钟就是时任上海博物馆馆长的马承源在香港发现的一批带有"晋侯"字样铭文的青铜器，当他询问来源得知是山西后，在上海市政府的支持下果断将其抢救回国。根据被盗青铜器的铭文，终于证实了考古人员最初的判断，曲村墓地就是学者们寻找了几十年的晋侯墓地，天马—曲村遗址正是两千七百年前晋国的都城所在地。

当初，马承源馆长从朋友的一通电话中得知，香港市场上出现了十四件编钟，出于职业的敏感，他当即拜托香港的一位朋友帮忙把编钟上的文字拓片寄来；经过仔细辨别后，马馆长立刻通知那家香港古董店，不再向其他人展示编钟，希望全部寄到上海博物馆来。这十四件编钟大小不一，风格古朴典雅，钟的上部两端微翘，上用勾连起来的卷云纹装饰，钟体还用棱线区分出了若干部分，在需要打击发音的部位装饰鸟纹作为提示。马馆长凭借几十年来的考古经验和直觉，认定这套青铜编钟绝对出自西周时期的王侯人家，且不是赝品；对于充实上海博物馆的收藏大有裨益。出于保护文物的目的，马馆长决定在文物市场尚处于观望之际，由香港中文大学张光裕教授帮助斥巨资将十四件编钟抢救回国。但是，编钟的真伪在当时还是众说纷纭，所以，为了证明自己的

晋侯稣钟"年无疆，子子孙孙"（山西博物院藏）

判断，编钟于 12 月到达上海后，马馆长就从编钟上的文字、结构、布局、笔体等方面，对其铭文进行了专门研究。他认为，这上面的铭文，是一种非常古老的刻法，和战国时期很多兵器上的铭文非常相似。笔画都是一刀一刀直刻出来的，并无拐弯，所以，不熟悉这种古老刻法的人就会以为编钟是假的。此外，这套编钟整体器型精致古朴、浑厚凝重，不是一般造假者所能造出来的，为赝品的可能性极小。因此，马馆长

晋侯稣钟 "年无疆，子子孙孙" 背面

判定，这十四件编钟为中国古代遗留的青铜至宝。随着研究的深入，他认为，这套刻有三百多字铭文的编钟属于西周时期一个名为稣的晋侯，不过令人费解的是，这套编钟的铭文貌似并不完整，缺少首尾，或许这十四件编钟并不是完整的一套？

　　1993 年，马馆长仍在苦思冥想，对这套编钟的身世大感困惑之时，一位访客的到来使他的研究柳暗花明。这个人就是前面提到的素有"中国商周考古第一人"之称的北大邹衡教授。当他听说上海博物馆高价回购了十四件西周时期的青铜编钟时，出于好奇特地赶来参观。这一看惊得他目瞪口呆，因为这套编钟和年初北大考古队在山西曲沃县天马—曲村遗址中发掘出的、现收藏于山西博物院的两件编钟几乎一模一样。这让他想起前一年北大考古队在发掘北赵村遗址中的一个晋侯墓葬群时出现的大规模盗墓的情况。当时，盗墓现场挖掘出的墓内积碳遍地都是，其间还夹杂着大量绿色铜锈和铜器的碎片。鉴于此，国家文物局立刻批示，由北京大学和山西省考古人员联合对遗址墓地进行抢救性发掘。4月 8 日，山西省公安人员进驻天马—曲村，对遗址地区实行保护。同

晋侯稣钟"永宝兹钟"（山西博物院藏）　　晋侯稣钟"永宝兹钟"背面

时，由李伯谦教授率领的考古队进行发掘。遗憾的是，遗址中的大部分文物已经被盗墓贼盗走。而不幸中的万幸是，北大考古队在墓葬中也发掘出了一些文物，其中就包括了前面所述的两件青铜编钟，一件刻有"年无疆，子子孙孙"七字铭文，另一件则刻有"永宝兹钟"四字铭文。马承源与邹衡赶忙拿出十四件编钟的铭文拓片和两件编钟铭文进行比对，结果发现这两组编钟上的铭文竟然可以前后连接。这就证明，上海的这十四件和山西的那两件属于同一套编钟。山西天马—曲村遗址中的一整套十六件编钟终于合为一体。根据镌刻其上的铭文内容，可以判定这套编钟的主人为晋侯稣，所以，这套编钟被命名为"晋侯稣钟"。编钟上的铭文详细描述了晋侯稣受周王派遣征讨域外部落，最终战胜凯旋班师回朝的故事，为后人研究西周历史，尤其是晋国历史提供了古代史籍所未曾涉及的史料。继而，学者们又对"王三十三年"中所指的国王身份进行推断分析，认定铭文中的王应当就是周厉王，而王三十又三年大约是指公元前 846 年左右。这一结论的得出，为西周的历史补充了珍贵的资料。以往的历史记载中普遍对周厉王凶残暴戾的一面详加叙述，而周厉王励精图治、英勇善战的形象却鲜为人知，编钟上的铭文为后人更加全面而准确地评价这位历史人物提供了详实的史料。

如今，曾经历过盗掘、倒卖、走私出境的晋侯稣钟静静地躺在上海博物馆的展柜中，接受着络绎不绝的参观者的瞻仰与欣赏，委婉地向人们讲述着公元前 9 世纪中华民族的那段远古的历史故事。1996 年，中国考古界开始了规模宏大的夏商周断代工程。作为此次工程的重要部分，晋侯稣钟再次受到了人们的广泛关注，也揭开了更多的中国历史谜团。在晋侯稣钟发现前，中国历史最早的确切纪年是公元前 841 年，史称"共和元年"，这套钟的发现，为人们重新确定西周王年乃至推断出武王伐纣的确切年份提供了重要的实物证据，其纪年资料也成为"夏商周断代工程"的重大研究课题之一。

# 第六章

颐和园『铜亭』门窗：
共助昔日皇家园林重现辉煌

颐和园作为我国保存完好的皇家园林之一，在乾隆时期被称为"清漪园"。它借鉴杭州西湖风景，湖光山色秀美，史迹遗存丰富，被誉为人类文明的"有力象征之一"，荣列世界遗产名录。

在万寿山主体建筑西侧，有一座全部采用铜材建成的佛殿——宝云阁铜殿，宝云阁曾是乾隆时清漪园核心建筑的一部分。铜殿四方周正，重檐歇山顶，四面菱花窗，门户谨严，其梁、柱、枋、椽、斗栱、亭瓦、宝顶、窗扇，以及九龙匾额皆为铜铸，但式样、尺度、工艺的精细程度却与木结构的殿宇毫无二致，难分伯仲，实乃铜殿建筑之典范。然而到了近代，宝云阁屡遭劫难，门窗失窃，四处漏风，状若亭台，也就被人们俗称为"铜亭"。

宝云阁是清漪园的重要建筑，始建于乾隆二十年（1755 年），整体属大报恩延寿寺的组成部分；其北有五方阁，南立有石梁牌坊，四周游廊环抱，正中心为铜殿。

其建筑形似四方亭阁，重檐歇山顶的楼阁样式，整体面南背北，四面方正，占地面积九十九平方米，整体建筑面积一百八十六平方米。结

颐和园

构为单围柱网式，共竖有十二根立柱，每面三根，各面呈现为三个开间。铜殿的建筑基址为汉白玉月台和台基，呈正方形，边长大约十米，汉白玉透雕宝瓶式栏板和汉白玉望柱环绕台基，四面各有台阶十六级，阶面铺汉白玉条石，殿内地面嵌大理石及汉白玉砖。屋脊山面有铸绶带纹饰，脊上为佛塔形宝顶，铸有一座藏式的喇嘛塔，与屋脊两边以横索链接固定。宝顶四角檐下悬挂铜风铃，屋檐为双层重檐式，间衬平板枋，辅以五踩双昂斗栱。飞檐装饰有龙凤、海马、仙人等各类造型，檐椽均为圆形，椽头铸"寿"字，飞椽为方形，椽头铸"卍"字。殿正面头层檐下悬挂"大光明藏"横匾，二层檐下挂"宝云阁"题名匾额，以满、汉、蒙、回四体文字镌刻，匾框饰九龙纹。

铜殿建筑材料除少量黏合用泥灰外，屋脊墙体、门窗檐柱、瓦当饰件皆由铜材铸造，通体呈蟹青冷古铜色。墙体为铜制槛墙，高六十三厘米，仿琉璃花砖式样，内外均作回纹圈雕刻装饰、六方形龟背锦纹和宝象花图案，保存状况良好。其十二根铜柱直径二十八厘米，高近三米，功能完好。梁架斗栱高仿木结构搭建，从外缘铜锈可以分辨，实为

宝云阁铜殿

铸接。屋顶筒状、板状瓦均仿造琉璃瓦形制铺设，实为整片连铸以做出清晰的瓦节以嵌连口衔接，掺少量泥灰黏合，在构件交接处设螺栓固定瓦底。

铜部件中尤以铜门窗结构精致，工艺复杂。铜殿共有铜门十二扇、铜窗二十扇，四面门窗上共有菱花形铜窗芯七十页。其东、西、南三面分别安装有四抹格扇门及六抹帘架隔扇窗，北面仅槛窗及槛墙，墙体仿琉璃花砖式样，门窗格扇均有菱花格扇心，帘架上部也有格扇心。两层檐之间有围脊及横披窗，窗芯为正搭斜交菱花纹样。

史载，宝云阁建于万寿山西侧山坡上，铜殿又立基于一米多高的汉白玉石台，铜柱加上双层飞檐已高达六米多，铜殿通高则超过七点五米。据清宫档案记载，乾隆二十年（1755年）始建宝云阁铜殿，共用红铜、倭铅四十八万五千斤，铸成后为磨光表面挫下的铜屑就有五千斤。殿内坎墙壁上镌刻了当时督造官员和所有工匠的名字，计四十名，包括铸匠、凿匠、锉匠、拨蜡匠、旋匠、木匠等。施工时要由工匠们分别将铜铸成各种大小尺寸的构件，然后再将各种构件连铸在一起，成为一个整体铜殿。这不仅需要设计的结构严谨，还需要各个工种的紧密配合。宝云阁的设计出自清代著名的建筑世家样式雷之手，而施工却是由许多平凡的工匠完成的。虽然建筑为分体铸造，却连接精密，毫无铸凿之痕。以两百多年前的技术条件，这样的高度就地铸造重达二百零七吨的铜殿，堪称鬼斧神工。

我国历史上的铜殿建筑大体都与宗教相关，如武当山天柱峰顶的明代金殿、五台山显通寺的铜殿和岱庙铜殿等，多为皇家斥巨资所建。宝云阁铜殿建于皇家园林之中，相对特殊，不仅为帝后礼佛之所，还延请喇嘛教高僧诵经祈福，在此举办重要参拜仪式，宝云阁前的牌坊上有乾隆亲笔题写的"暮霭早岚常自写""侧峰横岭尽来参"的诗句。阁后五方台的石壁上，有高约十米的周边莲花纹框，为诵经时悬挂佛像所用。万寿山两侧，一边是铜殿，一边有"万寿山昆明湖"石碑；铜殿喻金，石碑代玉，金玉交相辉映，既有重要宗教场所的价值，又有园林建筑的

宝云阁

情趣。想当年清漪园中，宝云阁铜殿金碧辉煌，梵音缭绕，昆明湖烟波袅袅，可谓一派乾隆盛世的景象。

宝云阁经历的第一次破坏时间是清咸丰十年（1860年）。英法联军侵入北京，焚烧洗劫了圆明三园，清漪园也被火焚。虽然铜殿是金属材质，未受大的破坏，但阁内原供奉的佛像、七层雕漆佛塔和铜掐丝珐琅供物等陈设全被掠走，仅剩一张二十吨重的铜供桌。光绪十二年（1886年），清政府重新修葺宝云阁铜殿，后又以"颐养冲和"为名重修清漪园，并将其改名为"颐和园"。重修的颐和园完工不久，1900年八国联军侵入北京，颐和园再次被洗劫。1902年，慈禧虽命人再修颐和园，然而园林已是风华难继。1908年慈禧死后，颐和园管理一片混乱，值守太监巡逻检查时发现，宝云阁铜殿上四扇大号铜格扇和六扇小号铜槛窗竟不翼而飞，丢失御苑宝物其罪当诛，太监们瞒报了失盗的消息。随着清朝的灭亡，铜殿门窗遗失也成了一桩不了了之的悬案。

民国年间，这座皇家园林依旧疏于管理，偷盗事件仍有发生。据1940年1月13日管理颐和园事务所呈报给北京特别市公署的一份文档称：宝云阁东边铜格扇心又缺少了一份，计内外两页，四处寻找访查，仍无踪影。为安全计，他们便将宝云阁现存格扇心三十九页全行拆下存放库内。

1945年8月，日本侵略者到处搜集铜料加工弹药。北平市工务局和日本昭和通商株式会社以献铜为名到颐和园拉走铜缸、铜炉以及宝云

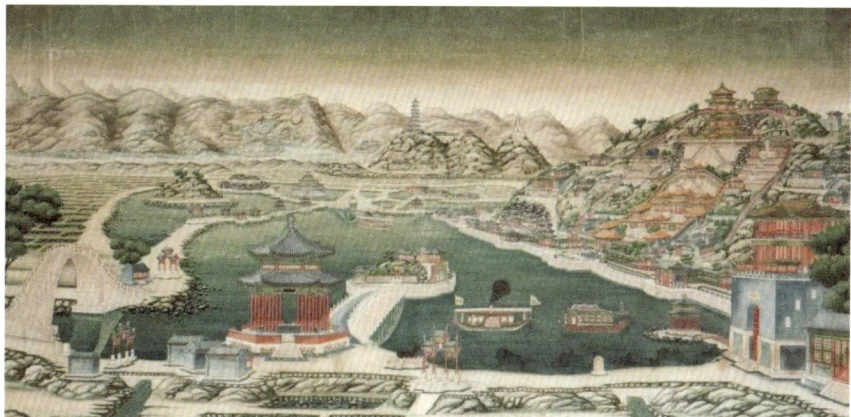

清·《颐和园图》

阁内的铜供桌运往天津，意图熔铜造军火。所幸，不久之后日本战败投降。1945 年 11 月，颐和园派人前往天津将铜器（包括宝云阁铜供桌）一起运回。

直到 1949 年颐和园被接管时，拆下的铜窗扇仍存放于园内西十三间库房，被压在堆积甚高的残损硬木家具之下；而宝云阁铜殿门窗俱落，四边透风，真正成了铜亭子，台基周围荒草丛生，铜铸件布满锈蚀，一派荒凉颓败之相。

随着西方势力的侵入，西方社会对中国的认识和研究也在逐步加深，对中国艺术价值的探求成为一种潮流，铜亭也开始受到西方研究者的重视。1871 年 10 月，苏格兰摄影师约翰·汤姆逊在汉学家传教士的陪同下来到清漪园，从万寿山上拍下园内幸存的铜质建筑——宝云阁。汤姆逊的摄影作品《铜亭》采用了欧洲浪漫主义的美学表达方式，以"如画废墟"的风格再现宝云阁，所呈现的荒凉感恰如"无人之境"。这幅作品后来发表在 1874 年出版的四卷本《中国与中国人影像》（*Illustrations of China and Its People*）中，得到西方汉学家和美术界的高度评价，他们盛赞："钟爱艺术的人士肯定会喜欢上这些照片。万寿山铜亭像一颗闪耀的宝石。"这幅《铜亭》作为当时全球闻名的中国古

万寿山铜亭，约翰·汤姆逊 1871 年摄

万寿山铜亭，西德尼·戴维·甘博 1918 至 1919 年间摄

典建筑图像，通过不同的复制技术，以各种印刷品及影像再现的形式广泛传播，成为中国美术在西方的一种代表形象。

民国初年，颐和园作为市政公园向公众开放，宝云阁铜亭又受到美术界和广大观众的广泛注意。1919 年，美国社会学家西德尼·戴维·甘博（Sidney David Gamble）从汤姆逊相同的角度拍摄了铜亭，此时铜亭的历史荒凉感有所消退，建筑本身得到一定的清理和修缮，但门窗空空如也的景象也由此定格。

新中国成立后，文物事业的发展为寻找宝云阁流失文物带来希望。20 世纪 80 年代，铜亭遗失门窗的身影终于浮出水面。根据国际友人提供的线索，最初失盗的铜门窗于 1910 年被转卖给了印支银行行长——法国人亨利尔特。1912 年，亨利尔特在法国大使的帮助下，将这些文物从上海运到了法国，其后一直在法国私人收藏家手中流转。而民国年间失窃的部分窗扇仍然线索不明。

1993 年 7 月，美国友人莫里斯·格林伯格（Maurice R. Greenberg）为表达对中国文物保护事业的支持，出资五十一万五千美元购回十扇铜窗，并无偿将其赠还颐和园。2018 年 12 月 18 日，党中央、国务院授予格林伯格中国改革友谊奖章。这批归还颐和园的铜窗共计十扇，有铜窗芯二十一页，每一件做工都很精致，窗框周边浅浮雕龙纹清晰，窗扇的尺寸略有不一，较大的有四扇，长约一百四十三厘米，宽约四十五厘米；小的有六扇，长约一百四十三厘米，宽约二十九厘米；另外还有雕刻精美菱花格图案的窗芯，长约一百零六厘米，宽约二十厘米。1995年，法国文物收藏家米歇尔·伯德莱（Michel Beurdeley）也捐赠了一扇铜窗芯，尺寸为长一百零四点八厘米，宽三十五点五厘米。

寻访遗失部件的同时，铜亭保护研究愈加得到各界的重视，库房旧存的铜门窗也重见天日。回归的铜窗及铜窗芯都保存良好，纹饰图案完整，并带原配的铜纱网。以此为基础，颐和园修复了库存破损的三十九页铜窗芯，又另外复制了十一页，连同回归的部分重新安装在铜亭上，基本将铜殿的门窗恢复如初，再现了这座精美铜质建筑的完整形

宝云阁文物捐赠回归仪式

清 · 宝云阁铜窗（北京市颐和园管理处藏）

象，向世人进一步展示了中国古代建筑和铸造工艺稀世珍品的魅力。

　　随着对铜殿构件修复技艺的深入研究，古代铸造技术得以重现辉煌。铜亭的铸造工艺，历史上称为"拔蜡法"，属传统的"失蜡法"铸造技术的一种。在铜亭的保护研究中，专家学者对铜亭各部件铸造技术进行了复原研究，通过查阅档案、请教前辈工人师傅，从小的部件做起，逐步复制出各类铜亭构件。传统"拔蜡法"用泥料造芯，以石蜡等材料制模，再经过造型、出蜡、焙烧、浇注和清理加工的步骤，最终完成铸件的熔模铸造。通过试验可知，宫廷、园林中各类铜像，包括铜龙、凤、龟、鹤、麒麟、狻猊等，多是以拔蜡法铸造，这种工艺代表了18世纪中国传统手工业的水平，是劳动人民智慧和创造力的结晶。现代工业上应用很广的熔模精密铸造，就是从拔蜡法这一类传统熔模铸造发展而来的。以拔蜡法铸造的宝云阁铜殿气度华贵、设计精巧，是中国古代建筑和铸造工艺之中的杰作。根据可考的资料，铜殿是中国现存工艺品中精致度最高、体量最大的青铜铸品，在中国悠久的青铜历史文化中占据重要地位。

在部件修复、工艺技法还原取得重要成果的基础上，为进一步推进文化遗产保护，2003 年起，文物部门对宝云阁铜殿整体建筑和环境进行全面勘察整修。勘察工作伊始，对铜亭建筑形制、环境、保存状态、历史资料以及具体的损伤、病害、构造技术等进行了深入细致的检验分析，并以此为依据，通过充分的研究论证，制定了铜亭修缮方案。修缮工作根据文物修复的指导原则，采取慎重的保养性修护方针，注重保持古建的"原真性"，从月台地基、大理石砖面铺设加固开始，到屋脊房梁修正，包括铜瓦屋面的清理重新安装，菱花格窗芯、椀花扣的修补，都高标、准严要求，最终圆满完成，大大改善了古建的保护状态。宝云阁的修缮工程，是一次强调保护性的修缮，突出了历史文化信息的传承作用，有利于将来文物利用价值的进一步开发，为今后类似文化遗产保护工作树立了好的样板模式。

2019 年 9 月，铜亭文物回归和保护的成果在"回归之路——新中国成立七十周年流失文物回归成果展"上呈现给广大观众，精巧的铜窗扇吸引了各界关注的目光，回归的故事也一再被人们传诵，如何更好地保护颐和园文物古建成为社会的热点问题。宝云阁铜窗历经近代劫难，从流失到回归，体现出国家走向兴盛强大的历史轨迹，文物回归工作与文物保护事业紧密结合，为新中国文物事业带来了丰硕的成果，也激励着文物保护工作者和全国人民牢记使命，锐意前行！

# 第七章

# 越王者旨於賜劍:

## 剑中翘楚完璧归「越」

　　中国古代是冷兵器一统天下的时代，国家之间的战争结果除了受统帅的指挥作战水平高低的影响，武器装备的优劣也会在相当程度上左右战争的走向。西周时期的战争以车战为主，两军对阵先使用远射的弓矢，待到战车错毂格斗时，再以长柄的戈、戟、矛、钺为主。而仅有几十厘米长的手握短兵器——剑，在这一时期并非主流兵器。从这一时期考古发掘出的剑与铜戈数量对比情况也可见一斑。但值得注意的是，同一时期在江苏南部到浙江北部地区出土的青铜短剑，却与中原地区的剑在形制上存在明显差异。其剑茎为实心，茎端的圆首较大，剑身中脊隆起，剑锋又尖又细，两侧刃已呈现弧曲。这种特征也逐渐成为吴越青铜剑的与众不同之处。到了春秋晚期，吴、越两国迅速崛起，成为强盛的诸侯国，军队实力大增，兵器制作技艺突飞猛进，两国的铸剑技术也已日臻完善并达到顶峰。经过吴越数代国君的不懈努力，青铜剑的形制不断发展变化，剑身变长，柱脊变为棱脊，截面凹弧、有血槽、前锷收狭，刃部由直刃变为弧线内收。这些变化都极大地提高了剑的杀伤能力，使其在步战中能够发挥更大的作用。

战国·越王者旨於睗剑（浙江省博物馆藏）

　　而吴越宝剑的制作工艺之所以能够达到形神兼备、既美观又锋利的效果，主要赖于吴越铸剑工匠能够熟练地掌握根据青铜器不同的使用性能，选用不同的铜、锡配比的铸剑技艺。成书于春秋战国之交的《周礼·考工记》中，出现了世界上最早的关于青铜器制造配方的记载："金有六齐，六分其金而锡居一，谓之钟鼎之齐；五分其金而锡居一，谓之斧斤之齐；四分其金而锡居一，谓之戈戟之齐；三分其金而锡居一，谓之大刀之齐；五分其金而锡居二，谓之削杀矢之齐；金锡半，谓之鉴隧之齐。"此处的"金"即为青铜或纯铜，"六齐"实为锡、铜的六种不同合金比例而做出不同器具的冶炼技术。该书也对吴越之地具备天时、地利的铸造好剑的条件给予了高度赞扬："吴越之剑，迁乎其地而弗能为良，地气然也。"正是这些有利条件造就了吴越铸剑的闻名遐迩，到了战国时期，吴越铸造的青铜铸剑更是成为交口称赞、值得拥有的杀敌利器和各国君主争相佩戴的高贵配饰，甚至在君主死后也要随葬吴越铸造的名剑。考古发掘中就曾经出土过许多著名的吴王、越王青铜名剑，如湖北江陵出土的越王勾践剑，湖北秭归出土的越王州勾剑，安

战国·越王者旨於睗剑（浙江省博物馆藏）

徽南陵县出土的吴王光剑，河南辉县出土的吴王夫差剑等。两千多年前铸造的这些吴越名剑如今依然剑锋犀利，向世人展示着古代吴越铸剑的辉煌成就。

而者旨於睗剑正可谓剑中翘楚，傲视群雄。它的横空出世注定会震动四方，成为万众瞩目的焦点。1995年9月下旬的一天，上海博物馆馆长马承源收到一张从香港传真过来的照片，映入眼帘的是一把剑身修长的古代铜剑，这位中国著名的青铜器鉴定专家一生见过的青铜器不计其数，而这次却久久凝望着这把宝剑，竟有些出神。从形制来看，它应该是我国战国时期典型的铸剑形制，剑格上清晰地铸有错金鸟虫书铭文，正面四字为"越王越王"，从剑格铭文中就能证实它是一把越王佩剑，这就将它的制作年代一下子推到了两千多年前。也就是说，这把剑竟然是战国时期越国铸造的一柄越王青铜剑。这一越王宝剑的信息已经足够令人震惊，而剑格的另一面上还清晰地铸有"者旨於睗"四个字，这四个字显示的应该是宝剑主人的名字。者旨於睗又会是战国时期的哪位越王呢？为了迅速地搞清楚宝剑主人的身份，马承源馆长只好寻求老朋友——浙江省博物馆副馆长曹锦炎的帮助；曹锦炎多年来致力于中国青铜器和古文字的研究，正是揭开剑主身份的不二人选。曹锦炎果然不负重托，经过一番查阅资料，仔细推理，他做出判断，者旨是越王的姓氏，於赐则为越王的名，而在古代越国汉语中，往往会将一些单音节词缓读成双音节，"者旨"应该读成"诸稽"，是诸稽的通假字，而"於赐"应该读成"舆夷"，是"舆夷"的通假字，用现代汉语来读就是越王诸稽舆夷剑。当时，马承源和曹锦炎一致认定剑铭文中的者旨於赐指的就是《史记》中记载的越王鼫与，而者旨於赐就是鼫与的缓读。越王鼫与就是中国历史上名垂青史的卧薪尝胆的越王勾践的儿子。《史记》中记载的越王勾践之子鼫与继位后仅仅六年就去世了。而在这短短的六年里，为鼫与铸剑的工匠曾为他精铸了一批兵器。之前考古发掘中也曾出土过几件铸有者旨於赐铭文的青铜剑，仅已知的就有北京故宫博物院、中国国家博物馆、上海博物馆及海外藏家等珍藏的十余件，然而保存最为完好的却是这柄者旨於赐剑。越王勾践和鼫与虽为父子关系，可两人的佩剑却在铸剑工艺中难分高下，越王勾践剑和者旨於赐剑无论从铸造工艺还是剑身装饰都显示出两千多年前越国金属工艺以及兵器制造技术的先进。者旨於赐剑的发现也从一个侧面反映了战国时期越国整体国力和军事实力的强盛及冶铸规模和水平，也正是凭借先进的兵器铸造技术，越国才能够在诸侯争霸中占据一方。

者旨於赐剑剑身局部

当年，越王勾践剑的出土就令考古界对中国古代的铸造业，尤其是铸剑技术大为赞叹，因为这柄剑历经两千多年的风霜竟然容颜不改，锋利如初。现在，越王勾践的儿子者旨於睗的佩剑突然现身，怎能不令人异常兴奋呢？马、曹两人经过反复查证，验证了这柄剑的主人身份，又看到照片上宝剑锋利无比的剑锋，更坚定了这柄剑就是越王宝剑的信念。这张照片是马承源的一个朋友从香港拍下传来的，一起传来的还有宝剑正在香港等待拍卖的消息。面对如此制作精良、保存完好的宝剑，马承源意识到这是一柄堪称国宝的绝世名剑，其价值和意义远在众多已出土的吴越名剑之上。面对国宝可能旁落的紧急形势，马承源来不及多想，便于 1995 年 10 月 4 日赶赴香港，亲眼见到了照片上的者旨於睗剑。

这把剑通长五十二点四厘米，格宽五厘米，直径三点六厘米。宝剑外还附有完整的黑漆剑鞘，剑鞘通长四十四点三厘米，上宽四点八厘米，下宽三点五厘米，组成完美的一套。这把者旨於睗剑不仅配件齐全，剑体本身也毫无缺失，几乎完美无瑕；剑身、剑首、剑柄都完整呈现，甚至剑柄上还缠绕着两千多年前的丝质剑缑，在目前出土或传世的吴越宝剑中独树一帜、绝无仅有，其珍贵程度可见一斑。剑格两面清晰

者旨於睗剑丝质剑缑

铸有双钩鸟虫篆铭文"越王越王，者旨於睗"八字，铭文间都镶嵌着薄如蝉翼的绿松石，部分已经脱落，剑首饰有五道同心圆，整把宝剑铸造工艺高超，精美绝伦。它历经两千多年依然如此完美，不得不说是一个奇迹。

如此难得一见的珍贵国宝让马承源心潮澎湃，当时卖家对者旨於睗剑标价一百万元港币，越来越多的海外收藏家表示愿意购

剑格正面铭文"越王越王"　　　　　　剑格背面铭文"者旨於睗"

买这把珍贵的越王剑，甚至有一位日本藏家愿意出一百五十万元港币购买。为了防止国宝青铜剑流失海外，马承源一边稳住卖家，向香港的朋友借款十万元港币，抢先付了订金；一边又四处筹措资金，希望把国宝留在国内。一百万港币对于一掷千金的富豪可能只是小事一桩，却令一个国有博物馆的馆长心急如焚，虽然竭尽全力多方筹措却还是杯水车薪。不得已，马承源先生再一次打电话给老朋友曹锦炎请求帮忙，曹锦炎不仅是一位研究古文字的专家，也是浙江省博物馆的副馆长，如今的浙江正是战国时期越国的故地，如果者旨於睗剑能够收藏在浙江省博物馆，可以称得上是一件完璧归赵、得偿所愿的好事。可是，对于征集文物经费只有几万元的浙江省博物馆来说，出资一百万元港币购买者旨於睗剑也是困难重重。而此时，眼看距离港方要求的缴款期限只剩下几天的时间了。在接到马老的电话后，浙江省博物馆立即召开紧急会议，博物馆的几位负责人集思广益，为购买者旨於睗剑出谋划策。当大家得知马承源为国宝青铜剑在香港奔波、四处筹集款项的事情后，都非常感动，一致决定，无论付出多大代价，也一定要把这把宝剑抢救回来。然而，由于政府财政紧张，要一下子拿出这么一笔巨款购买者旨於睗剑几乎是不可能的。浙江省博物馆馆领导为了促成宝剑的回归，把消息通知了全馆员工，整个浙江省博物馆顿时沸腾了，全馆上下迅速行动起来，一份《呼吁企业参与抢救珍稀国宝越王剑的倡议书》迅速分发到浙江全省各地，一时间，社会上都在奔走相告这个既激动人心又令人牵肠挂肚

的消息。几天后，杭州钢铁集团接到倡议书，表示愿意拿出一百万元港币购回宝剑，为抢救国宝做出贡献。

1995 年 12 月 28 日，浙江省博物馆举行了隆重的捐赠仪式，杭州钢铁集团将巨资购回的者旨於赐剑捐赠给国家，并交浙江省博物馆永久收藏。马承源端详着它感慨地说："在已发现的千件古剑中，难得有一件与之相匹，此乃剑中之极品，稀世之珍宝，此者旨於赐剑与越王勾践剑可并列为越剑之双绝，为国家之重宝。"这柄剑回归祖国后一直在浙江省博物馆展出，前来参观的人络绎不绝。2009 年，位于西湖文化广场的浙江省博物馆武林馆正式建成并对外开放，也正值浙江省博物馆开馆八十周年之际，借此机会举办了"十大镇馆之宝"的评选活动。从馆藏文物中选出三十件作为备选文物，经观众投票和专家品评，这把剑毫无悬念地高票当选，可谓实至名归。目前，这把寒气逼人的名剑在"越地长歌展"的展厅中长期对外展出，迎接四海宾朋。当人们进一步了解了宝剑背后的故事，更是被中国古人的聪明才智和格物致知的精神所感动，也对传承了数千年的大国工匠精神有了更深刻的理解。在科技发展水平并不发达的几千年前的战国时期，铸剑工匠以惊人的毅力和高超的技艺打造出了一把寒风凛凛、剑气逼人的千年好剑。

# 第八章 三千四百余件流失英国文物：
## 风雨潇潇的万里归程

迄今为止，在我国流失海外文物的追索历史上，追索文物数量最多、规模最大的就是 1998 年 3 月从英国成功追索的三千四百余件走私出境文物。通过此次文物追索建立起来的谈判协商、合作执法和司法诉讼相结合的追索模式，成为日后我国政府追索海外流失文物的典范。经历的过程一波三折，其间多少次险象环生，甚至远比虚拟的小说情节还要扣人心弦。

故事的起因是英国警察总署发动的一次代号为"水烛行动"的打击走私行动。1994 年夏天，伦敦大都会警察局（苏格兰场）[①] 在追踪一条从埃及驶出的走私文物船即将抵达英国港口的线报时，意外发现了一艘装载从中国走私文物的大船。从 1994 年 6 月到 1995 年初半年多的时间里，中国驻英国大使馆和英国警方先后收到了若干封匿名信，举报中国文物被走私到了英国，并详细地提供了走私路线、进货批量和市场交易

---

[①] 伦敦大都会警察局（Metropolitan Police Service），负责包括整个大伦敦地区（伦敦市除外）的治安及维持交通。苏格兰场（New Scotland Yard）是其代称。

明·白釉观音像（中国国家博物馆藏）

明·白釉观音像侧面

明·白釉观音像背面

等情况。针对频繁出现且内容翔实的举报信息，1995 年 3 月 10 日，英国警察总署发动了突袭，在英国两个港口分别截获了两批来自各个国家七卡车的走私文物，总计约六千余件，其中包含大量中国文物。英籍香港古董商丹尼·马、英国古董商鲍克斯和一名英国警方人员被逮捕。由于古董商和警方人员相互勾结，使一大批中国文物成功地走私入境英国。英国警方不禁震怒，决定将此案一查到底。3 月 31 日，英国警方派人来到中国驻英大使馆文化处，通报了截获走私中国文物的情况。警方已经确定主要嫌疑人是以丹尼·马为首的三人，他们同属一个国际性走私集团，走私模式是从中国内地走私文物，经由香港贩运至英国、美国、瑞士等地以牟取暴利。英国警方打算以走私罪和销赃罪指控丹尼·马和鲍克斯，所以希望中国派遣文物专家来英鉴定走私的文物，为英国警方将要提起的刑事诉讼提供证据。而此时的丹尼·马和鲍克斯已经按英国法律程序得到保释，并开始通过律师企图索要被扣文物。

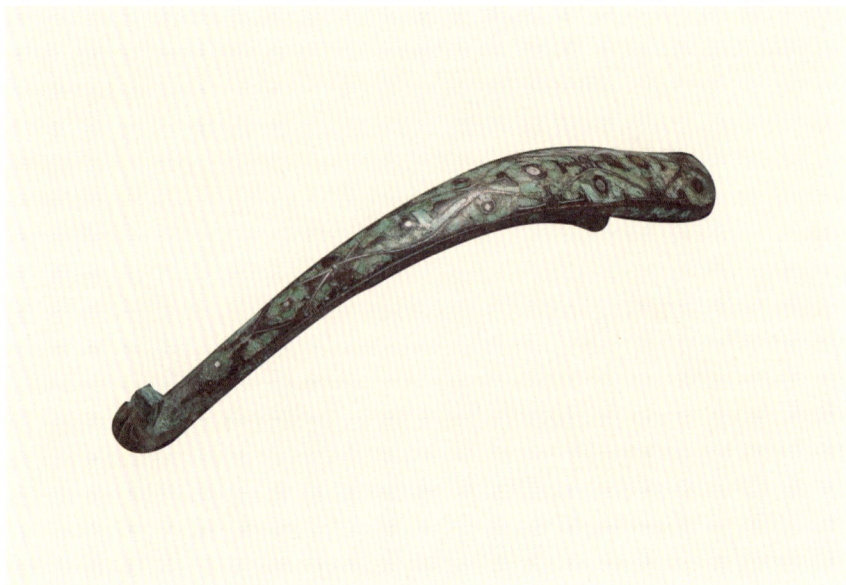

战国·错金银嵌绿松石铜带钩（中国国家博物馆藏）

汉·绿釉陶仓（中国国家博物馆藏）

汉·绿釉陶尊（中国国家博物馆藏）

同年 4 月 24 日，北京市文物鉴定组专家章津才和国家文物局流散文物处处长李季一同前往英国，会同大英博物馆的专家对这批文物进行初步鉴定，确认了其中的一部分为中国文物，甚至包含一些中国法律规定严禁出口的出土文物，具有较高的文物价值。7 月，中国国家文物局向英国警方提供了《关于对英警方查扣走私中国文物的鉴定报告》。1996 年 12 月进行的第二次检查中，中国专家证实，从中国走私的文物共计三千四百九十四件，大部分是非法盗掘的考古文物，时代从石器时代到清代，来自中国各地，主要是来自山西、陕西和河南等省份。1995 年 7、8 月间，在中国政府的配合下，英国警方派人来到北京、山西、河南、广州等地，开展了为期三周的调查取证工作。

1996 年 3 月 1 日，中国国家文物局向英国内务部发出一封公函，正式对这批文物提出所有权主张，要求归还。一个多月后，英国皇家检察院通知中国驻英国大使馆，由于文物走私地点不在英国，英国法庭无司法管辖权，所以正式决定不对丹尼·马为首的三人提起刑事诉讼。检察官认为，刑事诉讼应该在走私的发生地香港发起，当时香港仍归英国管辖；但是，据中方了解，香港从未提起过刑事诉讼。至此，中方希望通过刑事诉讼顺理成章地追回这批文物的希望彻底破灭了。从 5 月 17 日开始，丹尼·马等人的律师每周给警方发一封律师函，控诉警方的查扣行为非法，要求立即返还文物。

1996 年 7 月，国家文物局局长张文彬、国家文物局副局长马自树开始接手此案。9 月，张文

汉·绿釉铺首陶壶（中国国家博物馆藏）

彬局长率团赴英国参加在伦敦大英博物馆举办的中国文物展开幕式。其间，他专程拜会了英国警方负责人，了解查扣文物的案情。回国后，张文彬就案情评估和交涉情况向文化部和国务院做了汇报，国务院分管领导李铁映批示，要千方百计地追回文物。

1996年9月16日，丹尼·马等人向中国驻英国大使馆写信狡辩称，这些文物都是善意取得的，且持有购买凭证，如果中国对这些文物提出所有权要求，他们将立即起诉英国警方和中国。不久，丹尼·马等三人分别向伦敦治安法庭提起诉讼，要求归还被扣文物。10月29日，法庭开庭审理"鲍克斯妻子起诉英国警方"一案。法官在中方并未出庭参与诉讼的情况下，以中国国家文物局致英国内务部的信件中并未提供文物所有权的有力证据为由，判决警方将查扣文物中的十五件发还原告。这一判决对中方相当不利，如果不立即采取强硬措施，英国法庭很有可能照此审理后续的庭审事项，将剩余的所有文物都逐次归还给英国商人鲍克斯。而下次庭审就定在九天后的11月7日，留给中方和英国警方的斡旋空间已经变得十分有限。

1996年10月31日、11月4日，国务院办公厅两次召开协调会，会上决定成立由外交部、公安部、司法部、文化部、最高检察院、文物局等部门负责人及有关专家组成的追索英方查扣走私中国文物工作小组，决定力争刑事诉讼，同时介入民事诉讼，千方百计地追回被盗文物。工作小组办公室设在国家文物局，具体工作由流散文物处负责，曹兵武处长日夜值班。马自树分管流散文物处，有事直接向局长张文彬汇报，重大事项上报国务院。最高检察院检察长张思卿致函英国皇家检察院，希望对这起中国文物走私案提起刑事诉讼，对方回复称此案在英国不涉及刑事犯罪问题，所以只能进行民事诉讼。11月7日，英国富尔德律师行[①]受中国国家文物局委托，代表中方出庭，申明中方财产所

---

[①] 富尔德律师行：一家拥有二百多年历史、世界排名第八位的英国老牌律师行。业务遍及全世界，接手过许多跨国大案。

汉·绿釉陶鼎（中国国家博物馆藏）　　　汉·绿釉双孔陶灶（中国国家博物馆藏）

有权。最后，法庭判决，由于案情复杂，超出治安法庭审理范围，故移交伦敦郡法院[①]民事法庭审理。这个判决延缓了事态的进一步发展，为中方赢得了宝贵的斡旋时间。

国内的相关工作也在紧锣密鼓地展开。11月的一天，中国政法大学副教授马怀德（兼职做律师）接到了司法部律师司司长杜国兴的通知，副部长张耕请他去谈一个案子。见面后，张耕向马怀德介绍了这个案子，并告知已成立了工作小组，需要律师参与，当时的中国律师协会会长高宗泽已经参加，询问他的意见，马怀德当即应允。工作小组迅速成立，马自树任组长，成员除马怀德外，还有国家文物局的孙剑峰、北京市文物局选派的专家张如兰、公安部的裴淑芳。

12月1日，专家组启程赴英。12月3日，马自树和专家组成员访问了中方的代理律师行——英国富尔德律师行，同律师讨论了总的法律诉讼策略。这是他们第一次接触"国家豁免权"这一法律概念。国家豁

---

[①]　伦敦郡法院：英国审理民事案件的基层院。主要由巡回法官开庭，不召集陪审团。对郡法院的判决不服，可上诉至上诉法院民事上诉庭。

免权是指，国家作为国际法主体，行为和财产免受他国管辖；其表现形式之一，就是一国法院非经外国同意，不对该国代表或国家财产采取司法执行措施。这在政治上很敏感，但却是一个非常有效的策略，可以让这批文物冻结在警方手中，直到文物走私嫌疑人在旷日持久的昂贵诉讼中无力为继。这成为此案峰回路转的关键点。律师行明确指出，如果要进入刑事诉讼，必须去走私犯罪发生地香港，这就涉及对犯罪嫌疑人的引渡问题。这需要中国政府与英国内政部、英国警方再做沟通。引渡能否实现很难预料，即使成功引渡，也要使用香港法律，同样面临取证难的问题。即使刑事诉讼成功，也只能认定走私罪成立，并不能认定这批文物的归属。若想索回文物，必须进入民事诉讼程序，但审理时间预计将达到八个月，诉讼费用可能要超过三十万英镑，最高可能到四五十万英镑。这可谓利弊参半：利是有望拿回文物，并在追索文物上建立一套新的规则；弊是时间长、费用高、取证难。但是如果不应诉，肯定无法拿回文物，而且将造成不利于中方的政治影响。所以，律师行建议，中国作为一个主权国家，可以运用"国家豁免权"这一策略。经过商议最终决定，中方一方面坚持刑事诉讼，提出引渡要求，作为一种高压手段；另一方面要积极筹备民事诉讼，利用国家豁免权与对方对峙，让文物始终冻结在警方手中，逼迫对方放弃诉求。

随后，专家组接二连三地拜访英国政府机构。12 月 4 日上午，专家组赶到英国皇家检察院。一位助理检察官说明了为何不对丹尼·马等人提起刑事诉讼的理由——文物持有人将文物运进英国时已经纳税，属合法进口，并非走私；如中方提出所有权问题，只能到民事法庭解决。下午，专家组走访了英国政府文化遗产部门，对方介绍了英国的文物进出口政策。为保护人类文化遗产，联合国教科文组织于 1970 年制定了《关于禁止和防止非法出口文化财产和非法转让其所有权的方法的公约》（简称"1970 年公约"），国际统一私法协会于 1995 年制定了《关于被盗或者非法出口文物的公约》（简称"1995 年公约"）。中国政府分

金·双鱼纹铜镜（中国国家博物馆藏）

明·银锭钮杂宝纹铜镜（中国国家博物馆藏）

别于 1989 年和 1997 年加入了这两个公约，而英国政府当时以影响艺术品市场稳定等为由未加入这两个公约。所以，他们认为追索前景并不乐观。接下来，专家组拜访了大英博物馆，与博物馆东方部主任会面，并去库房查看了警方暂时保存于此的部分查扣文物。6 日，专家组又拜访了英国内务部。因为 7 日、8 日是周末，9 日上午，专家组赶赴苏格兰场，会见了此案的负责人以及曾到中国取证的三位警官。马自树对英国警方表示了感谢：第一查扣了涉案文物，没有使这批文物流失；第二通知了中方，使中方有机会追索；第三为刑事起诉付出努力。对方表示，终于可以安心地将这件事交给中方处理了。下午，专家组去了佳士得拍卖行，他们想了解，在英国拍卖是否审查文物来源的合法性。在警方安排下，专家组在拍卖行的库房里见到了涉案的另一部分中国文物。马怀德记得，佛头、小件玉器、墓志、佛像等大量文物从面貌上就可以判定是中国文物，有的甚至还用《广州日报》和《人民日报》等中国报纸包裹着。专家组的文物专家张如兰主要负责鉴定，孙剑峰负责记录，瓷器鉴定家、收藏家钱伟鹏（由于鉴赏能力突出，被国家文物局选派到英国，专职从事中国文物的回收工作数年）也在场。鉴定的结果是出土文物居多，但高级别的文物不多。

12 月 11 日，丹尼·马和鲍克斯起诉苏格兰场查扣其文物案在郡法院开庭审理，原告代理律师、苏格兰场警方及律师和中方代理律师均到庭，马自树、马怀德和中国驻英使馆二处的时坚东到法院旁听。庭审只持续了半小时，中方代理律师声明文物是中国财产，要求行使国家豁免权。法庭裁定，中方需在 1997 年 1 月 17 日前进行民事诉讼，否则将文物判归丹尼·马和鲍克斯。接下来的几天，专家组又拜访了一位英国皇家法律顾问，这位收费很高的著名国际法专家免费为他们提供了一个多小时的咨询，并提出了两个建议：由两国政府成立仲裁法庭进行仲裁；诉诸舆论，使英国公众对中国追索文物的行动产生同情。经过两周的工作，专家组收获颇丰，赶回国内继续工作，专家组临行前再次会见富尔德律师行的律师，确定了此后的行动步骤。律师计划近期就郡法院开

观众参观从英国追索的文物

庭审理再次提出国家豁免权，并要求将此案提交上诉法院①，这样就可以争取到六个月的时间。中方可以利用这个时间为进入民事诉讼做些准备，包括提供中国相关法律和文物艺术性、科学性方面的专家证言。律师建议，专家要权威，并且最好"离政府远一点"。

12月18日，专家组启程回国。在香港转机时，与正在调查此案的公安部来港工作组碰面。公安人员告知，走私到香港的文物太多，很难查清这批文物的走私情况。专家组向香港警方提议，如果有证据证明是中国文物，应该以走私罪进行扣押。回京后，在国家文物局召开的会议上，马自树将英国之行做了汇报。会议决定，文物部门与公安部门合作，抓紧在案发地点取证，立足刑事诉讼，并为在只有通过民事诉讼一条途径索还文物时做准备。

1997年1月8日，伦敦郡法院再次开庭，中方代理律师以伦敦地方法院蔑视中国国家豁免权为由，要求将此案移送到英国上诉法院审

---

① 上诉法院：建立于1966年，由原来的刑事上诉法院和专理民事上诉的上诉法院合并而成。分民事和刑事两个上诉庭。民事上诉庭受理不服郡法院判决的上诉案件，刑事上诉庭审理不服刑事法院判决的上诉案件。

理。1月9日下午，工作小组召开协调会。据马怀德评估，文物个案取证很困难，能取得证据的不到百分之五。会议决定，取证工作交由公安部负责，获取专家证言，申请经费。财政部专门拨款五百万元作为办案经费。中国地方文物部门负责清查近几年丢失的馆藏文物和被盗墓葬，与英国查扣的文物进行比对。一方面，文物部门通过代理律师继续给丹尼·马等人施压；另一方面，也开始释放谈判的信号。1月15日，丹尼·马和鲍克斯表示同意考虑谈判。1月30日，伦敦郡法院也向涉案双方提出了庭外解决的建议。国家文物局将情况向国务院做了汇报，提出了中方谈判原则：坚持中方的所有权，索还最具代表性和文化价值的中国文物，这些意见得到了国务院批准。3月12日，一个自称是丹尼·马朋友的人给中国驻英使馆文化处打来电话，说他们精神压力很大，已经无力继续负担打官司的费用，希望与文化处面谈，归还文物。在双方的接触中，对方代理律师向中方代理律师表示，愿意归还具有重要历史和文化价值的文物，并数次提到希望确定谈判日期。5月7日，中方代理律师致函对方律师，表示同意谈判，并申明中方谈判的起点是所有被警方封存的中国文物属于中国，理应归还。但是，丹尼·马等人一直不置可否，直到11月，对方终于同意了谈判条件。

1998年1月22日上午十点，谈判在伦敦佳士得拍卖行库房举行，钱伟鹏和中国驻英使馆文化处一秘王燕生受国家文物局委托负责谈判。1月24日，双方达成协议，丹尼·马等人承认中国政府对英警方查扣的所有中国文物的所有权，同意归还三千余件属于中国政府的文物。回归的三千余件文物年代跨度大、种类繁多，其中不乏反映古代劳动人民生产生活场景、令人赏心悦目的精美文物。列举一二如下：

错金银嵌绿松石铜带钩：战国，长十八点三厘米，带钩是束在腰间皮带上的挂钩。这件带钩钩身扁长呈琵琶形，钩颈窄瘦，鸭形首。钩面饰几何形花瓣纹，以错金银、绿松石镶嵌等工艺装饰。在战国时期贵族墓葬中经常能见到各种精美的挂钩，运用鎏金银、错金银、镶嵌等特种工艺制作，凸显使用者身份的高贵。

绿釉陶鼎：汉代，铅釉陶鼎是汉代最常见的仿铜陶器，多作随葬冥器。汉代人注重厚葬，随葬品力求丰富而精细，除少量石制品、金属制品、漆器以外，陶制品也被大量使用。该鼎应为子母口，盖已佚。鼎耳外撇，鼎足上部粗大，下部较细。

绿釉双孔陶灶：汉代，陶灶是仿实物缩小制作。汉代人在生者死后用陶仿制仓、灶、井、房屋、院落等日常生活中的实物作为冥器陪葬。这件陶灶为双孔，通体施绿釉，灶面装饰有鸡、鸭等各类食物以及碗、盖、勺等炊具。造型生动写实，具有浓郁的生活气息。

双鱼纹铜镜：金代，直径八厘米，圆钮，双鱼体形较健硕，刻画精细逼真。鱼身周围水波纹略显粗疏，但不失自由欢快的情趣。这种双鱼纹铜镜是金代铜镜艺术的典型代表，颇具灵动感。

银锭钮杂宝纹铜镜：明代，直径八点五厘米，银锭形钮，纹饰由上至下多层次排列。最上方为一展翅曲颈仙鹤，两侧饰双椒。第二层中间为方胜，两侧各有三粒宝珠。第三层即钮两侧各有一银锭。第四层为二书卷。最下方正中为一聚宝盆，上盛鲜果什物。聚宝盆两侧为方胜与宝钱。第二、三、四层外侧各一人，相向而立，手持宝物。这种杂宝仙人铜镜在明代十分流行，象征吉祥如意。

2月10日，经过长达一年多的协商，中国政府同该案的两名主要英国嫌疑人进行了庭外和解，归还文物协议书以及英国警方、伦敦郡法院签字的法律文件正式签署生效。根据协议，英国警方向中方移交了文物，国家文物局派人点交文物。5月，三千余件返还文物运抵北京。文物运输工作得到了中国民航局、远洋公司、交通部的大力支持，将文物全部免费陆续运抵中国。8月，该案的另一名嫌疑人与国家文物局达成和解，又归还了七件文物。8月5日至31日，在中国历史博物馆举办了"打击文物走私成果展览"，从中展出了此次从英国追回的中国文物。

时至今日，这批文物一直被保存在中国国家博物馆。遗憾的是，该案中的一名文物购买人在1995年走私文物被英国警方扣押后一直拒绝参与协商谈判，涉案文物因此一直被英国警方扣押，这也是1998年英国返还三千余件文物时的一个遗留问题。关于此案件的前因后果、来龙去脉在瑞士日内瓦大学的 ArThemis 研究项目①中曾作为一个专门的案例进行研究，足见这个案件在追索非法走私出境文物领域十分引人注目，也从侧面反映出当初的追索难度之大。多年以来，国家文物局从未放弃追索，一直与中国驻英国使馆和英国警方保持联络，随时关注事件的最新进展。

时间转眼到了 2020 年，文物界传来喜讯，国家文物局在 11 月 14 日对外宣布，经过二十五年的持续追索，英国再次归还了共计六十八件流失的中国文物，这为打击文化财产的非法贸易、开展国际合作树立了良好典范。《环球时报》针对这则新闻做了专题报道。这六十八件文物中，暂定为二级文物的有十三件，三级文物三十件，普通文物二十五件。它们涵盖了从春秋战国时期到清朝包括瓷器、陶器和青铜器在内各类文物。这些走私文物是英国在 1995 年对国际文物犯罪集团进行调查时发现的。由于当时的文物购买者拒绝参加文物返还中国的谈判，因此这些文物被英国警察扣押了整整二十五年。2020 年 1 月，伦敦大都会警察局与中国驻英国大使馆取得联系，希望将这批文物归还中国政府，一是因为这批文物的最初购买者已经下落不明，二是因为扣押时间已经超过追诉期，因此涉案的文物被划定为"无主物"。国家文物局立即组织重启追索机制，拟定追索方案，组织专家鉴定，形成追索清单，根据"1970 年公约"向英方发出追索函，正式提出文物返还要求。经过反复确认，7 月 29 日，中国驻英国大使馆公使衔参赞于芄带队赴英方仓库现场进行清点，国家文物局最终认定追索六十八件文物，伦敦大都会警察局同意全部归还。在和伦敦警察局签署了收到文物的确认书后，这批文物于 10 月 19 日从希思罗机场起飞，20 日抵达北京。这批文物的回归，体现了国际公约在打击文化财产非法贸易中的重要性。

---

① ArThemis 研究项目是"替代性纠纷解决机制与文化财产"研究的成果之一。这项研究始于 2010 年 6 月，由日内瓦大学艺术法律中心在瑞士国家科学基金会（SNSF）的资助下进行，直至 2013 年。该项目目前在《联合国教科文组织文化遗产国际保护法》的资助下继续在日内瓦大学开展研究。

1998 年，由于英国尚未加入国际公约，因此从英国追索三千余件文物所付出的努力更为艰苦卓绝，而这次文物的回归则是在"1970 年公约"的框架下开展国际合作共同打击文物走私的成功典范。2020 年是"1970 年公约"创建五十周年，国家文物局为了纪念这一历史时刻并庆祝这批文物从英国回归，在官网上以"二十五年回家路——流失英国六十八件文物成功追索回国"为题制作了一个专题，专门以图文并茂的形式具体讲述其回归过程。2020 年 7 月 29 日中国驻英国大使馆负责清点文物的官员——公使衔参赞于芃，在 1995 年 4 月中国第一次派专家赴英国鉴定被英国警方扣押的三千多件文物时，身份还只是我驻英国大使馆文化处的一名普通工作人员。二十五年文物的追索之路，也见证了一位中国外交官的成长道路，不得不说历史总是充满了巧合。

# 第九章

## 乾隆粉彩镂空六方套瓶：

### 铭刻英法联军火烧圆明园的国耻

　　来自四面八方的观众走进首都博物馆，每当步行至方厅四层二号"古代瓷器艺术精品展"展厅时，总会被置于醒目位置的一件陶瓷器物吸引，不禁驻足观看。这件定名为"清乾隆酱釉描金描银粉彩镂空花果纹六方套瓶"的瓷器高四十点六厘米，口径十一点四厘米，底径十二点四厘米，是清乾隆年间清宫御用陈设观赏瓷器。此瓶原为一对，均为圆明园旧藏。讲起这件瓷瓶的身世，可谓出身高贵、战乱流散、百年回归。它的回归之路充满坎坷和艰辛，凝聚了中国政府和国有企业领导收回国宝的坚定决心和非凡勇气，祖国的尊严有时甚至需要仁人志士用生命的代价去捍卫。

　　乾隆八年（1743年）春季的一天，乾隆帝兴致勃勃地巡视圆明园，总觉得园中缺少了陈设珍品，于是返回紫禁城后，便给督窑官唐英下旨，让他设计几种用于观赏的新式瓷器小样。据《清宫档案》记载：唐英，字俊公，号蜗寄，是清朝功底最为深厚、成就最为显著的陶器工艺品大师，在景德镇督理陶务的三十年间悉心钻研陶务，对景德镇瓷业生产技艺进行科学总结，先后编写出《陶务叙略》《陶冶图说》《陶成纪

乾隆帝

事》《瓷务事宜谕稿》等著作。圣旨责令唐英为圆明园烧制"登峰造极"的陈设瓷器。经过一番苦思冥想，唐英很快设计出九种夹层玲珑交泰瓶样式，其中就包括这件镂空六方套瓶。瓷瓶的试制过程十分复杂，主要有三难：由于瓷瓶是六方瓶，所以不能上圆盘拉坯，成型极为困难，此为一难；瓷瓶雕刻后的瓷胎由于应力改变，烧制中极易变形，此为二难；瓷瓶为内青花外粉彩套瓶，即镂空瓶中再套一瓶，其工艺极其复杂，须两次入窑烧成，成品率极低，此为三难。设计登峰造极，烧制还有三难，这一切都使此瓶具有极高的艺术价值、观赏价值和收藏价值。一对瓷瓶试制成功后，乾隆帝龙颜大悦，将其陈设在圆明园中观赏。不幸的是，1860 年，英法联军焚毁抢掠圆明园时，这对珍贵的宝瓶被当时的英国公使额尔金（James Bruce Eigin）的私人秘书洛克爵士（Henry Brougsham Lock）攫取并带回了英国。其中一只出现在 1988 年 11 月 17 至 18 日香港苏富比的拍卖会上，以一百七十万港币被台湾的鸿禧美术馆购藏。但是没过多久，这只宝瓶又在 1991 年 3 月 18 日的香港佳士得春拍再次露面，并且作为重磅拍品出现在拍卖图录的封面上，引起一片哗然。而另一只一直杳无音信，仿佛从世间消失了一般。

转机出现在 2000 年 4 月，某日，香港各大媒体几乎同时刊登了一条重磅消息：香港苏富比拍卖行将在 5 月 2 日公开拍卖北京圆明园被掠文物，具体包括乾隆粉彩六方套瓶和三个兽首四件国宝。这条消息立刻引起了轩然大波，香港市民积极发声，认为被掠夺的圆明园文物不应该被拍卖，而应该归还中国。与此同时，时任北京市文物公司顾问的刘岩先生也得到消息，第一时间乘飞机赶往香港一探究竟。北京市文物公司总经理秦公先生得到消息后也如坐针毡，想方设法获取了苏富比拍卖行的拍卖图录，图录封面上赫然显示着宝瓶的高清图片，令秦公的心情久久难以平复。于是，他便开始紧锣密鼓地搜集宝瓶的相关资料。作为著名文物鉴定专家，秦公多年来从事文物鉴定工作，是国家文物鉴定委员会委员，拥有丰富的文物鉴定经验。随着相关资料和香港方面的拍卖图录逐渐汇集到手中，他迅速召集业务人员，对即将拍卖的套瓶进行论证。论证的焦点主要集中在，拍卖文物是否为圆明园遗失文物？这件拍品远在香港，没有人亲眼见到，谁也不敢有十分的把握确定这个就是圆明园遗珍。经过对大量资料和拍卖图录的查证和研究，可以看出：这件作品通体施紫金釉，在口足部施金釉，包括镂空都在表明仿金属工艺效果，纹饰中西合璧，双钩西番莲、佛

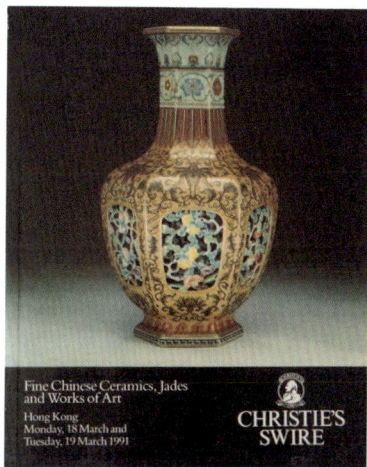

《香港佳士得拍卖图录》书影（1991 年 3 月）

手、寿桃纹；在设计与烧制时，混合了几种装饰的技艺，细节精巧；基本的釉彩是淡乳褐色，用金银双色勾绘及用粉绿色做花卉的背景颜色，瓶身上的每一块通花格都用圆形的版面组成，褐色釉底，充满了极其浓郁的中国传统文化风情。另外，拍卖图录上拍卖序列号为六三九号的拍品上清晰地显示贴在六方套瓶上收藏标记"Fonthill Heirlooms"[①] 的英文字样，这是英国大收藏家莫里逊氏的收藏标记。这也从侧面证明，此瓶为 1860 年英法联军入侵中国期间掠夺的圆明园遗物。眼见这件带有贴标的拍品，秦公先生断言：仅此一项就可以证明，这件拍品就是当年洛克爵士掠得后转手卖给莫里逊氏的，系圆明园遗物无疑。

　　一百四十年来，此瓶漂泊海外，历经波折，如今又被英国苏富比公司公开拍卖，这无异于再次揭开中国人民的伤疤，也是每一个有良知的中国人都无法容忍的。中国政府表明自己鲜明立场的时刻到了。根

---

① 　Fonthill Heirlooms：位于英格兰西南部的威尔特郡，原本是 19 世纪"英国首富"詹姆斯·莫里逊（James Morrison）的一座乡村私邸，莫里逊家族一直将其作为艺术收藏品的陈列地，其中很多藏品来自清代皇家。

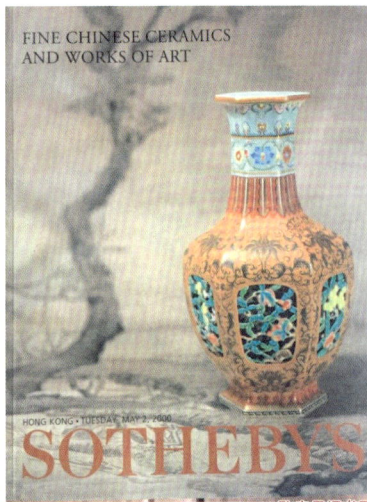

《香港苏富比拍卖图录》书影（2000 年 5 月）

据有关国际法，文物理应无条件地归还中国，中国国家文物局决定立刻阻止英国苏富比拍卖行拍卖被掠夺中国国宝的行为，明确表示：中国政府非常重视文物保护，非常重视通过国际合作保护人类文化遗产，不仅真诚地希望我国所有因战争原因被掠夺的文物都能够归还，也希望世界上所有因战争原因而流失他国的文物，都能够回到他们的祖国。近年来，国际上一些拍卖公司，无视中国文物保护法律和有关国际公约，不断拍卖从中国大陆走私出境的文物。苏富比和佳士得两家拍卖行又将在我国香港特别行政区公然拍卖圆明园的珍贵文物。经过研究，最后大家一致认定，乾隆粉彩六方套瓶是圆明园珍宝，此举不仅严重损害了这些拍卖行的声誉，违背了有关国际公约和职业道德，而且也是不尊重中国法律和中国人民感情的行为。苏富比拍卖行得知中国国家文物局的态度后，明确表示拍卖没有任何政治上的动机，纯属商业行为。对此，香港特区行政会议召集人梁振英向新闻界表示，收回圆明园失散文物，是中国人民的心愿，在香港拍卖圆明园文物将伤害中国人民的感情。拍卖前一天，国家文物局再次向拍卖行发出停止拍卖的通知。文物保护司司长杨正军也在新闻发布会上郑重指出：这件文物在法律上的性质是英法联军在侵略中国的战争期间被掠夺的文物，关于这一类文物的归还，国际法在 20 世纪已有先例，联合国教科文组织也于 1995 年提出一个现代国际法原则：任何由于战争原因被掠夺或丢失的文物都应该归还，没有任何时间限制。这一原则已得到国际社会的普遍赞同。这里所说的没有任何时间限制是指，一是不论战争何时发生，二是可以在任何时

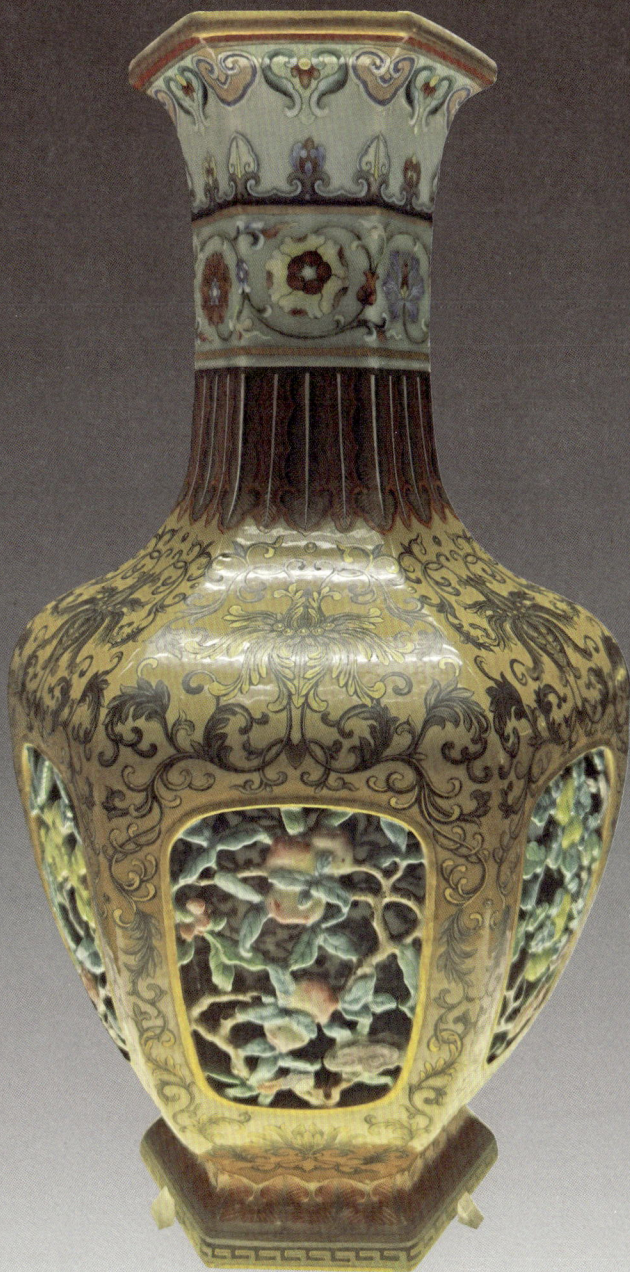

清乾隆·酱地描金描银粉彩镂空花果纹六方套瓶（首都博物馆藏）

候提出归还要求。

2000年3月，在美国纽约的一次拍卖会上，也曾有一件估价达四百万港币的中国文物被中国国家文物局在拍卖的前四天成功收回。这件没有拍卖成功而被收回的文物为王处直墓彩绘浮雕武士像，是中国一千年前的五代文物，属国家一级文物。六年前，这件文物在中国内地被一批盗墓者盗走，后被走私到国外，即将拍卖，却由于国际法的约束返还中国。

接到中国国家文物局的通知，英国苏富比拍卖行压力倍增，表示他们没有考虑事态这么严重，答应尽量做持有人的工作。可是，拍卖行与卖主交涉许久后，却突然发表了令人失望的声明，说他们将继续拍卖乾隆粉彩六方套瓶，因为香港没有参加相关的国际公约，所以拍卖活动不受限制。得到这个消息，远在北京的秦公立刻联系有关领导和专家，紧急开会应对。秦公经过慎重考虑，向北京市文物局的领导汇报了具体情况，决定参拍。

2000年4月30日晚，北京市文物公司会议室的灯光彻夜未熄，一场策划收回粉彩六方套瓶的会议紧张地举行着。会议通过讨论决定，使用经济手段购回流失的文物。北京市文物公司参加竞拍，定要买回宝瓶。随后，针对竞拍现场瞬息万变、强手如云，结果往往就在一瞬间一锤定音的形势，秦公召集业务骨干商量对策，只有制定出严密的策略，才能确保宝瓶回归。最后，北京市文物局经过慎重研究决定，秦公在北京坐镇指挥，由在香港拍卖现场的刘岩参加竞拍。

2000年5月2日下午，位于香港的拍卖大厅气氛异常紧张，容纳三百人的拍卖大厅人头攒动、座无虚席，夺宝大战一触即发。下午两时二十分，拍卖师以四百二十万港元起价拍卖乾隆粉彩镂空六方套瓶。位于北京市文物公司的秦公接到来自香港的代表刘岩的电话，询问竞拍底数是多少，秦公霸气地回答："没有底数。"于是，刘岩迅速地举起号牌，拍卖师先是每二十万到三十万港元叫价一次，竞争在刘岩和另一位电话竞拍者之间展开，当叫过一千万港元时，现场的一位台湾竞拍者加入了战局。空气似乎一下子凝固了，拍卖也明显地放慢了速度，价格升到每五十万叫价一次，好在后者不久便偃旗息鼓。价格由四百二十万抬高至一千八百五十万港元，这已经是同类拍品当时出现过的最高价格。坐镇北京的秦公不断地来回踱步，一言不发。当拍卖师第四十四次叫价时，价格攀升到一千九百万港元，秦公在电话里果断地发出指令："拿下！"随着拍卖师连叫三次，无人应答。重锤落下，北京市文物公司的代表以高价击败对手，在全场掌声中以总价两千零九十四万七千元港币的价格买下了这件稀世国宝。整个过程用时六分钟。连续五六个通宵不眠的秦公安下了心，北京市文物公司终于买回了圆明园遗珍。

酱地描金描银粉彩镂空花果纹六方套瓶局部

随后，中央电视台采访秦公时，他表示，这件作品主要反映在制作工艺上，可谓已经达到了登峰造极的水平。乾隆粉彩六方套瓶回归祖国是国家之幸事、民族之幸事。他感慨地说："国宝回归，就事情本身而言，无疑是值得庆贺的，但是只有无偿地追索回归，才能真正维护国家的尊严。"为了使国宝回归，秦公马不停蹄、日夜操劳，身体超负荷运转。5月10日上午十一时，在竞拍成功后的第八天，还没来得及看一眼自己努力为祖国夺回的国宝，呕心沥血的秦公先生不幸因心脏病突发病逝在工作岗位上，给这件国宝的回归蒙上了一层英雄主义的悲壮色彩。

为了继续完成国宝回归的后续工作，北京市文物局领导紧急研究，任命瓷器专家温桂华为北京市文物公司总经理，接替秦公的工作，并决定由温桂华和秦公的夫人一起赶赴香港将国宝运回北京。2000年6月24日，北京首都机场显得异常庄重、肃穆，北京市文物局的领导、文物鉴定委员会的专家们、文物公司的员工们、首都新闻界的代表们一起迎接国宝的归来。按照常规，回归后的国宝都要做一次鉴定，国家文物鉴定委员会副主任委员史树青、故宫博物院瓷器专家耿宝昌等八位权威专家在首都博物馆静静地等候着。这件珍贵文物被护送到目的地，木箱被小心翼翼地打开，让亿万国人牵挂的国宝终于展现了庐山真面目。专家的鉴定结果是，乾隆酱地描金描银粉彩镂空花果纹六方套瓶是乾隆早期御窑厂烧制的器物，曾陈设于圆明园，这件传世作品极为罕见，器型规整，工艺精湛奇巧，集粉彩、珐琅彩、镂空等多种装饰技法于一器，纹饰图案结合了中西文化，代表了中国陶瓷工艺的最高水平，属于国家一级文物。随后，北京市文物公司无偿将其捐赠给首都博物馆收藏。为了庆祝宝瓶回归，首都博物馆特别举行了"情系国宝——北京市文物公司征集文物精品展"。开展当天，首都各界群众纷纷涌进首都博物馆，争先恐后地一睹流失海外一百四十载的国宝风采。六方套瓶荣归故里，静静地向人们讲述着它那满载沧桑与荣光的身世。

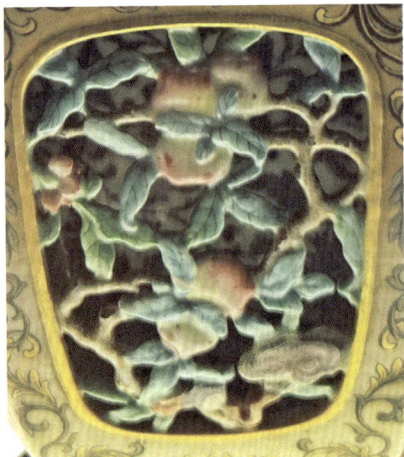

酱地描金描银粉彩镂空花果纹六方套瓶局部

国宝依旧，斯人已去。时任北京市文物公司总经理的温桂华曾回忆：直到去世的前一天，秦公谈的仍然是七天前从香港买回的圆明园国宝。在香港苏富比春拍，秦公电话委托买下漂泊海外一百四十年的圆明园流失文物重宝"清乾隆酱釉描金描银粉彩镂空花果纹六方套瓶"，成交价为一千九百八十万元港币，当时可谓天价。如今，其价值已无可估量。由此，更证明了秦公先生的慧眼与魄力。温桂华说，在秦公身上有着强大的凝聚力。或许正是这种凝聚力，才能让秦公与年轻的晚辈后生一起连续奋战五六个不休不眠的日夜，为国宝的回归鞠躬尽瘁，死而后已。

# 第十章

# 王处直墓彩绘浮雕武士石刻：

## 被盗挖失散数年后的再聚首

由于历史悠久、土地广袤，中国很多城市在古代都曾是称霸一方的诸侯国或是一统天下的封建国家的都城或军事要塞。中华大地埋藏的各个时代的帝王将相、王侯贵族的古墓遍布大江南北。历史上许多考古发现和考古发掘工作都是在偶然之间倏忽而至。正规的考古发掘是在国家和政府的领导下开展推进的，而非正规的则多为盗墓贼盗墓后不得不进行的抢救性发掘。盗墓的历史几乎与建造坟墓的历史同样悠久，似乎从未随着社会的进步而消失，给国家的文化遗产造成了毁灭性的打击，也给文物遗存的保护工作带来巨大的挑战。近些年，随着国际拍卖行业逐渐进入中国市场，盗墓已然成为个别不法分子牟取暴利的谋生手段，也给我国文物部门的监管工作带来了前所未有的困难。文物一旦不幸流失海外，日后的追索工作就是充满重重阻碍和意想不到的变数。如今静静地立在中国国家博物馆展厅里的王处直墓彩绘浮雕武士石刻，又被称为"海归武士"，就是盗墓贼贩卖走私出境后，我国政府费尽周折才从国外拍卖行追索回归的。

1994 年 6 月中旬，河北省保定市曲阳县西燕川村村民张建虎偶然发现，连续数日都有几个外地人在村口的公路旁下车，他们的装扮高度一致，每人都身背一个大包，表情严肃，四处打量一番后便会径直朝村外的坟山深处走去。他们的外表并不像是普通的背包客，也不像是富有学识的研究人员，而是行为诡异，一连几天都是定点来又定点走。这种情况非同寻常。张建虎本就是土生土长的西燕川村人，十分清楚当地的地形，坟山的道路崎岖不平，平时除了放羊的人，一般根本不会有谁上去。而这群外地人每天都背着大包小包按时上山，像是在进行什么工作，这引起了张建虎的好奇和警觉。有一天，他偷偷地跟踪他们一行人上山，眼前的情景让他意识到自己遇到了盗墓贼，他们已经在山上挖了一个大大的盗洞。震惊之余，张建虎马上拨打了曲阳县公安局和县政府的电话。公安局民警立即出动赶到现场，而几个盗墓贼可能是听到了什么风声，早已逃之夭夭。现场看到的只有那个明显的盗洞和一些装着少量盗墓贼没来得及带走的文物塑料袋。县政府接到报案后，也马上组织县文化局和文物管理所的工作人员奔赴现场。由于这座古墓地处深山中，距离村镇十分遥远，保护难度很大。为了防止再次被盗，河北省文物局决定对这座古墓进行抢救性清理。

经上报国家文物局并获得批准后，1995 年 7 月 12 日，由河北省文物研究所、保定市文物管理处和曲阳县文物管理所三方组成的联合考古队装备齐整地进驻坟山，开始古墓的抢救性考古发掘工作。首先，考古队员们根据古墓中墓志铭上的文字，判定这座古墓的主人为五代时期的王处直，因此将这座古墓定名为王处直墓。王处直是唐末五代后梁时期人，官至义武军节度使。唐朝末年"安史之乱"爆发之后，为了加强中央集权，避免地方权力过大，朝廷分别向河北的卢龙、成德、魏博三地委派了三个节度使，并派义武军节度使王处直对其进行监管。然而，王处直的养子王都对其职位一直虎视眈眈、伺机夺权。公元 921 年，王都在王处直毫无防备的情况下突然发动兵变，一举拿下义武军节度使一职，并监禁了王处直，两年后，王处直郁郁而终。为了堵住众人的悠悠之口，以防授人以柄，王都于次年将王处直厚葬

五代十国·王处直墓彩绘浮雕武士像，2000 年安思远捐赠（中国国家博物馆藏）

五代十国·王处直墓彩绘浮雕武士像，2001年美国政府返还（中国国家博物馆藏）

于曲阳县敦信乡的仰盘山，即今天河北曲阳灵山镇西燕川村西的坟山。

经过勘查发现，王处直墓已被盗数次，可供发掘的遗存物数量较少，而且损坏严重。墓室中的文物主要以精美的壁画和彩绘浮雕形式的石雕最为引人注意，尤其是汉白玉彩绘散乐浮雕雕工精细，线条舒展，独具匠心，所有人物都清晰可辨，神态各异，共同组成了一幅五代时期乐队合奏的表演场景，是中国古代彩绘浮雕类作品中独树一帜的精品。经过清理发掘，在墓道两侧和墓壁上均发现了彩绘浮雕，共计十八块，类别涵盖了门神、侍奉、生肖和散乐等。通常情况下，据专家推测，五代时期墓门口的壁龛里应该有两尊浮雕武士像。遗憾的是，壁龛已空空如也，估计武士像应该是被盗墓贼运了出去。有人认为，这两个浮雕武士形象是民间传说中的门神：唐太宗时期的大将秦叔宝和尉迟恭。他们怒目而视，仿佛在告诫阴间的妖魔鬼怪不要侵扰墓中主人的安宁。也有人认为，这两件浮雕武士是天王俑。天王俑源于佛教的护法神——四大天王。由于天王可以镇妖降魔，所以古人将天王做成俑置于墓室的墓门两侧，以期保护墓主人的灵魂。根据王处直墓壁龛的尺寸推测，这两尊武士像的高度应该在一百一十厘米左右，宽度应该在五十五厘米左右。已经守护陵墓一千多年的天兵神将本来是威猛无比的，却不料在1994年6月的一天被一伙无耻的盗墓贼盗走，墓室也惨遭破坏，实在令人气愤。河北省文物部门的工作人员从此开始夜以继日地不停寻找，到处打听它们的下落，可是这两件文物犹如人间蒸发了一样，始终不见踪迹，杳无音信。在所有人都以为今生再无缘与之相见的时候，一条从美国佳士得拍卖行传出的信息突然令大家兴奋不已。

2000年年初，中国内地著名画家袁运生先生访问美国。适逢佳士得拍卖行计划于3月21日在纽约举行拍卖会，拍品类型包括中国陶瓷、绘画和其他杂项等。精美的拍卖图录恰好被袁先生见到，于是，他便随手翻阅起来。当他看到第二〇九号拍品的时候，惊诧不已，因为图录上展现的分明是一件汉白玉彩绘浮雕武士像。这尊武士像高一百一十三点五厘米，宽五十八厘米，厚十一点七厘米，高大健壮、威猛无比、怒目圆睁、气势逼人，身披一身铠甲，手握一柄长剑，一脚踏在蛮牛之上，肩部昂首而立的凤鸟为他增添了一份英气；整个雕像采用红、黄和赭石等颜色进行彩绘，异彩纷呈。看完这尊武士像的英文介绍，袁先生更是心潮澎湃，因为拍品的介绍上说，这是 10 世纪罕见的彩绘汉白玉武士大浮雕，且明确地说明了这件浮雕的风格姿态与 1995 年中国河北曲阳县王处直墓出土的浮雕相像，富有唐代

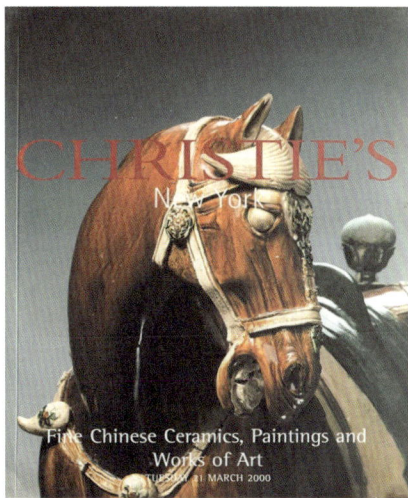

《佳士得拍卖图录》书影（2000 年 3 月）

遗风，估价四十万至五十万美元。他对王处直墓早有耳闻，也知道其前些年的被盗经历，所以看到拍卖图录的一瞬间百感交集，紧接着便迫不及待地把这个消息告诉了河北画院的费正先生，请其将这件事转告河北省文物局，同时传真了拍品照片，请国内确认这件拍品和王处直墓的关系。如果确认无误，一定要阻止这场拍卖。费先生听闻此事立刻转告了河北省文物局李宝才处长。河北省文物局领导对此事高度重视，在拿到照片后，立刻派专家前往王处直墓测量尺寸，并与王处直墓出土的其他浮雕进行技术对比。最终专家们一致认定，袁运生看到的浮雕武士像正是王处直墓中被盗挖的一对浮雕武士像的其中一件。于是，河北省文物局上报国家文物局，开启了对这件文物的追索之路。

在追索过程中，国家文物局积极采取外交手段斡旋，加速推进。2000 年 3 月，中国国家文物局照会美国驻华大使馆，向他们提交了相关证据，证明即将被拍卖的浮雕武士像属于中国被盗文物，希望美国政府阻止拍卖行对这件浮雕武士像的拍卖活动，并将流失文物返还中国。美国政府在此事上采取了积极的合作态度。3 月 21 日，美国纽约

南区地方法院根据美国当地的《文化财产实施法案》（Cultural Properties Implementation Act）做出了要求佳士得拍卖行终止拍卖的决定，并下达了民事没收令，授权海关部门扣押没收武士像。28 日，美国联邦警署迅速派人赶赴佳士得拍卖行，出示了法院签发的没收令，并通知他们海关部门要查扣这件汉白玉彩绘浮雕武士像。29 日，美国海关对外公布了这次民事没收行为，基于这件浮雕武士像是受到保护的文化财产，从一个主权国家的文化遗址偷盗而来，从中国非法走私并贩运到美国。[①] 1999 年 12 月，香港的 M&C 画廊（M&C Gallery of Hong Kong）委托位于曼哈顿的佳士得拍卖行于第二年的 3 月 21 日拍卖该雕像，自从图录上的文物照片被确认为来自被盗的王处直墓，纽约、华盛顿和北京的海关官员们经过与中国政府协商决定，由美国检察官提起民事没收诉讼，并由美国海关没收该雕像。得到消息的武士像卖主反应强烈，坚决反对终止拍卖，他明确表示，这件彩绘浮雕武士像是他家祖传的珍宝，要求继续拍卖。但是，美国政府态度明确，对其观点并未采信，严格执行法院命令，查扣了这件拍品。浮雕武士像被扣后，这件文物的卖主仍然执迷不悟，继续百般狡辩，企图蒙混过关，他向中国的文物部门先后提出两点质疑：第一，这件浮雕武士像的风格与王处直墓出土的其他浮雕风格迥然不同，其他浮雕的造型多为优雅的散乐浮雕，而这件浮雕则是凶神恶煞般的武士浮雕。第二，王处直墓出土的散乐浮雕颜色剥落明显，模糊不清，颇有年代感，而这件浮雕武士像的颜色鲜艳无比，犹如新鲜出土一般，因此卖家坚持认为，这两件浮雕作品不可能是出自同一座墓，即不可能是王处直墓出土的浮雕作品。对于这两点疑问，中国国家博物馆的研究员齐吉祥曾出面解释，武士像和散乐浮雕的功能是不一样的，这武士因为要把守大门，所以自然要威猛、夸张，而散乐浮雕是在演奏，自然就要唯美，至于颜色问题，那

---

① 朱利安·巴恩斯（Julian E. Barnes）:《确认中国文物为被盗文物后，美国政府提出归还的诉求》，《纽约时报》，2000 年 3 月 30 日。

王处直墓彩绘浮雕武士像局部

是因为王处直墓在金代的时候遭过一次盗掘，有盗洞，雨水就随着盗洞进入了墓室，进入墓室以后，散乐浮雕就被水浸了，于是就失去了一些颜色，武士像正好在墓门的壁龛里头，没有遭到雨水浸泡，颜色自然就是鲜艳的。

针对这个案件，美国纽约的艺术史学家伊丽莎白·查尔兹 – 约翰逊（Elizabeth Childs-Johnson）评论，当今中国似乎对文化遗产问题愈加敏感，并且表示当初她本人在佳士得拍卖图录中看到这件即将拍卖的天王武士雕像时，惊得目瞪口呆，因为这是一件品质上乘的艺术品，完全可以称得上是一件国宝，所以它的出现也立即引发了她对这件拍品出处的质疑。另外，纽约南区地方法院的检察官玛丽·乔·怀特（Mary Jo White）也对该案件进行了点评："为了将这件珍贵的文物归还中华人民共和国而开展的这场民事没收行动，表明了我国执法界的坚定而持续的决心，美国将与其他国家紧密合作，以遏制非法贩运被盗文化财产的浪潮。"美国海关总署专员雷蒙德·凯利（Raymond W. Kelly）也表示，这场行动也给贩运被盗文物的贩运者们敲响了一记警钟，被盗国宝肯定会被没收并归还其合法拥有者[1]。

无巧不成书，正在中国政府主导的一场跨国追宝活动在美国如火如

---

[1] 斯潘塞·哈林顿（Spencer P. M. Harrington）：《美国希望归还中国被盗武士浮雕》，《考古学杂志》，2000 年 3 月 30 日。https://archive.archaeology.org/online/news/china3.html，2021 年 4 月 6 日查阅。

王处直墓彩绘浮雕武士像局部

荼地进行之际，仿佛一夜之间，世界媒体都被美国政府查扣武士像的消息所震动，美国本地媒体《纽约时报》、美国有线电视新闻网都对从海关查扣，到法院最终判决归还中国文物进行了全程跟踪报道，消息以惊人的速度传遍了全球，受到国际关注。居住在美国纽约的世界顶级古董收藏家安思远先生恰巧在新闻中看到了中国海外追宝的报道，顿时深感诧异，继而陷入了深深的沉思。因为早在几年前，他曾经在香港的古董店里高价购买了一尊彩绘武士像。所以，当他从新闻上看到美国查扣的那尊彩绘武士像时，有一种似曾相识的感觉。随后，他便急匆匆地跑到自己的文物库房里查看实物，果然不出所料，他所购买的这尊武士脚踏麋鹿，头顶青龙盘卧，宝剑的剑尖直指卧鹿角项的荷花。他买的这尊武士像无论是文物尺寸、文物材质，还是艺术风格，都与拍卖行计划上拍的拍品极为相似。这两尊武士像简直就是天生的一对，互为映衬，颇有异曲同工之妙。作为一位与中国文物打过几十年交道的国际古董收藏界大师级人物，他精准地判定出这两尊武士像显然是一对，且出自同一座墓葬。经过反复思量，安思远决定把这件文物无偿捐赠给中国政府。他随即联系中国国家文物局，将自己收藏的文物照片和资料一起发上，并且公开表示：既然是违法盗运出国的文物，不管自己曾经花了多少钱收购的，理应归还给中国以维护全球的文物保护秩序。这位文物艺术品收藏界泰斗的一席话，掷地有声，让世界为之震动，让国人为之动容。

在美国曾经计划上拍的那件武士像等待审判结果的时候，安思远先生早已按捺不住，心急如焚地把自己手中这尊捐赠给中国政府。2000年6月26日，安思远捐献的汉白玉彩绘浮雕武士像顺利运抵北京。这尊武士像雕刻手法、艺术风格以及石刻材质都与佳士得原计划上拍的二〇九号拍品如出一辙。看到安思远捐赠的武士像之后，美国方面也逐渐达成共识，这两件武士像极有可能出自同一座墓葬；但是，出于法律上的取证需要，他们还是要求河北省文物局拿出确凿的证据证明这件武士像确实出自王处直墓。河北省文物局的工作人员经过一番深入思考，发现了武士浮雕上面的墓土，忽然灵机一动，认为把墓室重新打开，采集原来镶嵌浮雕的壁龛的土样跟美国的那尊武士像上的土样做对比，就能确定这件文物是不是在该墓出土的。河北省文物局的领导对此事高度重视，认为这个方案可行，于是组织保定文物部门把这座墓重新打开，由省文物局的雎国强局长和李宝才处长亲赴现场指挥采集土样的工作。大家进入王处直墓的墓室，对壁龛进行精细地测量，并画图取样。美国方面得到土样后，立即运用高科技手段对武士像上的土样以

王处直墓彩绘浮雕武士像开箱的画面

及河北省文物局提供的土样进行了比对分析，最终得出的结论是两者完全一致。而壁龛的尺寸也与武士像的尺寸相吻合。一切都有力地证明，这件武士像确实出自王处直墓。美国司法部门秉公执法，按照司法程序审理了案件，并于 2001 年 3 月，根据《巴黎公约》做出裁决，将这件彩绘浮雕武士像返还中国。4 月，美国政府在世贸中心举行了隆重的文物交接仪式。5 月 23 日，美国海关以"美国海关总署将 10 世纪的珍贵墓葬雕像归还中国"为题对外发布消息[①]。5 月 26 日下午，乘坐 CA9016 号航班的彩绘浮雕武士像平安地降落到首都机场。随后，它被定为国家一级文物，入藏中国国家博物馆。从 1994 年河北省保定市曲阳县西燕川村的这座千年古墓被盗，两尊价值连城的国宝级文物汉白玉彩绘浮雕武士像不知所终，先后辗转被卖到国外，到 2001 年两尊彩绘浮雕武士像在中国国家博物馆重新聚首，整整七年的坎坷历程见证了中华儿女不畏艰难险阻，一心追踪国宝的坚定信念，也见证了一位美国收藏家为维护世界文物秩序反其道而行之的非商人本色，更见证了中美两国政府之间流失文物追索返还领域的良好合作意愿。只有在尊重国际公约框架下，各国政府和文物部门开展卓有成效的理性合作，才能建立健康的国际文物秩序，作为人类文明史的实物见证的文物才能回归母体，更好地向世界人民讲述文物归属国的历史和文化。

---

① 尼尔·布罗迪（Neil Brodie）：《王处直墓的壁画》，《贩运文化》，最后修改于 2016 年 11 月 3 日，https://:traffickingculture.org/encyclopediacase–studieswang–chuzhi–tomb–panel，2021 年 4 月 6 日查阅。

第十一章

# 龙门石窟佛像：

文物回归任重道远

　　龙门石窟与云冈石窟、敦煌莫高窟并称"中国三大石窟"，最早开凿于北魏太和十七年（493 年），后经北齐、隋、唐、五代、北宋诸朝，大规模营造史达四百余年。在洛阳南郊伊河两岸的龙门山与香山崖壁之上，形成了南北长一公里、现存两千三百四十五座窟龛、十万余尊造像、两千八百九十余块碑刻题记的巨大石窟遗存。龙门石窟保存了大量反映古代佛教、建筑、雕塑、音乐、舞蹈、服饰、书法、医药、姓氏、地名、职官、东西方交通和文化交流等方面的珍贵资料，具有高度的艺术、历史和宗教研究价值。1961 年，龙门石窟被国务院公布为第一批全国重点文物保护单位；2000 年，被联合国教科文组织列为世界文化遗产。

　　龙门地势壮美，东西两山夹水对峙，中间伊水穿行而过，看似天然门阙，故有"伊阙""龙门"之称。龙门紧邻中原交通要冲，东西贸易的商旅、印度西域的佛教、北朝的游牧文明、南朝的汉文化传统都在此碰撞交汇，激荡孕育了新的文化思想。龙门地区山川形胜，自然风光秀丽，吸引大批文人墨客到此。唐代著名诗人白居易自号"香山居士"，

龙门石窟西山全景

龙门石窟俯瞰

晚年就定居在这里。龙门的山体岩石为古生代寒武纪（约5亿年前）和石炭纪（约2.7亿年前）造山运动时形成的石灰岩，材质优良，很有利于开凿石窟，雕刻石像。龙门石窟的开发经历了两次历史高潮，一是北魏孝文帝迁都洛阳之后，二是唐高宗和武则天时期。这是两个历史潮流重大转变的时期，全国的政治文化中心都在这里。

公元493年，北魏孝文帝迁都洛阳，沿袭在大同开凿石窟寺的做法，选址龙门西山，开发了古阳洞、宾阳三洞、药方洞等十几个大中型洞窟；工程持续三十余年，仅修古阳洞和宾阳洞就动用人工八十余万。北魏的佛造像源自印度西域佛教的东传，早期西域风格明显，到了龙门这一时期，佛教转向本土化、世俗化，融合多民族的历史文化传统，形成了特定时代的风格。北魏佛造像自始清秀消瘦，雕刻刀法多用平直，以质朴见长；服饰早期以偏袒右肩式的袈裟为主，后向"褒衣博带式"服装演变。龙门北魏造像与中原汉文化传统密切结合，逐渐形成了秀骨清像、表情温和、潇洒飘逸的"中原风格"，衣饰线条柔顺流畅、疏密

北魏·古阳洞内景仰视

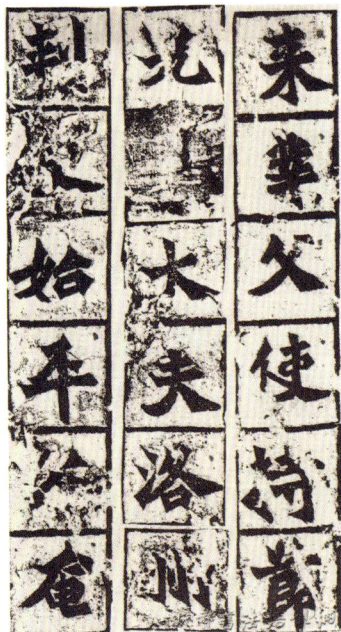

"龙门二十品"之《始平公造像记》（全称《比丘慧成为亡父洛州刺史始平公造像题记》）及部分拓片

结合、层次鲜明，开历史风气之先，风靡中华大地，对后世影响深远。

石窟中多数重要的造像完成之后，都会刻石题记，或详述事迹，或发愿祝祷，留下了大量碑文。龙门碑刻中早期魏碑作品的历史价值尤高。龙门造像题记涉及历史人物众多，上至王侯将相，下到平民百姓，资料内涵丰富，印证补充了经籍史料的内容。这一时期药方洞中还刻有古代药方的内容，一些疑难病症的药方要早于孙思邈《千金方》中的记载，是古代文章著述、学科发展的重要补正。这些魏碑题记在书写上承汉隶，下开唐楷，字体端庄大方，刚健古朴，凝聚魏晋书法艺术之精，对后世书法有很大的影响。康有为曾经盛赞："魏碑无不佳者，……何其工也，譬江、汉游女之风诗，汉、魏儿童之谣谚，自能蕴蓄古雅，有后世学士所不能为者……"这古雅自蕴、后世不能的评价道出了清代碑学大师们的推崇，他们甚至认为有了魏碑，南北朝和隋代的其他碑刻都可以忽略，因为它们所有的风格在魏碑中已经呈现。后人选出龙门魏碑中具有代表性的二十件编成《龙门二十品》，它们历来为书家圭臬，是中国书法艺术史的经典范本。

唐开国后，国力愈加强盛，佛教信

仰也备受推崇，尤其是唐高宗和武则天时期，广建佛寺，大兴道场，龙门石窟的开发也迎来了真正的鼎盛时代。按龙门石窟造像总数计算，唐代窟龛造像约占总数的六成，北魏时期约占三成。唐代开发的石窟遍及龙门东西两山，代表性的洞窟有奉先寺大佛龛、宾阳南洞、宾阳北洞、万佛洞、潜溪寺、敬善寺、惠简洞等。唐帝国国力强盛，对自己的文化高度自信，南北朝时期保守谨严的作风逐渐被自由奔放的热情所淹没，唐代刻工的圆刀手法也代替了北魏平直的刀法，佛像的服饰纹路更加飘逸灵动，力士与夜叉肌肉饱满，表情丰富，充满了张力。这一时期的龙门造像体躯丰腴、面相圆润、隆胸细腰、典雅端丽，在龙门形成了特有的"大唐风范"，成为盛唐时期历史文化的重要象征之一，其风格影响广布海内外。

唐·奉先寺卢舍那大像龛全景

　　卢舍那大佛龛建于龙门西山南部，是龙门规模最大的露天摩崖佛龛，始建于唐高宗咸亨三年（672 年），至上元二年（675 年）建成。史载，其工程资钱万贯，费工无算，以宏伟磅礴之气势留存于世。大佛龛占地南北三十三米，东西三十九米，三道石阶宽九米，规模之大居龙门石窟首位。其主尊大卢舍那坐像，通高十七点一四米，头高四米，耳长一点九米，着通肩式袈裟，面相丰满圆润，广额方颐，眉若弯月，其形"相好稀有，鸿颜无匹，大慈大悲，如月如日"。大佛两边侍立的弟

唐·奉先寺卢舍那大像龛

子迦叶严谨持重，阿难温顺虔诚；两侧二菩萨秀美华丽，容貌端庄；天王威武雄壮，单臂托塔，脚踏小鬼；力士叱咤风云，神态狰狞。这组雕像集中体现了大唐帝国强大的物质和精神力量，显示出唐代雕刻艺术的最高成就，成为东方佛教石刻艺术的典范，具有永恒的美学价值和艺术魅力。

龙门石窟在南北朝民族文化融合与盛唐文化形成中树立了自身独特的雕塑艺术语言。2000年11月，龙门石窟入选世界文化遗产，联合国教科文组织对其给予了高度评价："龙门地区的石窟和佛龛展现了中国北魏晚期至唐代期间，最具规模和最为优秀的造型艺术。这些翔实描述佛教宗教题材的艺术作品，代表了中国石刻艺术的最高峰。"

武则天时代结束后，龙门石窟渐渐归于沉寂，大规模的开窟造像运动也随之停歇。晚唐时期武宗会昌灭佛，五代时期周世宗灭佛皆给龙门寺院带来沉重打击，龙门石窟的营建也进入低潮，其中部分石窟雕刻出现崩塌、脱落现象，一时无以修复。灭佛之后的一段时期情况虽有好转，但并无大的成就可书。

唐·卢舍那大佛

到了近代，大规模的破坏、盗毁接踵而至，千年龙门满目疮痍。首先是殖民势力入侵，觊觎中国文物瑰宝。由于龙门石窟知名度高，且处于华夏中心，各类考察团队频繁光顾龙门地区。这一时期出版的考察报告，如法国人沙畹的《北中国考古图谱》、瑞典人喜龙仁的《五至十四世纪中国雕刻》、日本大村西崖的《支那美术史雕塑篇》、关野贞、常盘大定的《支那文化史迹》等等，对龙门石窟的情况记录甚详；这些著作也引发了更多人的"兴趣"，境外机构、个人藏家竞相收购龙门文物。不法分子为谋私利，在洛阳地带四处盗宝，再将其贩卖给洋人和买办。参与文物贩卖的主要当事者有日本山中商会、美国大都会博物馆、文物商人卢芹斋等，涉及的重要文物有《帝后礼佛图》壁画、火顶洞主尊佛首、万佛洞浮雕等等。大宗盗卖有史可查的就有不少：例如1923年，美国费城大学博物馆馆长杰尼唆使古玩商盗走古阳洞北魏交脚弥勒造像；又如1934年，美国大都会博物馆远东部主任普爱伦与琉璃厂古玩商岳彬勾结，把宾阳中洞《帝后礼佛图》以及古阳洞飞天、龛楣、宾阳南洞石狮、莲花洞北壁交脚弥勒佛、古阳洞北魏释迦思维像等盗凿下来，在北京拼接后运往美国。虽然新中国成立后岳彬受到严惩，但国宝流失的悲剧却已不可逆转。

近代中国，河南地区战乱不断，军阀土匪横行，加之部分地方官员、僧侣监守自盗，使得龙门文物不断流失。罗振玉在探访龙门时记载了地方军队破坏石窟的情况："初至宾阳洞，有营兵驻焉，阻客不听。入与商良久，乃得踰阈。洞中驻兵数十，坐卧于是，饮食于是，并于像侧作炊，像黔如墨。数年以来，名山大刹

唐·奉先寺卢舍那大像龛金刚

唐·龙门石窟《皇帝礼佛图》浮雕（美国大都会博物馆藏）

半驻军士……"在 20 世纪 20 年代香港文物市场开放后，地方军阀为敛财，在洛阳设"古董捐"，公开鼓励挖墓盗宝、文物买卖，并抽取"升一税"。于是，奸商流匪齐至，盗取文物的手段花样百出：切割佛首、撬挖壁画、刨取浮雕、揭拓碑刻……可怜千年龙门盛景，一片残破，佛身无首，雕刻破碎，纹饰断裂……日本人关野贞在考察著录中曾写道："从 1914 年起，龙门石窟的多数佛头能取下的都被取掉，卖给了外国人。"

　　新中国成立后的 1961 年，龙门石窟被国务院列为第一批全国重点文物保护单位。1965 年，文化部文物博物馆研究所与龙门文物保管所联合调查，发现仅龙门西山石窟被盗痕迹就多达七百八十余处。1992年，龙门石窟研究所再次对石窟做全面调查，初步统计，仅破坏最为严重的九十六个重点窟龛，已发现被盗走石佛及菩萨等主像达二百六十二尊，毁坏其他各类佛像一千零六十三尊、龛楣八处、说法图浮雕十幅、本生故事浮雕两幅、本行故事浮雕一幅、礼佛供养人浮雕十六幅、碑刻题记十五品等。失盗的石刻除有七十件已知下落外，其他多数去向不明。

唐·龙门石窟看经寺浮雕罗汉像（龙门石窟研究院藏）

据不完全统计，目前国外公私机构中收藏的龙门文物近两百件，其中日本收藏有龙门造像近四十件，英、法、美等地收藏龙门石窟造像近百件，其他国家地区收藏龙门造像二十余件，其中加拿大、瑞士、瑞典各数件，台湾地区十二件，香港一件。

龙门石窟同圆明园一样，是文物流失的重灾区，追索工作任务极其繁重。历史上的代表性文物，应当在所在国或所在地才能发挥历史与文化的最大价值。近年来国际社会要求归还被掠夺的珍贵文物的呼声也日益高涨。联合国教科文组织在《把无可替代的遗产归还给他的创造者》中呼吁："一个民族的、天才的、最高的化身之一是其文化遗产。这些被剥夺了文化遗产的男女公民至少有权要求归还那些最能代表他们民族文化艺术的珍宝。"然而，面对国际追索文物的声浪，英国大英博物馆、法国巴黎卢浮宫博物馆、美国纽约大都会艺术博物馆等十八家欧美博物馆发表声明，反对将艺术品，特别是古代文物归还原属国。在此大的国际形势下，追索龙门文物仍旧需要保持极大的耐心和毅力，需要各方各界的共同努力。总有一天，这些流失文物一定回归故土，回到家乡！

近几十年各方努力推进文物回归，使得部分龙门文物得以回到祖国。2001 年，加拿大国家美术馆将其收藏的一尊唐代摩柯迦叶罗汉雕像无偿归还中国。经研究发现，这尊雕像是 20 世纪 30 年代流失的龙门石窟看经寺文物。看经寺位于龙门东山万佛沟北侧，是盛唐时期开凿的一座皇家洞窟。看经寺内，最引人注目的便是雕刻在窟内正壁和南北的二十九尊高浮雕罗汉像，他们身高在一米八左右，或身着袈裟，或偏袒右肩，手持物件各异，表情姿态各不相同。整组罗汉群像雕刻栩栩如生、生动传神、形神兼备，是我国现存最精美的一组唐代罗汉群像，也是中国石窟中最大的罗汉群雕像。加拿大政府送还的石雕罗汉像，为看经寺南壁由西向东的第一尊，也是第一件由海外归还中国河南省的新中国成立前的被盗文物。

2005 年 10 月，美籍华人雕塑家陈哲敬先生赠还七件龙门佛头雕像，其中高树龛释尊佛头，高三十二厘米，饰波纹高髻，眉间有白毫像，脸

火顶洞主尊佛首（日本大阪美术馆藏） 火顶洞主尊佛像残迹

陈哲敬先生捐赠的火顶洞左胁侍观音菩萨头像与复原情况

形修长，面目清秀，略带微笑，棱角分明，是北魏"秀骨清像"艺术风格的代表作；火顶洞左胁侍观音菩萨头像，高三十七厘米，面相稍长，头束高髻，弧线长眉，眼睛细长微睁，鼻梁挺直隆起，唇部微闭翘起，是"大唐风范"的优秀作品。

高树龛位于古阳洞北壁上层，是北魏孝文帝为祖母冯太后营建的功德窟，属龙门石窟中开凿最早、内容最丰富的洞窟，在"龙门二十品"中独占十九品。高树龛内主尊像头部全部被盗损。今天，当人们看到高树造像龛主佛胸前那道从佛颈斜向佛前胸的刀痕时，石窟佛像曾经遭受的劫难就会浮现在眼前。

1991年春，陈哲敬在纽约慧眼识宝，购得此佛首。从佛的脸型和衣褶看，他初步推断其为龙门遗物，并得到中央美院美术史教授汤池的认可。1992年10月，陈哲敬带着二三十幅佛首的照片来到龙门石窟，拜见了时任龙门石窟研究所名誉所长的温玉成先生，希望与龙门石窟研究所合作，对这些照片进行鉴定。经过三个多月的反复研究，终于确定了高树龛佛首和左胁侍菩萨两颗国宝级佛首确属龙门石窟，并确定了其所在的佛身位置。陈哲敬所购得的佛头与龙门古阳洞高树龛佛身能够完整复合，复原出现存唯一的一件高树龛完整佛像。曾有人欲出高价购买这些佛首，然而，陈哲敬先生坚定归还龙门文物的心愿，直至2005年最终完成赠还手续。国家文物局从"国家重点珍贵文物征集专项经费"中特别批款八百万元，作为对捐赠者的奖励。

流失海外的龙门文物分属不同的收藏机构，著录描述、分类管理无统一标准，寻找原始出处的研究难度很大；数百件流失文物中，能确认出处位置的仅数十件。近年来，在文物保护工作者的不断努力下，遗产保护科技的作用得以发挥，流失文物原位修复技术得以深入研究，文物保护与文物回归工作相互促进，相互配合。根据最新文物保护科技成果，采用"数字修复"技术，上海博物馆收藏的五件佛像文物在龙门石窟中找到了原址佛身。2020年9月，龙门石窟研究人员来到龙门西山的奉先寺北壁，将3D打印的原比例佛首安放在一尊等身立佛的残像上，

陈哲敬先生捐赠的高树龛释尊佛头与复位情况

奉先寺北壁佛像数字复位情况

北魏·龙门石窟菩萨头像（龙门石窟研究院藏）

唐·龙门石窟佛头像（龙门石窟研究院藏）

唐·龙门石窟佛头像（龙门石窟研究院藏）

唐·龙门石窟天王头像（龙门石窟研究院藏）

唐·龙门石窟飞天造像（龙门石窟研究院藏）

佛首和残像的两个断面完全吻合，代表着国内首次实现流散石质造像文物"数字修复"，开启了流散在外的龙门文物的"数字回归"之路。据龙门石窟研究院院长史家珍介绍，目前研究院已和国内外多所大学、博物馆开展了合作，为更多流散在外的龙门石窟文物寻找"回家之路"，通过数字技术复原石窟艺术，使千年石窟"活"起来。

龙门石窟是人类文明的优秀代表，推动龙门文物返回故土，这是保护人类文化遗产、保护世界文化遗产真实性和完整性的崇高事业，也是所有中华儿女的共同心愿。我国日益重视文化遗产保护，龙门石窟文物受到社会各界越来越多的关注。在全社会各界人士的共同努力下，龙门石窟的历史文化精神将在新的时代不断发扬光大。

2002 年的一天，报纸上刊载的一条消息，使香港再次成为全世界的焦点。只在古书中出现，世人却无缘一睹其芳容，传说中的绝世孤品，清雍正粉彩蝙桃纹橄榄瓶蓦然闯入人们的视野，即将在香港举行的一场拍卖会上现身。它高三十九点五厘米，口径十厘米，足径十二点三厘米，腹径十八点五厘米，做工精致，图案精美。粉彩绘于瓶身上桃八个，蝙蝠一对，寓意福寿双全。此瓶撇口、细颈，长鼓腹下敛，圈足，因形似橄榄而得名。在身形婀娜的橄榄形瓶上，粉桃图案形象逼真，跃然瓶上，展现着绝世孤品傲然屹立的盛世美颜。

众所周知，中国陶瓷工业在清代蓬勃发展，尤其到了康熙、雍正、乾隆三朝，景德镇产出的官窑瓷器的烧制水平更是登峰造极，代表了中国瓷器的最高水平。粉彩是一种釉上彩，彩绘时，先在白瓷釉面上勾成图样，再填上一层含有铅、硅、砷元素的名叫"玻璃白"的画料，然后用彩料描绘洗染，最后入炉烘烤而成。粉彩瓷器最大的特点是画面秀丽、形象生动、富有立体感。粉彩瓷器作为景德镇的主要品种，初创于清康熙晚期，到雍正和乾隆时期达到鼎盛，尤其是雍正时期的官窑粉彩

雍正帝

瓷器胎体光洁，釉色温润，造型规整，制作精细，图案精美。雍正时期描绘蝠桃纹图案的粉彩瓷器多见于各式瓷盘和瓷碗，见于瓷瓶者极为罕见，而这件蝠桃纹橄榄式瓷瓶更是绝无仅有。中国经历了清王朝覆灭、外敌入侵的沧海桑田的百年苦难史和战争史，在风雨飘摇的岁月中，有的珍稀瓷器葬身战火，有的则散落民间或流落海外。所以，在 2002 年之前，被称为雍正时期登峰造极的粉彩官窑瓶类器物成了中国陶瓷史上缺失的一环。

而关于这件横空出世的瓷瓶的由来更是充满令人瞠目结舌的戏剧性。2002 年冬天，位于大洋彼岸的美国，一位名叫奥格登·里德的美国人（Ogden Rogers Reid）家里，正在进行着一场看似随意，后来却轰动世界的家庭谈话。这位曾任美国国会议员、美国外交大使理事会主席的里德先生和母亲海伦谈起，欲将外祖父的一批古董进行拍卖。谈话间，桌上的台灯灯座引起了他的好奇，他随口问道："妈妈，这个灯座，也是外祖父带回来的吧？""是的，它原本是只中国瓷瓶，在咱们家也有近百年了。"母亲悠然地答道。其实，关于这个瓷瓶的来历，里德家族也没有清晰的记录，目前的说法有两种：一是由其祖父母在 20 世纪20 年代前从英国带返美国；二是二战期间宋美龄访问美国时赠予里德的母亲海伦女士。这两种说法都源自里德家族，却都缺少事实依据。这件稀世珍宝一度沦为普通灯座，放置在茶几上，为了增加其稳定性，瓶内还加入了他家后花园伴着狗粪的泥沙。出于好奇，里德请来一位美国鉴定师鉴定这个中国瓷瓶。鉴定师仔细端详后突然说道："这哪里是灯座？根本就是一件中国的宝贝啊！瓷瓶肯定是清朝的皇帝用过的。"按照中国的传统思想，分别象征幸福、长寿和财富的福、寿、禄图案通常会同时出现在瓷器上，可是这只瓷瓶只有代表福、寿的图案，唯独缺少了代表财富的"禄"的图案。因为"禄"指皇帝给予官员的俸禄，如果缺少只能证明这是皇家御用之器物。里德听后不禁啧啧称奇，当即决定委托鉴定师拍卖这件宝贝，宝瓶就这样登上了香港拍卖会的舞台。

这只宝瓶流落异乡的命运已然令人扼腕叹息，而它的身世之谜更是

清雍正·粉彩蝠桃纹橄榄瓶（上海博物馆藏）

令人唏嘘。据说，身为中国陶瓷史上的重量级人物、清代景德镇首席督陶官唐英参与了这件雍正粉彩橄榄瓶的烧制，还差点为这件国宝送了性命。相传，清雍正十二年（1734 年）春的一天正是把瓷器样品送进宫里的日子，随着有人不断地报出瓷名，督陶官唐英一边亲自清点，一边眉头紧蹙，一脸凝重。突然，他抄起一个粉彩双耳瓶扔进了御用箱旁边的竹编筐。周围瞬间一片寂静，紧接着不安的情绪便弥漫开来，因为所有人都心知肚明，完不成皇上的旨意就是欺君之罪，很可能引来杀身之祸。原来，唐英对烧制出来的粉彩瓷瓶十分不满意，宁可冒着被砍头的危险，也要对瓷瓶重新设计图案，重新烧制。他将想法上奏后，终于得来喜讯，雍正帝决定再给他一个月的时间让他烧制出新奇的粉彩花瓶。唐英急得在房中来回踱步，不小心撞在了书桌的桌角上，案上的笔筒应声而倒在桌上滚动起来。唐英急忙伸手去扶时，却意外地发现，躺倒的笔筒上面的图案和竖直时的图案看上去大不一样，好像图案上的造型都活了起来。唐英突发奇想：把以往绘制在平面上的图案画在直立的瓶子、笔筒上，造型一定会立体感更强、更生动逼真。就这样，唐英亲自绘制的福寿双全蝠桃纹橄榄瓶的画样传入宫中，雍正帝龙颜大悦，并催促唐英尽快烧制。待到成品粉彩橄榄瓶出炉运抵北京时，雍正帝非常

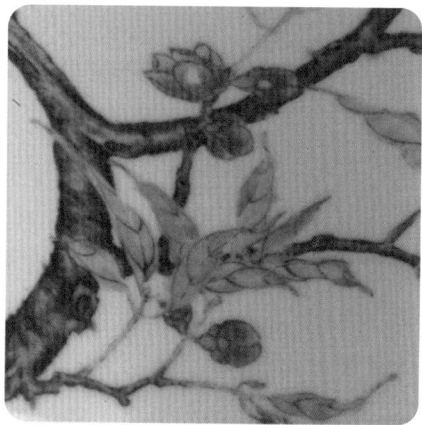

粉彩蝠桃纹橄榄瓶局部

满意，一直将其视为珍宝。然而，令人遗憾和痛心的是，在以后的战乱岁月中，这件国宝竟流落海外近百年，甚至成了一只普通的家用灯座。直到 2002 年，美国收藏人里德在获悉了这件国宝的价值后决定在香港苏富比的拍卖会上将其拍卖，世人才得以见到这件稀世珍宝的庐山真面目。

2002 年香港苏富比拍卖会前夕，一架从英国飞往中国香港的大型客机上，一位气质高雅的中年女士正在翻阅一张当天的香港报纸，一条醒目的新闻报道吸引了她。她就是香港著名的女实业家和爱国人士、中华总商会副会长、中国全国政协常委、香港特别行政区立法会选举委员会委员张永珍。后来接受采访时，张永珍女士说："飞机上的报纸登了，说有一天要拍卖这个瓶子。这个瓶子呢，已经在美国一个人的家里当了一个灯的座，那么，我就想，假如我可能的话，我一定要把它买到我中国人的手里，把它买回家来。"回到香港，张永珍就约请胞兄、香港著名收藏家张宗宪先生参观预展，她初遇这件橄榄瓶便一见钟情，十分喜爱。了解其个性的胞兄提醒她说："拍卖行如战场，买家们有可能急红了眼，争夺起来导致价位过高，耗资巨大，价格如果在一千八百万港元至两千万港元捧场就足够了，超过这个价，就太高了。"

5 月 7 日，激动人心、万众瞩目的拍卖会如期到来。第五三二号拍品粉彩蝙桃"福寿"纹橄榄瓶（苏富比拍卖行的定名）一登场就聚集了全场的目光，以九百万港币的价格起拍。场上气氛异常热烈，举牌的人应接不暇，竞拍价格也是一路飙升。当天很多人从英国、法国、日本来到香港参加竞拍。张永珍女士故意稍晚，她一出价，另外一个买家马上举牌，高出一百万。几个回合下来，价格已经加到了三千万，张永珍心里清楚，当时的价钱已经超出了她的预估，但是她并没有放弃，而是沉着应战。价格继续上升，三千五百万、三千六百万、三千七百万，最终，张永珍战胜了对手，当拍卖师的榔头一锤定音时，大家都拍手叫好。因为，国宝粉彩蝙桃纹橄榄瓶最终的成交价加上佣金高达四千一百五十万港元，这样的天价高过以往几乎所有清朝瓷器在全

拍卖结束当天的香港剪报，选自《香港苏富比三十周年》

---

2373萬成交

蘇富比之瑰麗鑽飾及翡翠珠寶拍賣會於昨日舉行，超過四百多種首飾供拍賣，其中一對盾形彩藍石耳墜耳環最為矚目，兩顆藍鑽各重超過五卡，估價為港幣二千二百萬至二千五百萬港元。經過一輪出價及競投後，最後以二千三百七十三萬元成交，成為昨日拍賣價最高的首飾，為了令這對閃亮的耳環活現眼前，大會更請來李嘉慧擔任模特兒，演繹千萬鑽飾

明嘉靖五彩魚藻
拍賣價：$ 44,000,000
連佣金 $ 44,044,750
※刷新全球五彩拍賣紀錄

乾隆料胎畫琺瑯
黃地浮雲飛鳳
牡丹紋包袱瓶
拍賣價：$ 22,0
連佣金：$ 24,244
※刷新全球料胎畫琺瑯

SHINING LIGHT: Alice Cheng and Ogden Reid hold the Yongzheng-period vase. For 33 years the been stuffed with sand and newspaper and used as a lamp in Mr Reid's home in New York.

**Qing dynasty vase used a lamp fetches record $41.**

中國書畫拍賣成績理想

大千畫拍二千萬破紀錄

**A Base Past But the Future Looks Bright**

Qing vase sells for a record price of $5.3 million at Hong Kong art auction

---

ina Mor

HONGKONG, WEDNESDAY, NOVEMBER 15,

ing, going: a cup for record $16.5

EN SIGNY

$16.5 million (including 10 per cent commission) by Tsim Sha Tsui antiques and jewellery dealer, Robert Chang Chung-shien.

The previous record was set at a Sotheby's auction in New York in May, when a Qing dynasty vase was sold for $12.8 million.

Bidding for the cup opened at $2 million, but in just under three minutes the price had tripled the item's

enamel cup made for an emperor a world record yes the first day of November sur ning the most ex ing dynasty item

-centimetre high famille-rose" cup, Yongzheng mark was bought for

estimated value of between $3 million and $5 million.

Mr Chang, who also bought several other fine Chinese ceramics auctioned at the Furama Hotel, said he would have been prepared to pay $22 million for the cup.

"You can't compare it with anything else," Mr Chang said.

Around 400 people, mainly from Hongkong, Taiwan and Japan, competed

for 140 fine Chinese ies, bringing in a tot $124,158,650 for the sessions.

In a surprise sale, ly Ming blue and "meiping", or pot, was to a dealer for $1.65 mil more than five times its mated value.

Modern Chinese p ings and jadeite jewelle on sale today.

ne, gone: a Sancai horse worth $10n

MY LEWIS

last night of a rare Tang d tion statue of a Sancai horse more than $10 million has concern to antique less antique

-se and four crates of other worth a total of about $20 ere taken away by armed raid on the Michelle In ransportation Company in about 7 pm.

ioned of the Chai Wan robbery the police were now investigating

He said the horse was owned British Railways Pension Fund the horse could be auctioned more than £750,000.

The robbery occurred shortly 7 pm when four men burst into

Peaches a porcelain

By KA

HONGKO

auction Tues the Yongzhe lease on life. had been use York owner, eventually fo

勞力士賣90萬破

世界的拍卖价格，在香港苏富比拍卖行的拍卖历史上获得了价格榜第二名的绝佳战绩。张永珍女士表示，"花瓶终于又回到了中国人手里，真的好开心"。香港当地的媒体对这一轰动一时的新闻争相报道，《南华早报》（*South China Morning Post*）[①] 在 5 月 8 日以"用作灯座的一个清代花瓶创下了四千一百五十万港元的拍卖纪录"为题详细报道了这一重大事件，所有中国人都为国宝在经历百年后安然回归兴奋不已，张女士也在得到这件珍稀宝物之后特意让人做了一个大保险箱，像爱护自己的孩子一样，将宝瓶好好地保护起来。可是过了不久，张永珍女士总觉得，把这么漂亮的一个瓶子放在保险箱里太可惜了，不想若干年后它再被别人拿出去拍卖，再去飘零。她出生于上海，成长于上海，十九岁定居香港，事业有成之后经常来往于沪港之间。于是，本着为国家和社会多做一些贡献的初心，张永珍女士做出了一个惊人且令人钦佩的决定——把宝瓶无偿捐献给上海博物馆永久收藏。

2004 年初的一天，她决定将花瓶转交给专程赴香港的上海博物馆副馆长、中国古陶瓷学会副会长汪庆正先生。在家中，张永珍女士找来钥匙，打开保险箱，取出宝瓶，郑重地交给汪庆正。汪庆正等人抱着宝瓶登上飞机，一路精心呵护，顺利抵达上海博物馆。2004 年 2 月 14 日，上海博物馆为张永珍女士举办了一场"清雍正粉彩蝠桃纹橄榄瓶捐赠仪式"。来自中央机关、上海市委和香港特别行政区的有关领导与海内外陶瓷界的知名专家学者以及其他嘉宾，三百余人汇聚一堂。国家文物局局长单霁翔向张永珍女士颁发奖状，上海市市长韩正代表上海市人民政府授予张永珍女士白玉兰荣誉奖。张永珍女士在捐赠仪式上用中英双语致辞："花瓶终于又回到了中国人手里，真的好开心。不想让这独一无二、具有历史传奇的稀有珍品再次流到国外，所以我今天把它捐给国家。香港回归，不仅彻底地结束了它漂流在海外的日子，同时它也将不

---

[①] 《南华早报》是一家领先的新闻媒体公司，成立于 1903 年，总部位于香港，是香港当地的知名报纸，报道中国和亚洲已经超过一个世纪，并具有全球影响力。

会再流落到外国了，因为它回到了自己的祖国，上海。"话音落下，全场沸腾，响起了经久不息的掌声。上海博物馆将永久收藏并展出这件流失海外多年的珍品，使之不再飘零。这只宝瓶目前静静地立在上海博物馆二层陶瓷馆的展柜中，在众多熠熠发光的珍贵瓷器中以其特有的不凡经历独领风骚，即便在玻璃展柜的包裹下，也依旧光彩夺目。

这件清雍正粉彩蝠桃纹橄榄瓶从诞生之日起就是一个传奇，凝聚了一代陶瓷工艺大师的无数心血，代表了清代高超精湛的制作工艺，堪称清代盛世的彩瓷精品。它对研究清代的官窑陶瓷，研究唐英的制瓷艺术，具有不可估量的价值。它承载着中华民族灿烂的文明，经历了封建社会的皇家盛世、纷乱战火的冲刷洗礼和流失海外的不幸际遇，百年之后在中国香港华丽现身。从它踏上祖国土地的那一刻起，就牵动着无数中华儿女的心弦，国人都热切期盼着国宝早日回归。拍卖会上持续走高的价格阻挡不住国宝回归的脚步。张永珍女士曾说："人不能成为金钱的奴隶，作为一个女人，应该对家庭负责，有条件的话，应该帮助朋友，对国家和社会做贡献。这样的人生才过得精彩和充实，才有意义。"

第十三章

米芾《研山铭》：
打响专项经费征集第一炮

2002 年 12 月 6 日，北宋书法家米芾的晚年力作《研山铭》在北京中贸圣佳拍卖公司的秋季拍卖会上成功拍卖，以两千九百九十九万元的成交价创造了当时中国拍卖行业中国书画类拍品的世界成交记录。《研山铭》不仅创造了中国拍卖史上的最高价，也是 2002 年新一届政府成立后重视文物回流工作、增加投入力度、设立专项基金抢救国宝回归祖国打响的第一炮。从 2002 年起，中央财政每年专门划拨五千万元经费，用于征集购买海外重点珍贵文物。财政部为此专门印发了《国家重点珍贵文物征集专项经费使用管理办法》，而具体负责运作这笔经费的正是国家文物局下属的一家事业单位——中国文物信息咨询中心。《研山铭》作为该笔经费的第一个征集对象，彰显了国家对流失海外文物回归工作的高度重视和真金白银的大力投入。当时，中国的文物艺术品拍卖市场自 1992 年诞生之日起整整走过了十年，随着日益成熟的艺术品拍卖行业的崛起，2002 年 10 月 28 日，《中华人民共和国文物保护法》由第九届全国人民代表大会常务委员会第三十次会议修订通过，自公布之日起施行。其中，第五十八条明确规定："文物行政部门在审核拟拍卖的文物时，可以指定国有文物收藏单位优先购买其中的珍贵文物。购买价格由文物收藏单位的代表与文物的委托人协商确定。"这条法律条文明确赋予了国有文博机构针对上拍的珍贵文物所享有的"优先购买权"和拍卖公司可以使用"定向拍卖"的方式决定上拍文物的归属。由于《研山铭》是国内文博界公认的北宋书法大家米芾的书法精品，是当之无愧的国宝，所以，若想确保其留在国内，唯有通过"定向拍卖"的方式。它的回归是政府依据"优先购买权"在拍卖市场购买珍贵文物的首例，显示了国家运用法律手段对珍贵文物扎根祖国的强大决心和前所未有的巨大魄力。

中贸圣佳公司于 2002 年征集到此件作品后，先是邀请了国内一批著名的书画鉴定专家，包括徐邦达、启功、傅熹年、史树青、朱家溍等帮忙鉴定，大家一致鉴定为米芾真迹。启功先生说："《研山铭》似用澄心堂纸书写，分为三段，历朝历代揭裱多次，字迹略脱墨，但原宋裱工双丝暗花隔水仍在。"又说："日本有许多中国的好东西，我好几次去日本，每每见到好东西，总想多看看，看不够啊！能在国内看到米芾的《研山铭》，饱了眼福，饱了眼福。我已经是九十岁的人了，过去看《研山铭》的照片高兴，临《研山铭》更高兴，今天看了真的《研山铭》，能看一天就多看一天，眼福啊！"启功更赋诗赞曰："羡煞襄阳一支笔，玲珑八面写秋深。"

2002 年 10 月 31 日，刊载于《人民日报》的《中华人民共和国文物保护法》

米芾

徐邦达先生说："真的，好极了！大米、小米都对，前日看了一次，我还想看，《研山铭》为米芾老年居镇江时所作大字，大字极难见。"[1]继而"北宋米芾《研山铭》书法艺术研讨会"又于6月8日在中贸圣佳拍卖公司举行，参加会议的都是中国文博界举足轻重的人物，包括中国书法家协会主席沈鹏，中国文联副主席、中国书法家协会副主席刘炳森，中国书法家协会驻会副主席张飙，中央美院教授、国家鉴定委员会委员汤池，国家文物鉴定委员会委员、北京市文物出境鉴定所副所长章津才，荣宝斋顾问、书画鉴定家米景扬，故宫博物院研究员单国强，中国书法家协会学术委员会秘书长、研究部主任于曙光，暨南大学教授、博士生导师曹宝麟，上海书画出版社编审沈培方，著名学者、美国波士顿大学教授白谦慎，南京艺术学院教授、博士生导师、著名学者黄惇，中央美院美术系教授刘涛，中国书法家协会鉴定收藏委员会秘书长张铁英等。该研讨会的成果就是结集出版的专著《米芾〈研山铭〉研究》，它收集十余位专家的论文，全书总计十五万多字，图片一百多张。单就一件即将上拍的书法作品就吸引了众多专家对其全方位、多角度地进行研讨并出版精美研究专集，当时在国内拍卖行业内尚属首次。

在国内饱受关注，一时间成为拍卖行业热点话题的米芾《研山铭》究竟为何万众瞩目，恐怕还是得益于米芾在中国书法史上除王羲之外无人能匹的地位。米芾（1051—1107），字元章，号襄阳漫士、海岳外

---

① 刘涛：《米芾的＜研山铭＞与在国外的米芾墨迹》，《中国文物报》，2002年6月26日。

史、鹿门居士、中岳外史等。世居太原，迁襄阳，后定居镇江，人称"米襄阳"。宋徽宗时诏为书画院博士，官至礼部员外郎，因唐、宋礼部员外郎掌省中文翰，称南宫舍人，故人称"米南宫"。米芾一生仕途平平，却是中国书画史上一位重量级的人物，也是一位收藏大家，能诗文，善书画，精鉴别。米芾书法博采众长，变化多端，师承广泛，与蔡襄、苏轼、黄庭坚合称为"宋四家"。米芾墨迹今仍留存于世的大多为小字，大字的作品极少，除《研山铭》外，还有日本东

《米芾〈研山铭〉研究》书影

京国立博物馆收藏的《虹县诗》，上海博物馆收藏的吴湖帆藏本《多景楼诗》和美国堪萨斯美术馆收藏的叶恭绰藏本《多景楼诗》。后来，经中央美院美术系教授刘涛证实，美国大都会博物馆收藏有一幅米芾的《吴江舟中诗》书法长卷。所以，世间尚存米芾大字墨迹应为四种五件。《研山铭》作为米芾为数不多的书法代表作自然是集万千宠爱于一身。

而米芾心甘情愿地撰文称颂一块石头充分体现了他喜石、爱石、玩石、藏石、赏石、品石的文化品位和书法情怀。米芾对砚石的喜爱之情在他所著的一本《砚史》中得到了充分的体现。该书是现存最早关于砚石的专门著述，对写作体例的开创以及后世人们认知砚台的方式方法产生了巨大的影响。米芾在自序中开宗明义点出，人各有所好，而此文乃赏鉴之作，是以米芾个人之好为主线撰写的。这本书在民国时期由荷兰汉学家高罗佩（Robert Van Gulik）翻译并注释，由一名法国出版商魏智（Henri Vetch）于 1938 年 5 月通过北平法文图书馆整理发行。

关于米芾与奇石的故事中，最为有名的是"米芾拜石"。根据《宋

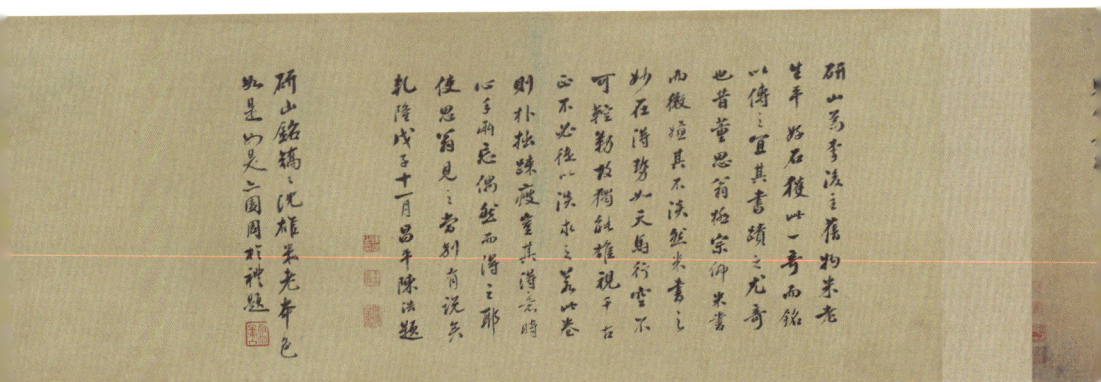

北宋·米芾《研山铭》全卷（故宫博物院藏）

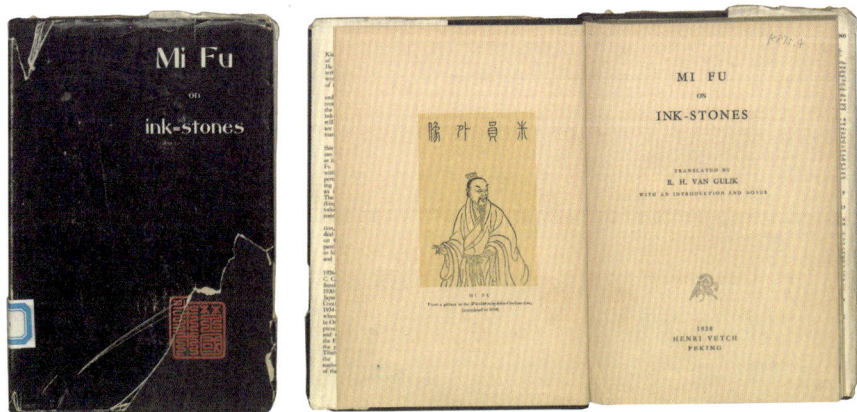

高罗佩《米芾砚史》英译本书影（中国国家博物馆藏）

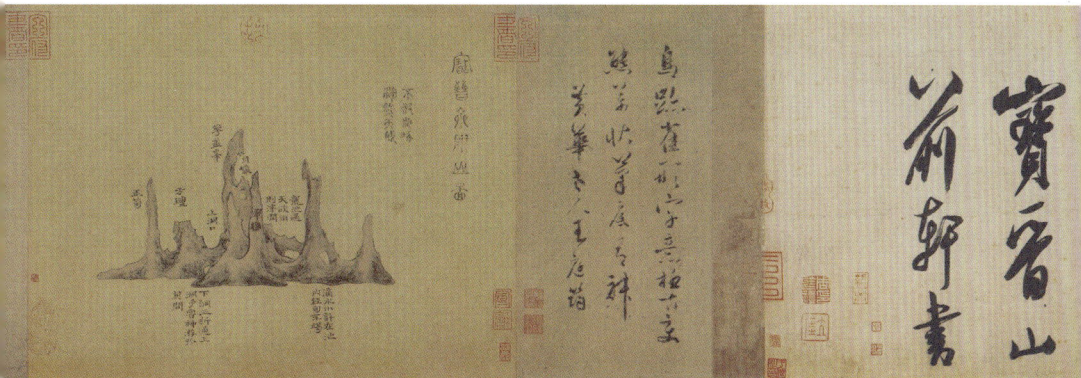

史》的描述，米芾所拜之石或奇、或怪、或丑。结合实物来看，米芾当年所拜之石今天尚存在安徽省无为县米公祠，这里是当年米芾任无为知军时的衙署。史料显示米芾为官清廉、勤政爱民，当地人感其德政，在他离任去世后，于米公军邸的旧址上建米公祠以示纪念。米公祠现有宝晋斋、墨池、投砚亭、石丈和历代名家碑刻等景点。其中的石丈恐怕就是米芾当年着朝服持笏便拜者。该石是产自距离无为县不远处的巢湖周边的太湖石，又称巢湖石。它曾以"无为军石"之名载入宋代《云林石谱》。但是，米芾的名帖《研山铭》却不是为这块巢湖石所写的颂文，而是为一块灵璧石所写。灵璧石，产于安徽灵璧县，磬石山北麓。灵璧石神韵天然，分为奇石、磬石等几种，是中国奇石中的瑰宝。古有"灵璧一石天下奇，声如青铜色如玉"的美称，如果敲击灵璧石的不同部位，还会发出不同音高的美妙无比的声音，所以灵璧石又被称为八音

石。据说，南唐后主李煜有块名为"灵璧研山"的灵璧石失落民间，书法家米芾苦寻多年而不得，后来在机缘巧合下偶然得到。米芾晚年得到灵璧石大感欣慰，兴奋不已。由于这块石头的形状呈山形，是块作墨池的天然材料，米芾对其爱不释手，连续三天夜晚，抱着这块灵璧石才能入睡。某夜，米芾诗兴大发，挥毫泼墨，竟成千古名帖《研山铭》，也成为米芾爱石、颂石的真实写照。

《研山铭》手卷，水墨纸本，纵三十六厘米，横一百三十八厘米，分为三段。第一段是米芾的真迹，大字行书十一行三十九字，是用南唐澄心堂纸书写的：

> 研山铭
> 五色水，浮昆仑。潭在顶，出黑云。挂龙怪，烁电痕。下震霆，泽厚坤。极变化，阖道门。
>
> 宝晋山前轩书

三十九个大字在运笔上刚毅强劲、变化无穷，结构上自由放达，倚侧之中含稳重，端庄之中现婀娜，气势奔腾，沉顿雄快，是米芾书法中的上乘之作。米芾的书法常有侧倾的体势，欲左先右、欲扬先抑，是为了增加跌宕跳跃的风姿、俊快飞扬的神气，以几十年集古字的雄浑功底作前提。所以，米芾的书法天成自然，绝不矫揉造作。《研山铭》恰是米芾晚年五十一岁时的作品，可谓他的巅峰之作。《研山铭》第二段绘有山形砚台图，即《研山图》，用篆书题款："宝晋斋《研山图》，不假雕饰，浑然天成。"《研山图》的各个部位也依次标记名称。《研山铭》第三段是中国历代鉴赏家的墨迹，是其流传有序的见证。首推米芾之子米友仁（1074—1153）的行书题识二行十七字："右研山铭，先臣芾真迹，臣米友仁鉴定恭跋。"到了金代，米芾的外甥，也是模仿米字的书家王庭筠（1156—1206）署名题跋三行二十三字："鸟迹雀形，字义极古，变态万状，笔底有神，黄华老人王庭筠。"清代书画家陈浩跋

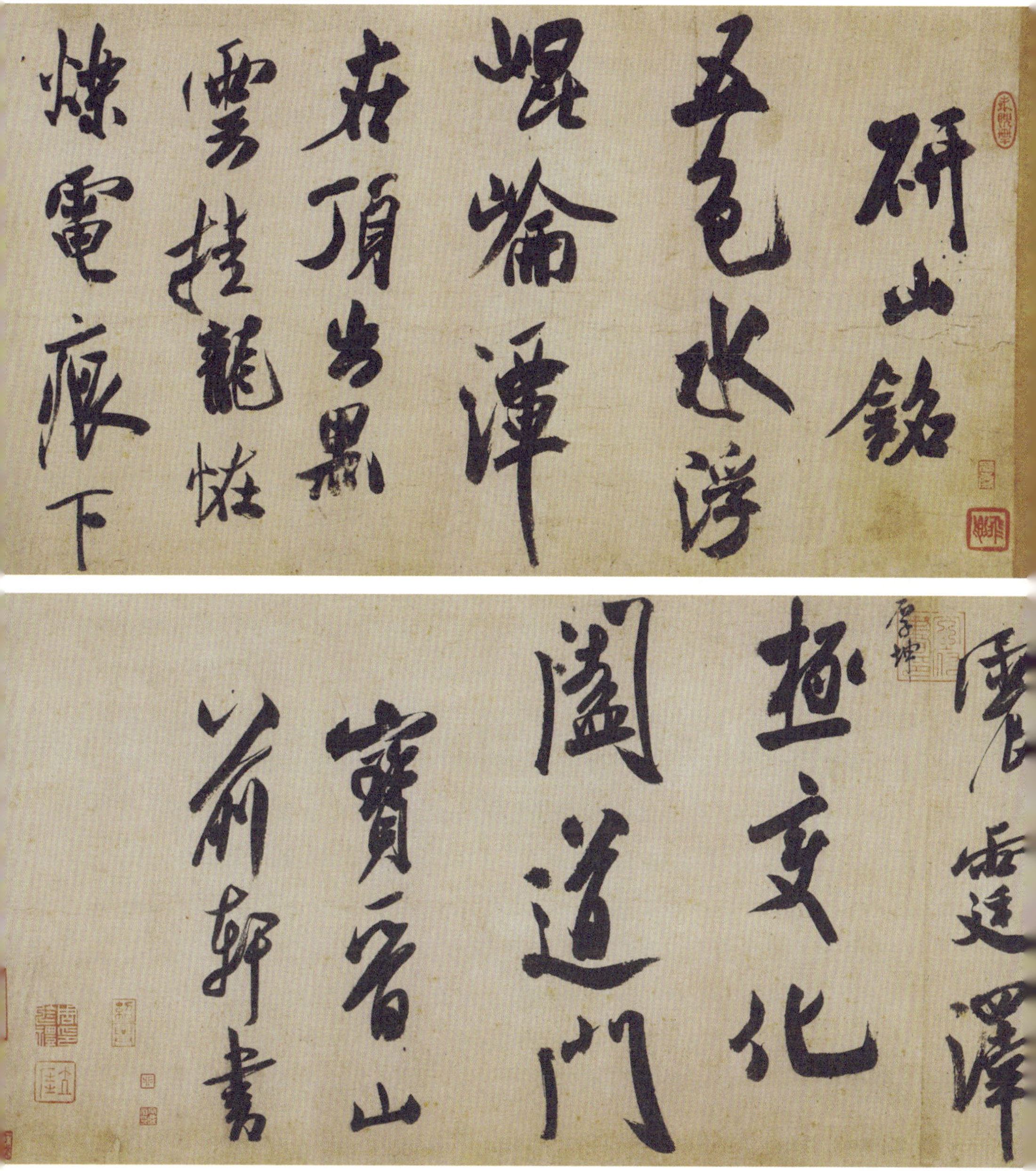

研山铭

五色水浮

龟龙水浮

崏崘澤

右顶出黑

云挂龙怪

云挂龙蛇

炼电痕下

雷震泽

趣变化

闾道门

宝晋山

前轩书

北宋·米芾《研山铭》

尾："研山铭为李后主旧物，米老平生好石，获此一奇而铭，以传之。"这句话明确告知后人，米芾得到的那块灵璧石正是南唐后主李煜所失落的那块。其后清代书法家周於礼更是大赞，沉雄的笔法正是米老的书法本色。另外，《研山铭》上还留有日本前首相犬养毅在迎首的题字："鸢飞鱼跃，木堂老人毅。"这张迎首应是该手卷流失日本后接装而成。钤印包含内府书印、宣和、双龙圆印、贾似道的"长""悦生"、于腾、梦庐审定真迹、玉堂柯氏九思私印等二十三方。通过历代鉴赏家的题字和印章印记基本可以整理出《研山铭》的流传脉络。该手卷先入北宋、南宋朝廷，南宋理宗时被右丞相贾似道收藏，到元代，为声名显赫的书画鉴赏家柯九思收藏。清代雍正年间又被书画鉴赏家、四川成都知府于腾收藏。大约到了20世纪20年代，它不幸流失到日本，被日本财团经营的有邻博物馆收藏。在随后几十年的漫长岁月中，这件中国人为之骄傲和自豪的国宝一直在日本的博物馆里静静地等待，等待有朝一日重归故里。

时间一晃到了2002年，作为中国内地第一家从海外征集流失文物的拍卖企业中贸圣佳国际拍卖有限公司，其总经理易苏昊利用日本有邻博物馆经营不善，急需资金周转摆脱困境的机会，通过不懈努力，最终说服这家私立博物馆的负责人藤井有邻将《研山铭》转卖给六位华侨及港澳人士，然后带回国内参加拍卖。当时谈好的转让价格是一百万美元，有邻博物馆也预收了定金。而正在这个关键时刻，风云突变，一向嗅觉灵敏的佳士得拍卖行不知从何处得到消息，开始拿着《研山铭》的图片在国内遍寻专家进行鉴定和估价。所幸，中国的这些文物专家已经提前得到消息，知道中贸圣佳欲购买《研山铭》，便纷纷联系易苏昊询问详情。在日本的几位中国华侨买家经过与有邻博物馆沟通才得知，佳士得拍卖行愿意出价一百五十万美元，所以日本人临时改变主意，打算卖给出价高者。面对这种背信弃义的行为，过多的抱怨显得苍白无力，为了避免夜长梦多，避免国宝再次流落海外，几位中国华侨买家当机立断地将价格也提高到一百五十万美元，迅速地买下了《研山铭》，并打算拿到中贸圣佳的拍卖会上进行拍卖。

回到北京的《研山铭》也依然被多方觊觎，佳士得一路从日本东京追到中国北京，企图劝服中贸圣佳允许将其拿到香港去拍卖，底价为三千五百万港币。与此同时，海内外一些其他企业、博物馆、收藏家个人也纷纷报出了购买底价，其中超过三千五百万元的就有十几家之多，甚至有一家港台地区的企业出价五千万元。美国的波士顿美术馆和大都会博物馆也都蠢蠢欲动，积极来京磋商竞买事宜。而内地也有三四家机构提出以高于三千五百万元的价格买走此卷。据说，有一家东北的知名大型企业打算用五千万元的价格买走《研山铭》，他们对拍卖公司讲出的理由是，企业每年仅广告费支出就达两亿元，如果能仅用四分之一的广告费的费用买下，企业的收获是双份的，不仅得到了世人都梦寐以求的国宝，还将获得社会效益和宣传效果。而米芾的家乡湖北省襄樊市（今襄阳市）更是摩拳擦掌、跃跃欲试，市政府甚至决定动员全市人民集资三千五百万元共同购买《研山铭》，并打算派出一支以副市长带队的十人竞买团，亲赴北京参加竞拍，其重视程度和投入力度都令人刮目相看。在前来洽谈的人群络绎不绝时，财政部也派人上门，希望使用"国家重点珍贵文物征集专项经费"购买这件国宝；继而，国家文物局也派人与易苏昊积极接洽，希望与其达成"定向拍卖"的协议，确保这件拍品最终收归国家所有。在拍卖结束后两日接受中央电视台《东方时空》节目组采访时，易苏昊总经理也表示，这个价格问题困扰了他几个月的时间，但是最终觉得卖给国家值得。"我觉得就是一个中国人的心。国家什么时候用将近三千万买一件文物呢？我觉得这次不是说我卖给国家，是国家根据这个形势判断主动来买这张画［字］。这个意义非同小可。说明国家对中华民族珍贵的文化遗产的爱护，表明了国家的决心和意志。这一点意义上没有拿钱买得到的，没有拿钱能比拟的。所以这一点意义上非常重要。"①

---

① 中央电视台《东方时空》节目组：《时空连线》节目，2002 年 12 月 9 日。

拍卖的日子在万众期待中终于到来。12月6日下午三时，首都大酒店二层锦云厅的拍卖现场已经人满为患，连狭窄的通道上都挤满了情绪高昂的人群。拍卖席第一排的一条横幅格外引人注意，上书"米芾故里湖北襄樊竞拍团"，这个由襄樊市（今襄阳市）副市长带队的竞拍团虽然早早得到了无法参加拍卖的消息，但还是来到了现场，大概希望亲眼看见故乡名人的珍稀墨迹回归祖国吧。祖国的一个地区和祖国的整体利益相比，他们自有轻重，虽然心有遗憾，却也心甘情愿放下。下午五时十六分，中贸圣佳拍卖公司总经理易苏昊宣布：七〇九号拍品《研山铭》仅由国家文物局批准的持五九九号牌的中国文物信息咨询中心参与竞投！随即，米芾的第二十八代孙、也是襄樊米公祠工作人员的米学勤激动地走上前台，真诚地表示，希望祖宗的珍宝能在适当的时候回故里展示。现场的气氛一下子安静下来，所有人都亲身感受到米芾家乡人民对这位北宋书法家的深深崇敬和无比缅怀之情。五时二十五分左右，现场开始拍卖，拍卖师宣布七〇九号《研山铭》起拍价格两千九百九十九万元，话音刚落，五九九号牌高高举起，拍卖槌旋即落下，全场顿时响起经久不息的掌声，这幅画面被摄影师永久定格，成为珍贵的历史瞬间。这一锤定音等了将近一个世纪，中华国宝《研山铭》终于回归祖国。整个拍卖仅仅用了十秒钟，而两千九百九十九万元的天价也创造了当时这一时期中国书画拍卖的最高价。这令在场的人无不为之动容。

　　12月7日上午，故宫博物院漱芳斋里，国家文物鉴定委员会书画专家们与国家文物局、故宫博物院、中贸圣佳拍卖公司等单位的负责人一起，再次展开北宋书法家米芾的代表作《研山铭》，大加赞赏一番后将其正式地交由故宫博物院永久收藏。至此，这件国之瑰宝漂泊海外的旅途彻底画上了一个句号，安然无恙地回归故里。

　　关于这件在文物界、博物馆界、收藏界轰动一时的重大事件，《北京晨报》这样评价：如果仅从拍卖和商业的角度看，《研山铭》只是完成了中国书法拍卖史上的一次成功的运作；如果只从艺术角度上看，《研山铭》是一件无与伦比的中国书法作品；如果单从收藏角度看，《研山铭》是一件极具收藏价值的藏品。但如果把这许多因素都加在一起时，我们就会发现，像《研山铭》这样一件具有如此丰富文化含量的作品，其价值绝不仅仅在于作品本身。由它从海外回流，日益被人们所关注，到最终留在国内，《研山铭》还有一个甚至超越了自身的更重要的意义——它在各界引发的影响和思索，就像原子弹爆炸后，气势和冲击波远远大于其本身。①

由这个事件所引发的讨论与思考在日后很长一段时间不绝于耳。很多人对文博机构享有的"优先购买权"和拍卖公司相应采取的"定向拍卖"产生怀疑。焦点主要集中在，文物一旦到拍卖行进入拍卖领域，就应该严格执行拍卖的"三公"（公开、公正、公平）规则，无论是文博机构还是普通藏家参加竞拍都应该是平等的。还有的人非常担心，文博机构的随意出手可能会破坏文物艺术品的市场定价体系，甚至会助推中国文物艺术品在世界范围内的价格，给国宝回流造成一定的经济压力。但是，我们必须清醒地意识到，拍卖行业在我国尚属于起步阶段，文物收藏对国家的意义很多时候远大于艺术品收藏对个人的意义。所以，如何在确保祖国的文物不再漂泊海外的前提下，在国家征集文物和市场竞买文物之间找到一个既最大限度地保护国家民族利益，又在法律框架下尊重拍卖行业的市场属性的平衡点，或许是未来中国拍卖行业和文物保护领域亟待解决的一个问题。

---

① 高文宁：《〈研山铭〉留下了什么？》，《北京晨报》，2002 年 12 月 7 日。

# 第十四章

## 从帖始祖《淳化阁帖》：

### 启功『不见真本不瞑目』

2003 年 4 月 11 日，在美国纽约的国际机场，一位神情严肃的中国女士提着一个普通的黑色帆布旅行包行色匆匆地通过安检，登上了返回中国北京的民航 CA982 次航班。在飞机上，她坐立不安，紧张焦虑中时不时地抬起头望向自己的旅行包，以至于空姐以为她身体有什么不适。其实，没有人知道，她的旅行包中装的是一件让中国人魂牵梦绕的价值四百五十万美元的国宝《淳化阁帖》。不会有人相信，这样一件价值连城的宝贝竟然是通过这样一次看似寻常的国际旅行完成了自己的归国之路。原来，这位女士是中国国家文物局外事处处长王丽梅，此次代表上海博物馆秘密赴美拜会《淳化阁帖》的持有者，并成功地完成了收购任务。

后来，上海博物馆馆长陈燮君在接受记者采访时神采奕奕地说："《淳化阁帖》这次从海外回归对我们中国的文物界，对中国的碑体研究者来讲，确实是一件盛事。"《淳化阁帖》收录了先秦至隋唐一千年的书法墨迹，包括帝王、名臣以及书法家等一百零三人四百二十篇作品，是中国最早的一部汇聚了各家书法墨迹的法帖，被后人誉为"中国法帖之冠"和"丛帖始祖"。所谓法帖，就是双钩描摹古代著名书法家的墨迹后，将其刻在石板或木板上，再拓印装订成册。《淳化阁帖》共十卷，字体涵盖篆、隶、楷、行、草多种，彰显了中国古代书法的变化多端和恢宏气势。第一卷收录先秦至唐十九位帝王的书法，包括东晋明帝司马绍《墓次帖》和康帝司马岳《陆女郎帖》等；第二卷至第四卷收录先秦至唐历代名臣六十七人书法，包括晋丞相桓温《大事帖》、丞相王导《省示帖》和司徒王珣《三月帖》等；第五卷收录先秦至唐包括张旭等十五位著名书法家的书法作品；

宋太宗

第六卷至第八卷为东晋著名书法家王羲之的书法作品，共计一百七十帖，包括罕见的《奄至帖》《日月帖》等；第九卷至第十卷为王羲之之子王献之的书法作品，共六十三帖，包括《相过帖》《诸舍帖》《永嘉帖》《鸭头丸帖》等。

《淳化阁帖》的横空出世有着一段鲜为人知的故事。北宋淳化三年（992 年）的一天，宋太宗在阅览奏折时，偶然读到大臣徐铉呈上的《江南录》。五代宋初的著名文学家、书法家徐铉，原为南唐御史大夫，南唐灭亡后投降北宋。徐铉精通文辞，工于书法。宋太宗本来很欣赏徐铉的书法，但在《江南录》结尾处徐铉认为，南唐灭亡不是因为北宋的强大，而是源于自身气数已尽。宋太宗气愤之下本欲杀之而后快，冷静过后却想出了一个两全其美的办法：他下令召集徐铉等一批著名书法家将皇室秘阁中所藏的历代法书，标明法帖，整理、汇集、临摹、拓印

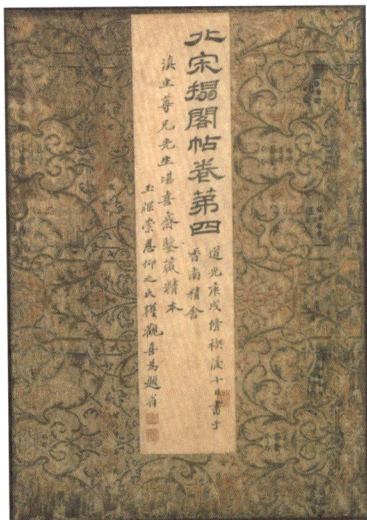

宋拓《淳化阁帖》卷四（上海博物馆藏）

成册，称作《淳化阁帖》，又名《淳化秘阁法帖》，简称《阁帖》。徐铉等原南方各朝的文人学士夜以继日地沉浸在整理《阁帖》的巨大工程中，逐渐摆脱了自己国家被消灭的愤愤不平的情绪。此举对维护国家的统一和稳定起到了一定的积极作用。而从学术角度上看，《淳化阁帖》的刻印是中国历史上一次规模浩大的留存古人书法墨迹的运动，它使中国古代的诸多书法真迹有幸存世，大放异彩，为宋代的书法艺术的发展提供了借鉴，对中国书法艺术的

发展起到了承前启后的推动作用。最初《淳化阁帖》刻于枣木板上，北宋仁宗庆历年间，宫中意外失火，《淳化阁帖》的枣木原版焚毁殆尽，

宋拓《淳化阁帖》卷六、七、八（上海博物馆藏）

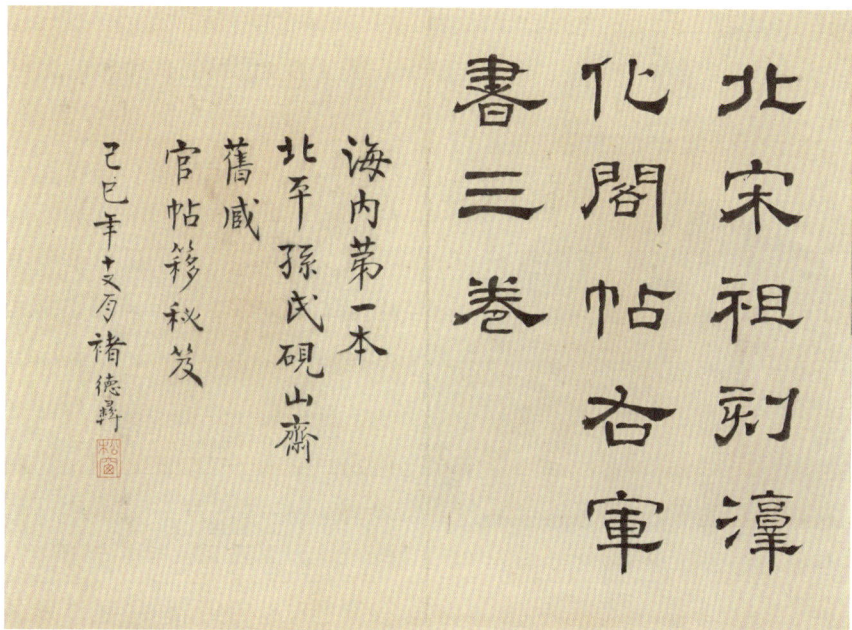

北宋祖刻淳化阁帖卷军书三卷

海内第一本

北平孙氏砚山斋旧藏

官帖弥秘笈

己巳年夫有褚德彝

宋拓《淳化阁帖》卷六卷前题记

幸亏《淳化阁帖》的祖刻拓本一直完好保存，今人才得见诸多古人几近失传的珍稀墨迹。

目前，世上仅见的《淳化阁帖》第四、六、七、八卷可谓流传有序，据此帖卷六后的宋佚名题跋，卷八后南宋淳熙癸卯年（1183 年）宰相王淮题跋，以及宋内阁中书省、门下省、尚书省三枚书印得知，这四卷祖刻本在南宋时为王淮、贾似道等收藏；在元代为著名书法家赵孟頫收藏；明末时被大收藏家孙承泽收藏；到了清朝，《淳化阁帖》先后被安岐、钱樾、李宗翰、李瑞清等人收藏。后来，大收藏家周湘云将其纳入囊中，一直藏于其老宅。1949 年中华人民共和国成立后，上海市文管会主任、书帖研究家徐森玉对《淳化阁帖》的下落十分关注，经过他的调查考证，认为此帖一直在周家。凡是征集周湘云的收藏，徐森玉都会亲自登门，但却始终未见《淳化阁帖》现身。据说，周湘云去世后此帖便流落海外，直到《阁帖》的最后一位持有者，一位拥有美国

安思远

国籍的英国人安思远①有缘得见，才延续了《阁帖》的完整的流传过程。

安思远先生最早与《淳化阁帖》结缘是在 20 世纪 60 年代的香港。当时尚年轻的安思远在香港街头闲逛时偶然看到一家卖商品的铺子，被古色古香的装饰吸引，于是信步走进，和站在柜台后的一位中国姑娘攀谈起来。随着话题的不断深入，两人相聊甚欢。继而，应安先生的请求，女孩就把自己的父亲——香港著名的文物收藏家、鉴赏家李启严先生介绍给他认识。因为志趣相投，李先生把自己的收藏取出来请安先生过目。正是这份机缘，让安思远在李启严家中第一次见到了《淳化阁帖》第四卷。一部汇集了中国古代历代名臣书法的宝帖，力透纸背的字迹彰显了中国文化的博大精深和中国书法艺术的无穷魅力，令安思远心生向往。随后，李启严又介绍安思远认识了吴朴新先生。吴先生手中拥有《淳化阁帖》第六、七、八卷。安思远有幸一睹《阁帖》芳容，再难忘却，便提出了收购意愿。但当时李、吴二人均视《阁帖》为珍宝，不愿出让。1967 年，李先生移民去了加拿大，吴先生去了台湾，安思远和他们彻底地断了联系。时光荏苒，一晃又过了近三十年。

时至 1994 年 6 月 1 日，在香港佳士得举行的一次名为"中国古代书法拓本拍卖专场"的拍卖会上，李启严先生所藏竟悉数亮相，其中就有《淳化阁帖》第四卷，拍卖图录封面上赫然印着《淳化阁帖》的第四

---

① 安思远（Robert Hatfield Ellsworth，1929—2014），著名亚洲艺术品交易商、鉴赏家和收藏家。

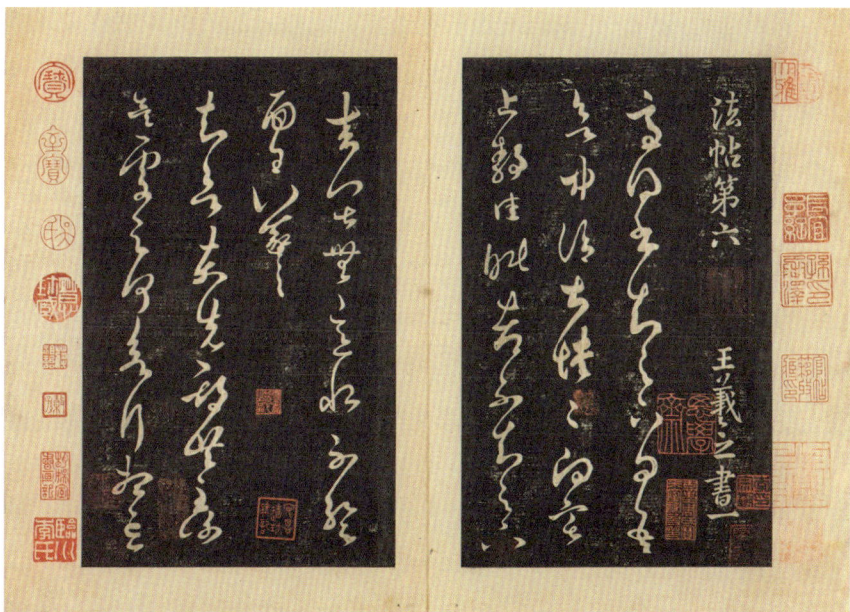

宋拓《淳化阁帖》卷六卷首王羲之《适得帖》

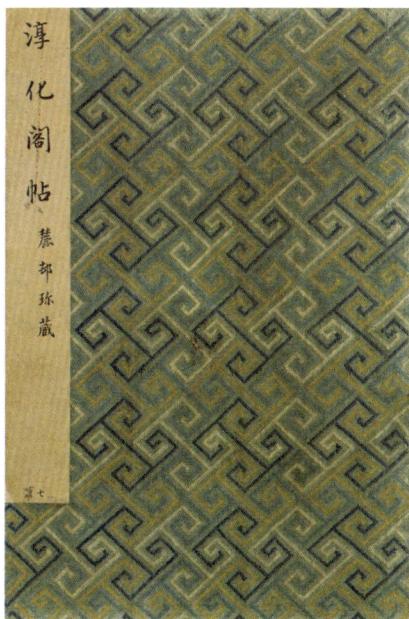

宋拓《淳化阁帖》卷七书影

宋拓《淳化阁帖》卷七卷前题签

卷。安思远得知后，千里迢迢地赶到香港，以极低的代价（估价八万至十万美元，成交价九万零五百美元）一举拍得拓于992年的第四十九号拍品《淳化阁帖》。后来，持有《淳化阁帖》第六、七、八卷的吴朴新先生在台湾去世。他的家藏文物大部分让美国纽约大都会博物馆购去。当时，博物馆挑选了吴先生的很多收藏，但他们觉得《淳化阁帖》不过是中国古代的印刷品，并非珍贵之物，所以并未收购。1995 年 9 月 19 日，在纽约佳士得拍卖公司举办的"中国古、近代名画书法拍卖专场"，收藏家吴朴新的藏品突然出现，其中就有《淳化阁帖》的六、七、八卷，这三卷均为锦面装，签题"淳化阁帖，麓邨珍藏"，麓邨即为清初大收藏家安歧。它们一并收藏在一个装饰精美的木匣中。此时，安思远又再次出现在了拍卖会现场，并竞拍得胜，携帖满意而归。至此，安思远花费将近三十万美元购进了四卷《淳化阁帖》。

1994 年，当时的文物出版社社长苏士澍把印着《淳化阁帖》的拍卖图录拿给国家文物鉴定委员会主任委员、碑帖与书画鉴定专家启功先生观看，启功老人看后十分激动，从此一直将有生之年能够亲眼见到《淳化阁帖》当作自己的一个心愿。1996 年春，中国国家文物局外事处处长王立梅应邀来到启功老人的家中。王立梅将赴美协商与古根海姆博物馆合办"中华文明五千年艺术展"的事宜，行前，启功老人特意叫她前来，说有要事相托。启功委托她去找一个叫安思远的美国人，因为安的手中收藏了《淳化阁帖》。启功希望他能把这件中国的无价珍宝拿到北京来展览，并且表示，如果见不到宋刻真本，死不瞑目。王立梅后来回忆时讲道，自己当时并不了解《淳化阁帖》的价值，不过出于对启功先生的尊敬，她一到纽约就开始发动朋友四处寻找安思远的下落。功夫不负有心人，后来她通过好友梅缵月的引荐，登门拜访了身居纽约的安思远先生。作为美国及整个西方艺术界公认的最具眼光兼品位的古董商兼收藏家之一，安思远在纽约豪宅的收藏可谓琳琅满目，给王立梅留下了深刻的印象。两人交谈甚欢，安思远主动拿出四卷《淳化阁帖》请王立梅观赏。王立梅万分激动，洗干净手后戴上手套，才虔诚地、屏气凝

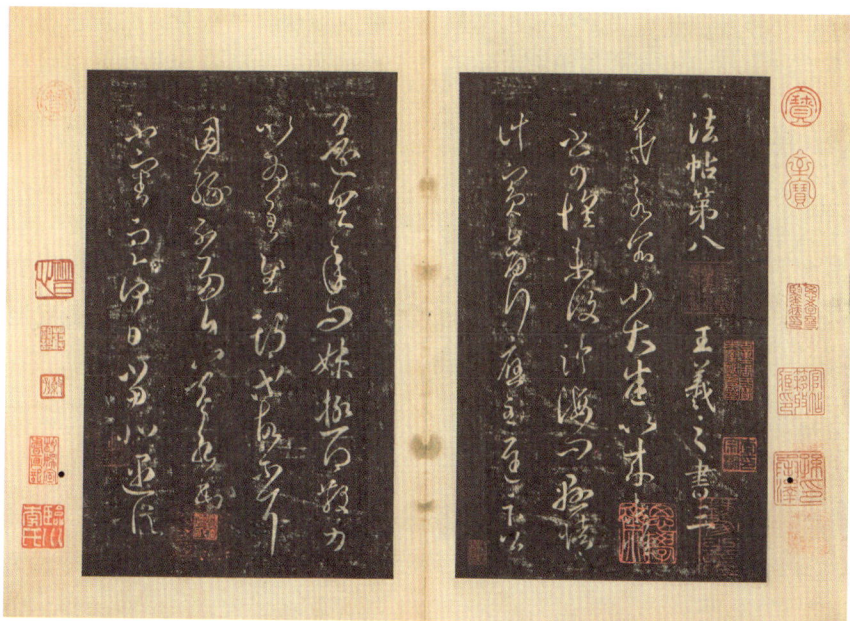

宋拓《淳化阁帖》卷八卷首王羲之《小大帖》

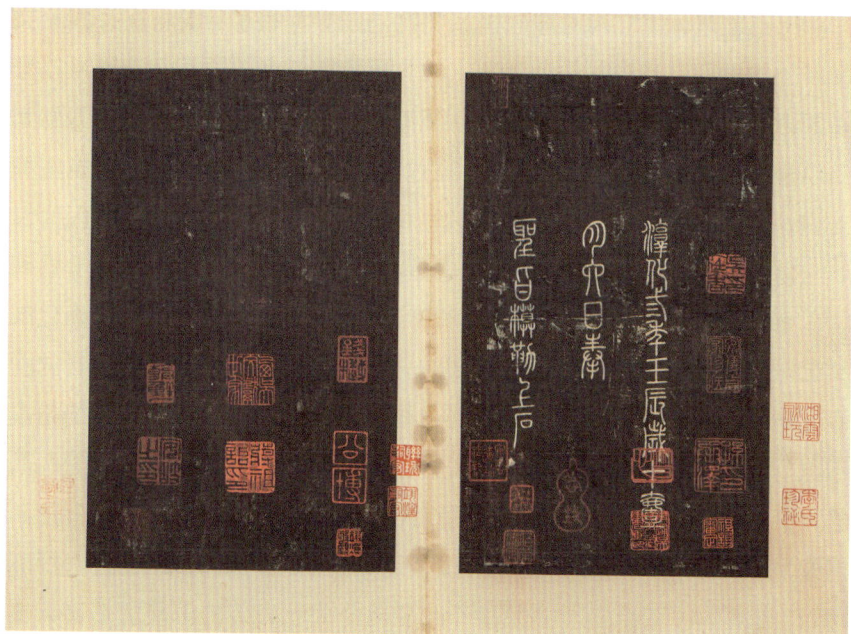

宋拓《淳化阁帖》卷八卷尾

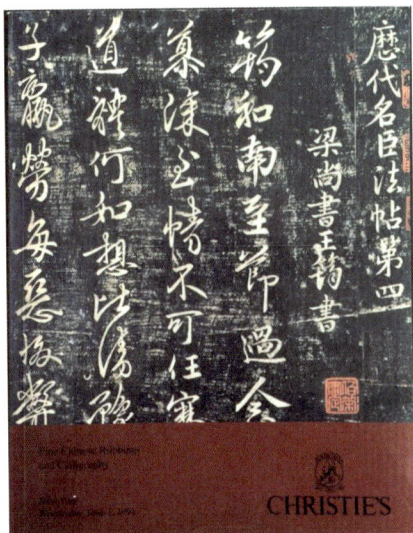

《佳士得拍卖图录》书影（1994 年 6 月）

神地观赏，坐在对面的安思远一直盯着她。她小心翼翼地揭开封面，里面的字迹，神采飞扬，满纸灵动。王立梅全神贯注看完最后一页时，安思远高兴地说："我没想到中国人是这样欣赏《阁帖》的，在美国没有人重视它，他们都认为这是印刷品，没有什么价值。"王立梅便趁机询问，能否携带《淳化阁帖》去中国展出。安思远先生欣然应允，并透露出可以用北京故宫珍藏的清代朝珠来交换《淳化阁帖》的想法。

回到北京，王立梅立即向国家文物局领导汇报了有关情况，国家文物局的领导非常重视，马上和北京故宫博物院联系，请故宫选择可以交换的朝珠；另一方面，又积极筹备《淳化阁帖》第四、六、七、八卷来北京展览的事宜。1996 年 9 月，经过多方协商和努力，安思远先生如约携带北宋《淳化阁帖》第四、六、七、八卷来到北京展览。这一天，北京故宫博物院名家云集，应安思远的要求，启功先生和中国一些碑帖、书法大家及研究人员被邀请来对《淳化阁帖》进行鉴定。《淳化阁帖》原刻在枣木板上，捶拓极为讲究，拓印的纸张是当时极为珍贵的澄心堂纸。相传，澄心堂所产的纸轻似蝉翼、白如雪，是当时最好的拓本用纸。安思远收藏的《淳化阁帖》正是初期拓本中的第四、六、七、八卷，共一百七十帖。王羲之虽然是对中国书法发展影响巨大的书法家，但是其亲笔墨迹今已荡然无存，现有的只是唐宋时期的摹本流传世间。《淳化阁帖》这三卷拓本中保存了许多至今久已失传的王羲之书迹，比较著名的有《适得帖》《秋月帖》《小大帖》等。安思远收藏的《淳化阁帖》尽管不是《淳化阁帖》的全部，但是目前海内外可见到的也仅此四件，其他六卷则下落不明。这部《淳化阁帖》刻于北宋初年，系初拓，是现存最早版本，不但具有很高的历史价值，而且还有很高的艺术价值和学术价值。看完这部《淳化阁帖》，启功老人非常激动，他称赞这四卷《淳化阁帖》是彩陶般的魏晋至唐法书的原始留影。

《佳士得拍卖图录》书影（1995 年 9 月）

按照安思远先生的要求，北京故宫博物院挑选了三串朝珠，希望交换《淳化阁帖》。可是没想到，安思远看过朝珠后，并不满意。原来，北京故宫所藏朝珠颇多，但可供交换的却并不多，许多朝珠都是典章制度有所记载的，不宜拿出交换，其他的可能不够档次。于是，安思远又提出，北京故宫收藏的翡翠或家具也可以。于是，故宫博物院又先后拿出翡翠和红木家具等，安思远先生看了之后，还是不满意。交换意向最终没有达成。又过了几年，随着安思远先生年事已高，身体变得虚弱，又无子嗣，也没有合法继承人；按照美国法律，一旦他过世，其遗产将归美国国家所有。这样，这部对中国书法历史有着重要意义，唯一现存的祖刻《淳化阁帖》必将进入美国的博物馆。就在这时，事情忽然出现了转机。

2002 年 11 月，上海博物馆成功举办了"晋唐以来国宝级书画大展"，一时间轰动海内外，说来也巧，年事已高的安思远先生在看到上海博物馆展览的消息之后，表示有意将《淳化阁帖》出让给上海博物馆。最终，由上海博物馆代表国家收购《淳化阁帖》的计划被正式提上日程。2003 年 1 月，上海博物馆正式向国家文物局和上海市委市政府

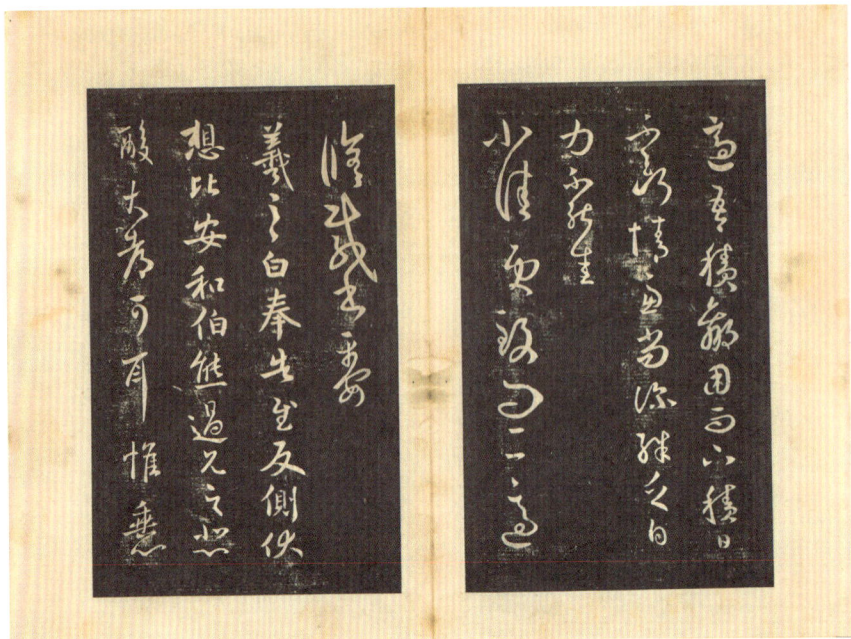

宋拓《淳化阁帖》卷六王羲之《不快帖》《小佳帖》《奉告帖》

递交了收购《淳化阁帖》的申请报告，并提出了详细的收购方案。上海市政府批准上海博物馆动用专项经费赴美国完成收购计划。于是，上海博物馆便邀请王立梅女士代表上海博物馆赴美洽谈收购《淳化阁帖》的事宜。2003年4月初，王立梅飞往美国纽约。4月7日晚，王立梅在抵达后第一时间秘密拜会了居住在纽约的安思远先生，明确提出了收购《淳化阁帖》的愿望，并希望对方给出一个合适的价格。安思远先生表达了希望《淳化阁帖》回归中国的心愿，所以给日本人开价一千一百万美元，对其他中国人开价六百万或五百五十万美元。鉴于王立梅是代表国家购买，所以开价四百五十万美元，并且不想讨价还价。通过与上海博物馆进行沟通后，双方达成一致意见，同意以四百五十万美元的价格买下《淳化阁帖》。于是，9日晚，王立梅又再次来到安思远先生家中验收了《淳化阁帖》，并且严格按照规则办事，在随后的两天里办理了由北京歌华集团驻美办事处出面担保的事宜。11日上午，王立梅与住在纽约的两位好友一起冒雨赶往安思远先生家，取走《淳化阁帖》，然后直奔机场，提着一个普通的黑色帆布包顺利登机。12日晚，飞机抵达首都北京。至此，在外漂泊多年的《淳化阁帖》终于回归故里，见证了一代文物工作者为抢救国宝回国所付出的艰苦努力，也见证了一位热爱中国文化的外国收藏家希望中国国宝叶落归根的暖心之举。

4月14日晚，王立梅携带《淳化阁帖》抵达上海，一列车队一路疾驰，驶入坐落于上海市中心人民广场一侧的上海博物馆。上海博物馆的六七位书画专家，当晚就争分夺秒地对《淳化阁帖》进行了查证。专家们一卷一卷地进行查对，翻看每页的印章、题跋，当看到第七卷时，突然发现少了三页！空气顿时凝固了，专家们表情凝重。要知道，《淳化阁帖》可谓无价之宝，缺少三页意味着国宝的不完整，是国家财产的巨大浪费和损失。大家一时间都有些慌了神。这时，一位专家小心地说："大家不要紧张，说不定缺少的三页夹在其他卷里了。"一语惊醒梦中人，大家急忙查找，终于在《淳化阁帖》第八卷中发现多出了三页，且正是第七卷中缺少的那三页。众人这才放下心来。

《淳化阁帖》的秘密购回，丝毫没有惊动美国国内的任何一家拍卖行，整个回购过程也是在与时间赛跑，唯恐夜长梦多，国宝再次流落他乡。《淳化阁帖》的回归注定会成为中国帖学界的盛事，也注定使上海博物馆受到举国瞩目，成为上海乃至全国文化界的一大热门话题。经过一系列紧锣密鼓的准备和筹划，上海博物馆为庆祝《淳化阁帖》的回归，有针对性地举办了一系列具有纪念意义的活动。2003年7月25日，北宋祖刻《淳化阁帖》（最善本）赏读会举行，这是《阁帖》在国内首次公开亮相，上海博物馆副馆长汪庆正为大家做了精彩的讲演。2003年9月开始，上海推出"扬我中华文化，壮我中华精神"为主题的《淳化阁帖》（最善本）大展大赛大讲坛系列活动，同时举办《淳化阁帖》杯"二王"系列书法大赛、《淳化阁帖》与"二王"书法艺术学术鉴赏会等活动。23日下午，上海博物馆专门举办了《淳化阁帖》特展，以逐页陈列的方式，将《淳化阁帖》最善本的四卷全部展示出来。展览举办期间，上海博物馆的门前经常被观众围堵得水泄不通，每天有数千人次前来观赏《淳化阁帖》。10 月 11 日，上海博物馆北门外的空地上，近几百名中小学生挥毫泼墨，庆祝《淳化阁帖》回归，展现了中华优秀传统文化后继有人、薪火相传的景象。2012 年 8 月，上海博物馆出版图书《淳化阁帖最善本》的普及本，以亲民的价格向广大学者和书法爱好者奉上一份厚礼。

如果你有幸走进中国国家博物馆参观，并且碰巧踱步至四层中央大厅东侧北部展厅的常设展之一"中国古代佛造像艺术展"，那么，你一定不会错过显著位置陈列的一尊高达两米的宋代彩绘木雕观音坐像。这尊观音坐像矗立在展厅中央，以其强大的、夺人心魄的气场在众多佛教展品中独树一帜，令在场之人无不为之倾倒，不得不仰视方能窥见其全貌。它通高两米，保存完整，是国内博物馆收藏的体量最大的宋代木雕。这尊观音像不仅年代久远，具有很高的历史价值，同时由于姿态优美、雕工精致，也具有很高的艺术价值。其衣着相貌无不透露出雍容华贵，既展现着俯瞰世人、洞悉万物的清明，又展示出普度众生、悲天悯人的姿态。这尊观音坐像柳叶细眉，双目微闭，双耳下垂，嘴唇微抿，面部圆润；神态泰然自若，怡然自得，似在打坐，也似在冥想，给人一种若即若离的神秘感和艺术美感。观音菩萨的衣着也很高贵华丽：头顶花蔓宝冠，颈部璎珞配饰，上身裸露，身披帔巾，巾带自然下垂，全身褶纹飘逸。观音菩萨悠然自得地坐于石头之上，似乎在冷眼旁观大千世界，阅尽人间百态，但内心始终静如止水，波澜不惊。这件菩萨造像女

宋·彩绘木雕观音菩萨坐像（中国国家博物馆藏）

宋·彩绘木雕观音菩萨坐像侧面

宋·彩绘木雕观音菩萨坐像背面

性特征突出，线条柔美匀称而富有张力，肌肤平滑细腻，颇有吹弹可破之感。观音菩萨的动作轻盈优美，左手托举，右手手持一朵盛开的莲花，形态自然而逼真，充分流露出中国佛造像的深刻内涵。这尊观音像虽然历经千年，但服饰褶纹处彩绘仍清晰可辨，人们不难想见其当年的风采。

佛教诞生于印度，公元前 1 世纪开始东传，东汉末年传入我国，在中国古代思想文化史和艺术史上都留下了光辉的一页，对后世也产生了深远的影响。作为佛教中的典型人物形象，观音菩萨又名"观世音"，是佛教中最受民间百姓尊崇的菩萨。她总是身着一袭白衣，自带仙气，身姿轻盈，举手投足间尽显自然超脱、飘逸灵动的美感。佛教从印度传入中国后，形象上经历了一段发展变化的过程。原本在印度佛教中，观音菩萨上身袒露，手执莲花，颈戴项圈，嘴唇上长着两撇胡子，是个明显的男相。佛经记载，观音菩萨为了教化不同环境和不同层次的众生，能够展示的形象也是千变万化的，可以化现出三十二种化身，观音本相共三十三身。所以，根据这种说法绘制出了三十三种观音像，常见的包括身后有圆形背光、观水中月影的水月观音；有踞坐岩上、手持净水瓶的杨柳观音；有脚踏鳌鱼背上、手提竹篮的鱼篮观音等千姿百态的观音形象。两汉时期观音传入中国后，最初的形象也是男相。在甘肃敦煌莫高窟的壁画中，一直到南北朝时期的观音像都显示出观音是气势威猛的男子。后来，女相观音造像开始出现，唐代开始盛行。同时，唐代也是我国继南北朝以后雕塑艺术的一个灿烂辉煌的时期，佛和菩萨造像的创作层出不穷，光彩夺目、气势宏大，艺术手法不断创新，不断加强中国传统手法；菩萨端庄沉静、雍容华贵，又和蔼可亲，融合了神与人的双重特性，集中体现了真、善、美。及至宋代，宗教雕塑的造型增强了世俗化和现实性的程度，把人们敬仰崇拜的偶像塑造成了普通大众乐于接受和欣赏的形象，观音菩萨的形象也已深入到社会各个阶层，成为争相崇拜的对象，人们理想中的观音菩萨就变成了造福众生、祈求多子的女性形象。所以，这个时期的观音面容姣好，神态安详，体态婀娜，气质典雅，充满了母亲般的慈爱和对大众的关怀与体恤。这尊中国国家博物馆藏的宋代彩绘木雕观音，凸显了女相观音的鲜明特征，具有珍贵的历史价值和艺术价值。

木雕观音菩萨像是宋代寺院造像中的常见类型之一。由于宋代的寺庙多采用木质结构的建筑，所以这些寺庙和木雕佛像都非常容易遭到毁坏。另外，由于质量相对石质佛像较为轻巧，方便运输，因此，在战争期间许多寺院的佛雕艺术品都不幸流失到了海外。这尊难得一见的木雕观音像也是在这样的背景下有了一段漂泊海外的经历。20世纪上半叶，由于战乱，木雕观音不幸辗转流失到美国，被美籍华人、著名佛像收藏家陈哲敬于七八十年代在一个偶然的机缘得见，并购买下来。陈先生的拳拳爱国之心在这尊观音坐像的颠沛流离的经历中显得尤为珍贵。他不求名利，只是出于一个中国人对流失海外国宝的一份难舍的真情。历经几十年的岁月，他的足迹几乎遍及世界每个角落，倾囊相助国宝归国。

陈哲敬先生于1927年出生于福建莆田，六岁时跟随父母到上海，

宋·彩绘木雕观音菩萨坐像细节

儿时酷爱摄影、绘画和集邮。青年时期，陈哲敬在上海张充仁先生画室求学，学习素描、油画、水彩和雕塑，后拜著名雕刻家张充仁为师，专攻雕塑，具有深厚的美术功底和高超的雕刻技艺。1957年起旅居香港，十多年间一直从事雕塑行业的工作。1969年，陈哲敬移居美国，就职于好莱坞明星蜡像院，成为名噪一时的雕塑家。一次，他在参观纽约大都会博物馆时欣赏到洛阳龙门石窟宾阳中洞东壁上的浮雕——《帝后礼佛图》，后来又在费城的宾夕法尼亚大学博物馆看到了唐昭陵六骏中的飒露紫和拳毛騧二骏。在美国的博物馆中面对残缺破损、伤痕累累的石骏时，陈哲敬心中的苦楚难以言明。他一度黯然神伤，并且表示："那时我的心也要跳出来了，我忽然意识到祖国正把收集流失海外石刻珍品的重任，放在我们游子的肩上。"[①]正是出于这样一份赤子情怀、一份勇于担当的坚定决心和理想信念，这位旅居美国的爱国华侨做出了一个令人瞠目结舌的决定——他毅然放弃了自己颇为熟悉且收入不菲的雕塑专业，心甘情愿地选择了一条抢救流失海外中国文物的布满荆棘的坎坷道路。他竭尽所能、倾其所有，四处找寻流失海外的中国佛造像，并且几十年如一日，千方百计通过各种渠道收购这些国宝，帮助它们回归祖国的怀抱。陈哲敬先生的高尚情操和爱国义举令每一个听过他故事的人心生敬意，却又五味杂陈。陈先生生活简朴，过着比普通人还普通的日子，他的钱财几乎全部用在抢救流失海外的文物上。这是一项需要耗费大量的时间、精力、体力和金钱的事业。为了集资收购国宝，陈先生付出了大量心血。他曾经接受过一年做十几个蜡像的苦差事，得到的报酬全部用于收购流失海外的佛造像；他也曾忍痛割爱卖掉了自己多年珍藏的齐白石、徐悲鸿和傅抱石等名家的三十多幅字画和高档古董；他还曾不惜变卖房产，一再降低自己的居住条件和生活条件。他的家人同样被他的爱国情怀深深触动，一直心甘情愿地支持他的事业，并与他一起为国宝回归四处奔波。陈哲敬先生的很多藏品是从私人收藏家手中收购得

---

① 刘兴珍：《简介陈哲敬先生收集的古代佛雕》，《美术研究》，1991年第1期，第58—59页。

来。有一件高三十六厘米的隋唐菩萨头像，是从已故著名收藏家仇炎之那里得到的。仇炎之在香港侨居，陈哲敬先生一而再再而三地表达欲收购这尊凝神静思的菩萨像的愿望，最后才得偿所愿。美籍华人周锐也是被陈哲敬的执着和锲而不舍收购佛像的精神所感动，先后出让了一批早年购得的被盗运到纽约的天龙山石窟和云冈石窟的古佛雕。经过二十多年的不懈努力，陈先生的佛像收藏已经颇具规模且达到了相当的档次。为了让中国人更好地欣赏当年存在于中

《中国古佛雕——哲敬堂珍藏选辑》书影

华大地上的古代佛雕造像，1983 年，陈哲敬携四十余件石雕佛像赴台湾举办展览，在当地引起了不小的轰动，让每个中国人都为祖国拥有的灿烂文明感到自豪。

这件宋代彩绘木雕观音菩萨坐像只是陈哲敬先生收藏的若干佛造像之一。几十年来，陈哲敬不断向国内的专家寄送购买的佛造像的图片和相关资料，力图搞清楚每一尊佛像身世的来龙去脉。这尊佛像陈哲敬购买于 20 世纪七八十年代，为了辨别真伪，他也曾把观音像的照片寄回国内，请国内文物专家帮忙鉴定。1988 年，中央美院的汤池教授和中国艺术研究院的刘兴珍女士编辑了一本计划在台湾出版的名为《中国古佛雕——哲敬堂珍藏选辑》的画册，画册于次年在台湾正式出版。画册里包含一百余张佛像的照片，这些佛像都是陈哲敬在近几十年间通过各种渠道购得。其中，一尊木雕观音让汤教授无法抑制兴奋的心情。汤池教授依据造像风格、服饰纹样推断，这尊优美的大型木雕观音菩萨造像应属北宋木刻风格。为了进一步验证汤教授的判断，1988 年 11 月 30 日，北京大学考古系年代测定实验室经过对木雕观音的采样进行碳 -14 年代鉴定，出具了一份碳 -14 鉴定报告，结果与汤池教授的判断

一样，这件作品为中国宋代晚期无疑。国宝的身份一旦确定，不论是大洋彼岸的佛像收藏家陈哲敬先生，还是中国国内的专家学者都为之欢欣鼓舞。但是，国宝始终飘零海外，又令人无限感慨，倍感遗憾。这些国宝的持有者陈哲敬先生多年来一直无法实现的夙愿，就是希望有朝一日国宝可以回归故里；但是，多年来由于高昂的费用问题，观音像始终无法成行。与此同时，美国一家实力雄厚的博物馆早就看好了这件木雕作品，他们多次联系陈先生，希望高价收购这件珍宝。但是，国内的汤池教授自从1988年通过图书出版了解了陈先生的藏品后，多次叮嘱他其中几件佛像是无论如何也绝不能出售。陈哲敬先生也一直很重视汤教授的建议，多年来始终信守承诺，从不为外界开出的高价所动摇。功夫不负有心人，漫长的等待终有收获的一天。从2002年起，国家为了加大重点珍贵文物征集回流力度，征集流失在海内外特别有价值的文物，专门设立了"国家重点珍贵文物征集专项经费"，并专门委托中国文物信息咨询中心负责海外文物的征集工作。自2002年起，中央财政每年划拨五千万元人民币，专门用于征集购买海外重点珍贵文物。虽然在文物市场上，这点经费只能算是杯水车薪，但这个举动仍然体现了国家对购回中国流失海外文物的坚定决心和信念。一时间，海外文物回归祖国的呼声传遍大江南北，举国上下都在关注着这些阔别祖国多年的国之瑰宝的下落和命运，更日夜盼望它们不期而至，再次重逢，永安故里。2003年，恰逢这一特殊的历史时期和难得机遇，木雕观音同其他一组流失海外的佛造像在北京饭店集体亮相，立即在学术界和艺术界引起轰动。2004年11月上旬，北京九采文化发展有限公司提供了一批流失海外文物的征集线索。通过资料认真对比，其中美籍华人陈哲敬先生的藏品木雕观音和其他三件石质佛像可能具有重要的文物价值。中国文物信息咨询中心经过与国家文物局和财政部沟通，拟将这四件佛像列入2004年度征集计划，并在12月10日邀请金维诺等四位著名雕塑及造像专家在北京饭店对木雕观音进行了实物鉴定。在场专家围绕文物的真伪、文物的年代和文物的价值进行多方面考量和仔细鉴定后，2005年，国家文物局终于将这件长期被海外收藏家收藏的艺术精品收购回国，并划拨给中国国家博物馆永久收藏。陈哲敬先生曾明确表示，他的梦想就是让流失海外的中国国宝都能回家。除了木雕观音，他收藏的五件流失海外的河南龙门石窟佛雕像也由中国文物信息咨询中心征集回到了故乡。每一件回归的国宝都经历了陈先生多年与国内专家沟通，仔细求证其身世的漫长过程。陈先生甚至还为稳妥起见，多次亲赴洛阳龙门石窟，只为验证他所持佛像的尺寸与石窟的尺寸是否完全吻合。单就这件宋代彩绘木雕观音坐像能够最终回到祖国怀抱，从陈先生在 20 世纪七八十年代耗资购买，到先后请台湾和大陆的佛像专家过目鉴定，再到 21 世纪搭上国宝回归的快车顺利回国，前后也经历了几十年的漫长岁月。

这件高达两米的大型木雕观音文物价值和艺术价值均属上乘。北朝、唐、宋并称为中国雕塑艺术的三大高峰。欧美和日本博物馆均收藏有中国古代大型木雕作品。据粗略统计，北美多家大型博物馆中收藏的中国宋代木雕佛像数量在二十件以上，而国内各大博物馆在此之前尚无宋代木雕佛像精品。这尊木雕观音在高度上仅次于美国纳尔逊艺术馆藏宋代观音菩萨坐像，在国内博物馆中也是体量最大的一件，其珍稀程度不言而喻。历经数十年颠沛流离的木雕观音，表情生动逼真，尽显温柔，似乎对人间的欢乐疾苦了如指掌。那飘逸灵动的身姿和似有所指的手指浑然天成，向人们展示着中国宋代雕刻工匠高超的雕刻技艺，也展现着佛教在中国历史文化和艺术上结出的硕果，是当之无愧的中国木雕精品。观音坐像那温柔的面庞和深邃的目光似乎在向人们展示着回归故里的一份怡然自得和满心欢喜。

# 第十六章

# 大沽铁钟：

## 以不朽之身穿越战争与和平

在中国饱经风霜、历尽磨难、前赴后继抵御外敌侵略的近代史中，曾有一段令国人不堪回首，却又无法回避的过往：那是一场围绕天津展开的清朝官兵浴血奋战，顽强抵抗英法联合侵略军，最终寡不敌众、遗憾败北的实力对比悬殊的战役。虽然，外国侵略者用洋枪洋炮打败了中国的土枪土炮，用坚船利炮突破了中国的土坑土墙，但是中国人不甘屈服、不可侵犯、悍不畏死的英勇威武的形象和一片丹心照汗青的爱国情怀也曾令这些黄发碧眼的外国人胆战心惊。而见证这一切的正是一口 1884 年为纪念英勇作战的将领乐善而作的铁钟，又称"乐威毅公祠"铁钟。它钟体高六十五厘米，口径五十八点五厘米，重一百零五千克，钟口呈波浪圆形。钟顶正中有一圆形孔洞，周围有蒲牢样式钟钮断裂痕迹，且环以莲花瓣浮雕；肩部以弧纹构成"上带"，留下四个铸芯孔洞；钟体外壁上段分为"八宫"，分别铸造"风调雨顺，国泰民安"八字铭文，前后两段文字分别呈对角线排列；"中带"仅有一道弧弦纹；下宫为八宫，钟的款识铭文"大清光绪十年立海口大沽乐威毅公祠"铸在第一宫，第二宫铭文为"皇图巩固保定府练军官兵全人

清·大沽铁钟（大沽口炮台遗址博物馆藏）

大沽铁钟局部                                      大沽铁钟局部

公立", 第三至七宫无任何铭文, 第八宫为浮雕纹饰; 下带亦为弦弧纹; 钟口为八波荷叶边。

　　乐善为何人? 他都做过什么? 又为何要纪念他? 要解答这些问题就不得不追溯到第二次鸦片战争。这是一场自 1856 年 10 月至 1860 年 10 月英、法两国在美、俄支持下联合发动的侵华战争。它又可以具体拆分为"第一次英法联军之役"和"第二次英法联军之役", 两次战役分别包括了两次大沽口战役。第一次大沽口战役以清军委曲求全, 在英法联军强大军事力量的威逼下被迫签订屈辱的《天津条约》收场。自 1858 年英、法舰队撤走后, 清政府即命科尔沁亲王僧格林沁负责大沽一带的防务。经历了一段相对平静的日子后, 1859 年 6 月 25 日, 英海军司令贺布亲率十二艘军舰进攻大沽炮台。清军在僧格林沁的指挥下英勇抵抗, 发炮反击, 战斗异常激烈。直隶提督史荣椿、大沽协副将龙汝元身先士卒, 先后阵亡。此战中作战英勇的蒙古正白旗将领乐善升任直隶提督, 继续防守大沽炮台。值得欣慰的是, 由于清军火力配备充分, 战术运用得当, 击沉击伤敌舰十艘, 毙伤敌军近五百人, 重伤英舰队司令贺布, 英法联军惨败。这也是鸦片战争以来清军取得的唯一一次胜利。不甘落败的英法联军在次年对天津发起了报复性的反击, 8 月, 侵略者先在北塘登陆, 进犯天津, 继而水陆协同作战进

1859 年，驻守大沽清军僧格林沁部关于英军侵犯大沽炮台的军情探报（中国国家博物馆藏）

1859 年，科尔沁亲王僧格林沁大沽口战胜英法入侵舰队请奖奏稿（中国国家博物馆藏）

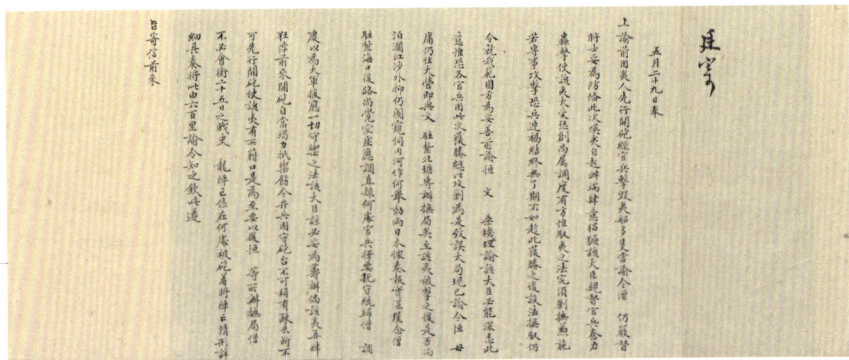

1859年，清政府为与侵略大沽口之英法联军谋求妥协给僧格林沁的上谕（抄件）（中国国家博物馆藏）

攻大沽北岸炮台。守卫清军在乐善的指挥下奋勇还击，击退了敌人一波又一波的进攻。但清政府毫无抵抗决心，咸丰帝令僧格林沁撤退，僧格林沁只好随后下令乐善撤退。然而，乐善却发出了"炮台存，乐善生；炮台亡，乐善亡"的豪言壮语。最终，他带领一千多名清军士兵一道战斗至最后一刻，全部壮烈牺牲，用自己的血肉之躯践行了一名军人对国家的承诺。

清政府后来追谥乐善为"威毅"，并在其阵亡的大沽口设立祠堂纪念。乐善牺牲二十四年后的1884年，清政府将在保定编练的新军调往大沽口炮台驻守。这些士兵有感于乐善英勇抗敌的事迹，集资为这位先辈的祠堂捐了一口铁钟，并在钟体外铭刻了"大清光绪十年立海口大沽乐威毅公祠""皇图巩固保定府练军官兵全人公立"字样。然而，1900年6月17日，英、法、美、俄、德、意、日、奥八国组成的联军九艘战舰一起炮击大沽口，清军顽强抵抗六个小时后，再次战败，炮台沦陷。英军"奥兰多"号巡洋舰的士兵们在打扫战场的时候，偶然发现了放置在乐威毅公祠里的这口铁钟，顺便把它当作战利品运回了英国。

抵达英国的大沽铁钟一直被安置在朴次茅斯市的维多利亚公园内，并建造了一个亭子将其悬挂。二战期间，为了躲避德军的轰炸，一位

1900 年，第四次大沽口之战，大沽炮台被联军炮火彻底摧毁，守军阵亡千余人

1900 年，第四次大沽口之战，大沽铁钟由英国军舰奥兰多号掠至英国维多利亚公园

园丁将它埋到了地下，也避免了其作为废铁被征用作制造战争武器[1]的命运。1947 年，战争结束后，一位到公园内做园艺工作的学生诺曼·亨伍德（Norman M. Henwood）偶然挖到了这个他起初以为是尚未爆炸的德国炸弹的铁钟[2]，又将其悬挂于亭中。20 世纪 60 年代后期到 70 年代，由于社会动荡，铁钟再次被取下保存，直到 1993 年才得以重见天日。而在 20 世纪末，大钟的钟钮在遭人盗窃时被损坏，所以它又被挪回了温室，闲置起来。铁钟后来再次得以重见天日归功于位于公园内的维多利亚艺术中心主任马克·刘易斯（Mark E.W. Lewis），他在 2000 年经过苦心寻觅，终于将维多利亚公园中未使用的小屋确定为艺术中心的基地。在随后的几年中，他经常会注意到公园中为纪念战争建立起来的中国风格的亭子，据镌刻在亭子周围的文字显示："1900 年 6 月 17 日，在中国大沽口西北炮台缴获了这口铁钟。作为战利品，由'奥兰多'号带回英国，官兵们建造了这座纪念亭纪念在那场战争中失去生命的战友。"这里本来悬挂过一口来自中国的大钟，如今却不见踪迹。直到 2004 年的一天，他在公园温室周围从事陶艺创作时多看了一眼临时搁置工具的架子，发现用来搁置扫帚和耙子的圆形铁制物体竟然是他一直记挂的中国大沽铁钟。后来，恰好中国留学生范辉到朴次茅斯市的维多利亚艺术中心兼职，刘易斯便请她帮忙翻译大钟上的铭文。铭文显示，这是一件来自中国天津大沽口的文物，两人遂一致决定联系国内，促成其早日回归。范辉通过多方寻找，联系到了中国古钟研究所副研究员、古钟专家夏明明。经过初步判定，夏明明也认为这是大沽口文物无疑，所以立即将消息转告了原塘沽区（今滨海新区）文化局文管所。时任塘沽区区委副书记的荣新海亲自过问此事，并与范辉取得了联系。由于中英两国文化背景和行政制

---

[1] 尼尔·埃文斯（Neil Evans）：《躲避了被熔化命运的铁钟即将启程回国》，《朴次茅斯新闻报》，2005 年 6 月 13 日。

[2] 诺曼·亨伍德（Norman M. Henwood）：《我发现的"未引爆的炸弹"竟然是大沽铁钟》，《朴次茅斯新闻报》，2005 年 6 月 13 日。

1917 年，放置在英国维多利亚公园奥兰多号纪念亭中的大沽铁钟

奥兰多号纪念亭今貌

度存在诸多差异，通过电子邮件的沟通效果也并不十分理想，大钟的回归迟迟未能取得实质性进展。

后来，在荣新海的建议下，范辉找到了在当地拥有广泛影响力，并且热衷于公共事务的社会活动家——朴次茅斯市华人协会主席叶锦洪先生，请他协调各方面关系促成铁钟回归。借助自己的人脉资源和社会活动能力，叶锦洪先生终于搞清楚，对大沽铁钟的回归具有决定作用的是朴次茅斯市议会的议员和市政府的官员们。同时，通过向上级汇报，得到市区领导的大力支持，荣新海决定亲赴英国与当地市政官员面谈铁钟回归事宜。在叶锦洪先生每日不停奔走呼吁的努力下，大沽铁钟回归中国的提议终于获得了包括英国国会议员麦克·汉考克在内的大多数议员的支持。时任朴次茅斯市市长的杰森·法扎卡里和文化行政官员、市议会议员特里·霍尔女士是当地政府和议会有影响力的人物，对大钟能否回归有举足轻重的发言权。所以，荣新海此行的主要目的就是争取这两人为铁钟回归投赞成票。在随后的会面中，市长杰森·法扎卡里对此事绝对支持，且信心十足，并幽默地把大钟的回归提升到他这一任期的政绩的高度。不过，同市议会议员特里·霍尔女士的会面却让大家都有些心情沉重，虽然她本人完全支持中国政府收回大沽铁钟，但同时也提出了几个不容忽视的问题：第一，大沽铁钟早已被英国国家遗产办公室列入了二级文物目录，必须得到英国政府东南地区政府办公室批准。第二，大沽铁钟的确是抢来的，把抢来的东西送还就开了先例，那么，大英博物馆里的藏品大都是抢来的，如果都要送还，大英博物馆就不存在了。第三，当年大钟是由"奥兰多"号巡洋舰带回英国的，是英国海军荣誉的象征，海军部也有可能提出不同意见。另外，鉴于英国不同于中国的行政管理体制，大钟回归必须上报英国东南地区政府办公室审批。朴次茅斯市议会把办理审批手续的工作委托给朴次茅斯市博物馆馆长保罗·莱蒙德先生。他一方面准备了大量书面文件详述大钟的身世，一方面请摄影师为大钟和相关环境拍摄照片，请来博物馆专家为大钟做鉴定，还随时和文化官员霍尔女士沟通上

2005 年 7 月 22 日，大沽铁钟回归祖国庆典在大沽口炮台遗址隆重举行

报文件的细节。同时，中方还应马克·刘易斯的请求，承诺一旦大钟回归，将复制一口一模一样的大钟送给朴次茅斯市人民，作为中英友好的象征。

在等待结果的日子里，为大钟回归付出了艰辛努力的朴次茅斯市华人协会主席叶锦洪先生率领代表团于 2005 年 5 月 24 日亲赴塘沽大沽口西北炮台遗址，参观乐善当年战斗过的地方，并聆听讲解员讲述当年大钟被劫掠的屈辱历史。天津市塘沽区政府为了表彰和感谢叶锦洪先生为文物回归祖国所做出的不懈努力和巨大贡献，特授予他"荣誉公民"称号。就在叶锦洪一行人乘车赶回北京的路上，他接到荣新海的电话，告知远在英国的东南地区政府办公室已经批准把大沽铁钟归还中国。顿时，全车人都欢欣鼓舞、为之雀跃。2005 年 6 月 13 日，天津市塘沽区区长张家星率领一个十人代表团来到朴次茅斯市，参加大沽铁钟回归仪式。这场仪式受到了英国各大媒体的广泛关注，英国广播电台（BBC）

在当天上午以"八国联军一百多年前从中国拿走的古钟正式归还亚洲"（An antique bell taken from China during the Boxer Rebellion over a hundred years ago is being returned to Asia）为题发布新闻消息，其中提到了朴次茅斯市议会发言人的一段讲话："由中国人民慷慨捐赠的大沽铁钟复制品将取代原钟悬挂于原处。"[①]他在讲话中提到，大沽铁钟不仅仅是中国晚清的文化遗存，而且记录了一百多年以来中英两国关系的历史。大沽铁钟回归中国，标志着两国人民正在以前所未有的勇气和力量开辟新的历史。一个月后，即7月17日，由英国伦敦希思罗机场起飞的FQ822次航班照例稳稳地降落在北京国际机场，大沽铁钟重新踏上了祖国的土地，受到了故乡人民的热烈欢迎。22日，迎接大沽古钟回归仪式在天津塘沽区大沽口炮台遗址隆重举行。10月底，中国政府为了感谢当初为大沽铁钟的回归付出艰苦努力的普利茅斯市的几位功臣，邀请他们来为大沽口炮台遗址博物馆开馆揭幕。作为大沽铁钟的发现者和力促归还者，刘易斯的名字出现在代表团的名单中，在中国停留期间，他们受到了中国政府和民众的热情欢迎。刘易斯在离开天津前给天津市塘沽区区长张家星留下了一段话："大沽铁钟的命运就应该是回归故里。铁钟的复制品看起比原件更好，朴次茅斯的人民将为此感到自豪。我希望你们中国人能够从心底原谅英国强取豪夺的那段历史，并真诚憧憬两国永葆和平。"[②]这口大钟的回归，其影响力绝不仅限于中国大陆，香港本地媒体《南华早报》也在第一时间以"大钟敲响的故事"为题对整个事件详加报道。[③]经过两年多的艰苦谈判，流浪海外一百零五年的大沽铁钟终于完璧归赵，荣归故里。2014年，大沽铁钟以其特殊的意义入选国家一级文物。

---

① 《英国广播公司新闻》: http://news.bbc.co.uk/go/pr/fr/-/1/hi/england/hampshire/4085790.stm，2005/06/13 09:46:08 GMT 发布。

② 马克·刘易斯（Mark E.W. Lewis）:《中国的大沽铁钟》（Chinese Dagu Bell），https://www.artandsoultraders.com/mark-lewis/chinese-dagu-bell/，2021 年 4 月 6 日查阅。

③ 彼得·辛普森（Peter Simpson）:《大钟敲响的故事》，《南华早报》，2005 年 11 月 26 日。

大沽铁钟回归过程中还有个小插曲。偶然发现铁钟的马克·刘易斯在查询家族档案的过程中发现，1860 年，即自己的曾曾祖父托马斯·莱恩（Thomas Lane）二十四岁那年，他服役的英国皇家六十七编成团远征中国，他亲身参加了英法联军 1860 年夏天进攻大沽口炮台的战斗。由于一马当先，率先冲入炮台，身负重伤，莱恩荣获了英王的维多利亚十字勋章。从时间上判断，马克的曾曾祖父率先攻入的炮台正是乐善指挥的炮台。这种历史的巧合令人不禁唏嘘，无法置信。刘易斯也表示：相信这就是天意，这口钟的命运就该回到它真正的地方去，唯一的希望就是永远再也看不到战争。后来，原钟和复制的钟曾一度共同摆放在天津市塘沽区政府办公楼的大厅中央，时刻提醒着国家的公务员们牢记为民族、为国家、为人民服务的使命。2006 年，塘沽等比例复制的这口铁钟被送往朴次茅斯市，依然悬挂在维多利亚公园里，续写着两国人民友谊的篇章。而原钟则存放在塘沽博物馆（现滨海新区博物馆）。大沽铁钟归还中国这一事件在朴次茅斯市当地成了街谈巷议的热门话题，《朴次茅斯地区邮报》也以"铁钟书写的标签式史诗——朴次茅斯市公园中发现的中国文物在经历了一个世纪后回归故里令中国举国欢腾"为题对这一事件的历史渊源和来龙去脉进行了详细的介绍，大力宣传了两国政府和人民之间建立起的深情厚谊。[①]2011 年 4 月，大沽口炮台遗址博物馆新馆建成对外开放，大沽铁钟被置于博物馆尾厅，一直作为博物馆的"镇馆之宝"对外展出。2016 年，英国朴次茅斯市市长大卫·富勒、朴次茅斯华人协会会长蔡润良一行人专程到博物馆参观铁钟，热切关注着铁钟在中国安家后的近况。宾主双方进行了亲切、友好的会谈，对铁钟叶落归根都倍感欣慰。

第二次鸦片战争的炮声已经远去，见证国家兴亡和英勇反抗的大沽铁钟在历经海外漂泊后回归故里，在新时代又继续见证国家的繁荣富

---

[①] 《铁钟书写的标签式史诗——朴次茅斯市公园中发现的中国文物在经历了一个世纪后回归故里令中国举国欢腾》，《朴次茅斯地区邮报》，2006 年 1 月期，第 76—77 页。

强、中英两国人民的真挚友谊。2019 年中华人民共和国成立七十周年纪念日前夕，大沽铁钟代表天津作为海外文物无偿返还的经典案例，奔赴中国国家博物馆参加"回归之路——新中国成立七十周年流失文物回归成果展"，向世界人民和中国人民讲述着那一段并不遥远，彰显中华民族不畏强权、自强不息的奋斗历史，呼唤着世界各国人民共同维护世界和平和人类文明。

第十七章

# 子龙鼎：
## 青铜瑰宝，国之重器

在中国国家博物馆的二号中央大厅举办的常设展——"中国古代青铜器艺术展"是中国国家博物馆改扩建工程完毕、重新开馆之际举办的重要专题展览之一，旨在通过本馆所藏的一批古代青铜器展示我国古代青铜艺术的不朽魅力。青铜器，英文为 Bronze Ware，在古代被称为"金"或"吉金"，是红铜与其他化学元素锡、铅等的合金，其铜锈呈青绿色。从考古资料来看，在世界范围内，青铜器的使用并非始于中国，而是始于新石器时代晚期的土耳其和伊拉克地区，以及叙利亚大马士革郊外的 Tell Ramad 遗址出土的铜珠。中国的青铜器晚于世界上其他一些地方，最初出现于马家窑文化时期，以商周时期的器物最为精美。但是，就青铜器的使用规模、铸造工艺、造型艺术及品种而言，世界上没有一个地方的青铜器可以与中国古代青铜器相媲美。中国古代青铜器是我们的祖先对人类物质文明的巨大贡献。这也是中国古代青铜器在世界艺术史上占有独特地位并引起普遍重视的原因之一。中国青铜器制作精美，在世界青铜器中享有极高的声誉，代表着中国五千多年青铜发展的高超技艺与文化。青铜鼎，被后世认为是所有青铜器中最能代表至高无

商·子龙鼎（中国国家博物馆藏）

子龙鼎局部

上权力的器物，是古代一些地方用以烹煮肉和盛贮肉类的器具，也就是炊器。作为中国古代礼制、政治、经济权力的象征，王侯所制造的鼎也被视为国家权力合法性的来源。传说大禹收"九牧之金，铸九鼎"，这是一匡诸侯、统治中原的夏王朝立国的标志。而"夏侯氏失之，殷人受之；殷人失之，周人受之"则是表明每一次王朝的更迭，"九鼎"便随之易主，完成了一次权力的交接。春秋时，楚庄公向周定王的使者"问鼎之大小轻重"，使"问鼎"一词成为觊觎国家权力或泛指试图获取支配权的经典说法。这个"问鼎中原"的典故，显示了楚庄王觊觎周室之意。作为中央政权的象征，谁占有了"九鼎"，谁就握有了全国最高的政治权力。同时，各级贵族在使用礼器的种类、数量上都有严格的规定，鼎的种类和数量的多寡直接代表了贵族等级的高低。所谓"钟鸣鼎食"，即表示了家族人丁兴旺、仆役众多的庞大场面，成为贵族显示自己身份之高贵的标志。正如著名学者张光直先生所言："青铜便是政治和权力。"

目前在中国国家博物馆"古代中国"展厅展出的众多青铜器艺术精品中，有一方、一圆两件青铜重器尤为引人注目。一件是几十年来在我国的教科书中频频亮相的后母戊鼎，另一件就是因其传奇的经历而蜚声海内外的子龙鼎。它开始走进普通公众的视野是在2006年，而它在海外漂泊的近百年的时间里曾经令无数中华儿女、有识之士魂牵梦萦。

2006 年 6 月 10 日是我国的第一个文化遗产日，由中华人民共和国文化部、中华人民共和国财政部、中国国家文物局共同主办，中国国家博物馆承办的"文化遗产日特别展览——国家珍贵文物征集成果"正式启幕。展期是 6 月 5 日至 7 月 5 日，展览内容分为中国文化遗产和盛世藏珍、中华人民共和国成立以来征集文物精品两部分。展览的一百余件文物是从全国文物收藏单位、国有博物馆征集到的两千多万件套珍贵藏品中精选出来的，加上大量的文物图片资料，利用先进的展览手段进行全方位展示，集中系统地展现了中华人民共和国成立后，尤其是改革开放以来，从政府到民间抢救征集的、具有重大价值的文物精品的成就，凸显了近年来文化遗产保护的重大成果。展品中不乏公众耳熟能详的名家名作、绝世精品，如《中秋帖》《伯远帖》《五牛图》《出师颂》《张好好诗》《研山铭》《淳化阁帖》，龙门石窟佛造像，宋元善本等。当年 4 月，经过严格鉴定和艰苦谈判终于回归祖国怀抱的商周青铜重器子龙鼎，作为政府主导征集的最新文物和展览的重头戏，完成了回国后与国内观众的首次见面，再次向世界宣告了我国政府对抢救国宝回归的坚定决心。

2002 年起，我国政府正式启动了国家重点文物征集专项资金，中央财政每年拨付五千万元专款用于征集流失海外和民间的珍贵文物，具体负责运作这笔经费的是中国文物信息咨询中心。截至 2006 年 5 月，国家重点珍贵文物征集项目累计实施了十四个重大征集项目，使用中央财政资金近两亿元，抢救与征集了流散于海内外的各类珍贵文物二百零三件（套），其中包括子龙鼎、《研山铭》、龙门石窟佛头、陈国琅藏书等，以及珍贵皮影文物六万余件，文物类别囊括书画、青铜器、佛造像、古籍善本、家具、玉器和陶瓷等各领域①。

作为 2006 年国家重点珍贵文物征集项目的征集对象，子龙鼎的回归可谓一波三折、惊心动魄。子龙鼎，商末文物，通高一百零三厘米，

---

① 黄小驹：《国家重点珍贵文物征集资金使用近 2 亿》，《中国文化报》，2006 年 6 月 10 日第一版。

腹高四十三厘米，耳高二十二厘米，足高三十六点五厘米，口径八十厘米，重二百三十千克，中国国家博物馆藏。此鼎高大、气势不凡，圆腹，口内敛，折沿方唇、向内侧略有倾斜，腹部外鼓，立耳厚重，微外撇，耳下部内侧深入器腹，下承三柱足，足下部略内束。颈部六道短棱脊，饰饕餮纹六组，每组两种；一种有首无身，另一种身首皆有。子龙鼎的名字取自内壁口沿处铸造的铭文"子龙"。左上角为"子"字，字体较小，下方的"龙"字双线勾勒，颇有力度，俨然一条挺身而立的圆目瞪眼、张口欲咬、卷尾盘曲、气势威严的中国龙。

子龙鼎在 20 世纪 20 年代出土于河南辉县，出土后不久即由专门从事中国文物国际贩卖生意的日本山中商会①运入日本，之后便在日本多位藏家之间辗转倒手，却都是私下进行，从未公开露面，所以在近一个世纪的漫长岁月中不见踪迹。2002 年，子龙鼎照片通过多种渠道传至中国，已有学者见到。② 但是眼见为实，直到 2004 年 6 月，受日本企业家千石唯司氏邀请，上海博物馆馆长马承源和陈佩芬先生访问日本期间，在其兵库住所的客厅外亲眼看到此鼎。当时是着地存放，由于光线较暗，只感觉此鼎很大，并见到"子龙"两字铭文。两天后，千石唯司氏将他收藏的青铜器和历代青铜镜在大阪美术俱乐部举办了一场名为"中国王朝之粹"的展览。子龙鼎

《中国王朝之粹》书影

---

① 山中商会：近代日本古董商和文物经营机构，在全世界范围内有着重要的影响，其经营的主要业务为东亚地区的文物，特别是中国古代的艺术品，如今在世界上各大知名博物馆收藏的中国文物中，有不少高质量的作品都是源自山中商会。
② 谢小铨：《子龙鼎归国始末》，《中国历史文物》，2006 年第 5 期，第 18—19 页。

子龙鼎"子龙"铭文及拓片

陈列其中，其器型宏大，可与大盂鼎、大克鼎相媲美。① 在配合展览所出的图录《中国王朝之粹》中，子龙鼎位列第一器。② 这是子龙鼎在近百年后的首次公开露面。中国专家面对如此突如其来的消息悲喜交加，悲的是近百年前不露行藏的青铜重器一直杳无音信，喜的是国宝突然现身日本大阪。但是，诸多问题也随之而来，令人不免困惑和不安。当时，日本收藏的中国文物约有十万件之多，登记在案的大都集中在东京、京都和大阪的几百家博物馆中。而这样一件中国的重量级青铜器却一直在大阪私人藏家手中，实在有些匪夷所思。一石激起千层浪。无论如何，事关国宝，决不能等闲视之。寻到宝鼎下落，多年来一直从事文物征集和保护工作的中国国家文物信息咨询中心找到图片资料，进行仔

---

① 陈佩芬：《说子龙鼎》，《中国历史文物》，2006 年第 5 期，第 6—7 页。
② ［日］难波纯子：《中国王朝之粹》，东京：北星社，2004 年。

细分析，隐约地从模糊的图片中辨认出"子龙"二字铭文。当时中国发现的铸有"龙"字铭文的青铜器共有二十多件，而这个青铜鼎上的"龙"字铭文一旦被证实，将成为中国所有青铜器物中最早的。专家们根据铭文，暂将宝鼎定名为"子龙鼎"。见到国宝异常兴奋的文物信息咨询中心的专家们即刻向上级汇报，希望领导尽快批复他们赴日寻宝。2005 年 9 月，应日本大富株式会社张丽玲社长的邀请，中国文物信息咨询中心的工作人员赴日开展工作，通过向日本古董界人士咨询得知，国内已有私人买家与藏家商谈购买事宜，且已达成初步意向。由于当时时间紧迫，无法见到实物，更无法履行鉴定等相关手续，也为了避免炒高子龙鼎的价格，所以未予理会。与此同时，工作人员了解到，只有通过购买的方式才能让国宝回归。他们正欲将此事向国内做详细汇报时，却突然接到一位日本的文物代理商的电话，告知展览闭幕，子龙鼎再次下落不明，而且价格也并未来得及探听。此事后来上报了国家文物鉴定委员会青铜专业组相关专家，大家希望一同赴日鉴定实物，但子龙鼎此时已被运出日本，再次销声匿迹。一天，中国文物鉴定专家张习武突然接到朋友从香港打来的电话，告知一位收藏家不久前从日本购得一件中国商代的青铜鼎，而且据推测很可能就是在日本曾经露过一面的子龙鼎。中国文物信息咨询中心得到这条重要线索后，立刻启程赶赴香港，对子龙鼎进行研究鉴定。子龙鼎的持有人知道，中国政府要求美国国务院根据联合国有关艺术品贸易的公约，考虑停止进口历史超过九十五年的艺术品；所以，卖家正欲将子龙鼎运进美国国境，一旦成功，子龙鼎的回归恐怕会困难重重，更添变数。咨询中心争分夺秒，必须迅速与卖家接触。经过一轮轮艰难的劝说工作，持有人最终同意将子龙鼎优先转让给国家，并承诺在一定时间内不再与其他买家联系。

当时，对子龙鼎严格的鉴定工作和国家征集谈判工作都在紧锣密鼓地秘密进行。为了确保国家征集资金的万无一失，国家重点珍贵文物征集的鉴定工作采取"一票否决制"。2005 年 12 月和 2006 年 1 月，国家文物局鉴定委员会委员李学勤、朱凤瀚、陈佩芬、杨泓等人赴香港，对子龙鼎进行了严格的实物鉴定。专家们围绕子龙鼎的真伪、时代和价值进行了仔细的考察和评估，并根据鉴定情况各自独立出具了书面鉴定意见。大家一致认定，子龙鼎为商末周初的青铜重器。鼎系一次浇铸而成，目前保存状态良好，没有发现修补痕迹。铭文为原铸，从形制、纹饰和铭文上看，子龙鼎的各个部分在时代特征上均是相协调的，没有不妥之处，是真器无疑。子龙鼎高于著名的大克鼎和大盂鼎，仅次于淳化五耳大鼎，但年代比三者都要早。在商末周初器中，子龙鼎为目前已知最大的圆鼎，堪称商周青铜器中的瑰宝，国之重器。而且，它还是中国古代青铜铸造技术的经典之作。大鼎铭文"子龙"是目前所知最早的青铜器"龙"字铭文。①之后，咨询中心也征求了国家文物鉴定委员会青铜专业组所有专业委员意见，专家们一致认定子龙鼎是罕见青铜重器，是"商代青铜器罕有的珍品，当列于国家重点珍贵文物"之列，并呼吁国家能批准动用文物征集专款，尽快收购回境，以使此重要之国宝从海外回归。鉴定工作告一段落后，咨询中心又代表国家与香港的文物持有人进行了艰苦的谈判。在一番深刻的爱国主义教育后，持有人最终同意按比报价低得多的四千八百万元的价格将子龙鼎转让祖国。

　　关于子龙鼎如何运回北京当时也颇费了一些周折。因为香港是特别行政区，基本法规定，香港享有独立的立法、司法权，法律程序和中国大陆存在诸多不同，海关对于重要文物的运输都要执行十分严格的审批程序。如果按照正常程序运输回国，时间过长，恐生变数。此事被中国海关获悉后，立即同香港海关协调，希望尽快为子龙鼎办理入关手续，尽早运抵北京。2006 年 4 月 28 日，搭载子龙鼎的航班缓缓地降落在首都国际机场，在政府的持续努力下，漂泊海外近百年的国宝重器子龙鼎终于回归故里。

　　子龙鼎作为国家专项资金征集到的文物回归祖国后，必须依据一定

---

① 马继东：《国家海外重点珍贵文物回流工程：五年，两亿五千万元》，《艺术市场》，2006 年第 12 期，第 39 页。

的标准进行分配，划拨到文博机构妥为收藏。不能忽视的是，中国文物信息咨询中心只是执行机构，决策权在国家文物局手中。他们首先会根据各地博物馆的硬件、软件设备，观察其是否具备展览条件与研究能力，评估该文物对其馆藏体系的完整性是否属于急需或必需，有时也会考虑政治的因素。子龙鼎出土于河南，所以河南省博物院自然希望收藏，其他博物馆也有提出要求。但是，考虑到子龙鼎与后母戊鼎（原名司母戊鼎）为"一方一圆"国之重器，政治意义重大，所以国家文物局最终决定将其调拨给位于首都天安门广场的中国国家博物馆。①

---

① 马继东：《国家海外重点珍贵文物回流工程：五年，两亿五千万元》，《艺术市场》，2006 年第 12 期，第 37 页。

# 第十八章

# 蝉冠菩萨立像：

流离失所十四年，终于永安故里

　　观众走进山东博物馆，会看到在一楼佛教造像艺术展厅中的醒目位置陈列着一尊带有巨大圆形头光的石刻菩萨像，凭借其优美的造型与俊秀的身姿惹人注目。然而，鲜为人知的是，在这尊菩萨雕像婀娜多姿的外表下，隐藏着一段一千多年前中国历史上一场声势浩大的灭佛运动的背景，也隐藏着跌宕起伏的意外现身又流失海外的传奇经历。或许，只有全面地了解菩萨雕像本身及其背后的故事，才能更加深刻地理解中国的佛教史和文物保护事业的任重道远。这尊蝉冠菩萨立像，通高一百二十点五厘米，头后附有巨大圆形头光，头顶戴宝冠，嘴角微微上扬，饱含笑意。上身着袒右衣，双肩覆披帛，帛带在胸前打结后向两侧分开，继而下垂至小腿外侧复向上折起，环绕两手肘后自然下垂，绕手肘下垂的帛带有残缺。下身着长裙，裙袂处布满褶皱，足部有残缺。菩萨身形颀长，体态柔美，佩戴饰品尽显华丽，两肩各有一圆形饰件，胸前悬挂两圈项链，链下正中坠一宝珠。全身饰品的点睛之笔位于宝冠正中，一只蝉精雕细刻，须目清晰，羽翼丰透，惟妙惟肖，蝉冠菩萨像也正由此得名。将蝉的形象刻于菩萨宝冠之上，与蝉在中国文化中独有的

北魏·蝉冠菩萨像（山东博物馆藏）

寓意紧密相连。从古至今，中国人都认为蝉可以预报天气，蝉鸣天晴，不鸣则有雨。商周时期有大量青铜器雕刻蝉纹。古人认为，四季中春种秋收就像蝉的生命一样循环往复，达到永恒和永生，因此将蝉作为祭祀的对象，表达了渴望年年五谷丰登的期许。根据蝉的这个特性，人们习惯用蝉的形象祈求风调雨顺、国泰民安，寄托最朴素而美好的生活愿望。另外，古人喜欢借蝉鸣来抒发情感，并在诗词歌赋中多赋予蝉以高贵、圣洁的品格。中国汉代官员头戴的高冠上甚至也会出现蝉的图案，就是取蝉之品行高洁的寓意。中国南北朝时期，佛教一时兴起，佛造像艺术也盛极一时，所以石刻艺术在菩萨上时常绘有蝉纹。"蝉"在字音上与佛教禅悟的"禅"是同音字，所以将蝉冠以菩萨雕像也与佛教的寓意不谋而合。

这尊佛造像虽然雕刻历史逾千年，但被发掘出土的历史只有几十年，而漂泊海外的历史竟达十四年。1976年3月，山东省博兴县陈户镇张官村的村民张立山向村里申请了一处空地，准备挖土动工盖房子，他随即找来同村的两个青年帮他一起挖土。可是，三人刚刚挖了一米左右，却再也挖不动了，铁锹所触之处十分坚硬，似有砖头或石头的感觉。除去周围的浮土，仔细看下，竟然有三尊巨大的石质佛造像显露出来。三尊佛像整齐地排列在一起，只是身手已经分离，看摆放的姿势，似乎是有人特意把它们埋葬在这里的。佛像为什么会遭到损坏呢？三人怀着不解，还是换了个地方继续开挖。可是，过了一会儿，他们竟然又挖出一坑石佛和白陶佛像，这确实令几人吃惊不已。在同一地点挖出这么多石佛的消息在村里瞬间传开了。当时的山东农村，村民们普遍缺乏文物保护的知识和意识，而且因为张立山家的房子还没有盖起来，也没来得及砌院墙，所以周围的村民甚至过路的人都从四面八方涌来，纷纷搬起石像就走，或把它们当成普通石头一样作为砌墙的材料，或只是在家里当作某种实用的物件。后来，当博兴县文物部门得到消息赶来对这些破损的石佛进行考古发掘时，村民们才知道，原来张立山挖的土坑实际上是一座古代埋藏佛像的窖藏坑。在距今一千五百年前，即公元4至

6世纪的中国南北朝时期短短二百多年的历史中，出现过两次规模空前的灭佛运动，佛像和寺院均遭受了灭顶之灾。山东省博兴县张官村附近就是北朝时期闻名于世的龙华寺遗址。佛像遭到破坏后，虔诚的佛教信众们为了保留佛像，便将成堆残破的佛像整理收集起来，如同埋葬佛教舍利一样，把它们挖坑埋藏。山东博兴张官村挖出来的断头佛像都属于东魏至北齐时期的龙华寺遗物。这就是这个佛像窖藏坑的由来。看到被村民和路人哄抢所剩的残破佛像，当时博兴县文管所的一名干部李少南心痛不已。面对文物的损坏和丢失，他暗下决心，一定要把它们找回来。于是，在此后的若干年时间里，李少南走遍大街小巷，一刻不停地奔走在寻找石佛像的路上。他不断地发动周围的亲戚朋友，帮忙打听石像的下落，并且只要听说谁家有石像，就跑到谁家去收。当地的村民经常能够看到李少南骑着自行车风里来雨里去的身影。几年的辛苦终于获得了巨大收获。李少南经过不懈努力，征集数百件残件。博兴县文物考古人员对石佛像进行了整理和修复还原，历时三年，佛像全部恢复原貌，其中就有这尊造型奇特、非常珍贵的蝉冠菩萨像。该像发现之时就已断为三截，李少南用了三年的时间分三次从三位村民手中收集，除了两只始终未能找到的小臂和略有缺损的足部，终于拼接成这件较为完整的蝉冠菩萨立像，令人叹为观止。《文物》在1983年第七期刊载了有关这尊菩萨像的文章，《山东画报》也在1993年第一期介绍博兴文物时选用了这件菩萨像作为主要的背景照片。拼接后不久，还未来得及接受人们的膜拜，这尊蝉冠菩萨像就遭遇了被盗窃的厄运。

1994年7月3日的一个大雨滂沱的夜里，收藏在博兴县文物管理所的蝉冠菩萨像竟然不翼而飞。一连数年，这尊佛像都音信全无，它的失踪令人颇感意外，但同时也激发了人们寻找的热情。时间一晃就到了1999年年底，12月3日，瑞士米西奈斯古代艺术基金会主席玛利奥·罗伯特先生一行来到博兴县文物管理所，告知中方，蝉冠菩萨像被日本美秀博物馆（Miho Museum）于1995年7月从伦敦埃斯凯纳齐东方艺术

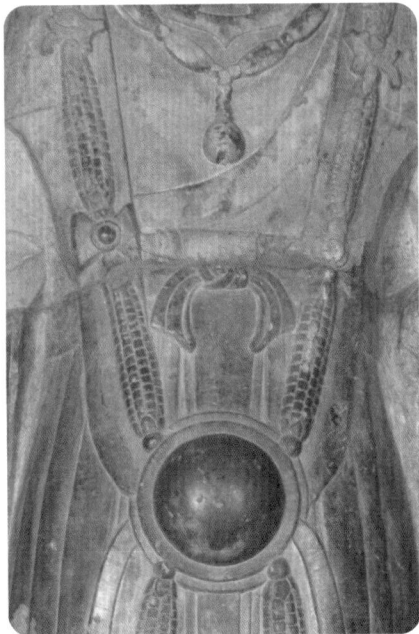

蝉冠菩萨像细节

组织（Giuseppe Eskenazi）中购得收藏。而 1999 年 12 月底，时任山东省文物局副局长的由少平也收到了一封为寻找蝉冠菩萨像提供线索的来信。这是一封由曾任山东博物馆副馆长的郑岩邮寄给他的信件。郑岩在信中讲述了事件的始末。原来，12 月 22 日，他的老师，中国社会科学院考古研究所的杨泓先生收到一封装有一册日本美秀博物馆新出版的图录的信件，在图录的第三十五页夹有一张白纸，上书"国宝"二字，而这一页上赫然就是一张石刻菩萨像的照片。杨泓经过仔细核对发现，这就是在博兴县出土后被盗的那尊蝉冠菩萨像。杨泓把收到的信又仔细地检查了一遍，除了那本图录和写有"国宝"二字的那张白纸，再无其他有价值的信息。唯一能够提示寄信者身份信息的就是信封的落款"宿白"，他是一位研究佛教文物的泰斗级人物。杨泓对宿白的字迹很熟悉，但是发现信件的落款字迹并不像宿白所写，于是便托人向宿白询问，可是对方回复说不知此事。经过进一步的观察，杨泓还发现，来信人将地址中的"朗润园"错写成了"浪涧园",且"国宝"二字的顺序是用繁体字由右至左书写的。通过寄信者的书写习惯和书写风格,杨泓初步判断,这可能是一位对蝉冠菩萨像比较熟悉的日本学者邮寄来的信件,大概希望为中国的文物部门提供这件被盗文物的信息,却又担心给自己惹来麻烦,所以采取了这样一种隐晦的方式。于是,杨泓托自己的学生郑岩将这份资料复印件寄给山东省文物局,希望能对找回失窃的蝉冠菩萨像提供一些帮助。与此同时,博兴县文物管理所也向山东省文物局汇报了另外一条瑞士米西奈斯古代艺术基金会主席马里奥·罗伯特提供的关于蝉冠菩萨像的线索。失踪已久的蝉冠菩萨像在沉寂了几年后终于再次现身,引起了山东省文物局领导的高度重视,将这两条提供线索的信息整理后,他们向国家文物局做了专题汇报,请求国家文物局依据有关国际公约协助追索。

正如许多被盗文物的命运一样,蝉冠菩萨像被盗后也不幸流失到了英国文物市场,又在 1995 年被日本美秀博物馆花费一百万美金购得,作为该馆 1997 年开馆时的一大特色展品推出。2000 年初,由于我国在追索流失海外文物方面缺少经验,所以,尽管由少平所在的山东省文物局多次向国家文物局反映情况,但都由于追索条件不成熟,始终没能开启对蝉冠菩萨像的追索。这件事在由少平心中始终挥之不去,一有机会就希望能为追回这件国宝做点实事。2000 年 4 月,由少平前往美国旧金山参加活动,与他同行的正是他多年的好友、时任国家文物局外事处处长的王立梅。他不由得向王立梅提及这件事,希望能推动事件的解决。就如同当年为争取《淳化阁帖》的回归一样,王立梅虽然当时并未多说什么,但是却把这件事默默地记在心间。2000 年 8 月,她趁着在日本东京出差的间歇,只身一人前往日本美秀博物馆所在地京都,并与博物馆所属的日本神慈秀明会会长小山弘子(即小山美秀子的女儿)进行了初次正面接触,开辟了蝉冠菩萨像的回归之路。让佛像顺利回归祖国,接下来的工作就是搜集证据,所以,由少平又开始忙碌起来。为了搜寻这尊菩萨像是从博兴县文物管理所失窃的证据,由少平特意找到了曾经刊发过文物照片资料的《文物》和《山东画报》杂志，同时还找到了当时文管所出具的《文物鉴定清单》和《博兴县文物管理所文物资料入馆凭证》。在入馆凭证中，"来源"一栏记录着"1976年5月张官村出土"，"备注"一栏则记录着"1994年7月3日夜被盗走"。时光流逝，中方的证据搜集工作暂时告一段落。随后，中日双方进入实质性的谈判阶段。2001年4月9日，小山弘子率领团队来到北京，双方就佛像归还中国达成初步意向，即确认同意将蝉冠菩萨像归还中国。谈判一旦开启，中方便迫不及待地做出相应安排，山东省文物局指派由少平前去日本交涉具体的归还条件。2001年4月14日，由国家文物局外事处处长王立梅带队、由少平做组员的谈判小组赴日和日本美秀博物馆展开谈判；双方的协商富有成效，4月16日，由山东省文物局与日本神慈秀明会会长小山弘子签署了无偿归还文物的备忘录。据由少平后来回忆，谈判时双方主要在两个问题上僵持不下。第一个问题是流失在外的蝉冠菩萨像回到中国应该使用什么样的字样。小山弘子希望使用"让渡"或者"送还"，中方并不同意这种说法，因为蝉冠菩萨像本来就属于中国。但是站在日方的角度上看，菩萨像是1995年美秀博物馆从伦敦埃斯凯纳齐东方艺术组织中购得，他们对这尊佛像的初始来源并不清楚，当年也是一掷千金购得。双方在这个问题上展开了激烈的讨论。最后，小山弘子提出"捐还"的说法，由少平觉得这个词用得恰到好处，既表明了日方的友好态度，又说明了"还"的本质。第二个问题围绕归还日期展开，小山弘子希望借鉴国际先例，十年之后再归还，但是由少平显然无法接受这么长的时限。双方在此问题上也不断地交换意见。最后，小山弘子提出了一个可行性的办法：从1997年美秀博物馆正式开馆之日起计算十年，到2008年1月美秀博物馆开馆十周年之际，蝉冠菩萨像回归中国。经过了一番辩论，大家终于在友好的氛围中达成共识。中日双方经过一番激烈的你来我往，最终顺利解决了被盗文物如何归还的问题，全世界各主流媒体均在第一时间做了报道。美国的《纽约时报》在2001年4月

蝉冠菩萨像背面

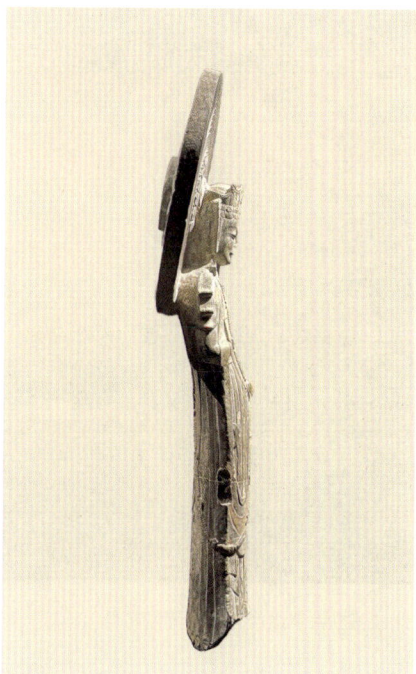

蝉冠菩萨像侧面

18 日用了半个版面报道了此事①，文章标题是"日本同意归还中国——
一尊被盗佛教造像"，对中日双方签订的协议书做了客观评价："这份协
议书，友好地解决了长期以来，令日本美秀博物馆尴尬不已的问题。"
但是，同时也指出："但像这样皆大欢喜的结果是极为少见的。考古学
家估计，每年有价值百万美元的被盗艺术品，被不知情的收藏家和博物
馆所购买。""在协议中，中方允诺将采取措施，提高文物的管理和安全
保卫水平，并及时将被盗文物的信息，通报有关国际机构。"另外，中
方明确地表明了立场："协议还强调中方将对所有已知的被盗文物进行
追索。美秀博物馆则明确表示，今后在购买中国文物前，将与中国文

---

① 卡尔文·西姆斯（Calvin Sims）：《日本同意归还中国——一尊被盗佛教造像》，《纽约时报》，
2001 年 4 月 18 日。

北魏石刻菩萨造像回归新闻发布会

物部门沟通。"日本当地媒体《日本时报》<sup>①</sup>以"一尊被盗佛像返回中国"为题对此事进行了详细报道。《旧金山门户报》（*SFGATE*）<sup>②</sup>也发表了一篇肯尼斯·贝克（Kenneth Baker）撰写的以"菩萨像终归故土"为题的文章<sup>③</sup>，认为中国文物物归原主合理合法，顺理成章。同时，为了表示对美秀博物馆的感激之情，山东省将于2007年11月在美秀博物馆举办一场石刻佛造像展。时光飞逝，在《备忘录》签署后的第六年，即2008年1月，这尊流失海外长达十四年之久的蝉冠菩萨像终于回到中国，成为山东博物馆的珍藏。日本美秀博物馆信守承诺，山东博物馆与美秀博物馆也结下良缘。按照两国签订的协议，蝉冠菩萨像将每隔五年到日本美秀博物馆举办一次展览，作为中日两国友谊的象征和文化交流的使者。

---

① 《日本时报》，报道日本及海外的艺术、音乐、电影、书籍和娱乐的特色新闻的一份报纸。
② 《旧金山门户报》，成立于1994年，是全球最早的大型市场媒体网站之一。
③ 肯尼斯·贝克（Kenneth Baker）：《菩萨像终归故土》，《旧金山门户报》，2001年4月18日。

如今，这尊被称为"东方维纳斯"的蝉冠菩萨像静静地矗立在山东博物馆的展厅内，作为历史的见证者和受害者，同时也作为中日两国友谊的使者，向人们讲述着一千四百多年前中国南北朝时期那两次大规模的灭佛运动和自己颠沛流离海外十四年又荣归故里的难忘经历。

# 第十九章

# 一百五十六件流失丹麦文物：
## 国际公约助力追索，流失文物重回祖国怀抱

　　保护文化遗产，防止非法盗窃、贩运和走私文化财产，促进被盗文物返还原属国，是人类道德、正义和文明发展的必然，也是国际社会的共识和期望，更是各国政府义不容辞的神圣责任。追索流失境外中国文物的目的，是依据中国法律和国际公约，通过国际合作，打击盗窃、盗掘和走私文物等犯罪活动，抢救和保护中国文化遗产。中国政府先后加入了联合国教科文组织 1970 年《关于禁止和防止非法出口文化财产和非法转让其所有权的方法的公约》（简称"1970 年公约"）和国际统一私法协会 1995 年《关于被盗或者非法出口文物的公约》（简称"1995 年公约"）。同时，在国际公约的框架下，中国政府与秘鲁、印度、意大利、菲律宾、希腊、智利、塞浦路斯等国签署了防止盗窃、盗掘和非法进出境文物的双边协定，深化政府间的文化交流与合作，共同打击文物犯罪活动①。中国政府于 1989 年加入的"1970 年公约"规定，缔约国之间禁止进口"博物馆或宗教的或世

---

① 国家文物局主编：《追索流失海外的中国文物》，文物出版社，2008 年，第 2 页。

元·侍从俑（海南省博物馆藏）

俗的公共纪念馆或类似机构中窃取的文化财产"，如果发生非法进出口文物的事件，要采取适当措施收回并归还此类文化财产；而后又于1997年加入了"1995年公约"。上述两个公约都涉及一个国家追索流失海外文物的国际法律条款，但毋庸置疑的是，两者在提起诉讼的法律主体规定上泾渭分明。"1970年公约"属于纯公法性条约，只有国家或代表国家的机构才能以该公约提起诉讼；而"1995年公约"则将法律主体扩大到私法主体，相关自然人（法人）也可根据该公约提起诉讼。这两个公约是目前国际社会上追索流失海外文物应用范围最为广泛、认可程度最高、影响力也最大的公约。根据公约的规定，如果文物流入国没有主动归还，文物原属国可以在法律上启动国际上认可的追索程序，逼迫公约缔约国归还文物，这也是国际社会普遍采用的一种追索海外文物的有力手段。从这些年各国的文物归还案例分析来看，这些公约对于非法流失文物的归还起到了积极的促进和推动作用。

在这些积极举措的共同促进下，中国政府已经从海外陆续成功地索回若干批流失的中国文物，在国际上塑造了对中华文物采取坚决收回态度的正面形象，向国际社会传达了坚定捍卫民族尊严、保护中华文化传承的铿锵有力的声音；同时，为国际社会追索流失海外的文物创立了良好示范作用，向国际社会提供了许多值得参考和借鉴的宝贵实践经验。多年来，中国政府积极履行相关国际公约的责任和义务，积极参与国际组织的活动，表明我国追索流失境外文物的坚定立场，寻求多种渠道、多种模式，推动流失文物的返还。2008年6月，国家文物局联合各部委（包括外交部、公安部、文化部）于2008年"文化遗产日"期间，在北京市的历代帝王庙联合举办了"成功追索流失海外中国文物展览"，展出了自2003年到2008年五年来共一百九十五件从海外归来的中国古代文物，全面而具体地展现了中国近年来文物追索的主要成果。为了有效地配合这次展览的成功举办，中国文物局还印制出版了《追索流失海外的中国文物》一书，以展览图录的形式向

夏商·玉钺（海南省博物馆藏）

全社会广为宣传中国政府在追索流失海外的中国文物领域所付出的艰苦努力和取得的卓有成效的战果。展览中的中国文物大部分是古代陶俑以及玉器等，有一百六十四件是中国政府通过种种努力和多种途径从丹麦、瑞典、日本、美国等国家追回的。其中，2008年初从丹麦返还的一百五十六件文物成了这次展览的重头戏，有力地支撑起了整个展览，也令广大文物工作者雀跃不已，对自己的工作充满了使命感和自豪感。

正如前文所提，在国际上，从他国追索流失的原属国文物最为行之有效的办法就是在国际公约的法律框架下依法依规进行。此次从丹麦成功追索一百五十六件文物，使用的法律武器正是上文提到的两个国际公约。一是联合国教科文组织于1970年11月14日在巴黎通过的《关于禁止和防止非法进出口文化财产和非法转让其所有权的方法的公约》（简称"1970年公约"）。该公约要求各缔约国采取

西汉·彩绘女俑（海南省博物馆藏）

初唐·彩绘侍女俑（海南省博物馆藏）

盛唐·彩绘女俑（海南省博物馆藏）

晚唐·彩绘女俑（海南省博物馆藏）

元·女俑（海南省博物馆藏）　　　　明·黄绿釉女佣（海南省博物馆藏）

措施防止文化财产非法进出口和非法转让，并主要通过外交手段进行文物的返还。截至 2007 年 12 月 30 日，共有一百一十五个国家加入了"1970 年公约"，加拿大、美国、法国、英国、日本、丹麦、挪威、德国等文物进口国也都先后加入了该公约。我国国务院于 1989 年 9 月 25 日宣布接受该公约。二是国际统一私法协会于 1995 年 6 月在罗马通过的《关于被盗或非法出口文物的公约》（简称"1995 年公约"）。该公约特别关注被盗文物的返还问题，规定了比较明确和具体的法律甄别标准和返还责任，补充了"1970 年公约"私法方面的不足，具有较强的操作性。截至 2008 年 1 月 1 日，共有二十九个国家加入了"1995 年公约"，主要文物进口国，除法国和瑞士已正式签署该公约外，英国、美国、日本、德国等拥有大量他国走私和贩卖文物的几个大国均未加入该公约。1997 年 3 月 7 日，中国政府决定加入该公约。此次从丹麦追回一百五十六件中国文物首先要归功于丹麦警方在首都哥本哈根组

南北朝·彩绘骑马俑（海南省博物馆藏）

宋·彩绘文官俑（海南省博物馆藏）

宋·彩绘文官俑（海南省博物馆藏）

明·黄绿釉人物俑（海南省博物馆藏）

织的一次打击走私活动。

2006年2月5日，丹麦警方在哥本哈根查扣了一批疑似走私入境的中国文物和其他国家的古代艺术品，并及时向中国驻丹麦大使馆通报了相关情况。大使馆随即与中国国家文物局取得联系，国家文物局在第一时间组织文物专家根据图片信息对这批文物进行鉴别，初步判定这批文物是中国的出土文物。于是，依据"1970年公约"的法律精神，国

魏晋南北朝·酱釉陶鸡（海南省博物馆藏）

家文物局通过驻丹麦使馆与丹方磋商，并向丹麦政府提出返还文物的要求。鉴于中国政府此前已经拥有一些追索走私境外的中国文物的经验，此次追索过程严格遵循丹麦当地的法律，一步步紧锣密鼓地向前推进。2006年8月，中国政府委托代理律师向丹麦地方法院提出将警方查扣的文物归还中国的要求，文物返还案件进入民事审判程序。为了在最短的时间内收集和整理出完整的证据，国家文物局成立了专门工作小组，派出专家赴丹麦对查扣文物进行现场鉴定评估，确认了这批中国文物共计一百五十六件。除了一件夏商时期的玉钺外，主要是西汉至明代不同时代的陶俑、造型各异的家禽家畜、精致的房舍家具等明器模型。文物主要来自我国陕西、山西、四川等地，时间跨度大，主体是出自被盗墓葬的陶瓷类随葬品，为研究古代丧葬文化提供了实物资料。虽然没有稀世珍宝，但也不乏年代紧密相连的一系列人物陶俑，它们为研究中国古代服饰史提供了一条相对清晰的脉络，有一定的历史价值和艺术价值，值得日后进一步深入研究。与此同时，国家文物局请求公安部协助，开展国内调查取证工作，迅速查清这批文物的被盗地点，进一步明确了文物的被盗和非法出境属性，并及时将相

关材料提供给代理律师，为司法审判提供了有力支撑。中国政府此次坚决打击非法文物贩运和追索非法流失境外的中国文物的行动获得了丹麦有关部门的高度关注和大力支持。在案件审理过程中，中国驻丹麦大使馆和国内多部门紧密配合，提供了大量有说服力的证据。案件经当地媒体报道后也获得了当地舆论和社会力量的支持。2008年2月28日，丹麦哥本哈根地方法院正式宣判中国国家文物局对这批文物享有所有权，文物应当返还中国。4月4日，文物顺利完成交接手续，回归故里。至此，历经两年的追索过程终于宣告结束，这批文物也终于回归祖国的怀抱。

中国国家博物馆研究员孙机先生作为国家文物局认可的文物专家，全程参与了这批中国文物在丹麦的鉴定过程，为文物回归祖国立下了汗马功劳。作为国内顶尖的中国古代文物鉴定专家，他对这批文物如数家珍。在一百五十六件从丹麦追索回来的文物中，年代最为久远的是中国夏商时期的玉钺：高十四厘米，宽十二厘米，青玉琢成，上部有一孔洞，是古时象征权力的瑞器。作为回归文物主体的陶俑，年代跨度千余年，从西汉至明朝，全面而生动地展现了中国古代社会服饰演变的过程。西汉时期的三件彩绘女俑是西汉时期典型妇女形象的真实写照：着深衣，梳椎髻。中国夏商时期的服装是上下分开的，上衣下裳。战国时期，将衣裳连接起来形成深衣，深衣包裹严实、没有衩口，所以，为了方便行走，在下襟接出向外延伸的曲裾，着装时，将曲裾由前向后缠绕，并在腰间用带子束结。这三件彩绘女俑婀娜多姿，线条清晰，造型简洁，将这种服装的轻盈与飘逸展现得惟妙惟肖。南北朝时期的文物有一件彩绘骑马俑，高二十九厘米，长二十一厘米，为灰陶质地陶俑。南北朝时期，中国北方由鲜卑族统治，他们的铁骑，骁勇善战、天下无敌。这件彩绘骑马俑头戴突骑帽，是6世纪鲜卑族骑兵驰骋中原大地的典型装扮，只是未系马镫，稍显突兀。本来，我国在4世纪时就发明了马镫，北朝时马镫的使用已经十分普遍，骑马俑舍去马镫，可能是为了表现骑兵娴熟且操控自如的骑术。另外，这件骑俑的着装也是南北朝时期的常见服装，叫袴褶。袴是拖垂的大口袴，褶是半长的上衣。这种服式起源于三国初期，它本来是和平巾帻配套穿戴的，但是这件彩绘骑马俑却是在穿袴褶时戴突骑帽，正好反映出这一时期汉装与鲜卑装互相融合的特点。唐代的女俑雍容华贵，服饰典雅大方，有件女俑展现了初唐时的女性服饰。唐初的女装衣裙窄小，这批彩绘侍女俑的窄袖衫子就是代表。她们梳的半翻髻也是初唐的样式。有件彩绘女俑所穿的衣服虽然宽大，但是梳的发髻是堕马髻，已经是中晚唐时的式样了。中晚唐时期还有一种发式叫高髻，有件彩绘女俑就是典型的代表。此女俑着男装，唐代侍女经常这样打扮，上层妇女也偶尔这样打扮。宋代的两个人物俑，一个人头戴阶梯形帽子，是当时的无脚蹼头，身穿大袖衫；另一人头戴顶部微侈之帽，是当时的高巾子，穿的是普通圆领袍，二人的装束都属于礼服范畴，适合大型典礼上穿，姿态端庄。元代陶俑中男俑造型剽悍生动，服饰有着显著的元代特色，陶俑所戴方形的楞帽和钹笠帽，都可称为鞑帽，是元代流行的式样。元俑中的女俑皆裹足，证明是汉人，但都穿着交领窄袖左衽衫，且将衫子覆在裙外，证明元女俑的衣衫受辽金服饰的影响更为明显。明代人物俑，男子多穿靴子，外套对襟半袖，戴边鼓帽或六合一统帽。边鼓帽是一种长尖顶、带檐的圆帽；六合一统帽，俗称瓜皮帽，用六片罗帛拼成。明代女子穿着裙、袄，带云肩，身体造型匀称，给人以一种全新的美感。返还的文物中还包括许多家禽或房舍类的陶俑。在古代，鸡是人类最早驯化、最早食用的动物之一，也被视为是能辟邪的祥瑞之物，于是衍生出大吉（鸡）大利等吉祥寓意。这件陶鸡是用红陶制成的，且神形兼备，十分鲜活。有几件陶狗、陶马、陶羊、陶猪等是家禽家畜系列的陶俑，还有陶船、陶溷和绿釉陶楼等房舍家具的模型，也都非常生动和精美。从丹麦回归的这批千姿百态的中国陶俑虽然体积不大，但每一件都栩栩如生，生动地展示了中国古代陶俑的艺术魅力，展现了中国古代工匠高超的艺术技法，反映了中国古代农耕社会的日常生活场景和男女老少的日常穿着以及人们的精神风貌，对于研究中国古代的陶艺发展史和社会发展史提供了大量的实物证据。同时，借助这样一场让中华儿女扬眉吐气的展览，广大人民群众也对我国政府坚定不移地收回祖国国宝的决心和勇气多了一份感性认识，有利于增强普通百姓的文物意识和爱国情怀，认识到弘扬与保护中华文化是每一个中国人义不容辞的责任和义务。

此次追索流失至丹麦文物的成功回归，是我国通过国际司法诉讼途径成功实施的文物追索代表案例，充分彰显了中国政府追索流失文物的决心与魄力，为通过司法诉讼途径开展文物追索积累了宝贵经验。在此之后，中国政府继续加大对盗窃、盗掘和走私文物犯罪活动的打击力度，加强与国际社会在打击文物犯罪和非法转让其所有权方面的合作，根据有关国际公约，积极追索非法流失境外的中国文物，并随着工作的深入开展和举办展览等方式的宣传扩大影响，各方力量都被最大限度地调动起来，积极投身到保护国宝、追索国宝这场声势浩大的行动中。

中国有一位皇帝，虽然缺少治国理政的雄才伟略，艺术创作却遍地开花结果，成就登峰造极，为后世称道。他就是北宋末期的徽宗赵佶。他对书法绘画的全身心投入使中国少了一位指点江山的圣君，却多了一位开创一代艺术先河的书法家、画家。他在书法领域独创的"瘦金体"，时至今日仍颇受追捧；而他在绘画领域的纵横驰骋，使后人得见一批难能可贵的山水、人物、花鸟名作。其中一幅名为《写生珍禽图》的花鸟长卷，更以其传奇的身世以及两度漂泊海外的坎坷经历令世人为之惊叹。

《写生珍禽图》正是这位被赞誉为"书画皇帝"的宋徽宗的代表作之一。该图为水墨纸本，纵二十七点五厘米，横五百二十一点五厘米，是一幅由十二段写真花鸟画组成的长卷，每一段画又单独为一组花鸟，并附四字题名。在每段画卷的接缝处钤印有宋徽宗的政和、宣和双螭玺十一方，残印一方。政和年间为公元 1111 年到 1117 年。据此推断，《写生珍禽图》有可能是宋徽宗创作于这一时期的。《写生珍禽图》中一共绘制了二十只鸟禽：有的双宿双飞，天生一对；有的立于杏花枝头，高

宋徽宗

声啼鸣；有的你追我赶，相逐嬉戏；有的悬停枝头，独享安宁。每一只鸟都与众不同，特征明显。全作呈现了一幅群鸟千姿百态、动静结合、诗意盎然的画面。花鸟并无设色，只以墨汁的浓淡体现其多变神态与动静相宜的特色。画中的鸟禽刻画细致入微，鸟的羽梢、鸟喙、鸟冠、鸟眼等微小细节的墨色都由浅到深，逐层渲染，将鸟的娇小可爱、羽毛的轻盈脱俗表现得活灵活现。就连画中竹子的刻画也是极尽细致，寥寥数笔便轻松勾勒出竹叶的轮廓，而又给人以随风飘动的美感。中国著名书法鉴定家徐邦达和谢稚柳认为：在宋徽宗传世的画作中，异常优美典雅而又刻画细腻的画作均为宫廷画家所作，并非宋徽宗亲笔，画作完成之后，宋徽宗在其上题跋或题写画名，这就是所谓宋徽宗的御题画；相反，那些相对粗简、质朴的画作，如《写生珍禽图》《四禽图》《池塘秋晚图》等才是宋徽宗的亲笔画。

　　《写生珍禽图》从宋代流传至今已经有近九百年的历史，由画上大量珍贵的印玺和历代文献就可以大致推断出《写生珍禽图》的流传经过。《南宋馆阁录续录》中曾记载："写生墨画十七幅，宣和乙巳仲春赐周淮。"这里所指的十七幅写生墨画后人对其判断不一，大多数认为或许含有《四禽图》或《写生珍禽图》。以此推断，在宣和乙巳春之后，《写生珍禽图》就从皇宫中流落到了民间。《写生珍禽图》上的明末清初大收藏家梁清标以及清乾隆年间的书画鉴定家安岐的印章证明，该图在此期间一直在民间。之后，《写生珍禽图》应是被安岐送进了清朝皇宫，成为清宫收藏，很可能是直接献给了乾隆帝，所以画上留下最多的是乾隆帝的"乾隆御览之宝""三希堂精鉴至宝""乾隆鉴赏""古稀天子"等七方收藏印玺以及嘉庆帝的"嘉庆御览之宝"印玺。乾隆帝不仅在画上钤印了诸多收藏印鉴，更是专门为每段画御笔题写了画名，它们分别是《杏苑春声》《薰风鸟语》《蒼葡栖禽》《薜花笑日》《碧玉双栖》《淇园风暖》《白头高节》《翠篠喧晴》《疏枝唤雨》《古翠娇红》《原上和鸣》《乐意相关》。乾隆帝的这些题名，起到了画龙点睛的作用。如第一段画，鸟儿在春天盛开的杏花枝头鸣唱，乾隆帝为其题名为"杏苑春声"；

北宋·赵佶《写生珍禽图》全卷（私人收藏，龙美术馆供图）

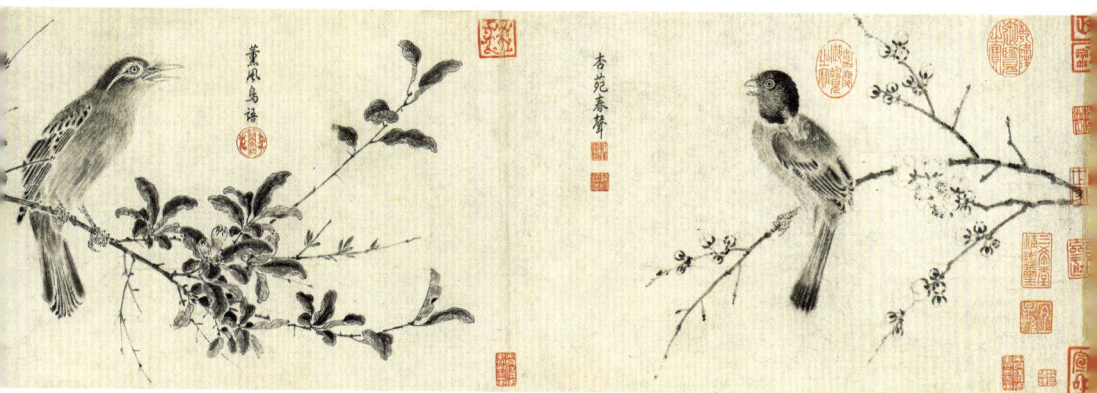

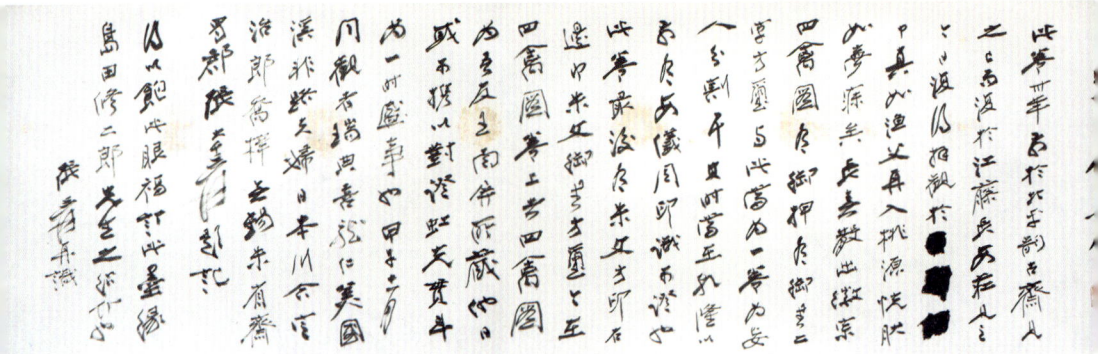

《写生珍禽图》长尾甲、张大千题跋（私人收藏，龙美术馆供图）

第十一段画两只嬉戏的鸟，一只回首顾盼，一只举头凝视，把鸾凤和鸣的寓意表现得生动传神，乾隆帝为其题名"原上和鸣"；第十二段画大鸟喂食幼鸟的情景，大鸟口叼小虫飞回，两只幼鸟一起飞奔向大鸟，浓浓亲情感人至深，乾隆帝为其题名"乐意相关"。所以，可以把《写生珍禽图》理解为两代皇帝的隔空对话，心意相通。先由宋徽宗赵佶绘画，再由清高宗弘历题名，点出了画的主题和寓意，从而成为一幅珠联璧合之作，更是世间少见。嘉庆之后，皇宫的印章就此戛然而止。其后的皇帝印章并未出现其上。因此有专家推测，嘉庆以后，此画再次流落民间。据推测应是流落至日本，为日本藏家所有。

　　书画家于非闇、日本汉学家长尾甲以及张大千皆认为此卷为宋徽宗亲笔之作。长尾甲写在《写生珍禽图》上的题跋对此画给予了极高评价："真是天上仙迹，固非人间凡传矣。祐陵画花鸟多设色，而水墨甚罕，尤是珍贵。"于非闇先生一生致力于临摹宋徽宗书法绘画，1942年5月曾临摹过这张《写生珍禽图》，并题道："右宋宣和写生珍禽卷……画法生动，鸟之喙爪，竹之枝叶，非宋以后人所能仿佛，当为徽宗得意之品，不须疑也。壬午（1942年）五月以佳楮对临此卷，自谓不特形似也，得者其宝之。"这说明，于氏在1942年曾见到此卷真迹且认真揣摩并临摹。至1952年时，他又补充道："徽宗写生珍禽图，原迹每段

清髙宗
題宋徽
宗花卉
翎毛圖

有乾隆四字标题，与五色鹦鹉图卷同被日本江藤攫去。鹦鹉卷徽宗题诗与序，凡百二十字，为现存遗迹最多最精之瘦金书，且是卷仍存宣和内府原装，予以五十元之差为日人买去，迄今思之，仍有余痛。"这里所提到的日本江藤应指日本著名古董商江藤涛雄。据此判断，此时《写生珍禽图》应该在日本藏家手中。张大千写在《写生珍禽图》上的题跋也佐证了这个结论："此卷卅年前于北平韵古斋见之，已而复于江藤长文庄见之。"据此还可推断，1924 年，画作应该在韵古斋（韵古斋主人为古董巨商韩少慈）短暂停留，后又重回日本人之手。根据记载，《写生珍禽图》之后为日本颇具盛名的藤井友邻馆所有，只是没有标明出入时间。依相关资料判断，基本可以确定《写生珍禽图》在 20 世纪为日本人所有，但是各种流传版本和故事不尽相同。

2002 年 4 月，经过中国嘉德拍卖有限公司一年多的努力，日本藏家最终同意将《写生珍禽图》上拍。这件国宝流失海外多年，突然现身北京，引起了国内专家、学者和收藏家的广泛关注。徐邦达、启功、傅熹年、杨仁恺等国内泰斗级的书画鉴定家观后，无不欣喜若狂、交口称赞。几位专家一致认定此画为宋徽宗真迹。不仅专家为之倾倒，博物馆同行也为之雀跃。据说，故宫博物院当初也跃跃欲试，渴望再为故宫增添一件重量级的国宝。上海博物馆本来也想将其收入囊中，但考虑到这

北宋·赵佶《写生珍禽图》局部

件作品本身由故宫流出，回归故宫理所应当，于是放弃了竞买的打算。拍卖之前气氛热烈，拍卖当天竞争更是达到了白热化的程度。2002年4月24日，中国嘉德国际拍卖有限公司于北京昆仑饭店开始了古代书画专场的拍卖。当天上午九时三十分开始的拍卖会一直在平静中酝酿着爆发，上午十一时四十五分，拍卖师看似无意地宣布："下一件，八一九号宋徽宗《写生珍禽图》，起拍价：七百八十万。"这一句话瞬间引爆了全场，场上此起彼伏的举牌，价格一路高攀，到达一千万元后，场上仅剩两个委托席在竞争。再到一千五百万元，又到一千八百万元时，全场掌声雷动，因为这个价格已经创造了中国近年来拍卖史上的最高价，记者们纷纷拿起手中的相机记录下这难忘的时刻。而很快地大家就被拍卖师一千八百五十万的报价惊呆了，举九三六号牌的是一个大约三十岁的年轻人，他立刻成为全场聚焦的焦点。两千万也顺理成章地出现。一直到十二时五分，经过五十六次竞价后，年轻人沉稳地报出了两千三百万的高价，吓退了所有竞争对手。最后，这位年轻人以两千五百三十万元人民币竞得《写生珍禽图》，创下了中国画拍卖的最高纪录，而这位年轻人就是尤伦斯男爵夫妇的代理人。

尤伦斯男爵夫妇是比利时王国的亿万富翁，也是国际收藏界的重量级收藏家。古·尤伦斯男爵（Guy Ulens）和他的夫人米莉恩（Myriam Ulens）都有一些腼腆，不喜欢在公开场合高谈阔论，但是，他们却格外受记者们的"关照"。2007年初传出他们把价值千万英镑的英国风景画大师特纳的一批作品送到佳士得拍卖行拍卖的消息，轰动一时。随后他们又宣布，一个大型的当代艺术博物馆——尤伦斯艺术中心将落户七九八艺术区，并于2007年11月开幕。他们的每个举动似乎都能一石激起千层浪，引发人们的好奇和无限的猜想。尤伦斯的收藏之路起初始于父母的影响。作为一位参加过第一次世界大战的老兵，他的父亲在战后的1921年被派驻到北京，担任外交人员长达五年之久。他淘换了许多自己爱不释手的中国古玩，并把其中的几件留给了他的儿子。他的母亲曾经多次去伊朗考察文物古迹，每次都从伊朗带回一些瓷器和文

《写生珍禽图》局部

物，详细地向儿子讲述每件文物背后的故事，甚至把一些文物当作礼物送给儿子。当然，他真正开始购买艺术品还是在接手经营家族生意之后，他常常利用出差的闲暇时间到诸如香港的摩罗街和荷李活道流连淘宝。20世纪80年代，尤伦斯开始涉足中国当代艺术，是最早收藏中国当代艺术的西方收藏家。购买《写生珍禽图》花费的两千五百三十万元的价格创造了当时中国书画拍卖的世界纪录，尤其是在中国当代艺术收藏大热的今天，他的这次出手意味着《写生珍禽图》刚回到中国就又流失到了国外。

关于这场拍卖的神秘买家，外界一直众说纷纭，有人猜测是被美国波士顿美术馆拍得，有人揣测是被美国大都会美术馆买走。国宝再次流落异乡，不知何时才能踏上归乡路。刚刚回到首都北京的国宝竟然又与国人失之交臂，实为憾事。有些国宝的回归之路注定充满曲折与坎坷，令人期待却又必须等待。《写生珍禽图》的回归就是经历了2002年的预演，七年后才正式启幕。由于资金流转等问题，2009年，尤伦斯决定将《写生珍禽图》再次上拍。5月29日晚，北京亚洲大酒店保利拍卖的春季拍卖会上，资深拍卖师左安平主持着一场十分耗费体力的夜场拍卖。将近四小时过去后，一幅宋代皇帝宋徽宗的书画长卷《写生珍禽图》终于压轴出场。当拍卖师左手边的大屏幕上投射出这幅长卷的影像时，全场立刻变得鸦雀无声，所有人的目光都齐齐地投向这幅纸本水墨画，多位竞拍者摩拳擦掌，跃跃欲试。左安平朗声说道："起拍价三千八百万元。"现场竞拍者纷纷响应，竞相举牌。几分钟内，这幅画的拍卖价以五十万元的竞价阶梯轻松地越过四千万元大关。突破四千一百万元后，左安平宣布将竞价阶梯从五十万调到五万。自此，长达四十多分钟的竞价"拉锯战"只剩下两位主角：一位来自电话委托席，一位则是现场手握五七二号牌的竞拍者。

此时已经是夜里十一点半。"您还加价吗？"左安平对着右手边的电话委托席问。每得到一次肯定答复，他便指着第一排中间的那个空位再次叠加五万元。这个位置的主人，即五七二号竞拍者出去抽烟了。

5 月 30 日凌晨零时三十分左右，当价格叫到四千四百六十万元时，拍卖大厅的门被推开。一位略带慵懒的中年人慢悠悠地走到第一排中间的那个空位，他举起五七二号牌自报要加价五十万元。"五千五百一十万，您还加价吗？"拍卖师再次对着电话委托席问，"您还加价吗？"一遍，两遍，三遍，看到委托席的工作人员摇头后，左安平缓缓地落槌。

随着左安平的一声"成交"，《写生珍禽图》被"裁定"给那位中途进场的中年人，现场响起长时间的掌声。加上百分之十二的拍卖佣金，《写生珍禽图》实际成交价高达六千一百七十一万两千元。这位中年人就是国内收藏大鳄刘益谦。刘益谦面对媒体回忆，一位故宫博物院的老专家曾对自己说，"尤伦斯夫妇在拍《写生珍禽图》后，曾经跟他炫耀过'宋徽宗在他们手上'，他心里很不是滋味"。刘益谦谙熟尤伦斯夫妇对艺术品的操作手法。于是他对老专家说，相信尤伦斯夫妇还会把这件珍品拿出来拍卖的，我们只需要等待就是了，一旦《写生珍禽图》重出江湖，我有把握把它拿下。

天遂人愿，经历了九百年的风风雨雨，宋徽宗的精品花鸟画终于叶落归根。如今，它正在刘益谦创建的上海龙美术馆中静静守候，为前来瞻仰它的每一位华夏子孙讲述着一段几度流落民间又两度流落海外的艰难回归历程。

第
二
十
一
章

# 皿天全方罍：

分离经百年，重合在盛世

　　青铜皿方罍，全称"皿天全方罍"，铸造于商代晚期，方罍属古代礼器中的大型盛酒器，皿方罍不仅是存世的商周方体罍中体量最大的"方罍之王"，也是迄今所见商周酒器中体量最大的一件，象征着富足丰饶和礼乐繁荣。皿方罍出土年代较早，1919 年自湖南桃源县民间发现，随后被不法商人骗取，将此罍器身倒卖海外，致使器身、器盖分离长达百年，直至 2014 年，经过政府、民间的不懈努力，成功将文物器身迎回国内，完成百年团聚之夙愿。

　　商周时代是中国青铜文化最繁荣的时期，自公元前 14 世纪"盘庚迁殷"之后，商代的青铜铸造逐渐达到鼎盛。罍作为一种新的盛酒礼器，也大致发端于这一时期。《国风·周南·卷耳》云："陟彼崔嵬，我马虺隤；我姑酌彼金罍，维以不永怀。"商周青铜器铭文中称青铜为"吉金"，此诗句中"金罍"即言青铜罍。青铜罍分为圆罍与方罍两种器型，其中方罍的出现不晚于商王武丁时期，据田野考古发现，方罍均成对作为陪葬品置于等级较高的墓葬之内。商代晚期以降，方罍在形制、装饰上均有所变化；西周早期之后，方罍不再流行。

商·皿天全方罍（湖南省博物馆藏）

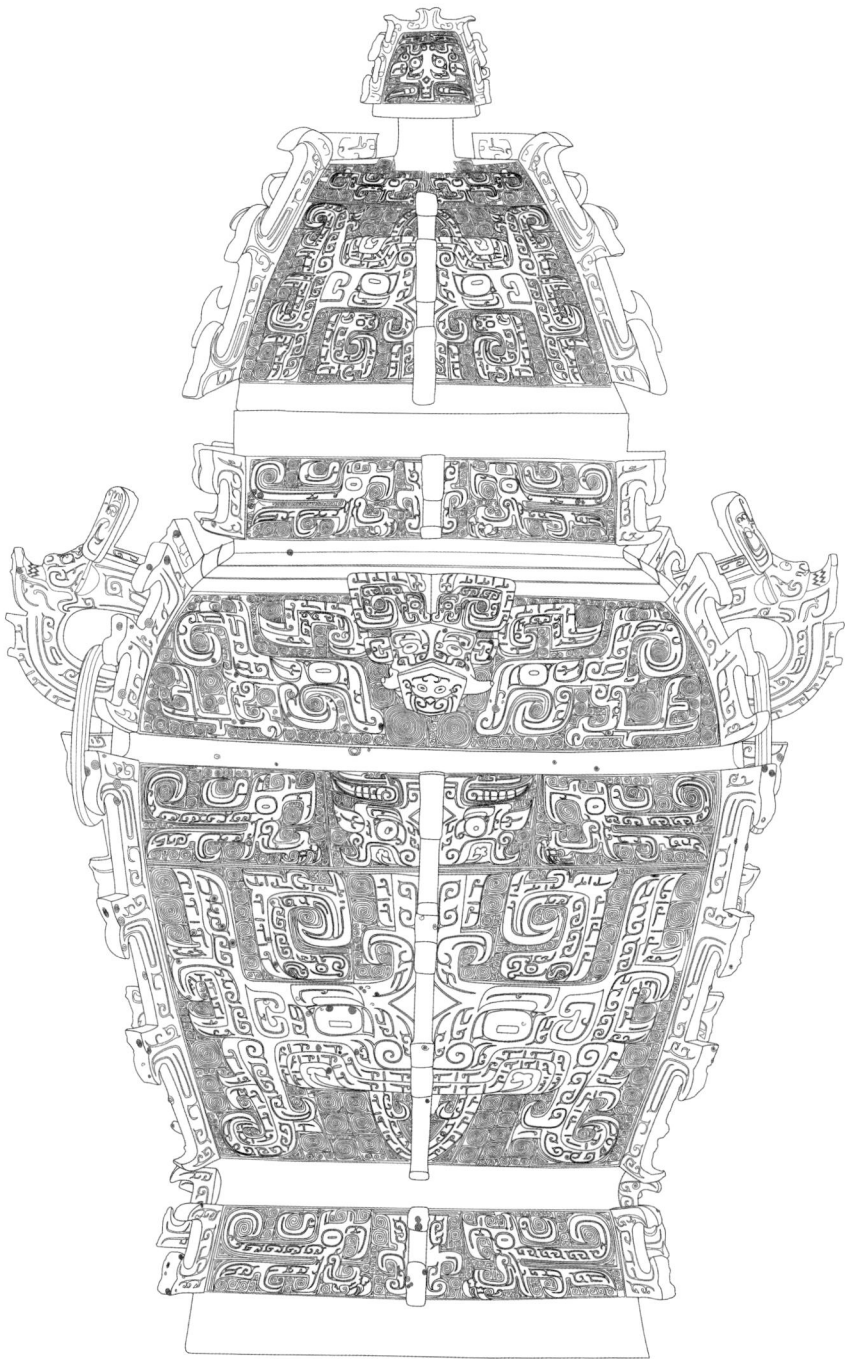

皿天全方罍线图

皿方罍为器身与器盖的组合件,整器通高八十四点八厘米,器身高六十三点六厘米,器盖高二十八点九厘米,口宽二十一点六厘米,重五十一点五千克,整体形态雄伟傲然,夺人心魄。器盖呈四阿式屋顶状,中脊中部置一四阿式屋顶状钮,造型主旨和纹饰与器盖相同;器身直颈,弧肩,下腹收敛,圈足较高,外撇。器身肩部两侧中部置兽首衔环耳,其余两侧中部各置一圆雕牺首,下腹部一侧置一兽首耳。器钮、器盖之中脊、四坡角及四面中心线各置一段扉棱,与器身四坡角及四面中心线的各段扉棱上下相连,贯通一气。

整器通体以细密云雷纹为地,器盖四面对称装饰两组内卷角饕餮纹,其上器钮四面对称装饰两组牛角饕餮纹;器颈部装饰主题为四组鸟首龙身纹,呈两方连续排列,每组花纹分别以扉棱为对称中心,两兽相向,饶有情趣。器肩部装饰主题为四组侧像龙纹,角呈曲折状,分别以圆雕牺首、兽首衔环耳为对称中心,跌宕起伏,韵律感十足。器腹部四面中路纹饰各以扉棱为对称中心,装饰一内卷角饕餮纹,其上又置一牛角饕餮纹,两侧间饰一鸟首龙身纹,两兽相向,遥相呼应。器圈足上部装饰四组鸟首龙身纹,呈两方连续排列,每组花纹分别以扉棱为对称中心,两兽相向,与颈部装饰相同。皿方罍整体纹路装饰风格俗称"三层花",即以繁密云雷纹为地纹,浮雕式饕餮纹、鸟首龙身纹与侧像龙纹等主题象形纹饰又有阴刻线纹和凹凸线纹,在象形纹的目部尤为鼓张,三层立体感强烈。花纹之间,或置牺首、兽首衔环之类圆雕。如此,综合阴线、浮雕与圆雕三种表现形式,造成高低起伏的阶次,给人以层次丰富的视觉效果,从而避免平面装饰之单调。此种"三层花"以及多种主题复合之装饰,正是商代晚期工艺美术及青铜器装饰之典型程式。

皿方罍铸造采用"分铸法",工艺十分复杂。器身为整体铸造,而器上所置之牺首、兽首衔环则是在器身铸成之后再装范浇铸而成。方罍边角、四面中心线,均所置扉棱,高高耸起,既用以掩盖合范的痕迹,又可改善器物边角的平面单调感,增强了造型气势,浑然一体,匠心独运。同时,皿方罍在器范制作过程中,并用线刻、浮雕、圆雕的综合

皿天全方罍器盖

皿天全方罍器盖内铭文拓片

技法，将器用与装饰巧妙结合，并擅于把握平面纹饰与立体圆雕之间的布局，达到了技术与艺术的完美结合。整器铸造精湛，花纹绚丽，线条光洁刚劲，充分显示出商代晚期青铜铸造业杰出的技术成就，是我国古代青铜文化中的精品。

皿方罍器盖内铸铭二行八字："皿天全作父己尊彝。"首字"皿"，商代甲骨卜辞中即已存在，且多用作地名，而在商周青铜器铭中则用作"徽号"，以标示作器者所出之"族氏"，与此"皿"族有关之器。铭中次字"天"，亦视为族氏徽号，应为"皿"族的分支。铭中第三字"全"应是作器者之私名。铭中"父己"作为受祭者，是作器者父辈先人的庙号。皿方罍铭文之书体风格与其他商代晚期青铜器铭文相同，字体象形意味较浓，大小参差，基本保持当时毛笔书写的形态，起落出锋，波磔分明，反映了书写者运笔过程中自觉的提、按意识，而这些恰是构成中国书法艺术创作的基本元素。

方体青铜罍承载早期礼器繁复奢华的形制，不仅体现了中国古代器物造型上的高超设计，也代表了当时世界上最先进的科学技术成就——青铜铸造的发达程度。高难度的制作工艺，制成品稀少，加上流行的时

皿天全方罍器身

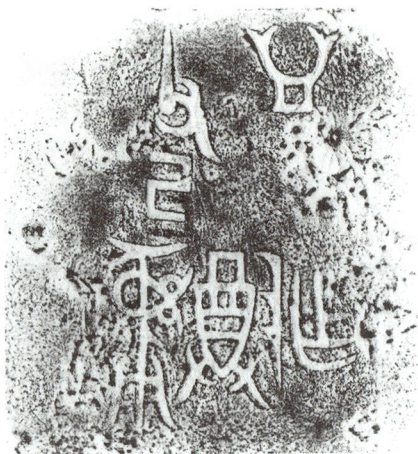

皿天全方罍器身内铭文拓片

间短，方体罍历来是世人竞逐的珍宝。史载西汉时期，汉文帝之子梁孝王刘武的后代为争罍而引发宫廷流血争斗，可见竞逐争夺的残酷性。

这件距今三千多年的皿天全方罍，造型雄浑，体量巨大，集立雕、浮雕、线雕于一身，其高超卓绝的铸造技术、神采飞动的气势和令人倾倒的精美纹饰，在成品方体罍中亦为翘楚，堪称"罍中之王"。有学者研究，作器者通过引进铸器技术和祭礼样式，将中原文化带入湖南地方，促进了中原青铜文化与地方文化的融合，是中国古代文明进步和文化圈形成的重要力量。

关于皿方罍出土的时间和详细地点有多种说法，湖南省博物馆的专家结合旧存地方档案，研究认为它是 1919 年初夏在桃源县水田乡茅山峪（今架桥镇栖凤山村茅山峪组）出土。时值暴雨，水土流失致地下埋藏之物露出，雨后小学生艾心斋于杉窝山下的溪沟边发现此盖状器物，即寻来父亲艾清宴，联手挖出藏于家中。到 1924 年，艾家因为生活困苦，有意出售。益阳百乐斋古玩店的老板石瑜璋得到消息，前来艾家洽购，价格压得很低，仅作价四百银圆。艾清宴也有不满，想找个有学问的先生给掌眼，将器盖交予附近新民小学的校长钟逢雨。钟校长一见器盖上的铭文，知道此物非同一般，表示愿意出八百大洋购买全器。消息走漏，石瑜璋大感不妙，丢下装有四百大洋的布袋，抱着近百斤的器身夺门而去。器盖留在艾家，后被艾清宴充做学资。

石瑜璋骗走皿方罍器身，钟逢雨校长痛心疾首，遂于1925年6月11日的长沙《大公报》上发表文章，题为《桃源发现商朝太庙古物，惜为他人私行购去》，斥责石瑜璋"仅以洋银百元估买入手，希图媚外渔利"，是"全国公敌"，并恳请当局沿途检查。

这一文物流失事件，引起了教育总长章士钊的关注，他立即要求湖南省追查。7月5日、7月26日长沙《大公报》又连续追踪报道，长沙内务司发出第二十三号训令，要求益阳县（今益阳市）严加查办。然而当时湖南正逢战乱，训令执行得虎头蛇尾，追查也是不了了之。

后来湖南军阀打败川黔军队，重新控制湘西，当地驻军湖南陆军第二师三旅六团的团长周磐开始插手皿方罍案件。石瑜璋此时仍想得到器盖，托人找到周磐，出价五万银圆，希望帮忙购回方罍之盖，并许诺事成之后再给三万银圆作为酬劳。周磐与其上司贺耀祖都起了觊觎之心，派兵到钟校长家搜索，钟校长在压力下只得将方罍之盖献于周磐，器盖遂为周磐窃据。新中国成立后，1950年周磐在昆明被捕，交代了皿方罍出处和流转的详细经过，并交出了器盖。1952年4月，湖南省人民政府副省长金明将皿方罍器盖转交湖南省文物管理委员会保管。1956年，省文管会与省博物馆合并，器盖也一并移交，成为湖南省博物馆的珍藏。

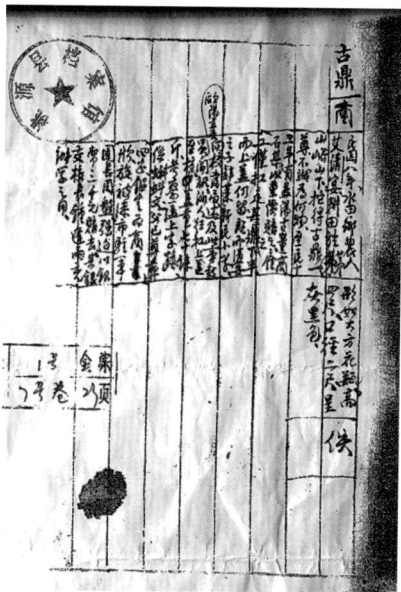

湖南省桃源县有关皿天全方罍档案

而皿方罍器身被转手倒卖，隐于私藏。器身的流传在 1928 年法国学者乔治·苏利耶德莫朗所著《中国艺术史》中有载，初石瑜璋以一百万大洋的高价将器身卖给上海的大古玩家李文卿和马长生，后又辗转流传于包尔禄、姚叔来、卢芹斋等 20 世纪早期知名古董商之手，书中还附有皿方罍的照片。日本学者梅原末治在 1933 年出版的《支那古铜精华彝器部》亦著录此器，其后流转情况不明。

半个多世纪过去，1992 年，时任上海博物馆馆长的马承源先生出访日本，在旅日华人收藏家新田栋一家中，偶与皿方罍器身邂逅。马先生专精青铜器研究，很快意识到眼前这件方罍器身与湖南省博物馆藏的器盖应为一体。据新田栋一讲述，皿方罍器身在 20 世纪 30 至 50 年代落入日本人浅野梅吉之手，有其出版的《中国金石陶瓷图鉴》收录为证，后重金转让给新田栋一。皿方罍器身浮出水面，湖南省博物馆方面闻讯而至，不意与藏家协商未果，器身在 2001 年又被转手，为法国藏家以九百二十四万六千美元的高价购得。

2013 年底，美国纽约的佳士得拍卖所传出消息，皿方罍器身将被委托拍卖。湘籍著名收藏家谭国斌是最早得到消息的人士之一，为文物回归计，他积极联络有识之士，呼吁团结湖湘公私各界之力，筹资竞拍。通过谭国斌的渠道，拍卖所方面透露了皿方罍的起拍底价为一千八百万到两千万美元，而卖家的获利期望较高，提出的洽购价高达五千万美元。

筹措资金面临巨大的压力，而拍卖又迫在眉睫，令文博机构和收藏界忧心不已。2014 年 3 月 15 日，湖南省博物馆致信佳士得亚洲区总裁魏蔚女士，坦陈购买的诚意与面临的困难："敬启者：承蒙您赐电告知，贵公司将于 3 月 20 日在纽约拍卖的中国商周时期青铜饕餮纹方罍，鉴于其与湖南之渊源，惠允先期与敝馆商购，不胜感激！囿于本馆为非营利受托遗产保管机构，所需购藏经费全赖各方资助，今虽多方努力，目前仍仅筹措到两千万美元。因此，祈贵方能同意以此价格（含贵公司佣金）成交。如允此议，则我方将在一周内先期付款三百万美元，余款在两个月内付清。谨此奉复，期盼佳音。"

国内舆论都支持湖南省博物馆将皿方罍器身购回，但许多收藏家担忧万一湖南省博物馆无力出资，器身又被境外机构或藏家买走，导致文物回归无法实现。另一方面，随着中国国力的日益雄厚和国家抢救海外流失文物计划的出台，主打"爱国牌"的竞买，很可能让中国买家成为冤大头。

为克服困难，保文物回归，文博机构、文物藏家各自行动起来。台湾收藏家曹兴诚发出倡议："由湖南省博物馆以预估底价的一千万美金去拍回来，其他华人藏家一律不出手，不让人来炒作价格。"喻恒、郑华星、朱绍良、唐炬、蒋念慈等中国藏家联名发表《华人藏家集体致纽约佳士得的一封公开信》，表示支持国宝回归。

中共湖南省委、省政府运筹帷幄，派出文博界、收藏界、艺术界的领导和专家组团赴纽约，相机以恰当的身份参加竞拍。临行之前，国家文物局高度关注，并通过渠道知会佳士得公司，希望能帮助促成与湖南方面的洽购。

湖南组团竞买得到业界和海内外华人藏家的一致支持。上海博物馆领导多次致电，支持湖南竞买，并对各方面予以协调。上海博物馆的青铜器专家还在纽约现场出手鉴定，发动其在美的博物馆之友于必要时给予襄助。华人收藏界承诺，即使开拍，只要湖南团还在举牌，都作壁上观。

因与法国卖家的预期相差悬殊，洽购团队的几次报价，卖家均未同意。当湖南代表团将从长沙带到纽约的 3D 打印模型非常契合地盖上器身之时，参与拍卖的几方都大为震惊。经各方沟通，代表团以大约低于预拍成交价一半左右的价格，与卖方及佳士得公司于纽约时间 3 月 19日下午四时签署了洽购协议。此时距拍卖开场不足二十四小时。购买方在协议中承诺，皿方罍器身将永不出现在拍卖会上，并最终由湖南省博物馆永久收藏。湖南代表团表示："这次能够以较低的价格洽购下来，体现出国外友人对中国文化的理解和友好态度，也为中国流失文物回归开创了一种新的方式。"6 月 12 日，皿方罍器身在纽约完成交接，并在6 月 21 日入境通关，重归湖南。

这是国人民族文化意识的觉醒，在全社会关注民族优秀遗产，重视民族文化遗产保护的大环境下，文物博物馆事业蓬勃发展取得的重大成果。为促成文物回归，广大爱国民间人士积极奔走，配合政府机构形成强大的声势，最终与收藏者达成一致，促成"身首合一，完罍归湘"，体现出了团结一致的向心力。从此，皿方罍再也不是私人收藏的玩物，今后将作为古代中国灿烂文明的重要载体，在博物馆中为人们讲述久远的故事。

# 第二十二章

## 秦公墓地五十六件金饰片：

### 秦文化的原始行迹

　　长期以来，盗窃、盗掘、走私等文物犯罪活动屡禁不止，也已成为危害文物安全的主要风险和导致文物事故的不安定因素，不仅对文物本身造成了无法挽回、不可逆转的破坏，给当地文物部门的管理工作制造了巨大的障碍和不小的压力，而且严重妨害国家文物保护管理秩序，造成了恶劣的社会影响，损害国家形象，在国际上造成了负面影响。随着中国与国际社会的交往日益频繁，受巨额利益的诱惑，针对文物的犯罪活动日益猖獗，且职业化、集团化、智能化特征增强，中国文物流失海外的形势日益严峻，追缴工作迫在眉睫，开展难度却与日俱增。追索流失海外的中国文物不仅是从国家到地方各级国家机关、各个相关部门的神圣使命，也是举国上下包括海内外华侨在内的每一个有良知的中国人义不容辞的责任和义务；同时，更需要得到国际社会从政府到个人多层面的理解和支持。2015 年，流失海外的五十六件出自甘肃省礼县大堡子山秦公墓地的金饰片先后分三批回归祖国，便是国内外政府机构通力合作、勇于担当的有识之士共同努力取得的举世瞩目的辉煌战果。

　　大堡子山遗址位于甘肃省礼县永兴乡，这个十分接地气的名字指的

春秋·鸷鸟形金饰片（甘肃省博物馆藏）

是清朝末年在山头修建的一个堡子，而在千余年的悠悠历史岁月中，这个名不见经传的山头只是个随处可见的、没有值得纪念的历史事件也没有任何特点和价值的普通山头。若不是二十多年前发生了影响恶劣的大规模文物盗掘事件，它也许还会继续默默无闻地在祖国的西南边陲守望，等待有朝一日，在某种机缘巧合下，考古学者会惊喜地发现，此地正是秦人的祖先曾经生活的地方。不幸的是，有些考古遗址和历史遗迹的发现竟是源于不法分子进行的猖獗的盗掘活动，在大堡子山成为遗址的那一刻，人们才惊诧于这个勘探总面积约一百五十万平方米的山头，能够成为全国重点文物保护单位，它荣获"2006 年十大考古新发现"之一的称号确实是实至名归。

这场旷日持久，造成了一场文物浩劫的盗掘活动最早开始于 20 世纪 80 年代末。当时，大堡子山附近的村民在挖一种叫龙骨的中药材时，无意间挖出一些青铜器，转手倒卖之后得来了不义之财。消息传开后，十里八乡的村民以及闻风而动的盗墓贼和文物贩子们便打上了这个山头的主意。在之后的若干年中，盗墓之风盛行，大批青铜器和金器等重要文物陆续被盗掘出土，转而通过各种非法渠道被四处贩卖，有些不幸流落到了海外。而大堡子山也因为拥有数量众多的古墓葬群而名噪一时，吸引了更多来自四面八方的不法之徒的罪恶目光。1992 至 1993 年间，礼县大堡子山古墓群的盗掘达到前所未有的庞大规模，重要墓葬十之八九已被毁坏，被挖开的土坑漫山遍野、触目惊心。在中央电视台 2010 年播出的纪录片《甘肃古事之千古遗恨秦公大墓》中，一位目击者回忆当时的情景："人山人海，搭了帐篷白天黑夜挖，现场还有卖卤蛋的、卖凉面的，吃住全在山上。"野蛮可耻的盗墓行为俨然发展成了一项人人参与的致富项目。周边的村民、盗墓贼、文物贩子都摩拳擦掌，积极参与，致使大部分墓葬遭到严重盗掘，其中两座秦公大墓几乎被盗掘一空，仅剩残留的铜器残片、石器、玉器等。随着盗掘活动的大规模开展，达到了愈演愈烈的态势，抢救文物、保护文物的工作刻不容缓。在国家文物局的指导下，甘肃省考古研究所和礼县博物馆于 1994

年对大堡子山被盗大墓进行了抢救性清理发掘，希望为国家和后世子孙尽可能多地保留下这份珍贵的中华文化遗产。然而，时至今日，遗址现场仍保留着当初猖獗盗墓的一片狼藉的惨状，这为后人敲响了一记警钟。保护祖国的文化遗产人人有责，盗墓行为不仅可耻，而且是严重的犯罪行为，千万莫伸手，伸手必被抓。

通过对大堡子山遗址的抢救性发掘，遍地的墓葬以及随葬文物的出土填补了中国考古学上关于秦人祖先的一大空白，掀开了中国考古学历史上辉煌的一页。大堡子山遗址的考古发掘和出土文物有理有据地证明了该地区是秦人早期活动的主要区域，是秦人和秦文化的重要发祥地，为完善秦代的考古学研究梳理出了一条清晰的脉络，其出土文物也成为研究秦人早期礼乐、祭祀、铸造工艺等的重要史料。遗憾的是，由于盗掘开始的具体时间无法确定，所以也无法准确判断大堡子山被盗掘文物的准确数量和明确去向，唯一能确定的是 1993 年之后，它们在美国、法国、比利时、日本以及我国香港、澳门等地陆续出现。1994 年，一对铭文为"秦公作铸鼎壶"的青铜壶在美国纽约现身，许多学者一致认定其为大堡子山被盗文物。同年，时任陕西省考古研究所所长的韩伟在法国巴黎见到一对金虎、四对鸷鸟形金饰片和三十多件小型金饰片等秦早期文物。之后，秦式金虎、鸷鸟形金饰片在比利时出现，两套秦式青铜甬钟在日本现身。

陕西省考古研究所所长韩伟先生当时在法国巴黎见到的就是后来几经周折才回归祖国的大堡子山金饰片。1994 年春，他受老朋友——法国古董收藏家克里斯蒂安·戴迪安（Christian Deydier）的邀请，赴法国、比利时进行短暂访问。戴迪安是闻名欧洲的古董收藏家，出于对中国和中国文化的热爱，他曾在巴黎第七大学学习过中文，又在台湾学习过甲骨文，1987 年在伦敦开了一家专门收藏中国古代青铜器和金器的古董店；可以说，他和中国以及中国文化结下了不解之缘。访问期间，戴迪安邀请韩伟先生到他家观赏其私人收藏。戴迪安从内室取出五十余片大小不一的金饰片和专门派人从他的伦敦古董店运来的两件金虎让韩伟鉴赏。据说这些金器是他 1993 年从一个在香港的台湾古董商手里买来的。当时，韩伟第一眼看到那批金饰片就感到无比震惊，同时又充满好奇。回国后，他继续研究这些金饰片的来源和用途。韩伟对这组金饰片做出了逐个分析，通过与已知明确时代的青铜器花纹类比，加上 1993 年苏黎世联邦综合科技研究所研究员莫尔从金虎双爪内提取的木制标本碳 –14 检测结果，推断出这批饰片为西周晚期秦人所有。此外，戴迪安还向韩伟介绍过，台湾古董商曾暗示金饰片来自甘肃省礼县。为了搞清真相，韩伟便来到礼县大堡子山实地调研。1994 年 11 月，戴迪安携带这批金饰片参加了在大皇宫举行的第十七届巴黎古董双年展（XVIIe Biennale des Antiquaires）。英、法、中文三种语言文字对照的图录《秦族黄金》中，包含了韩伟专门撰写的文章《罕见的文物，重要的发现——甘肃礼县金箔饰片纪实》。在文章中，韩伟大胆地推测这批金饰片很可能出自大堡子山被盗大墓，墓主可能就是秦仲或庄公。他后来在 1995 年第六期《文物》杂志又发表了《论甘肃礼县出土的秦金箔

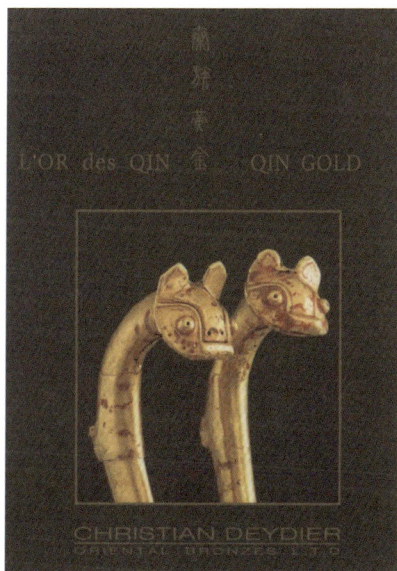

《秦族黄金》书影

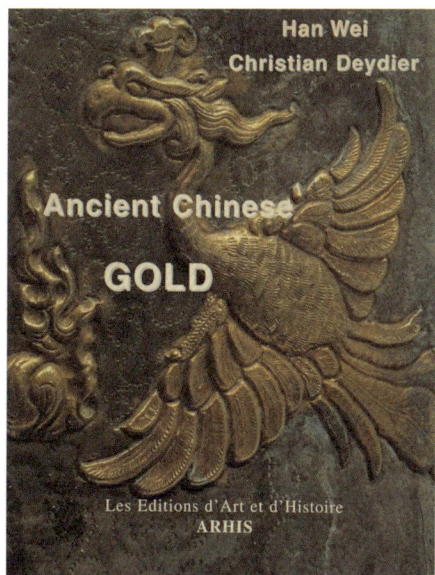

《中国古代黄金》书影

春秋·目云纹窃曲形金饰片
（甘肃省博物馆藏）

春秋·口唇纹鳞形金饰片（甘肃省博物馆藏）

饰片》一文，将自己的推断告知了中国的文物界。2000 年，戴迪安又从曾经卖给他金饰片的台湾古董商遗孀那里买下了两对鸷鸟形金饰片，并展示给自己的好友——法国总统希拉克，后者也是中国传统文化和古董的资深爱好者。希拉克认为这种有价值的文物应该由博物馆收藏。恰巧法国国立吉美亚洲艺术博物馆馆长让-弗朗索瓦·贾立基（Jean-Francois Jarrige）也是希拉克的朋友，也同样希望这些中国文物能够留在法国。但由国家出资购买收藏并不合适，于是希拉克联系了另一位朋友弗郎索瓦·皮诺（Francois Pinault）。皮诺是世界第三大奢侈品集团 PPR 集团的掌门人，同时也是佳士得拍卖行的最大股东。随即，皮诺以相当于现在一百万欧元的价格从戴迪安手里买下了两对鸷鸟形金饰片，并将它们捐赠给了吉美博物馆，同时，戴迪安也将自己其他的二十八件金饰片捐给了吉美博物馆。2001 年，韩伟和戴迪安共同出版了《中国古代黄金》（*Ancient Chinese Gold*）一书，以图文并茂的形式向世人展现了甘肃礼县出土的秦金箔饰片的风采。

2005 年，中国国家文物局启动"中国流失海外文物调查项目"，建立确凿的文物流失证据链，同时开展国际公约和相关国家适用法律及返还案例研究，编制开展追索工作的法律文书，完成了《甘肃礼县大堡子山遗址被盗流失文物调查报告》。同年 11 月 11 日，甘肃省文物局授权高美斯作为代表在国际古董市场上寻找流失的中国文物，特别是甘肃省出土的文物。高美斯是欧洲保护中华艺术协会（APACE）[①]的创办人和主席。这一协会于 2004 年成立，专门追讨流失在海外的中国文物。高美斯出生在阿尔及利亚，父母都是法国人。1982 年，他第一次到中国便结识了很多中国文物收藏界的朋友，在法国成了一名中国文物专家。在给高美斯的授权书上，甘肃省文物局特别强调了吉美博物馆受捐收藏的三十二件金饰片："该馆在展出文物的说明牌上用中、法、英三种文字标明这批文物为中国甘肃礼县出土，这证明吉美博物馆在收藏这批文物时从古董商那里非常清楚地得知这些金箔饰片的出土地。"加上当时考古专家李学勤、李朝远、韩伟三人的考证，以及对比 1994 年被盗秦公大墓时出土的小型金箔饰片，"因此，我们认为，吉美博物馆收藏的金箔饰片为 1992至 1993 年礼县大堡子山秦公大墓被盗文物，它们通过不正当渠道流失到巴黎的古董市场，理应回归到它们的出土地中国甘肃。鉴于此，中国甘肃文物局授权高美斯代表我们通过各种法律途径和手段追索这批珍贵文物"。

2006 年 6 月中旬，高美斯以"私藏和转卖国际走私文化艺术财产"的罪名对戴迪安、吉美博物馆和法国文化部提起了刑事诉讼。诉讼受到了审理。2006 年 10 月 2 日，戴迪安接受了法国打击文化财产走私中心办公室警员们对他的听证。但最终案件审理并没有获得证明这批文物是非法从中国走私的一致证据，这件诉讼不了了之。

2010 年，国家文物局开始采取具体行动，博物馆与社会文物司司长段勇向收藏有大堡子山流失文物的多个外国机构致函，希望对方能够

---

① 高美斯是亚洲著名文物鉴定专家，1982 年来到中国，在几十年的文物鉴定工作中，他为欧洲一些人公开贩卖和展示走私中国文物而愤怒，也为中国文物大量流失感到惋惜，决定帮助中国收回流失在世界各地的文物，为此成立了欧洲保护中华艺术协会。

按照相关国际公约的原则精神，向我国归还被盗文物。而写给吉美博物馆的那封信却始终没有转交给法国文化部，也没有得到回复。2010年11月，国际博协大会在上海举行，国家文物局副局长宋新潮向时任法国总统的希拉克阐明了这批文物对于研究秦国早期文明的重要意义，希望能促成文物的回归。希拉克予以积极回应。

2014年，在中法建交五十周年之际，国家文物局再次向法国政府有关部门提出归还文物的要求。同年7月，两国组成联合专家组，专门来到礼县进行实地调研，并最终进行了吉美博物馆收藏金器与我国文物发掘的相同文物的对比研究。中方把从大堡子山大墓里抢救性发掘出土的金饰片本物、附着物的成分进行分析，并把结果提交给法方；法方也对他们所藏的这些金属饰片做了相同的分析。结果发现，上面附着的朱砂和泥完全相同。同时，在法律链条证据方面，中方工作人员走访了当时参与盗墓的一些人及公安局、检察院和法院，根据当年的卷宗内所陈述的盗掘及金饰片形状等情况，也能与法国方面所藏金饰片的相关描述吻合。2014年10月，国家文物局局长励小捷在法期间再一次就文物如何回归进行了探讨。根据法国相关法律规定，国有财产不可转让。法国文化部最终提议吉美博物馆所藏大堡子山流失金饰片原捐赠人皮诺和戴迪安先生与法国政府解除捐赠协议，使文物退出法国国家馆藏，再由二人将文物返还给中国政府。

2015年4月13日，皮诺将四件鸷鸟形金饰片移交给中国驻法大使馆。5月13日，戴迪安亲自来到北京将另外二十八件不同形制的金饰片交与中国国家文物

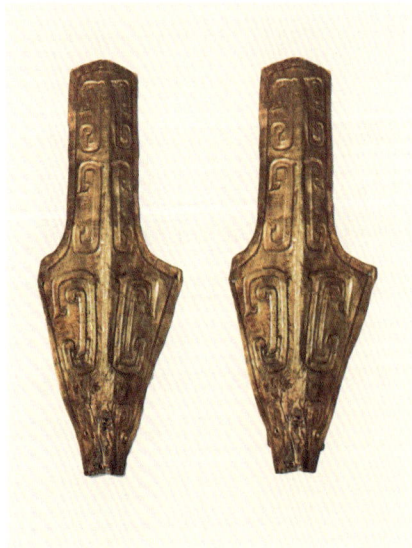

春秋·勾曲纹矛形金饰片（甘肃省博物馆藏）

春秋·目云纹圭形金饰片（甘肃省博物馆藏）　　春秋·兽面纹盾形金牌饰（甘肃省博物馆藏）

局。2015年7月20日，大堡子山流失文物移交仪式在甘肃省博物馆举行，国家文物局将这三十二件金饰片正式移交给甘肃省博物馆收藏展示。为纪念流失文物回归，由国家文物局、甘肃省政府主办，甘肃省文物局承办，甘肃省博物馆、甘肃省文物考古研究所、礼县博物馆协办的"秦韵——大堡子山流失文物回归特展"同日于甘肃省博物馆开幕。这三十二件文物包括四件鸷鸟形金饰片，两件兽面纹盾形金牌饰，七件目云纹窃曲形金饰片，十九件口唇纹鳞形金饰片。其中最有代表性的是鸷鸟形金饰片，它们高四十二点七厘米至四十九厘米不等，宽二十六点一厘米至三十四点六厘米不等，重六百四十克至八百八十克不等。鸟是秦人的图腾，且鸷鸟是异常凶猛的鸟，凸显了秦人英勇无畏、奋勇杀敌的英雄气概。据推测，这组金饰片为铠甲、马胄、棺具、车辆等的装饰物，对于了解早期秦人使用金器及与西戎民族间的交流具有重要的意义，是研究早期秦文化的珍贵历史文物。2015年9月21日，戴迪安将他收藏的另外二十四件不同形制的金饰片返还中国，直接移交甘肃省博物馆收藏。

　　这批金饰片于20世纪90年代初被非法盗掘、走私出境，开始了海外漂泊的经历，后由法国爱好收藏人士购买并捐给法国国立吉美亚洲艺术博物馆。通过中国国家文物局长达数年的不懈努力，与法方持续协商谈判，最终法国政府同意将文物退还原捐赠人，解除文物的国有性质，再由文物持有人法国收藏家弗朗索瓦·皮诺和戴迪安将文物捐赠给中国政府。此次文物返还在中法两国政府和友好人士的通力合作下得以实现，是突破文物所在国法律障碍实现文物返还的典范。

此外，2011 年 11 月，全国政协委员、香港实业家、收藏家郭炎在了解大堡子山秦公墓地的被盗情况之后，也将其自境外获得的两件鸷鸟形金饰片和一套金铠甲片捐赠给国家文物局。经甘肃省文物局积极协调争取，国家文物局于 2018 年 9 月将一批金饰片划拨甘肃省，由甘肃省博物馆收藏。此次大堡子山流失文物入藏甘肃省博物馆，是继 2015 年国家文物局两次将从法国返还的大堡子山流失文物划拨甘肃之后，大堡子山流失文物再度回归故里。

为了迎接国宝回家，展示早期秦文化，2019 年 1 月 29 日上午，由甘肃省文物局与甘肃省博物馆共同策划筹办的"寻秦——早期秦文化特展"在甘肃省博物馆开展。国家文物局博物馆与社会文物司司长罗静出席开幕式并致辞，香港知名实业家、金融家、全国政协委员郭炎出席并致辞。罗静表示，流失海外的中国文物寄托着中国人民深厚的历史与文化情感，牵动着每一位中华儿女的心。坚定不移地开展流失文物追索返还工作是维护国家文物安全和文化权益的必然举措。近年来，国家文物局积极推进流失文物追索返还工作，成功促成了包括大堡子山流失文物在内的三十余批四千余件（套）流失文物回归祖国，彰显了党和政府保护国家文化遗产的决心与能力，为建立更加公平正义的流失文物追索返还国际规则做出了贡献。文物捐赠者香港著名金融家、实业家郭炎在致辞中也表示，这次展览中有近八十件非常珍贵的金饰品，是两千七百年前早秦秦国国君墓葬中的陪葬品，它们不仅是中国古代的文化瑰宝，也是早期丝绸之路中外文化的有力见证。

第二十三章

北齐佛像：

佛光山上一段佛光普照的佛缘

2016 年 3 月 1 日，台湾星云大师捐赠北齐佛首造像回归仪式在国家博物馆举行，文化部部长雒树刚、国务院台办主任张志军与星云大师共同为这尊释迦牟尼佛佛首造像揭幕。佛首与佛身合璧展出二十多天后，计划永久入藏河北博物院。雒树刚在致辞中指出，北齐佛首造像这件珍贵文物的回归，是习近平总书记所说"两岸一家亲"的一个生动体现，缘于两岸民众的血脉亲情，缘于中华文化强大的感召力，更缘于星云大师的拳拳爱国之心。星云大师以九十岁高龄，亲自护送这件在海外流失二十载的佛首造像由台湾安全顺利地归来，这是一件留在两岸民众心间、载入两岸文化交流史册的大事。此次两岸通力合作，共同促成流失珍贵文物回归，开创了两岸文化文物交流的新领域，必将产生具有示范性的积极影响。星云大师坦言：两岸来往密切，海水隔不断两岸中国人的血缘关系。两岸一家亲，共同的中华文化血脉是外力所无法斩断的。他也介绍了自己捐赠这尊佛首的因缘，认为把信众捐给佛光山的佛首送归大陆，让佛首与佛身合璧，是最好的选择。

随着星云大师捐赠并护送北齐佛首返回大陆，这位九十岁高龄的老

北齐·身首合璧后的赵郡王高叡造释迦牟尼佛像（河北博物院藏）

人和这尊在海外漂泊二十载的佛首瞬间引起人们的普遍关注。为了让生活在大陆的普通人有机会了解这位不远千里护送国宝回归的佛学大师，也为了激励更多的中国人勇敢地承担起保护文物的重任，国家博物馆在同一天举办了"佛光菜根谭——星云书法展"的开幕式，为普通参观者提供了走近这位大师的良好契机。星云大师何许人也？他1927年生于江苏江都，是全球著名宗教领袖、佛光山寺创始人、一笔字书法家。单看简历，只能对大师有一个初步的笼统印象，想要真正走近大师，了解他的思想与宣扬的佛学观念，最好的办法就是在时间和空间上创造一次交集的机会。2012年4月20日下午三时，星云大师亲临国家博物馆剧院，奉献了一场以"幸福与安乐"为主题的讲座。我们有幸到场亲耳聆听了大师的人生感悟和金玉良言，这场围绕现代人的心灵困惑、为普通人指明如何在现代生活中获得幸福的途径与方法的讲座，娓娓道来，像一位身边熟悉的长者在对晚辈进行谆谆教诲，每一句话都语重心长、发自肺腑，令听者不由自主地沉浸其中，使在场的人受到心灵的洗礼与净化，精神上得到了一次放空与升华。大师的观点既贴近每个人的日常生活，又超越了普通生活，上升到灵魂与精神层面，所描述的人生境界引人无限遐思、心生向往。其中的一些观点，多年以后回想起来，仍是回味无穷。就贫富而论，有钱的人，虽然衣食无缺、华盖重装，但有时为了人事的困扰，同样日夜不得安宁；没有钱的人，尽管每日难过，依然每日过，无钱一样可以挺起胸膛、安心自在，此即所谓的"人穷志不穷"。大师教育我们，对待金钱应该抱有一种可有可无的态度，不必过于计较和看重；与金钱相比，更重要的是自己的精神追求、处世心态。大师对享受的理解同样入木三分，认为享受健康不如享受平安，享受财富不如享受书香，享受名利不如享受无求，享受求得不如享受施舍。这些观点既在佛学范畴内，也在哲学范畴内，对佛教信徒和普通人都同样适用，值得深思和借鉴。星云大师的连珠妙语，对现代人的生活和处事真是醍醐灌顶，若想真正理解并躬身践行，对凡夫俗子而言并不容易，而星云大师本人在身体力行地坚定践行。这也是佛的境界。若干年后，

北齐·赵郡王高叡造释迦牟尼佛佛首（河北博物院藏）

大师以亲身经历向世人诠释了什么是真正的幸福：那就是心系祖国，义无反顾地助力国宝归根。

这尊北齐佛首体现了两岸人民割舍不断的亲情和佛学大师的爱国之情，承载着台湾佛教信徒对佛学的一片赤诚和对星云大师的无比信任，更传承着中国千百年的佛教精神。它虽然只是一件文物，背后体现的却是一段中国佛教的发展史，其历史价值和艺术价值不可小觑。佛像身首异处，不仅是对文物本身的巨大损坏，也是对一心侍奉的佛教徒巨大的心灵打击。因此，佛像的身首合一是所有人的一致心愿，星云大师决定捐献佛首，将其回归佛身，既对保护中华文物功不可没，也对保护佛教文化做出了巨大贡献。佛首与佛身合体后在国家博物馆展出了两周，最终回到了它的原属地河北，并在河北博物院的石刻展厅中，作为幽居寺塔的珍贵佛教石质文物的代表性文物向公众展出，讲述了那一段身首分离的苦难经历和佛首归来、身首合璧的历史。

佛首流失海外的故事还得从20世纪讲起。当时，幽居寺整整齐齐地供奉着三尊大佛像和十八龛小佛像，就连僧侣的房间也都完好如初。然而，寺院的平静在1992年4月突然被打破，三尊大佛中的阿閦佛的佛头一夜之间不翼而飞，仅余佛身。事后，人们在分析盗窃案原因时认为，由于幽居寺位于偏僻之地，所以保护难度很大。为了确保剩余的佛像不再遭遇盗窃，文物局做出了一项异地保护的决定。然而，实际操作过程中发现，佛像的身躯过于宽大，而塔的门框过于狭小，不论怎样努力，都无法将其搬出。无奈之下，只好继续原地保护，采取了封

北齐赵郡王高叡造阿閦佛佛首被盗前

塔的措施，将塔门用钢筋水泥彻底
封闭。同时，也召集了一些志愿保
护文物的保护员对文物进行义务保
护。理论上，能想到的保护措施都
想到了，然而百密一疏。1996 年 2
月的一天夜里，幽居寺再次被犯罪
分子光顾，这伙人先将保护员反锁
在屋内，继而实施了犯罪行为，将
剩余两尊大佛的佛首全都凿下，空
余释迦牟尼和无量寿佛的佛身。保
护员虽然心急如焚，但由于缺少通
信工具，一直无法与外界取得联
系。直到第二天早上，村民才将他
解救出来，并在第一时间向公安部

北齐赵郡王高叡造无量寿佛佛首被盗前

北齐·赵郡王高叡造释迦牟尼佛像佛身
（河北博物院藏）

门报了案。1997 年，河北省公安部门顺利地破了案，也抓捕了四名犯罪分子。但是，令所有人倍感失望的是，据犯罪分子交代，被盗的佛首早已经被倒卖到了海外，不知所终。

1998 年释迦牟尼佛佛首在海外现身。2014 年，曾有人前往台湾高雄市的佛光山寺面见星云大师，言明自己拥有一尊佛首，希望卖给佛光山寺，要价一两千万。星云大师当即回绝了来人的要价，因为寺院确实不具备这样雄厚的财力。因为双方并未达成一致意见，所以星云大师也没有看到佛首的样子。当年 5 月，佛光山寺佛陀纪念馆的馆长如常法师在台北召开新书发布会，会后，一位表情严肃的佛教信徒希望如常法师能够将一件要事转告星云大师。来人当时递过来一沓厚厚的资料，资料展示了一尊汉白玉的佛首，并认为这是北齐时期的皇家造像，距今已经一千四百多年，是一件有着很高历史价值和艺术价值的佛教文物。这位信徒十分坚定地想要把这尊佛首捐赠给星云大师。

如常法师回到寺院后即把佛首的资料交给了星云大师。星云大师也很快地安排了和这位佛教信徒的会面。在佛光山寺，星云大师对这位信徒提出了几个关键问题，并得到了答复。第一个问题，佛首的来源是什么？男子告知，佛首之前一直流失在海外，他是从香港拍卖会买回来的。第二个问题，佛首拍卖之前在哪里保存？男子也实话相告，并不清楚保存的地点，只知道是北齐的佛首。第三个问题，捐献佛首的条件是什么？男子诚心诚意地回答，希望送给星云大师，并希望能够将它摆放在佛光山的佛陀纪念馆。事实证明，这件佛首就是星云大师当初拒绝花费一两千万购买的那件，而这位捐赠佛首的信徒花费了几乎近千万元买下后决心送给星云大师。星云大师对于接受这尊佛首仍有顾虑，虽然是免费捐赠，但是不能随便保留国宝的道理他是心知肚明的。所以，大师也向这位信徒表明了自己的态度，对这一捐赠佛首的意愿表示感谢，同时提出，一旦接受捐赠，这件佛首的主人改变了，最终的归宿也就由受捐人决定，捐赠人不能再过问。在信徒答应了这一条件后，星云大师才放心地收下了这份贵重的礼物。心中早有定数的星云大师随后向如常法师袒露自己的真实想法，佛教文物是全人类所有的，佛的头和身体不应该分开，必须调查清楚佛身的位置，并早日让佛首回归原处。经过仔细调查得出结论，这尊佛首很有可能是名为高叡的北齐皇族为去世的族人所雕刻，因此推断佛身可能在高叡的老家——河北省。佛光山寺的教徒们自告奋勇一路追查线索来到河北省，并与国家文物局取得联系，请文物局的专家们鉴定佛首究竟出在哪里，与河北省是否有直接的关系。

2014年6月，佛首的相关资料和照片经由国家文物局，辗转到达河北博物院研究员刘建华的手中。资料中提到，佛光山寺创始人星云大师希望将一尊供养在佛光山的佛首捐献回归大陆，盼望刘建华能够提供鉴定意见，看是不是河北的被盗文物。佛首的照片展现的那一刻，刘建华目瞪口呆，颇有一种恍若隔世的感觉，因为她没有想到，时隔十八年后，还有机会与佛首再度相遇。她抑制住内心的激动，仔细地查看佛首的材质、造型与尺寸大小，经过与河北省灵寿县幽居寺的释迦牟尼佛身比对毫无二致。于是，刘建华将鉴定结果告知了省文物局，这尊佛首就是十八年前被盗的释迦牟尼佛佛首。

从1996年2月佛首被盗，身首分离，近二十年弹指一挥间。刘建华在其后的多年里一直苦苦期盼，请托海内外的专家，帮忙寻找流失海外的佛首。愿望是美好的，但现实却是残酷的。所以，2014年从台湾传来的消息令她百感交集，迫不及待地想要见到这尊阔别了十八年的面容。2014年7月31日，国家文物局鉴定组的专家们终于得以近距离一睹千年佛首的芳容。当他们的目光停留在佛首那安静而祥和的面容上时，几乎所有人都流下了泪水。十几年来的艰辛寻觅，佛首终于在宝岛台湾给出了回应。经过与大陆带来的模型进行比对，佛头颈部的凿痕与其严丝合缝，确定佛首是属于河北省幽居寺的释迦牟尼佛无疑。星云大师听到鉴定结果后，也长长地舒了一口气，更坚定了捐赠佛首回归大陆的心念。文物局的专家询问星云大师的捐赠条件，星云大师却表示毫无条件。只是佛首流落到海外多年，几经辗转到他的手上，他有一个小小的愿望：希望把佛身运到台湾的佛光山，并能亲自跟国家文物局的领导将佛像身首合一，这也算是一段佛缘。

　　大师的请求很快地得到文物局领导的认可，佛首归来的希冀让所有人都兴奋异常，大家都热切地期盼着来自海峡的客人亲临幽居寺。灵寿县位于河北省的中西部，而发现佛像的幽居寺距离县城将近六十公里。2015 年 4 月 13 日，如常法师和绝念法师两人如约抵达河北博物院，亲

北齐·赵郡王高叡造释迦牟尼佛、阿閦佛和无量寿佛在河北博物院《曲阳石雕》陈列展厅对外展出

北齐·赵郡王高叡造释迦牟尼佛佛首造像移交现场

眼看到了遭受身首分离之苦的幽居寺的北齐大佛的佛身，而刘建华也见到了从佛光山寺远道而来的有缘人。4 月 14 日，如常法师等人驱车来到灵寿县幽居寺。千百年过去了，塔内早已空无一物。在村民带领下，专家们还特别寻访到幽居寺遗址，了解了佛首的故乡。如常法师等人更能体会到星云大师坚持要让佛首回归佛身的深刻用意。2015 年 5 月 21 日，释迦牟尼佛佛身从河北启程，到达台湾高雄市的佛光山寺。十六位法师送经迎请，佛身开箱验查，并安放在佛光山大雄宝殿上。5 月 23 日，佛光山举行"金身合璧，佛光普照——河北幽居寺佛首捐赠仪式"。河北幽居寺释迦牟尼佛像的身首终于完成金身合一。依照此前与国家文物局的协商，完成身首合一的释迦牟尼佛像在佛光山持续展出，让更多的来佛光山烧香拜佛的佛教信徒瞻仰大佛的真身，也向大众讲述和宣扬佛首的流失海外的不幸经历与回归祖国的扬眉吐气。2016 年 3 月 28 日，北齐释迦牟尼佛在国家博物馆身首合璧展出二十多天后，中国文物交流中心将佛首与佛身移交河北博物院，并于当晚运抵石家庄。3 月 29 日，这尊北齐汉白玉释迦牟尼佛像正式入藏河北博物院。这标志着佛首长达二十年之久的流失海外的漂泊岁月终于画上了一个句号，荣归故里，永葆后世子孙。4 月，河北博物院对大佛进行身首合一的修复工作，4 月 30 日，"金身合璧"后的大佛在博物院阳光大厅正式对外展出。5 月 31 日，大佛正式移至"曲阳石雕"陈列展厅幽居寺文物专区进行展出。今天，每当游客走进河北博物院一层的"曲阳石雕"展厅，首先映入眼帘的便是并列摆放的三尊经历坎坷的释迦牟尼佛、阿閦佛和无量寿佛。释迦牟尼佛如今身首合一，容光焕发，但是如果仔细观察，能发现身首颜色略有差异，并带有明显的拼接痕迹。佛首上的斑驳印迹向人们诉说着它所经历的流失海外的悲凉过往，而今释迦牟尼佛静静地居于博物馆中，俯瞰众生，似在回忆，又似在展望，展望身侧的两尊佛也能早日觅得佛首，早日实现身首合一。

星云大师曾说："海外有一些过去收藏国宝的人，中华文化能够借这个机会应该把它还给我们的国家，让我们国家过去流落海外的宝贝再回来。"此次，星云大师抛砖引玉，捐赠佛首，成为两岸文物界的一件盛事，也绘制了一幅两岸人民世代友好的美好图景。星云大师有句箴言："做一个合格的中国人，要为作为一个中国人而感到幸福。"大师以自己的亲身实践向天下苍生展示了如何做好一个合格的中国人，如何因为拥有一颗纯粹的中国心而感受到最高境界的幸福。

　　党的十八大以来，党中央十分重视发展与周边国家的友好合作关系，在区域化与全球化发展的新阶段，中国于 2013 年提出并推动共建"一带一路"倡议，促进中国以全新姿态走向世界，世界也通过"一带一路"认识中国国家形象。"一带一路"的先进发展理念、共享发展方式和美好发展愿景承载着新时代中国国家形象的时代内容。自 2013 年习近平总书记提出共建"丝绸之路经济带"和"21 世纪海上丝绸之路"以来，"'一带一路'建设从无到有、由点及面，进度和成果超出预期"。2017 年 5 月在北京召开的"一带一路"国际合作高峰论坛，不仅是高规格的论坛活动，更是 2017 年中国重要的主场外交活动，对推动国际和地区合作具有重要意义。为助力此次高峰论坛，描绘古代丝绸之路全貌的三十米巨幅绢本青绿山水地图手卷——明代《丝路山水地图》于 5 月 13 日在新保利大厦一层大堂对外展出。这幅超长画卷的惊艳登场瞬间便引起了巨大轰动。它展示了东起嘉峪关西至天方城（今沙特阿拉伯圣城麦加）的辽阔地域范围，可谓古代千里江山图的典范。蜿蜒两万公里、延绵数千年的丝绸之路，是古人经济文化交流的重要纽

明·《丝路山水地图》全卷（故宫博物院藏）

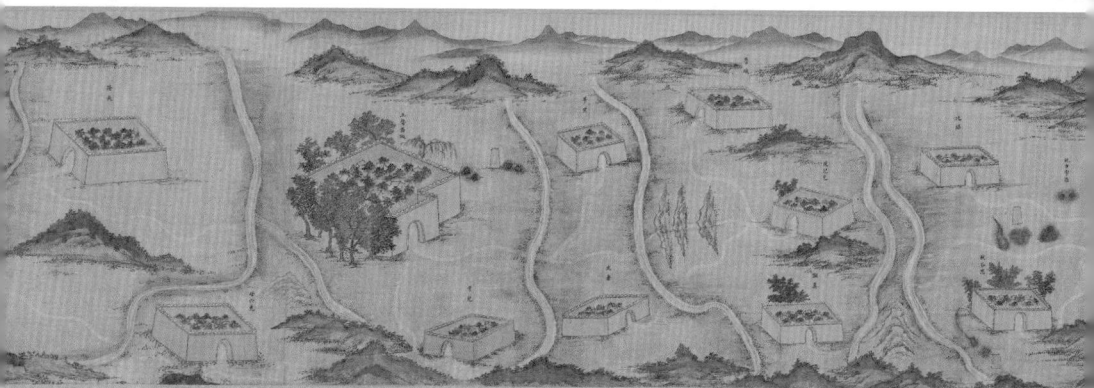

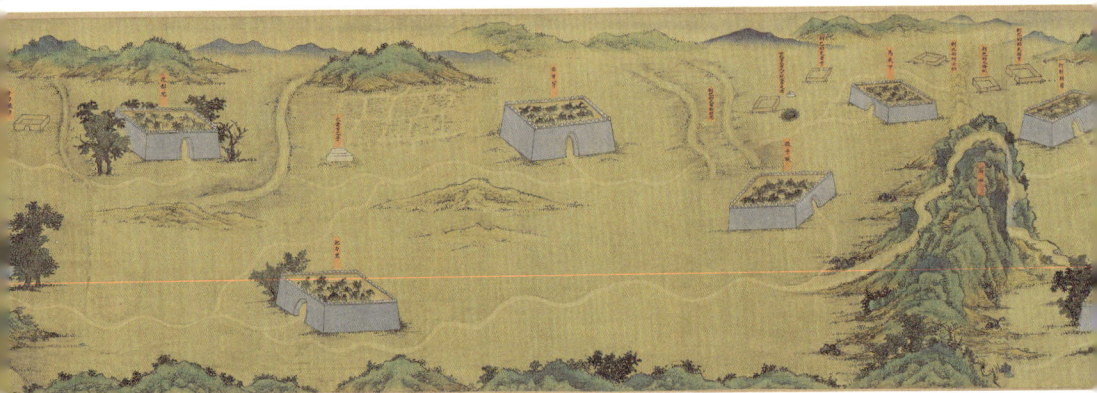

明·《丝路山水地图》全卷（故宫博物院藏）

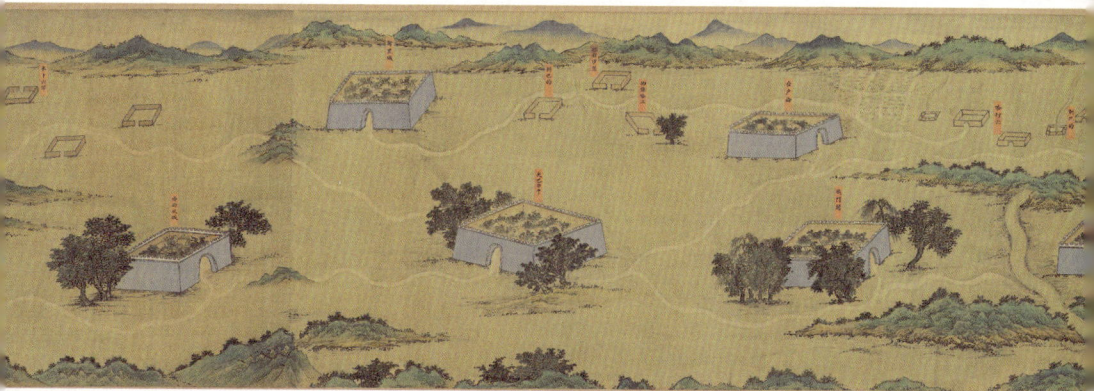

《丝路山水地图》中的嘉峪关

带。《丝路山水地图》集中绘制了大量原始的地理信息，以地图形式证明了在西方地图传入中国之前，中国对世界地理，特别是对于丝绸之路沿线已有清晰的认识。它将有助于学者们更深入地研究历史上的"丝绸之路"，并为未来"一带一路"的发展提供难能可贵的参考与借鉴。

《丝路山水地图》又名《蒙古山水地图》，绘于绢本之上，幅宽零点五九米，全长三十点一二米，据推测，它是一幅绘制于明朝嘉靖三年至嘉靖十八年（1524—1539）之间的明朝宫廷皇家地图。这幅画由当时的宫廷画家以吴门画派青绿山水技法绘制而成，以表现青绿山水、高山大川为主，气势恢宏，尺幅巨大，相当于三幅《千里江山图》和六幅《清明上河图》。《丝路山水地图》原藏于明朝内府，20 世纪 30 年代流往国外，被日本著名收藏机构藤井有邻馆收藏，后由国内著名收藏家易苏昊、樊则春两位先生于 2002 年在有邻馆征集时回购收藏。2017 年 11 月 30 日，香港世茂集团董事局主席许荣茂先生出资两千万元美金收购后将其捐赠给故宫博物院。

这幅地图在日本漂泊七十余载后能够顺利地回归祖国并入藏国家级博物馆，得益于多位爱国人士和明星企业家的鼎力相助。2002 年，易苏昊和樊则春两位先生去日本京都藤井有邻馆征集文物。有邻馆的创始人是日本近江的富商藤井善助（1873—1943），他早年留学中国，就读于上海的日清贸易研究所（1901 年改组为东亚同文书院），后归国继承家产，以经营实业出名。1908 年，藤井善助转而从政，并当选为众议院议员，其间拜政治家犬养毅为师，受其影响，开始收藏中国古代文物。辛亥革命后，大量清宫旧藏流往日本，藤井善助抓住机遇并在汉学家指导下，将许多稀世珍宝收入囊中，从商、周青铜器到宋、元、明、清书画无所不包。其中就有黄庭坚的《李白忆旧游诗》、宋徽宗的《写生珍禽图》、米芾的《研山铭》、阎立本的《孔子弟子像》手卷和西周青铜器三牛尊等。易苏昊和樊则春二人在馆内偶然发现了一件缺少画家年款的明代青绿山水画手卷。这幅手卷以矿物质石青、石绿作为主色绘制，从风格上看，可以推断是明朝吴门画派仇英的风格。尤其开头嘉峪关部分，山石间略勾皴，用笔细劲而块面分明，并以清淡的石青和浅浅的赭石色加以渲染。树叶的勾、点、染疏散，敷色也清淡。作品构图采用平远法，山间雄关萧寺，重山连绵，错落有致。为此，他们与馆方多次谈判，最终花费巨资征集到了这件《蒙古山水地图》。

两人回国后积极邀请有关专家鉴定考证。时任国家文物鉴定委员会委员的傅熹年先生（现任国家文物鉴定委员会主任委员）认真地端详全图后认为：手卷从绘画风格上看，绝非清代之物，至少是明代中期以前的作品；从手卷内容来看，全卷绘制了二百多个地名，很可能是一幅古代地图，建议再请历史地理专家做进一步鉴定。当时文物界知名的历史地理专家谭其骧先生已经逝世，易苏昊遂决定与国家文物局联系，希望以原价交给国家文物局，国家文物局再调拨给新疆博物馆后，由新疆博物馆自行研究。只是可惜，由于种种原因，这个美好的初衷终未能实现。

正在这幅手卷的鉴定和研究工作一筹莫展之时，受托寻访相关专家的中国社会科学院考古研究所研究员王世民先生突然告知易苏昊，北京大学考古系年轻有为的林梅村教授对手卷颇有兴趣，欲承担这项研究工作。2004年1月，在王世民先生的引荐下，易苏昊与林梅村短暂会面后，林教授便欣然接下研究此图的任务。

林梅村教授师从季羡林、宿白、马雍、蒋忠新等著名学者，早年任职于中国文物研究所，对古代西域很有研究，1994年起在北大考古系（现为北大考古文博学院）主讲丝绸之路考古。宿白先生十分支持他进行《蒙古山水地图》手卷的鉴别与研究，并加以具体指导，期盼他早日取得成果。从2004年2月开始，至2011年2月15日定稿并交付出版，研究前后经历了八年时间。其间，林教授查找了几百种中文、日文、西文参考文献，结合协助中央电视台摄制《1405——郑和下西洋》和参加中国国家博物馆蒙古高原考古队等工作经历，实地考察了东南亚、中

《丝路山水地图》中的天方城

东、土耳其等国的郑和史迹以及蒙古国匈奴、突厥、蒙古汗国遗址和文物，察访了北京第一历史档案馆、台北故宫博物院以及中国香港、日本东京、意大利罗马等地的图书馆和博物馆，拜访了香港城市大学中国文化中心主任郑培凯教授、美国大都会艺术博物馆亚洲部主任屈志仁教授、中央美术学院尹吉南教授、上海博物馆单国霖研究员等专家学者，诚邀汉语大词典出版社徐文堪先生、上海图书馆许全胜先生、上海华东师范大学图书馆吴平先生、台北故宫博物院卢雪女士，中国社会科学院考古研究所王世民先生、任超先生、魏正中先生等的帮助，得到马健、筱原典生、盛洁、李高峰、沈飏等北大博士生、硕士生和留学生的协助，呕心沥血终于撰著成《蒙古山水地图》一书；又承香港大学教授饶宗颐先生题写书名，由文物出版社出版发行，为后世学者和国人还原了中国古代丝绸之路的真实面貌。

《蒙古山水地图》书影

该地图为世界所熟识是在2011年10月15日意大利罗马国家博物馆举办的"丝绸之路"展览上，手卷放置于一个长三十多米的巨型展柜中，立即引起巨大的轰动。因为这件《蒙古山水地图》手卷是中国古代文物的新发现。原图为明代中叶皇家宫廷绘制，地域范围从明朝的边关嘉峪关到天方城（今沙特阿拉伯圣城麦加），注有二百一十一个明代地名，涉及欧、亚、非三大洲十多个国家和地区，包括中国、乌兹别克斯坦、塔吉克斯坦、阿富汗、黎巴嫩、突尼斯、土耳其等，堪称"中世纪世界地图"。它反映了丝绸之路的全景，为丝绸之路的研究提供了第一手资料，向全世界展示了我们祖先为世界文明做出的贡献。来自世界各国的学者以及游客，被中国人早在16世纪就已掌握的领先世界的地理知识和测绘水平所折服，也为中国文物考古工作者的工作精神和科学态度所感动，无不为之啧啧称赞。

2017年5月，故宫博物院院长单霁翔收到一封来自林梅村教授的来信。信中向单院长介绍了这幅《蒙古山水地图》，认为其无论对于地理、历史和美术史都具有重要价值，并认为故宫博物院如能收藏意义重大。故宫博物院就此事召集专家进行研讨，专家认为理应收藏这幅绘画。

正当故宫博物院为筹措资金而焦急苦恼的时候，世茂集团董事局主席许荣茂先生得知此事，当即决定出资两千万美元，将这幅作品从私人收藏家手中收购，并将它捐赠给故宫博物院。许先生与单院长的相识，始于全国政协副主席董建华的引荐。在2016年的"两会"后，单院长受董主席邀请在晚宴上向香港的朋友介绍故宫的情况。当时，单院长重点介绍了"故宫古建筑整体维修保护"工程和"平安故宫"工程，其中讲到了即将启动的"养心殿研究性保护项目"还需要筹措八千万资金。他刚讲完，没想到在座一位先生说："你们需要的八千万资金我提供吧！"他就是世茂集团董事局主席许荣茂。许先生和世茂集团一直致力于各类慈善公益事业，对文化的发展与保护也尤为关注，因而曾获得"2014年中国首善""2015中国年度慈善领袖""2016中国慈善榜终身成就奖"等众多荣誉称号。这一次他慷慨解囊，出资两千万元美金将《丝路山水地图》收购并无偿捐赠故宫博物院。许荣茂先生屡屡伸出援手的"雪中送炭"，强有力地支持了故宫博物院的文物保护事业。在古物市场日益繁荣、鉴古收藏持续增温的今天，许荣茂先生的行动更显得弥足珍贵。他对于文化事业的一腔热忱与义不容辞的使命感着实令人钦佩，也为社会树立了楷模。

2017年11月30日，世茂集团董事局主席许荣茂先生向故宫博物

世茂集团向故宫博物院捐赠《丝路山水地图》仪式

院捐赠《丝路山水地图》的捐赠仪式在故宫博物院报告厅举行。故宫博物院院长单霁翔向许荣茂先生颁发捐赠证书。在捐赠现场，单霁翔还向《丝路山水地图》原持有人易苏昊先生等表示敬意，指出正是由于他们的帮助，珍贵的《研山铭》和《丝路山水地图》才最终落户故宫博物院。2018 年九时三十分左右，在春节联欢晚会上，由央视著名节目《国家宝藏》主持人张国立、故宫博物院院长单霁翔和香港世茂集团董事局主席许荣茂三人共同向世界华人展示了这幅地图，再一次在全世界的华人中引发了热议，所有中华儿女都为国宝回归祖国感到无比自豪和骄傲。

文化自信来自我国悠久辉煌的历史，更源于今人坚定不移的传承之心。加强文物保护利用和文化遗产保护传承，不仅需要各级政府、文物部门以及专业人员承担起使命责任，同时也需要社会上的有识之士和广大民众的积极参与，众人拾柴火焰高，坚定文化自信，做中华传统文化的守望者和传播者。蜿蜒两万公里的丝绸之路，是古人经济文化交流的重要纽带；延绵数千年的丝路历史，是世界文明的辉煌诗篇。以史为鉴，面向未来，《丝路山水地图》正是一把珍贵的钥匙，它将有助于学者们更深入地研究历史上的"丝绸之路"，并为未来"一带一路"的发展提供难能可贵的参考与借鉴。

第二十五章

# 晋公盘、义尊、义方彝：

追回来的青铜博物馆镇馆之宝

2018 年 12 月，为全面总结和展现全国打击防范文物犯罪成果，由公安部、最高人民法院、最高人民检察院、国家文物局主办，中国国家博物馆承办的"众志成城　守护文明——全国打击防范文物犯罪成果展"在中国国家博物馆隆重开幕。本次展览以公安部、最高人民法院、最高人民检察院、国家文物局等部门联合打击防范文物犯罪的重要举措和取得的辉煌战果为主线，展出新石器时代至明清时期青铜器、玉器、金银器和瓷器等珍贵文物七百五十余件，是近年来全国打击防范文物犯罪成果的首次大规模集中展示，旨在展现我国政府打击文物犯罪、保护文化遗产的决心与意志，激发全社会共同珍爱祖国历史文化遗产、守护中华悠远文明的普遍自觉。

2017 年以来，公安和文物部门连续三年在全国部署开展打击文物犯罪专项行动，以破大案、挖团伙、抓重犯、摧网络、追文物为重点，坚持全链条打击，保持长期震慑和持续高压。经过三次持续专项打击，全国公安机关共破获文物犯罪案件三千四百八十余起，抓获犯罪嫌疑人五千八百六十余名，打掉犯罪团伙七百五十余个，追缴文物逾四万件，有力地遏制了文物犯罪的多发势头。同时，一些省还结合本地实际，开展省内专项打击。例如，由于地下文物蕴藏丰富，盗掘古墓葬犯罪一度高发，山西省从 2018 年起，部署三年打击文物犯罪专项行动。在专项行动中，山西公安机关紧密结合扫黑除恶专项斗争，通过破案件、打团伙、追在逃、缴文物、查资金、摧网络，对文物犯罪实施全链条打击，取得了重大战果，一度猖獗的盗掘古墓葬犯罪自 2018 年 5 月以来保持了"零发案"，打击犯罪取得的成果显著。公安机关已分两批向文物部门移交涉案文物两万五千余件，以山西公安机关打击文物犯罪专项行动追缴国宝级文物为重要支撑的山西青铜博物馆于 2019 年 7 月正式开馆，社会反响强烈，被称为"一场斗争打出了一个博物馆"。山西省公安机关最引人瞩目的战绩就是成功打掉了盘踞在闻喜县十多年、以侯氏兄弟为首的"盗墓涉黑"犯罪集团，破获与该团伙相关的各类刑事案件三百五十一起，抓获犯罪嫌疑人四百九十四人，追回涉案文物三千零七十三件，其中一级文物三十四件、二级文物六十六件、三级文物一百五十一件。

山西闻喜"六〇三专案"，打击侯氏兄弟的盗墓活动始于 1995 年。当时，晋南地区盗掘古墓、倒贩文物犯罪猖獗，山西省为了打击当地文物犯罪，专门组织开展了一次"南征"行动，重点打击临汾和运城地区的文物犯罪。而运城闻喜县正是公认的文物犯罪的高发区。因为打击盗墓不力，县公安局领导班子被"一锅端"。当年，侯金发（侯二）就被确定为十九名重大文物逃犯之一，而侯金海（侯三）因涉嫌倒卖国家珍贵文物，数年后也被公安部列为 A 级通缉犯；但他们每次被抓，总能由于证据不足等原因"化险为夷"。二十多年来，他们不仅从未收手，反倒变本加厉地盗掘家乡晋南的古墓葬。

1999 年，张少华作为全市优秀民警，被选派到闻喜县任公安局副局长。省公安厅派来的一位政委同步上任，并写给张少华一份嫌疑人名单，五张八开纸上写满了几百个人名。一次抓捕行动下来，张少华和同事们抓了近四百人。后来，因工作调动，张少华离开闻喜十年。

西周·晋公盘（山西博物院藏）

晋公盘局部

　　2016 年 1 月，当张少华再次调回闻喜上任公安局局长时，看到漫山遍野竟达一千七百多个盗洞，心痛不已。他暗下决心，一定要坚决打击盗墓犯罪。上任之初，局里民警张选忠就已被人举报盗墓，且已在逃近一年。2015 年 1 月，张选忠在盗墓时被抓，但由于缺乏证据，很快被取保候审，随后便销声匿迹。那天的抓捕行动前五次都以失败告终，直到第六次才把人带回。张少华感到，里面有"内鬼"无疑。经过追查，果然发现局里多名民警涉嫌，其中有巡逻队员、中队长、大队长，甚至还牵涉两名副局长。公安机关进一步侦查查明，2010 年至 2015 年间，在副局长景益民授意下，盗墓贼张成俊组织人马在国保区内曾盗墓十一次。在文物犯罪侦查大队里，民警李晓东就是副局长景益民最早布下的棋子，而他又拉拢了李安吉入伙。据犯罪团伙成员交代，盗墓的勾当景益民一般不会直接参与，拿钱拿货都由张成俊和他见面。景益民有个"地下办公室"，设在县里"玲珑小寨茶楼"的地下室里。2016 年

西周·义尊（山西博物院藏）

义尊局部

年底，李晓东、李安吉、景益民等陆续到案。次年3月，涉案民警柴某某、王某等也先后被刑拘。局里共计有十七名民警、辅警、职工被查处。

2018年3月，山西省高院对景益民一案一审公开宣判。法院认为："景益民作为国家机关工作人员、人民警察、公安局副局长，明知侯金发、张成俊、张保民、景春凯等人长期从事违法犯罪活动，不仅不能严格履行职责，反而勾结黑社会性质组织，为其犯罪行为提供保护，造成国家文物大量流失，损失巨大，严重损害了国家工作人员职务行为的廉洁性和文化历史考古进程及国家经济利益，其行为已经构成包庇、纵容黑社会性质组织罪。"因犯"包庇、纵容黑社会性质组织罪"及"盗掘古文化遗址、古墓葬罪"，景益民被判处无期徒刑。一审后，景益民提出上诉，后被驳回。

"六〇三专案"的命名是依据主犯侯金发的到案时间确定的。2016年6月3日，办案民警在高速路口布控抓捕，一举擒获侯金发。省公安厅迅速成立了"六〇三专案"。年底，该案又上升为公安部挂牌督办案件。此案也打响了山西省公安机关"扫黑除恶"斗争的第一枪。据了解，已有四百九十四人涉案被抓。

西周·义方彝（晋商博物院藏）

2018 年 2 月，"盗墓黑帮"侯氏兄弟涉黑案公开宣判。其兄弟四人共涉十项罪名，不但有盗掘古墓葬及倒卖文物犯罪，还有开设赌场、敲诈勒索、非法持枪、非法拘禁、故意伤害等罪名。省高院判决认为："侯金发（侯二）、侯金海（侯三）、侯金亮（侯老大）以血缘关系为基础，利用家族势力的影响，通过开办的公司企业，组织、领导亲朋好友、两

义方彝局部

劳释放人员（劳动改造人员、劳动教养人员）和社会人员，大肆进行有组织的违法犯罪活动，非法聚敛钱财，为获取巨额非法经济利益危害一方，欺辱、伤害群众，严重扰乱了闻喜县的社会经济、治安生活秩序，其行为均已构成组织、领导黑社会性质组织罪，且系黑社会性质组织的首要分子，应依法惩处。"最终，侯金发、侯金海据此被判处无期徒刑；侯金亮被判处有期徒刑二十年；侯四（侯金江）被判处有期徒刑八年。

2018 年初，山西闻喜"六〇三专案"相关案犯均已到案且已宣判，但是，被盗墓贼贩卖的文物追缴工作却还远未结束。专案组在调查中获得了一条线索——几年前曾有盗墓犯罪集团盗卖了一个盘状青铜重器，疑似国家重要文物。公安机关经研判认为，这一文物极有可能就是早已被盗流失的春秋晋国重器——晋公盘。经过几个月的缜密侦查与多方追缉，终于在辗转到多个省市并流落海外多国后，春秋时期晋国青铜重器、国家一级文物晋公盘被追回。

晋公盘是两千六百多年前晋文公特制的青铜礼器，高十一点七厘米，口径四十厘米，总重七千余克，浅腹平底。内底中央饰有一对精美浮雕龙盘绕成圆形；双龙中央有一只立体水鸟；双龙之外还有四只立体

水鸟和四只浮雕金龟；再向外延，又有三只圆雕跳跃青蛙和三条游鱼；最外圈则有四只蹲姿青蛙、七只浮雕游泳青蛙和四只圆雕爬行乌龟。所有圆雕动物都能在装置原处作三百六十度转动，鸟嘴可以启闭，龟首可以伸缩。整个器物，雄浑多姿，呈现了我国春秋时期青铜器极高的工艺水平。在晋公盘内壁还发现珍贵铭文七处，每处三行，共一百八十三字。这些铭文清晰地呈现了"春秋五霸"晋文公时期晋国的盛世气象，传递了极为珍贵的历史信息。

义方彝局部

同年 5 月 13 日，山西公安民警历时半年缜密侦查和奋力追缉，成功将被盗流失的西周青铜重器"义尊"从境外追回。义尊，国家一级文物，西周青铜器。高三十四点二厘米，口径二十五点三厘米，底径十八厘米，腹深二十五点四厘米，圈足深八厘米，重七千二百克。敞口，方唇，通身饰四条钩状扉棱，器体厚重，腹部微鼓，圈足下接高台，颈部偏上部位饰八组由倒立的兽面构成的蕉叶纹。蕉叶纹下饰一周夔龙纹。腹部、圈足均饰两组兽面纹。兽面纹和夔龙纹皆以云雷纹填地。器内底铸有二十三字铭文："隹十又三月丁亥，武王易（赐）义贝三十朋①，用乍（作）父乙宝尊彝，丙。"义尊铭文中显示，武王赏赐"义"三十朋贝。很明显，"义"是武王身边近臣，赏赐贝币高达三十朋的情况则是非常少见的。

同年7月1日，在山西省公安厅强有力的组织指挥下，省公安厅打击文物犯罪运城办案中心专案组民警辗转香港、西安、广州、深圳，在历时一年的奋力追缉后，终于成功追回了几年前被盗墓集团盗掘贩卖的国之瑰宝——西周青铜重器"义方彝"。义方彝，国家一级文物，西周青铜器。通高四十九厘米，口径二十六点三乘二十一点七厘米，底径二十四乘十九厘米。器身为长方体，身部微鼓，颈部和圈足饰夔纹。主体纹饰为带双层卷角的兽面纹；器盖为四阿形，四面主体纹饰均为大兽面纹。器身和器盖的四隅及正中均带有长钩状扉棱。器盖及器底的铭文基本相同，器底的铭文比器盖铭文多出族氏铭文"丙"。

义尊和义方彝被盗掘出土后，当时就由犯罪分子迅速倒卖，四处流落。山西警方将其成功追回，终于使得两件珍贵文物得以团圆，回到了祖国怀抱。义尊和义方彝刻有相同的铭文，似为出自同一墓坑。考古专家表示，一座墓葬中的这种成组器物，一般为同一人制作。而从义尊和义方彝的锈色、纹饰的相似程度来看，可以推定这两件器物是从同一墓坑中盗掘出土的。从青铜器组合来看，尊、卣、方彝是比较稳定的组合。这组器物中，目前可能还缺少一件同样规格的"卣"。两件器物铭文都显示，它们都是"义"在受到周武王赏赐后为父辈制作的重要礼器。"义"，是"丙"族的后裔。"丙"族在商代是与王室有密切联系的一个大族。义尊和义方彝的发现表明：进入西周之后，作为殷商遗民的"丙"族，因与周王室关系密切，还保留着较高的政治地位。从文物形制看，这件义方彝器体厚重、纹饰精美，明显是西周早期重器，而且带有厚重的提梁，这是目前考古学界发现的唯一带有提梁的方彝。

作为全国唯一一家省级的青铜博物馆，山西青铜博物馆对于广大公

---

① 朋：量词，五贝为一串，两串为一朋。

安干警来说，意义非凡。这里承载着他们对祖国的一片赤诚和对犯罪分子的疾恶如仇。正是由于他们冲锋在前、勇于担当的英雄气概，许多珍贵的青铜重器才得以重回祖国怀抱。2020 年 9 月 18 日，经过三个月的展陈提升，山西青铜博物馆重新开放，晋公盘、义尊、义方彝作为西周时期晋式青铜器的典型代表再次登场。此举彰显了中国对打击、防范文物犯罪的坚定意志，也向全国人民传递了国家对追索流失海外文物工作的高度重视。

青铜虎錖作于西周晚期，由器身和器盖组成，并附有清代所制的紫檀底座。器盖内铸铭四字："自乍供錖"。从器型标准来看，它属"盉"的一种。盉盛行于商代和西周初期，在青铜礼器中介于盛酒器和盛水具之间，属调和酒、水的器具，其形状一般为圆口、深腹、有盖，前有流，后有鋬，下有三足或四足，盖和鋬之间有链相连接。"錖"为盉的分支种类，"錖"字本身含琢磨使光泽之意，虎錖在盛水的实用器具中规格较高，用于祭祀、宴飨等典仪中的"沃盥礼"，功能接近水壶，存世量稀少。

虎錖器身宽矮，短束颈，宽折肩，肩的一侧接流注，即长形"壶嘴"，另一侧为鋬，相当于"把手"；收腹；圜底下方有三条足。"錖"作为实用器，损耗概率很大，盖上的素面钮是后配的；钮与鋬之间应该有起到连接作用的青铜链，但如今已经缺失；流注根部和外底也有补铸的痕迹，这些状况都说明虎錖在入土前是日常生活用具。

虎錖最精美的纹饰在于器盖，盖顶饰有一只盘踞的猛虎，猛虎造型特殊，由虎头、虎前肢、虎身和龙尾组成。虎身下方盖面纹饰已模糊不

被焚毁后的圆明园

清，经过光谱精测，可以看出是龙纹和虎纹的组合；虎身右侧为侧面龙首，虎身左侧为正面虎首。这种龙虎组合纹饰是商周青铜器装饰中常见的搭配，而虎錾器盖顶端的这种虎身龙尾的特殊设计却不多见，体现出制作者的匠心与智慧。虎錾流注和錾上分别装饰卧虎和龙首，肩部装饰卷曲夔龙纹，腹部为斜角云纹，足部上方为饕餮纹，虎錾器身上的多处虎形纹饰成为它得名的重要原因。

在西周中期，"錾"与"盉"的造型非常类似，基础功能也相类似，即与酒器组合，则用于调和酒的浓淡；与盛水器组合，则起盥洗之用。到虎錾的作器年代，盉已经不复流行，礼器中各类水器分化甚多。目前学术界普遍认为"錾"是"盉"的一种别称或方言，在盉的基础器型及用途上衍化发展而来。根据考古发掘的成果，西周晚期的"錾"与"盘"或"盉"与"盘"大多都是成套出土；由此可见，这一时期水器中"錾"或"盉"与"盘"的组合，皆为固定礼器组合。这件虎錾无论是在造型还是装饰上，都与西周晚期的"季良父盉"极为相似，都是与

西周·虎鎣（中国国家博物馆藏）

青铜盘配合使用，侧重浇水净手的盥礼。

中国国家博物馆孙机研究员在《试说鉴的功用》一文中写道："它是用来装郁金汁的。在卣中加入郁金汁，就成为了古人用来敬神的最名贵的酒——郁鬯。"中国现存的鉴类西周青铜器仅有伯百父鉴、周晋鉴等不超八件，且大多有残缺，而经历了被掠夺、被拍卖、被捐赠的海外回归圆明园文物虎鎣，则是罕见精品。

由于国力贫弱，近代以来的中国饱受列强欺辱。1856 年 10 月至 1860 年 10 月，英法联军悍然对中国发动"第二次鸦片战争"，迫使清政府先后签订《天津条约》和《北京条约》，中华民族遭遇了巨大灾难。沙俄也趁火打劫，迫使清政府签订《瑷珲条约》，割占中国大片领土。1860 年 10 月，英法联军攻入北京，有三山五园之称的圆明园、清漪园、静明园（玉泉山）、静宜园（香山）及畅春园等凝结民族文化艺术的园林宝库均被洗劫并焚毁，中华民族蒙受了巨大的心灵创伤。在山河破碎的岁月，青铜"虎鎣"也难逃劫难，被英国侵略者劫掠到海外。

1857 年的埃文斯

根据后来公开的资料，"虎鎣"系 1860 年被英国军官哈利·埃文斯（Harry Lewis Evans）从圆明园劫掠获得，此后一直由其家族收藏。埃文斯家族的信件及档案等资料，记载了埃文斯 1860 年第二次鸦片战争期间参加烧毁圆明园及其本人的抢劫行为。埃文斯家族相册中的家居陈设场景照片显示，埃文斯所述其抢劫圆明园所获的虎鎣、清代铜炉、掐丝珐琅尊、掐丝珐琅炉及瓷器等均赫然在陈。

《中国日报》2018 年 4 月 4 日对外披露了埃文斯给家人的书信（译文如下）：

埃文斯藏品

1860 年 10 月 21 日

……周四我参加了一个"毁烧圆明园"的狂欢活动。圆明园离我这儿大约有四英里，其中一部分优雅地坐落于山坡上，融入壮丽的山色中。不同于一切欧洲宫殿的风格，它由一大群散落在山脚平原的楼阁组成，无边无际。

这些庙宇里满是绝美的青铜和珐琅花瓶，但实在太大太沉，搬不动……

还有一些极其精致、镶绣帝王黄绿龙纹的瓷杯与茶碟，但是它们太脆弱易碎了，我真害怕能否完好无损地把它们带回家。

10 月 25 日

……清军性格中的这一点很好啊是不是，他们释放的俘虏都未受虐待、毫发未损……我们发现我们的炮弹杀伤力十足。在某处方圆五十码以内，就有不下十八具尸体，伤员全都被运走……

他们的损失极为惨重。最终一面停战的旗帜被送来，剩下的堡垒也全被要求投降。

现在战争显然已经结束了。我估计过不了几个月，我们就该踏上回家的路了，我担心我没法在圣诞节前赶回家了……

北京现在已经几乎是我们的了，就在好几天前我们将要开火的时候，它的一个城门上向我们竖起了白旗……

第二天我们就要进入圆明园了……那里只留下了大约三百个照看圆明园的仆人，和五十人左右的卫兵，当然他们没尝试任何抵抗。

法国人搜刮了大量值钱的战利品，包括手表、钟表、皮大衣、丝绸等。霍普·格兰特将军号令用上所有能找到的推车，能装多少就装多少回来。而所有这些宝贝都被现场拍卖掉，卖的钱作为奖励发给六号参战的部队，这些宝物售价高昂，最后的金额相当可观。

还发现了一大笔银锭和金锭，这些钱也会被分发给军队上下。其中一部分已经被派发出去了。我预计自己能分到五百四十镑。


埃文斯家族很长时期一直收藏着这批清宫珍品，不为人知。虎鎣却在不经意间进入了英国的拍卖行。2018 年 3 月，英国坎特博雷拍卖行官网显示，该行将于 4 月 11 日拍卖虎鎣并对虎鎣背景进行介绍，估计其价值约十二万至二十万英镑，引发国内外广泛关注。由此，长达数月之久的跨国追索正式开始。

2018 年 4 月，国家文物局与拍卖行进行沟通，要求其遵守国际公约精神与职业道德准则，尊重中国人民的文化权益与民族情感，终止对上述文物的拍卖和宣传活动。而英国相关拍卖机构负责人通过邮件明确表示拒绝撤拍虎鎣，并于 4 月 11 日将其以四十一万英镑的价格拍出。随后，中国拍卖行业协会、国内主要文物艺术品拍卖平台等相继发声支持国家文物局立场，并表示如该拍卖机构执意拍卖我国流失文物，将终止与其开展的一切商业合作往来。4 月 28 日，国家文物局收到英国相关拍卖机构负责人邮件，邮件称青铜虎鎣境外买家希望将文物无条件捐赠给国家文物局，并委托拍卖行全权处理相关事宜。

2018 年 6 月，驻英国使馆文化处公使衔参赞项晓炜赴坎特伯雷拍卖行与经理 Cliona Kilroy 及顾问 Alastair Gibson 会谈，并查看了虎鎣实物。英方提供了虎鎣拍卖图册及检验报告，文化处随后将现场拍照图像

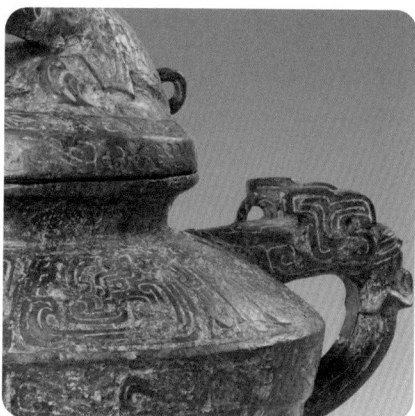

虎鎣局部

资料和英方提供的上述材料快递至国家文物局。根据会谈结果，买家希望保持匿名，全权委托拍卖行履行文物捐赠相关手续。

2018 年 6 月，国家文物局牵头部署文物捐赠接收，并制定了周密的工作方案，会同中国驻英国使馆和中国国家博物馆，积极推进青铜虎鎣实物鉴定和捐赠接收各项工作；决定将虎鎣划拨国家博物馆收藏，并委托国家博物馆派团访英对文物进行二次鉴定和接收。

2018 年 9 月，国家文物局与国家博物馆联合工作组一行六人访英，对文物进行二次鉴定并接收。专家组成员在驻英国使馆对虎鎣作了实体查验和仪器检测，一致认为虎鎣在形制、纹饰和铭文字体等方面符合西周晚期青铜器基本特征，仪器检测也排除了黄铜成分。

国家博物馆专家组的于成龙研究员认为："这件青铜鎣，它的造型是西周晚期的典型器型，纹饰也是西周晚期的典型纹饰。"虎形的祭祀青铜器比较罕见，有铭文的青铜器则更珍贵。这件西周时期的青铜器，其顶盖内铸有"自乍供鎣"铭文，尤显珍贵。虎鎣后配的底座也十分考究，应是当年清宫造办处的做工，选材精良，雕工精湛，经年历久，器表包浆完好，其铭文曰："紫檀云纹灵芝形器座"。底座高六厘米，重八百九十五克，整呈灵芝形，上精雕云纹，三个灵芝头上分别下挖一随

虎蓥局部

形足窝，与虎蓥三足相合。清宫有为收藏器物量身制作底座的惯例，这种紫檀云纹灵芝形器座，常见于清宫旧藏，如故宫博物院藏清乾隆时期紫檀云纹灵芝形器座即为此类。

鉴定结束后，国家文物局代表团和坎特伯雷拍卖行代表在中国驻英国使馆举行了青铜虎蓥捐赠接收仪式，并当场签署了接收确认书，虎蓥被正式移交中国政府。拍卖机构负责人表示，青铜虎蓥捐赠事件使其深刻认识到流失文物对中国人民的特殊意义，今后愿意继续与中方保持合作。2018 年 10 月 31 日，英格兰艺术理事会签发虎蓥出境许可。

2018 年 11 月 19 日至 22 日，国家博物馆文物接收工作组携带虎蓥乘坐 CA856 航班离开伦敦。2018 年 11 月 23 日，虎蓥顺利抵达北京。2018 年 12 月 11 日，国家文物局划拨中国国家博物馆青铜虎蓥入藏仪式在中国国家博物馆举行。

包括虎蓥在内的流失海外文物，是我国文化遗产的重要组成部分，其流散回归的命运与我们国家民族的兴衰密切相关。1840 年鸦片战争以后，大量中国文物流失海外，正是中华民族遭受百余年深重苦难的写照和缩影。青铜虎蓥回归祖国，始于中国人民对祖国文化遗产始终不渝的热爱、百折不挠的守护，凝结着政府部门、收藏机构、行业组织、新闻媒体与各界友好人士共同不懈的努力；反映了流失文物归还原属国的观点已深入人心、不可逆转；也是改革开放四十年来我国综合国力大幅度提升，民族凝聚力不断增强，国际地位不断提高的见证。漫漫回家路，浓浓民族情，虎鎣从流失海外到重回祖国并入藏中国国家博物馆的坎坷历程，再次见证了中国从积贫积弱到民族复兴、从站起来到富起来再到强起来的时代巨变。

国家文物局局长刘玉珠在青铜虎鎣入藏仪式上指出：近年来，国家文物局不断探索促成流失文物回归的多种途径，逐步建立外交斡旋、协商谈判、执法合作、司法诉讼等方式综合使用的流失文物追索返还模式。虎鎣的回归是其中重要成果之一，彰显了中国政府保护文化遗产的坚定信念与负责态度，也显示了我国流失文物追索工作获得了社会各界广泛的理解与支持。中国国家博物馆馆长王春法表示，国家博物馆将于青铜虎鎣入藏后，妥善保管，做好展陈，深入研究，使其发挥更大作用，为增强中华民族文化自信、建设社会主义文化强国做出更大贡献。

2018 年 9 月，于成龙赴英国鉴定圆明园流失文物西周晚期青铜器虎鎣

虎鎣被掠流离海外，是清政府被列强欺凌的真实写照。而今，中国国力日益强大，虎鎣回归祖国是中华民族伟大复兴的历史见证。与百万流失海外的圆明园文物相比，青铜虎鎣无疑是个幸运儿。在它归来的身影背后，是一个国家不懈的努力。近年来，我国海外流失文物回归、追索的工作得到积极开展，成功促成多批流失文物回归祖国，青铜虎鎣的回归正是其中具有代表性的范例，彰显了中国政府保护文化遗产的坚定信念与负责态度，也显示了我国流失文物追索返还工作获得了社会各界的广泛理解与支持。

# 第二十七章

## 三百六十一件流失美国文物：
### 中美备忘录保障悉数返还

　　美国作为世界上实力最强的超级大国，拥有多家举世闻名的世界级博物馆、私人画廊和一批文物收藏家，其文物数量在世界上处于领先地位，其中所拥有的中国文物的数量更是惊人，有些文物甚至在中国国内也难得一见。我国领导人从中华人民共和国成立初期就开始关注流失海外的中国文物，随着中国国力的日益强大，中国政府更是加大了追索流失海外文物的力度，先后于 1989 年加入了《关于禁止和防止非法进出口文化财产和非法转让其所有权的方法的公约》（简称"1970 年公约"），而后又于 1997 年加入了《关于被盗或者非法出口文物的公约》（简称"1995 年公约"）。在美国，世界级的拍卖行汇聚一堂，各国文物通过非法走私途径进入美国，经过拍卖行的一番包装后，摇身一变就变成了合法的工艺品。因此，通过合法手段追索流失美国的中国文物难度之大，常常令人望而却步。即便在种种不利因素下，中国政府从美国追索回归流失海外文物的案例也比比皆是。1988 年，屈原故里秭归的屈原纪念馆失窃的战国青铜敦，在美国的苏富比拍卖行即将拍卖的当天被中国政府成功追回。2000 年，河北曲阳县王处直墓 1995 年出土后被盗窃的汉

汉·彩绘茧形壶（南京博物院藏）

汉·彩绘茧形壶（南京博物院藏）

白玉彩绘浮雕武士石刻，在美国的佳士得拍卖行被中国政府通过多轮谈判成功追回。几十年来，中国流失美国的许多重量级文物经过国家出资购买或私人捐赠的方式也陆续回归祖国。2000 年，美国收藏家安思远在看到汉白玉彩绘浮雕武士石刻被中国政府成功追回的新闻后，毅然决定将自己珍藏的与上述石刻配为一对的另一尊石刻捐赠中国政府。2003年，由上海博物馆代表国家以四百五十万美元的价格从美国收藏家安思远手中收购《淳化阁帖》第四、六、七、八卷。2004 年，香港企业家张永珍女士向上海博物馆捐赠了自己在 2002 年苏富比拍卖行拍得的来自美国卖家的清雍正粉彩蝠桃纹橄榄瓶。面临中国文物时常在美国拍卖行上拍，并且屡屡拍出惊人高价，却又只能流落异乡的窘境，中国政府不断与美国政府接洽，寻求方法解决这一困局。经过中方经年累月的不懈努力，2009 年初，中国和美国两国政府签署了一项《中美限制进口中国文物谅解备忘录》。它是具有条约性质的双边协定，是中美两国政府在现有的联合国的公约或者国际法的基础上，对进一步有针对性地推进中美双方日后在非法流失到美国的中国文物的归还工作，尤其是涉及具体的案例具有现实的指导意义。

双方约定，协议每隔五年签订一次。2014 年时经过修订，该协议已经顺延签订一次，最新一次签署是在 2019 年 1 月 10 日。国家文物局局长刘玉珠和美国驻华大使布兰斯塔德在北京签署《中华人民共和国政府和美利坚合众国政府对旧石器时代到唐末的归类考古材料以及至少二百五十年以上的古迹雕塑和壁上艺术实施进口限制的谅解备忘录》，有效期仍是五年。截至 2019 年 1 月，我国已与包括美国在内的二十一个国家签署了此类政府间文件。不过，协议签订之初曾在美国国内引起不小的争议。关于该协议的争论总体上分为两派：考古界的有识之士和众多学者普遍支持这一协议，而博物馆从业者和文物商则大多持反对意见。事实胜于雄辩，该备忘录的签署对遏制非法贩运文物起到了积极的作用。

自从 2009 年起，美国政府向中国共计返还了三批跨越数千年的中国古代珍贵文物。第一次返还是 2011 年 3 月，美国政府在华盛顿举行仪式，向中国归还十余件美国国土安全部 2010 年收缴的珍贵文物，包括北齐石灰岩佛像、清代瓷瓶、宋代观音头部雕像等。

第二次是 2015 年 12 月，美国国土安全部在中国驻美国大使馆，向中国国家文物局移交中国流失文物和化石，共包括十六件（组）玉器、五件（组）青铜器、一件陶器在内的二十二件流失文物和一件古生物化

汉·陶仓（南京博物院藏）

汉·画像砖（南京博物院藏）

汉·陶溷及家畜（南京博物院藏）

石。此次返还文物是习近平主席访问美国的重要成果之一。经中方专家初步鉴定，有关文物均为唐代以前文物，具有很高的历史和艺术价值。古生物化石是来自辽宁的赫氏近鸟龙化石，距今约一亿六千万年，具有极高的价值。

第三次美国返还中国流失海外文物是 2019 年北京时间 3 月 1 日（美国当地时间 2 月 28 日）。当天，在美国印第安纳波利斯埃特尔乔格（Eiteljor）博物馆的一间"克洛斯庭"会议室（Clowes Court）举行了一场中国流失文物艺术品返还交接仪式①，博物馆馆长兼 CEO 约翰·瓦纳斯达尔（John Vanausdall）表示："在庆祝北美土著人民的艺术、历史和文化的三十年中，埃特尔乔格博物馆与来自美洲原住民部落的代表积极接洽，并安排遣返对这些部落非常重要的土著文物。尽管我们并没有参与到中国文物返还的具体工作中，但本着文化合作的精神，我们能够为中国文物返还中国，在美国政府官员和中国代表团之间举行一场令人难

---

① 中国流失文物艺术品返还交接仪式在埃特尔乔格博物馆（Eiteljor Museum）举行，这是一家位于美国印第安纳州的一所讲述北美原住民复杂而多样的生活故事的博物馆，https://eiteljorg.org/eitel-jorg-hosts-repatriation-ceremony-by-u-s-of-361-cultural-objects-to-china/，2021 年 4 月 6 日查阅。

汉·彩绘带盖陶壶（南京博物院藏）　　明·绿釉房屋（南京博物院藏）

忘的仪式，仅是这个微不足道的角色，就让我们倍感荣幸。"《印第安纳大众传媒》（*Indiana Public Media*）①也在第一时间进行了报道②，美国联邦调查局（FBI）特别探员蒂姆·卡朋特（Tim Carpenter）评论道："物归原主的感觉太棒了，这就是我们为什么要做这些事情的原因。文化财产非比寻常，我们谈论的不是电视或者汽车，而是文化遗产，这是一个民族身份的象征。文化遗产不仅对中国人民具有非凡的意义，对美国人民也具有举足轻重的意义。必须坚决遏制被盗文物的非法走私这一违反联邦法律的行为。"除了将中国文物归还，美国联邦调查局也将此次查扣文物行动中收缴的加拿大、新西兰、西班牙、哥伦比亚和厄瓜多尔等国的文物一并归还。中国国家文物局外事处处长温大严与美国联邦调查局跨国犯罪处处长克里丝蒂·约翰逊（Kristi Johnson）签署协议并互换

① 《印第安纳大众传媒》是一家包括当地公共广播电台、公共电视台、教育产品与服务、新闻、功能强大的网站以及许多本地制作的节目的一个综合性媒体平台。
② 肖恩·霍根（Sean Hogan）：《美国联邦调查局 FBI 将 361 件中国文物归还中国政府》，《印第安纳大众传媒》（Indiana Public Media），2019 年 3 月 1 日，https://indianapublicmedia.org/news/fbi-returns-361-cultural-objects-to-china.php?fbclid=IwAR3YsQRCdxOuUSzpWrifBAIP33O4-5OvP3CI2Ct29-bozrhnh8rtQeKIK8s，2021 年 4 月 6 日查阅。

明·绿釉陶床（南京博物院藏）

明·黄绿釉陶榻（南京博物院藏）

明·黄绿釉陶桌（南京博物院藏）

清·嘎巴拉碗（南京博物院藏）

文物返还证书①。温大严当即表示："文物被掠夺是个悲剧，我们必须改变这种状况。我们不仅要保护我们自己的文化遗产，还要保护所有人的文化遗产。这不仅适用于中国，也适用于美国。"国家文物局副局长胡冰称，此次文物返还是"与美方一起建立和改善被盗文物信息共享机制的新起点"，为打击文物财产盗窃和掠夺增进国际交流和开展合作。美国副助理国务卿阿莱莎·伍德沃德（Aleisha Woodward）、印第安纳大学–普渡大学教授霍莉·库萨克–麦克维（Holly Cusack-McVeigh）、印第安纳州美中商会会长丁沪生等出席了签字仪式。

美方返还的中国文物艺术品共三百六十一件，由美国联邦调查局印第安纳波利斯分局在 2014 年查获，涉及多个文物门类且时间跨度长。具体从新石器时代直至清代，包括新石器时代的石凿、玉璧，春秋战国青铜剑、戈、钱币，汉代陶钫、茧形壶、罐、仓，明代陶俑、模型明器，清代木雕建筑构件等。从文物来源分析，多为中国古代墓葬随葬器

① 《美国为返还中国文物举行仪式》，《今日美国》，2019 年 2 月 28 日，https://amp.usatoday.com-storyentertainmentarts20190228fbi-gives-china-back-artifacts-don-miller-kept-indiana-farm-indianapo-lis3007165002，2021 年 4 月 6 日查阅。

物。这些文物目前都入藏南京博物院。列举一二如下：

彩绘茧形壶：汉代，腹部为横向椭圆形状，因酷似蚕茧而得名。同时，它的形状又像是一颗平放的鸭蛋，故又称为鸭蛋壶。它的形制可以概括为唇口，短颈，圈足，腹呈横向长椭圆状。这件茧形壶的壶腹彩绘流云、几何图案。茧形壶最早出现于春秋时期，秦国人首先使用，在军事上的应用十分广泛。秦军在行军打仗过程中，士兵们除了需要携带武器，还需要随身携带粮食和饮用水，茧形壶便有了大显身手的机会。因为茧形壶既可以盛水，也可以盛酒，便于携带，方便使用，大受官兵的追捧。战国时期，诸侯之间争霸称雄，常年征战沙场，于是茧形壶又摇身一变，成了监听敌情的重要工具。行军之时，将茧形壶埋入地下，因壶身宽阔，而唇口狭小，更容易听到远方敌军骑兵的马蹄声，以此推测敌军的动向。茧形壶最盛行的时代是西汉，后来传入朝鲜。汉代以后，茧形壶逐渐不再流行，但直到唐代，在一些青白釉瓷器中还会偶尔看到它的身影。

陶仓：汉代，高二十八点五厘米。中国人"民以食为天"的理念古来有之，农耕文明和农业经济的发展是中华民族得以繁衍生息的根基。

"回归之路——新中国成立七十周年流失文物回归成果展"上的美国返还文物

为了改变秦朝的暴政统治，汉代的当权者主要实行"无为而治""与民休息"的政策，促进了生产的恢复和发展，使粮仓里堆满粮食，甚至达到了腐烂不能食用的程度。陶仓用于储藏粮食，陶仓数量之多也反映了当时农业发展较快，农产品较为丰富。汉墓中出土的大量陶仓便证明了这一时期农业文化的繁荣。这件陶仓模型的出土从侧面反映出当时社会经济得到了恢复和发展。源远流长的中华农业文明，为我们提供了生命保障，保证了中华文明绵延不绝，并且对世界文明做出了不可磨灭的贡献。

画像砖：始于战国，盛行于两汉，主要用于建筑或墓葬。砖面图案多为模制、雕刻和彩绘。汉代画像砖体裁广泛，内容包罗万象，主要体现墓主人生前身份和经历，是研究汉代民风民俗的珍贵实物标本。这件画像砖主要展示车马出行的场面，雕刻细腻，十分传神。

陶溷：汉代，长二十七厘米，宽十二厘米，高十九厘米，是一件反映汉代寻常百姓家日常生活场景的实物证据，充满了浓郁的生活气息，也凸显了家畜养殖业的发达。汉代社会安定，人民安居乐业，地主阶层蓬勃发展，庄园经济取得了长足进步。所以，在汉代随葬的陶器中，不仅有陶俑，还有大量陶制的生活用品，比如陶制房屋、陶圈和家畜。陶溷展现的是猪圈和厕合二为一的建筑形式。"猪圈"是现代考古学命名的词汇。在汉代，每种牲畜的圈舍各不相同：马圈称厩、牛圈为牢、羊圈名庠、猪圈则为溷，厕或溷二者没有差别，可以通用。西汉晚期农学著作《氾胜之书》提及"溷中熟粪"，体现的就是厕所和猪圈相通，养猪、积肥、肥田一脉相承，形成一条环保可持续发展的生物链。陶溷虽然只是区区一件小型的汉代陶器，却可以成为汉代社会粮食富足、人民安康的缩影，同时也向世人展现了民间制陶工艺的高超和畜牧业的欣欣向荣。

绿釉陶屋：明代，高十八厘米，宽十二厘米，厚十二厘米，是一件陪葬时使用的陶制建筑模型。质地为灰陶，外表涂一层低温铅釉，即绿釉。"生"是葬者的真正主题，古人把死者的葬礼作为一次"生"的开始，陶屋既为生者死后准备了栖身之所，也对人死之后勾画了一幅美丽的图景，使人不再畏惧死亡，向往永生。绿釉陶楼为研究我国的制陶工艺、建筑艺术、经济与文化发展等提供了重要参考。

这是自 2009 年中美签署《中美限制进口中国文物谅解备忘录》以来，美方第三次，也是规模最大的一次中国流失文物返还。这三百六十一件中国文物的回归看似水到渠成，只是美国政府顺理成章地履行双边协议的行为，但其背后的故事却百转千回。事件的起因也是出于偶然。2014 年 4 月，印第安纳州南部一位富有传奇经历的私人收藏家唐纳德·米勒博士（Dr. Donald Miller）引起了美国联邦调查局打击艺术犯罪组的关注，他收藏了四万两千多件来自世界各地的珍贵艺术品和考古文物。美国联邦调查局打击艺术犯罪组的特工在他的农场别墅查获这四万多件藏品时，所有人都被其收藏的文物艺术品的数量和种类震惊不已。由于米勒涉嫌违反文物收藏的相关法律，美国联邦调查局从 2014 年 4 月 2 日起派遣了近百名特工、博物馆学家、考古学家和人类学家等，及多辆货车，共同前往米勒在印第安纳州拉什县的家。特工们把米勒地下室里的所有文物都搬运到设在室外农场的调查组帐篷中，专家们出面鉴定这些文物的来源地、获取方式和入境渠道，通过尽量全面的信息判定哪些文物是米勒合法拥有的，而哪些文物有可能"获取方式不完全符合来源国法律"等。米勒本人也对美国联邦调查局特工坦陈，他对文物收藏十分痴迷，甚至达到了上瘾的程度，以至于无法自拔，这促使他在收集藏品的过程中无意中跨越了法律红线，以非法或不当方式取得了很多藏品。这正是美国联邦调查局从米勒博士家中收缴了七千多件非法获取文物的原因。

这样不同寻常的一件事也引起了美国媒体的关注。2014 年 4 月 6 日，《华盛顿邮报》和有线电视新闻网（CNN）发表跟踪报道[①]，称美国

---

① 妮可·查韦斯（Nicole Chavez）：《从印第安纳州的一处房屋中发现了成千上万件文物，联邦调查局正在努力寻找他们的主人》，有线电视新闻网，2019 年 2 月 27 日，https://www.cnn.com/2019/02/27/us/fbi-artifacts-human-remains-recovered/index.html，2021 年 4 月 6 日查阅。

印第安纳州九十一岁老人唐纳德·米勒博士对文物收藏和寻宝的极度痴迷，始于童年时代在家中农场的地里挖到原住民使用的箭头。原来，米勒的收藏经历长达八十年。作为一位周游了二百多个国家的环球旅行家，多年来，他收集了数以万计来自世界各国的珍贵文物，其中包括来自中国的玉器、陶塑雕像，埃及的石棺，插有箭头的印第安人头骨化石和美国南北战争纪念品等等，他甚至在自家地下建起了一个"小型博物馆"。在几十年的漫长岁月中，他从未对外隐瞒他的宝藏，经常欢迎周围民众来家里参观。虽然达不到博物馆收藏、保护文物的标准，但是老人尽了最大努力保管这些珍贵的文物，藏品总体保存良好，而且老人只买不卖，所以文物数量稳步增加。同时，老人也热心公益事业，做了不少善事。

更令人惊奇的是，米勒博士本人并不是古董收藏家出身，而是一位通信行业的工程师。其人生经历大起大落，跨越巨大。从普渡大学获得博士学位后，他于第二次世界大战期间在美国陆军通信兵团服役，后作为曼哈顿计划的一部分被招募到新墨西哥州的 Trinity 原子武器试验基地工作。米勒博士和他的妻子 Sue 于 1984 年成立了 Wyman 研究公司，该公司开发并销售业余无线电 SSTV(慢扫描电视 Slow-scan TV) 和 ATV 设备。他的人生从不缺少冒险因素。在印第安纳州当地媒体《印第安纳星报》的报道中，米勒曾向同事描述过自己在埃及的冒险经历：他和同伴在埃及西部靠近利比亚边界的地区探寻古迹遗址，但被利比亚军队扣留审讯好几个小时，以为他们是试图潜入的中情局间谍；还有一次，米勒和其妻子差点因为考古在墨西哥蹲监狱。

美国联邦调查局表示，由于米勒违反了文物收藏的相关法律，所以必须将其所有收藏品没收，并将部分文物归还给原有国家。其中，缴获的部分文物已经归还哥伦比亚、新西兰、加拿大等国家。对这批中国文物的处理，中国国家文物局、中国驻美使领馆、美国国务院和美国联邦调查局共同付出了巨大的努力。海量的前期工作由美国联邦调查局打击艺术犯罪科的众多探员们负责完成；同时，印第安纳大学普渡大学联合校区的库萨克－麦克维教授带领她的数十名学生，在中国国家文物局专家的支持帮助下，历时近五年时间将文物清理分类完成。交接仪式完成后，美国副助理国务卿伍德沃德在浏览现场展示的二十多件文物时看到一尊面带微笑的陶俑时说："他看起来很激动，他马上要回家了！"

　　此次，美国政府向中国返还三百六十一件流失文物，主要是依据《中美限制进口中国文物谅解备忘录》。这份协议的必要性不言而喻，因为国际公约的约束力有时会受到各国具体法律体系的束缚，涉及国内法和国际法的相互关系；所以，文物的具体返还工作需要两个国家之间签署的双边备忘录来进一步推进。中美之间签署备忘录是中国政府重视流失海外文物回归的重要突破，因为美国是非常重要的文物走私外流的去向国。中国流失海外文物是中国文化遗产不可分割的重要组成部分，寄托着中国人民质朴、深沉的历史情感和文化记忆。这批中国文物艺术品的返还是中美双方长期精诚合作的成果，不仅标志着双方在文物追索返还行动上的相向而行和相互支持，也将进一步增进两国人民之间的理解和信任，为保障全球文化遗产安全提供典范。

# 第二十八章

# 七百九十六件流失意大利文物：

## 历时最长却遥遥可期的回家路

意大利与中国是分别位于欧洲和亚洲的两大拥有悠久历史和灿烂文明的古国，两国在新世纪的跨时空接触竟然源于一次大规模文物返还事件。意大利由南欧的亚平宁半岛及两个位于地中海中的岛屿西西里岛与撒丁岛所组成，国土面积为三十万一千三百三十三平方公里，人口六千多万。意大利是欧洲民族及文化的摇篮，曾孕育出罗马文化及伊特拉斯坎文明。首都罗马几个世纪以来都是西方世界的政治中心，也曾经是罗马帝国的首都。13 世纪末的意大利更成为欧洲文艺复兴的发源地。作为一个高度发达的资本主义国家，意大利共拥有五十八个联合国教科文组织认定的世界遗产，是全球拥有世界遗产最多的国家。中华人民共和国位于亚洲东部、太平洋西岸，陆地面积约九百六十万平方公里，人口已突破十四亿，是世界国土面积第三大的国家，世界第一大人口国家。作为"四大文明古国"之一，中国不仅为亚洲文明史创造了独树一帜的璀璨文明，更成为周边国家争相学习和效仿的对象，也

United Nations Educational, Scientific and Cultural Organization
Organización de las Naciones Unidas para la Educación, la Ciencia y la Cultura
Organisation des Nations Unies pour l'éducation, la science et la culture
Организация объединенных наций по вопросам образования, науки и культуры

Convention on the means of prohibiting and
preventing the illicit import, export and transfer
of ownership of cultural property.
adopted by the General Conference at its sixteenth session
Paris, 14 November 1970

Convención sobre las medidas que deben adoptarse
para prohibir e impedir la importación, la exportación y la
transferencia de propiedad ilícitas de bienes culturales
aprobada por la Conferencia General en su decimosexta reunión
París, 14 de noviembre de 1970

Convention concernant les mesures à prendre
pour interdire et empêcher l'importation, l'exportation
et le transfert de propriété illicites des biens culturels
adoptée par la Conférence générale à sa seizième session
Paris, le 14 novembre 1970

Конвенция о мерах, направленных
на запрещение и предупреждение незаконного ввоза, вывоза
и передачи права собственности на культурные ценности
принятая Генеральной конференцией на шестнадцатой сессии
Париж, 14 ноября 1970 г.

1970 年公约

UNIDROIT INTERNATIONAL INSTITUTE FOR THE UNIFICATION OF PRIVATE LAW
INSTITUT INTERNATIONAL POUR L'UNIFICATION DU DROIT PRIVE

UNIDROIT CONVENTION ON STOLEN OR ILLEGALLY EXPORTED
CULTURAL OBJECTS
(Rome, 24 June 1995)

THE STATES PARTIES TO THIS CONVENTION,

ASSEMBLED in Rome at the invitation of the Government of the Italian Republic from 7 to 24
June 1995 for a Diplomatic Conference for the adoption of the draft UNIDROIT Convention on the
International Return of Stolen or Illegally Exported Cultural Objects,

CONVINCED of the fundamental importance of the protection of cultural heritage and of cultural
exchanges for promoting understanding between peoples, and the dissemination of culture for the
well-being of humanity and the progress of civilisation,

DEEPLY CONCERNED by the illicit trade in cultural objects and the irreparable damage frequently
caused by it, both to these objects themselves and to the cultural heritage of national, tribal,
indigenous or other communities, and also to the heritage of all peoples, and in particular by the
pillage of archaeological sites and the resulting loss of irreplaceable archaeological, historical and
scientific information,

DETERMINED to contribute effectively to the fight against illicit trade in cultural objects by taking
the important step of establishing common, minimal legal rules for the restitution and return of cultural
objects between Contracting States, with the objective of improving the preservation and protection of
the cultural heritage in the interest of all,

EMPHASISING that this Convention is intended to facilitate the restitution and return of cultural
objects, and that the provision of any remedies, such as compensation, needed to effect restitution
and return in some States, does not imply that such remedies should be adopted in other States,

AFFIRMING that the adoption of the provisions of this Convention for the future in no way
confers any approval or legitimacy upon illegal transactions of whatever kind which may have taken
place before the entry into force of the Convention,

CONSCIOUS that this Convention will not by itself provide a solution to the problems raised by
illicit trade, but that it initiates a process that will enhance international cultural co-operation and
maintain a proper role for legal trading and inter-State agreements for cultural exchanges,

ACKNOWLEDGING that implementation of this Convention should be accompanied by other
effective measures for protecting cultural objects, such as the development and use of registers, the

1995 年公约

为推动全世界和全人类的文明进程做出了巨大贡献。截至 2021 年 7 月，随着泉州：宋元中国的世界海洋商贸中心被列入《世界遗产名录》，中国已经拥有五十六个联合国教科文组织认定的世界遗产，而意大利在同一时期拥有五十八个世界遗产。

意大利于 1978 年 6 月 23 日加入 1972 年 11 月联合国教科文组织通过的《保护世界文化与自然遗产公约》，成为缔约国；1979 年开始向联合国教科文组织申报世界遗产项目；1978 年 6 月 23 日成为世界遗产委员会成员国。中国于 1985 年 12 月 12 日正式加入《保护世界文化与自然遗产公约》，1986 年开始向联合国教科文组织申报世界遗产项

新石器时代·四大圈纹双耳彩陶罐（中国国家博物馆藏）

汉·彩绘茧形壶（中国国家博物馆藏）

目，1999 年 10 月 29 日当选为世界遗产委员会成员。

意大利和中国于 1978 年、1989 年先后加入联合国教科文组织于 1970 年 11 月 14 日在巴黎通过的《关于禁止和防止非法进出口文化财产和非法转让其所有权的方法的公约》，即"1970 年公约"。20 世纪 60 年代末 70 年代初，博物馆及考古遗址被偷盗现象不断增多，在发展中国家及欠发达国家尤为严重。而在发达国家，私人收藏家甚至官方机构获得的不正当进口或来历不明的物件藏品亦有所增多。该公约规范和平时期文物进出口和跨境流转的行为，其中要求缔约国禁止出口没有许可证的文化财产，对违反规定者施行制裁或刑事处罚等。"1970 年公约"是参与缔约国数量最多、影响最广泛的国际公约。

国际统一私法协会应联合国教科文组织之邀于 1995 年通过"1970 年公约"的补充性文件——《关于被盗或者非法出口文物的公约》，即"1995 年公约"。"1995 年公约"在司法领域为文物追索和返还提供了有力的法律依据。公约中就各国归还被盗或非法出口文物的做法达成一致，并允许由国家法院直接受理文物归还申诉。此外，该公约还对所有被盗文物生效，不仅限于登记在册及已申报的文物，并规定必须归还所有文化财产。意大利是推动该公约出台的最主要国家之一，而中国则于 1997 年加入该公约。

同为"1970 年公约"和"1995 年公约"的缔约国，中国和意大利是流失文物追索返还国际秩序的坚定支持者和有力践行者。2006 年，依据以上两个公约精神，中国政府与意大利政府文化官员在北京签署了《中意关于防止盗窃、盗掘和非法进出境文物的协定》，加强双方在打击文物走私方面的合作。根据协定，中国国家文物局和意大利文化遗产与艺术活动部将分别设立专门机构，负责双方防止盗窃、盗掘和非法进出境文物合作事务的具体工作。这也为双方日后合作打击文物非法贩运和流失文物追索返还奠定了坚实的基础。

合作的机会在次年便不期而至。意大利作为列入《世界遗产名录》的数量高居榜首的国家，对文化遗产的保护意识和保护力度都处在世界

汉·彩绘人物陶俑（中国国家博物馆藏）

前沿。1969 年 5 月成立的受宪兵总部和意大利文化遗产与活动部双重领导的"保护文化遗产宪兵司令部"，专门负责考古遗址保护、盗窃盗掘文物犯罪打击和流失文物追索等工作，其成员都是经过严格的警察业务和文物艺术品知识培训的职业警察。该部门成立五十年来成绩斐然，共缴获一百一十万件考古发掘品、七十五万件文化财产和三十万件伪造文物，依法成功索回大批流失海外的文物，创建了全球最大规模的文物保护数据库——"莱昂纳多·达·芬奇被盗文物数据库"。

2007 年，意大利蒙扎地区保护文化遗产宪兵队巡查文物市场时，偶然发现了大量疑似非法流失的中国文物艺术品，次年即向中国驻意大利使馆通报其暂扣此批文物的决定。中国国家文物局获悉相关讯息后，立即启动文物进出境记录，核查、组织开展文物鉴定研究，认定这批文物艺术品大部分为中国出土文物，其所有权属于中国，且均未获得合法出境许可，因此依据相关国际公约向意方正式提出文物返还要求，同时提供了详细的文物鉴定意见和法律依据报告。

之后，案件进入长达十年、复杂曲折的司法审判过程。2014 年，意大利米兰法院通过刑事审判，确认中国政府对该批文物艺术品的所有权，后因持有人上诉，文物返还程序中止，案件转入民事审判程序。中国国家文物局根据意方司法审判程序的变化，会同中国驻意大利使馆，积极配合意大利司法部门继续开展诉讼活动。2018 年 11 月，米兰法院做出将七百九十六件文物艺术品返还中国的最终判决，中意两国文化遗产主管部门随即启动返还文物的确认接收工作。

此次意大利向中国返还七百九十六件流失文物艺术品，时间跨度长，分布地域广，器物类型多，保存状况较完好，为研究中国历史相关时期的生产生活场景、精神文化风貌、文明发展进程等提供了实物见证。这批文物艺术品主要是来自我国甘肃、陕西、四川、山西、河南和江苏等地的出土与传世物品，时代跨越新石器时代至民国时期，具有较高的文物价值。其中，丰富多彩的新石器时代彩陶，纹饰精美多样，为研究史前社会文化风貌提供了直接的实物例证；数量繁多的

唐·彩绘陶骆驼（中国国家博物馆藏）

汉代陶器，造型古朴厚重，是汉代农耕文明的缩影；造型生动传神的唐代骆驼俑、马俑、人物俑，记录着古代中西方文化交流互鉴的重要信息。列举一二如下：

四大圈纹双耳彩陶罐：新石器时代。这件彩陶罐是马家窑文化马厂类型的典型作品，表面绘有红、黑色的圆圈和网格纹。马家窑文化继承并发展了仰韶文化的彩陶技艺，将中国远古时期彩陶艺术再次推向高潮。甘肃省博物馆馆长贾建威谈到马家窑文化四大圈纹双耳彩陶壶时指出，此件文物属于马家窑文化马厂类型，是彩陶发展到鼎盛时期开始走下坡路的一个转折点。"彩陶发达是马家窑文化显著的特点，在我国发现的所有彩陶文化中，马家窑文化的彩陶量比例最高，达到百分之七十左右，而且它的内彩也特别发达，图案的时代特点十分鲜明。从20世纪50年代末开始，随着大量新出土材料的积累，马家窑文化彩陶的研究，越来越受中外学界关注，逐渐形成为史前文化研究中的一大热点。学者们从不同角度论述、分析、探讨彩陶花纹的演变、装饰手法的运用、装饰部位的选择等，研究工作在不断地深入。"①

彩绘茧形陶罐：汉代。盛酒器，因壶体椭圆形的腹部酷似蚕茧，故名茧形壶。茧形壶出现于战国末期的秦国，在战场上应用广泛，既可盛装酒或水，又可以置于地上探听敌军的动向。茧形壶材质以灰陶为主，因为烧制温度达到一千摄氏度以上方能成形，所以质地较为坚硬，直至西汉中期仍为生产生活的常见器物。

彩绘人物陶俑：西汉。陶俑五官和服饰均施以彩绘，右手作持物状，初始所持物应为木质兵器，由于年代久远，遂变腐朽，继而消失。这类军士陶俑脱胎于汉代军队中的真实士兵形象，是军队中典型的步兵形象。陕西咸阳杨家湾出土的大型兵马俑仪阵中就有一千八百多件步兵俑。秦汉时期开始盛行的陶俑随葬风俗，逐渐取代了商周时期的活人殉葬制度。陶俑的身份取材于真实生活场景，包括军人、官员、仆役、舞者等，生动地再现了墓主人生前的生活情境，体现出时代风貌和文化特质。

彩绘陶骆驼：唐代。骆驼是沙漠中不可或缺的交通工具，自古以来便是丝绸之路上最重要的运送中西方货物的文化使者，推动了东西方的贸易往来和文化交流。北朝、隋唐时期，骆驼俑便经常出现在墓葬中，多为昂首仰天长嘶状、惟妙惟肖、栩栩如生，既能体现出沙漠中无可替代的向导形象，也能凸显出中国商队行走在丝绸之路上，对外部世界和美好生活的无限向往之情。

2019 年 3 月 23 日，在习近平主席、孔特总理的见证下，中意两国代表在罗马交换了七百九十六件文物艺术品返还证书。之后，习主席应孔特总理之邀提前目睹了即将踏上归家之路的每一件文物，并对意大利政府表示赞许："我代表中国政府和中国人民对你们表示衷心的感谢。这体现了两国之间真挚的情谊。"并明确表示："我们要为这批文物办一个展览，并等文物鉴定之后再选择方案、决定去向。好好宣传，让中国人民都知道这份情谊！"在文物返还现场，意大利文化遗产与活动

---

① 《三位专家讲述意大利返还中国流失文物背后的故事》，人民网，2019 年 4 月 24 日。

部部长阿尔贝托·波尼索利（Alberto Bonisoli）引领中国文化部部长雒树刚参观了即将回归中国的文物，并且积极表明了意大利文物部门对被盗文物的态度："保护（文物）最重要的方法是打击非法文物市场，我们必须合作，使非法获得的文物交易无利可图。我们为能够将我们发现的文物归还给我们的朋友而感到自豪，因为这些文物代表了中国人民的身份和遗产。"对于这次大规模的文物返还事件，世界各大主要媒体也都给予了报道。美国有线电视新闻网（CNN）在报道过程中，专门采访了文物专家表达观点，香港大学教授文化遗产课的昆汀·帕克（Quentin Parker）教授表示，越来越多的国家开始遣返文物，尤其是返还给中国。近些年来，中国政府一直非常积极地追索从中国坟墓中盗取的文物，中国的政治实力使其在追索历史文物的过程中具有更大的影响力。这一返还行为中最重要的因素是政治实力。当博物馆等机构面临重大政治压力时，必须努力将文物归还。2018 年 11 月，法国便将一百多年前从西非国家抢夺的二十六件文物归还了贝宁共和国[①]。美国考古学院发行的《考古学杂志》也以"意大利返还中国文物"为题对这一事件进行了介绍。《艺术新闻报》（The Art Newspaper）[②]以"意大利和中国共同打击文物犯罪"为题，对中意双方借习近平总书记访问意大利的良好契机，继续加强依照两国政府间打击和预防文物非法贩运双边协定的合作进行了报道。

2019 年 4 月 10 日，这批流失海外多年的中国文物艺术品抵达北京，重回祖国怀抱。短短半个月后，4 月 24 日，由中华人民共和国文化和旅游部、国家文物局主办，中国国家博物馆承办的"归来——意大利返还中国流失文物展"在中国国家博物馆启幕。文化和旅游部部长雒树刚

---

① 朱莉娅·霍林斯沃思（Julia Hollingsworth）：《意大利返还中国数百件文物》，美国有线电视新闻网，2019 年 3 月 27 日，https://edition.cnn.com/style/article/italy–china–cultural–relics–intl/index.html，2021 年 4 月 6 日查阅。

② 《艺术新闻报》：每月印刷、每日在线更新的出版物，成立于 1990 年，总部位于伦敦和纽约。它涵盖视觉艺术的新闻，它们受到国际政治和经济、法律、税收、艺术市场、环境和官方文化政策的影响。

在致辞中说："此次文物返还，是中国流失文物追索返还工作中历时最长的案例，也是近二十年来最大规模的中国流失文物回归。七百九十六件中国文物艺术品的回归，根源于中意两国人民对人类文化遗产始终不渝的热爱，得益于中意两国久久为功的双边机制建设，既书写了丝绸之路文明交流互鉴浓墨重彩的华章，更树立了两国文化遗产保护合作的里程碑。"意大利驻华大使谢国谊（Ettore Sequi）表示很高兴看到这个展览在"一带一路"论坛前夕开展，新文化丝路正在结出硕果。意大利和中国都是拥有最多联合国教科文组织世界遗产的国家，两国都是重要的文化大国，这次文物返还将会给其他国家做出一个示范。中国国家博物馆王春法馆长在接受采访时说，这七百九十六件文物是在习近平主席的亲切关怀下得以返回祖国并在中国国家博物馆展出的。中国国家博物馆坚决贯彻落实习近平主席重要指示精神，安排最精干的策展团队和最有经验的制作高手，精心设计，创新展陈，全力展示好这些万里归乡的珍贵文物。这批"回家"文物历史跨度长、器物种类多、保存状况良好，具有较高的历史、文化和科学价值。从回归到展出，中意两国共同树立

"回归之路——新中国成立七十周年流失文物回归成果展"上的意大利返还文物

了通过合作追索返还文物的新范例，携手开启两大文明古国的文明互鉴新篇章。

在联合国教科文组织等国际组织的积极倡导与协调下，各国日益认识到：理解文物的价值必须结合其起源、历史和传统背景，认识到尊重本国及其他所有国家的文化遗产是维护传承人类文明的道义责任，促使流失文物返还原属国已成为国际社会的普遍共识。近些年来，世界各国在普遍认同并积极签订"1970年公约"和"1995年公约"的基础上，进一步开展深层次合作，陆续签订促进流失文物顺利返还的双边、多边协定和谅解备忘录。中国已先后与二十多个国家签订防止盗窃、盗掘和非法进出境文物的双边协定，负责防止盗窃、盗掘和非法进出境文物合作事务的具体工作。这也为中国与其他国家日后合作打击文物非法贩运和流失文物追索返还奠定了坚实的基础。

此次返还是中意两国根据国际公约和两国政府间打击和预防文物非法贩运双边协定开展的首次成功实务合作，不仅是两国文化遗产合作历程中的重要里程碑，更为国际合作开展流失文物追索返还提供了新的典型案例。中国政府对流失文物追索返还工作的重视，既表明对本国文化遗产负责任的态度，也展现了捍卫国家尊严、民族精神和人民福祉的决心。

# 第二十九章

# 曾伯克父青铜组器：

## 闪烁穿越历史时空的炫目光彩

　　2019 年，在海外流失文物的追索工作中，最为引人瞩目、可圈可点的事件当属国家一级文物——曾伯克父青铜组器的光速回归。它既展现了新时代中国政府部门，包括国家文物局、公安部、外交部等为了祖国的尊严和民族的利益，同心同德、精诚合作所创造的中国速度；也塑造了一个严格遵守国际公约，依法通过外交斡旋和协商的方式追索流落他乡珍贵文物，勇于担当的中国形象；更凸显了凭借强大的国家实力拥有不同以往的国际话语权的中国力量。这批文物在庆祝中华人民共和国成立七十周年华诞前夕顺利回归，并在国家博物馆举办的"回归之路——新中国成立七十周年流失文物回归成果展"中首次与广大民众见面，不仅加深了民众对中华五千年灿若星河的伟大文明的直观感受，也进一步增强了国人的民族自豪感和自信心。

　　在回归过程中，这批青铜组器获得了国家文物局的持续关注，为了彻底搞清楚这批文物的来历和价值，国家文物局主要开展了三次曾伯克父青铜组器的鉴定研究工作。众多专家一致认为，这批春秋早期曾伯克父青铜组器具有很高的价值：不但对此前的曾国墓葬考古发现有着重要

春秋早期·曾伯克父青铜组器（湖北省博物馆藏）

的补充印证作用，也对研究曾国宗法世系、礼乐制度具有重要价值，更
对青铜器的断代与铸造工艺具有重要的学术价值。曾伯克父青铜组器为
春秋时期曾国高等级贵族克父所铸，一组六大类八件，包括一鼎、一
簋、一甗、一霝、两盨、两壶。整组青铜器被定为国家一级文物。其
中，曾伯克父鼎，通高二十八点九厘米，口径二十四点五厘米。此鼎形
制为半球腹蹄足鼎，是春秋初年常见的器型。口沿下饰一周重环纹，腹
中部有一周凸弦纹。内壁铸铭文四十六字，记伯克父甘娄立有战功，受
赐铜材，铸造此鼎用于祭奠先父。曾伯克父簋通高二十六厘米，口径
十八点五厘米。曾伯克父甗通高三十五厘米，口径十三厘米、腹径三十
厘米。曾伯克父霝通高四十二点五厘米，口径三十二厘米。曾伯克父盨
长三十三厘米，宽十九厘米，高十九厘米。曾伯克父壶通高三十三厘
米。曾伯克父青铜组器品类丰富，保存完整，从形制、铭文、纹饰、铸
造等方面均体现出典型的春秋早期青铜器的时代风格。除了上述考古、

学术研究价值外，这批青铜组器的重要价值还有两方面：一是铭文众多，每件青铜器均有铭文，一共多达三百三十字，其中簋器、盖对铭共一百字，壶每件器、盖对铭共四十八字。铭文字形笔画圆滑，字体遒劲饱满，布局错落有致。每器均有自名，蕴含着丰富的历史信息。二是铸造工艺极为精致，通过 X 光成相技术可以看出，所有青铜器都为范铸成型，鼎、甗耳部为直接铸造，簋、盨、壶等则先铸出器身，同时耳部铸造出铜榫，然后再安装器耳活块范，铸造器耳，体现了我国古代高超的青铜器铸造工艺。

　　这样一批国之重器、国之瑰宝为何会流落海外？它们是如何被发现的？它们又经历了怎样的波折才返回祖国？未来如何避免此类事件再次发生？这些问题都在国宝回归之际萦绕在人们脑海挥之不去。2019年年初，曾伯克父青铜组器悄然出现在日本东京中央拍卖公司（Tokyo Chuo Auction）的拍卖图录上，拍品编号为〇一四〇，拍品估价为八千万至一亿两千万日元（约合四百八十万至七百二十万人民币），拍品附注：附萧振瀛与柯莘农往来书信，拍卖时间定于 3 月 12 日晚上七时。这一信息被武汉大学历史学院教授、青铜研究专家张昌平敏锐地捕捉到了。

他和几位文物专家进一步发现，这组青铜组器通体呈蓝锈，与近年来湖北随州等地出土的曾国青铜器铜锈颜色基本一致，所以，他们大胆推断这组青铜器很可能是非法走私出境的。东京中央拍卖公司对此拒不承认，并提供了一封所谓民国时期的书信，即附注中提到的那封，试图证明其为民国旧藏。3 月 3 日，国家文物局接到举报，日本某拍卖公司拟于近期拍卖的曾伯克父青铜组器疑为中国非法流失文物。接报当日，文物局就开展了相关调查研究工作，仅用了三

《东京中央拍卖图录》书影（2019 年 3 月）

春秋早期·曾伯克父鼎（湖北省博物馆藏）　　曾伯克父鼎铭文拓片

天，便获取了这批文物近年来被盗出土并非法出境的线索和依据；同时明确拍卖公司用以证明文物民国流传经历的信件内容是伪造的。通过鉴定研究，发现该批青铜组器的器型、纹饰、铭文符合春秋早期青铜器的典型特征，铭文显示器主为"曾伯克父甘娄"，其锈色呈"新锈"状，缺少流传的历史痕迹；经过和同时期考古发掘资料比对，虽然未能确定准确的出土地点，但是基本认定该批青铜组器应为湖北随枣一带曾国高等级贵族墓葬被盗的出土文物。

据查证，这批青铜组器2014年曾在上海现身。但全国二十一家文物进出境审核管理处均表示未办理过该批青铜组器的临时出入境手续，这为该批青铜组器定性为2014年之后被非法出口至日本提供了强有力的证据支持。调查结果显示，曾伯克父青铜组器应为我国近期被盗掘并走私出境的珍贵文物。3月6日，该批青铜组器追索工作在国家文物局的大力推动下正式启动。鉴于曾伯克父青铜组器为非法出口文物的证据确凿无疑，但是被盗掘和走私文物的涉案证据尚待公安部门侦查后进一步完善，国家文物局和公安部分别牵头开展外交协商和刑事侦查两方面的工作，并根据工作进展相互配合推进下一步工作。公安部刑事侦查局对此事高度重视，立即要求湖北、上海两地公安部门开展相关案件的调

春秋早期·曾伯克父簋（湖北省博物馆藏）

曾伯克父簋盖、器内铭文拓片

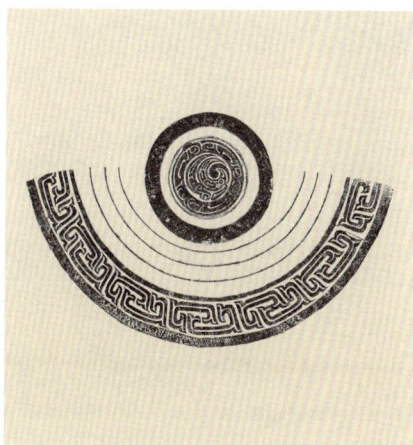

曾伯克父簋盖片纹饰拓片

春秋早期 · 曾伯克父罍（湖北省博物馆藏）

查取证工作。上海公安迅速反应，于3月8日查明了文物持有人情况、文物走私证据链条等关键信息，认定委托拍卖人和实际持有人周某涉嫌重大犯罪，并正式立案调查。3月9日，国家文物局向日本驻华使馆通报流失文物信息，提交曾伯克父青铜组器是非法出口的中国文物，并涉嫌为被盗掘走私文物的相关证据，依据

曾伯克父簠铭文拓片

中日两国先后于1989年和2002年共同加入的联合国教科文组织《关于禁止和防止非法进出口文化财产和非法转让其所有权的方法的公约》的规定，提请日方采取一切必要措施开展相关工作，协助中方妥善解决该批青铜组器的返还问题。在外交努力与刑事侦查合力推动下，日本拍卖机构公开声明中止文物拍卖。

首战告捷后，国家文物局与日本驻华使馆保持密切沟通，多次重申依法追索文物的坚定立场，反复磋商流失文物返还的具体方式，日方予以高度重视与积极协助。应国家文物局要求，中国驻日本使馆、日本外务省在东京共同会见拍卖公司负责人，说服其配合中日两国政府对文物进行控制，防止文物再次流失。直至此时，身在日本的周某仍然坚持认为青铜器是在日本购买的，有合法来源。为了防止文物被拍卖和确保文物追索工作取得圆满结局，公安部刑侦局组织指挥上海市公安机关在全面细致的调查基础上，积极通过各种途径和措施规劝持有人上缴文物并主动投案。文物持有人周某最初在侥幸心理的作祟下迟迟不愿上交，经过文物部门和公安机关多方施加压力，于几个月后（即7月）才同意将该组青铜器无条件上交国家并配合公安机关调查。8月20日上午，国家文物局、公安部派出联合工作组。在我驻日本使馆和日本外务省代表的见证下，拍卖公司将曾伯克父青铜组器送交中国驻日本使馆，完成曾

春秋早期·曾伯克父盨（湖北省博物馆藏）

曾伯克父盨器内铭文拓片

伯克父青铜组器的实物鉴定与接收工作。国家文物局在中国驻日本使馆全力支持下，以最快速度完成文物从日本出境的手续，并于 8 月 23 日携运文物星夜抵京，8 月 24 日凌晨安全入库。

曾伯克父青铜组器，是我国近年来在国际文物市场成功制止非法交易、实施跨国追索的价值最高的一批文物。文物的成功回归，是文物部门与公安机关、驻外使馆通力协作，选取最优追索工作方案共同努力的结果。此次，国家文物局和公安部联合追索曾伯克父青铜组器是两部门联合开展打击文物犯罪专项行动的重要成果之一。这也从侧面反映了开展被盗流失海外文物的追缴工作，不是单独一个部门就能顺利完成的，需要各个不同部门之间的密切配合：既要依靠文物部门对文物进行准确而详细的信息调查、分析与整理，也要依靠公安机关的重要职能，为追缴被盗流失文物的追缴工作提供法律保障和有力支持。另外，普通公民也有义务在开展文物交易、收藏、进出境等活动时，严格遵守国家现行法律，从自身做起，坚决杜绝违法行为，自觉维护国家尊严和法律尊严。

此次曾伯克父青铜组器成功追索，也体现了有效运用国际通行的法律的重要性。文物追索最主要的国际法依据就是联合国教科文组织1970年《关于禁止和防止非法进出口文化财产和非法转让其所有权的方法的公约》（简称"1970年公约"）。国家文物局副局长关强介绍，"1970年公约"是规范和平时期文物进出口和跨境流转行为的国际公约，对于打击文物非法贩运、支持文物原属国追索非法流失文物、促进流失文物追索返还的国际合作、提高各国民众的文化主权与文物保护意识起到了深远而积极的影响，被称为"文化财产国际立法之里程碑"。根据国际公约规定和原则精神，各缔约国负有完善国内立法和执法机制、积极开展双边合作、促进流失文物回归原属国的公约义务与国家责任。中国于1989年加入该公约，并在国际公约框架下，与二十三个国家签署了打击文物非法贩运、促进流失文物返还的双边条例。多年来，

春秋早期·曾伯克父甗（湖北省博物馆藏）

曾伯克父甗铭文拓片

春秋早期·曾伯克父壶（湖北省博物馆藏）

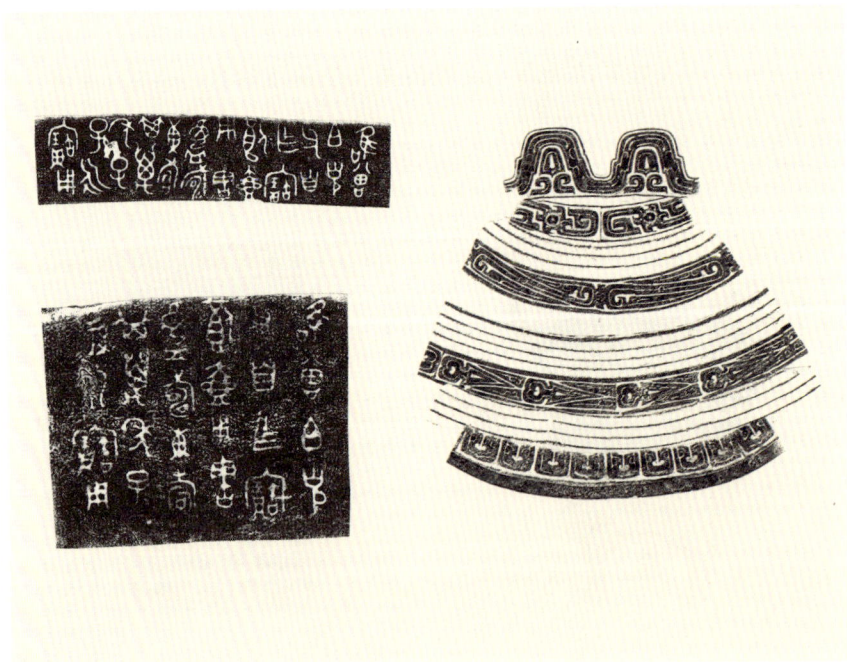

曾伯克父壶盖、器口沿铭文及纹饰拓片

国家文物局一直积极履行相关公约义务，推动流失文物追索返还领域的法制建设。

在中国国内，2002年颁布的《中华人民共和国文物保护法》设置了文物进出境、文物市场管理两大专章，不断制定出台相关配套文件，加强对中国文物进出境和文物市场的监管力度。第六章"文物进出境"第六十条规定：国有文物、非国有文物中的珍贵文物和国家规定禁止出境的其他文物，不得出境；第六十一条规定：文物出境，应当经国务院文物行政部门指定的文物进出境审核机构审核。除此以外，《中华人民共和国文物保护法实施条例》《文物进出境审核管理办法》等均对文物进出境做出了明确规定。我们在全国设置了二十一家文物进出境审核机构，依据《文物出境审核标准》对所有出境文物开展严格审核，防止珍贵文物流失境外；实施文物拍卖标的审核制度、文物购销标的审核备案制度，防止盗窃、盗掘、走私文物进入国内流通领域。同时，国家文物局于2018年正式公布"外国被盗文物数据库"，也是为了切实履行国际公约义务，防止外国被盗文物进境流通。正是基于中国施行了严格完善的文物进出境监管制度，并经查核该组文物未取得文物出境许可，因此可以依法做出该批青铜组器为非法出口文物的定性，启动这次曾伯克父青铜组器追索工作。

日本于2002年加入"1970年公约"，同时日本国内也颁布实施了旨在实施"1970年公约"的《文化财产非法进出口控制法》，该法与日本《对外交往与外国贸易法》《关税法》《古物营业法》等法律一起，构建了日本政府文物流通管控的法律体系。配合中方开展曾伯克父青铜组器追索工作，既是日方履行国际公约义务的要求，也是日方执行其国内法律制度的体现。

近年来，将被盗文物走私出境寻找买家，或走私出境拍卖"洗白"再回流中国进入市场的情况屡见不鲜，甚至成为一种趋势。公安部已将打击走私文物犯罪列为打击文物犯罪工作重点之一，并提出不仅要破案件、打团伙、抓逃犯，还要坚决追缴涉案文物，对文物犯罪实施全链条打击，从而为保护国家文物安全、守护中华民族根脉做出更大贡献。

此次曾伯克父青铜组器回归，既是我国依据国际公约，在日本政府的配合协助下实现的，为国际流失文物追索返还领域贡献了新的实践案例；也是我国多个部门，包括文物、公安和外交等部门密切配合，群策群力，加大力度共同打击文物走私犯罪的优秀典范。曾伯克父青铜组器的极速回归，为庆祝中华人民共和国成立七十周年献上了一份无比珍贵的厚礼。随着我国综合国力的日益提高，我国的国际地位也在稳步提高，国际影响力不断扩大，这是中国人民用自己的百年奋斗赢得的尊重。只有国家和民族强大起来，才会有越来越多的文物重新回到祖国的怀抱。2020 年 9 月 12 日，"华章重现——曾世家文物特展"（第一期）在湖北省博物馆开幕，这是湖北省博物馆恢复开馆以来举办的第一个线下特展。曾国遗址近十年来出土文物精品的首次大规模展出，也是

"回归之路——新中国成立七十周年流失文物回归成果展"上的曾伯克父青铜组器

2019 年从日本成功追索回国的曾伯克父青铜器群首次在京外展出；更是国家文物局助力湖北疫后重振、支持湖北文物工作的重要举措；同时是湖北省博物馆开放后的第一个大型文物特展，是发挥文旅行业带动作用，放大文旅业消费效能，助力疫后重振和经济复苏的具体举措。在第一期展览重磅推出后，参观观众络绎不绝，叫好声不绝于耳。经过对展览进行全方位的提升，2021 年 2 月 3 日，"华章重现——曾世家文物特展"（第二期）盛大启幕。此次展览不论是在展品的数量上还是在展览的规模上，抑或是在展品的档次上都较第一期有了显著提升。展览既凸显了青铜器近年来在湖北重大考古发现中独领风骚的重要地位，也展现了我国政府 2019 年从日本追索曾伯克父青铜组器的雄浑魄力。这八件青铜器每件都精美绝伦，而且保存完好，即使隔着玻璃，人们也能感受到它们穿越历史的时空所散发出来的炫目光彩和中华文化的深厚积淀。

# 第三十章

## 合浦珠还：
黄浦江畔跨越国界的慷慨义捐

中华民族的历史源远流长，中华儿女的身影遍布全世界，不论离开故土多久，依然是炎黄子孙的血脉，对故土永远怀有无法割舍的情结。1949 年，中华人民共和国成立，尤其改革开放后，我国经济飞速发展，综合国力日益增强，人民生活水平日益提高。这一切离不开所有中华儿女的努力，身处世界各地的华人华侨、港澳台同胞更是心系祖国，奋勇向前，出资出力，为祖国建设添砖加瓦。在文化领域，独树一帜的上海博物馆接受了海外华人华侨、港澳同胞捐赠的数量巨大、种类繁多、自成体系、价值不菲的多批珍贵文物。这些文物在入藏上海博物馆后得到精心保护，并在多个主题的展览中崭露头角，甚至独立成展；它们增加了上海博物馆的馆藏数量，同时也为广大观众奉献了一场场文化盛宴。私人捐赠的藏品中许多品质上乘，令人叹为观止。1996 年，美籍华人许馥夫人许张继英捐赠明清文人扇面十件；1998 年，香港实业家庄贵仑捐赠明清家具，并在上海博物馆四楼单设一明清家具馆展出；2000年，菲律宾华人庄万里后人秉承父亲遗志捐赠庄氏两涂轩珍藏书画二百三十二件；2003 年 10 月 23 日，旅加收藏家杜月笙之子杜维善将

清·象牙雕七层宝塔（上海博物馆藏）

商晚期·云雷纹卣（上海博物馆藏）　　　　春秋晚期·卷龙纹鼎（上海博物馆藏）

其珍藏的丝绸之路周边国家钱币一千五百余枚悉数捐赠；2003年11月24日，香港知名演员冯琳、美籍华人冯佳琳及其丈夫将《幽窄雪鸿》八段书画捐出；2004年2月14日，香港张永珍博士将在香港苏富比拍卖会上以四千一百五十万港币拍得的清代雍正官窑粉彩蝠桃纹橄榄瓶无偿捐赠；2015年5月29日，瑞士华裔收藏家仇大雄先生捐赠珍贵明清犀角杯；2016年6月12日，美国华裔收藏家范季融、胡盈莹夫妇捐赠甘肃秦公墓、山西晋侯墓青铜器九件；2019年1月24日，翁同龢后人翁以钧携夫人柳至善代表翁万戈先生捐赠翁氏家族重要家藏——明代画家沈周的《临戴进谢安东山图》和清代画家王原祁的《杜甫诗意图轴》。

华夏儿女的捐赠义举令人钦佩，世人也认为这是实至名归，理所当然。然而，有一位西方人也向上海博物馆捐赠了大量文物。人们略感诧异的同时，也对这位热爱中国文化、亲近中国人民的西方朋友体现出的国际情谊赞不绝口。倪汉克（Henk B. Nieuwenhuys）先生既是一位成功的荷兰商人，也是一位热爱中国艺术的收藏家，而且这份收藏热情在其家族中已经延续了三代。上海博物馆是一座世界知名的大型中国古代艺术博物馆，其收藏、研究、展览以中国古代的艺术品为重点，馆藏文物一百余万件，其中珍贵文物十四万余件。"有缘千里来相会"或许正是这位荷兰收藏家与上海博物馆因文物结缘的真实写照。

倪汉克先生生于荷兰阿登豪特，在比利时和加拿大先后经营商业地产调查，2008年起担任"高纬环球"上海分公司执行顾问。他的外祖父本范希斯是一位银行家，于20世纪20年代末开始收藏包括中国贸易瓷在内的艺术品。倪汉克的父亲也是一位热衷于收藏中国瓷器的收藏家。贸易瓷，也称"外销瓷"，是指古代中国生产的销往国外的陶瓷，也有学者用"输出瓷器"一词来对其定名。明末清初，大量中国瓷器通过海上贸易进入荷兰及欧洲大陆的诸多国家，它们是中国与欧洲早期经济贸易交往的实物见证，也是中华文化远播西方的友好使者。许多西方人都对中国的传统文化和艺术情有独钟。倪汉克家族便是这种陶瓷艺术的忠实粉丝，连续三代不辍地收藏与补充。1991年，倪汉克的父亲去世，倪汉克继承了全部的青花瓷藏品，也继承了这份收藏传统。之后，他继续扩充藏品，将祖辈们对中国艺术品的单纯喜爱升华为对中国传统文化的执着与痴迷。①

2008年，倪汉克先生将家族历经几十年收藏的九十七件中国明清青花瓷器（含一件日本伊万里烧彩绘瓷器）捐赠给上海博物馆。倪汉克之所以选择上海博物馆作为这批瓷器的归宿，一是因为他拥有深厚的中国情结，二是因为荷兰博物馆界的朋友的推荐。明清时期，中国瓷器的对外贸易规模日益扩大，在全世界的影响力也日渐增强。贸易瓷由中国出口到海外各个国家。明代中期开始，主要以西亚、东南亚等为贸易地区。明代晚期之后，数量众多的瓷器远销欧美，成为外国皇室、王公贵族和身份显赫之人的日用陈设和家庭用品。清代以后，中国瓷器的外销从种类、工艺到规模上都大到高峰，为中外经济文化交

---

① 郑周明，徐海艺："从荷兰到中国，文物'合浦还珠'见证文化互信"，《文学报》，2020年8月27日，第003版。

汉·雁首柄鐎斗（上海博物馆藏）　　　　　　汉·灰陶壶（上海博物馆藏）

流做出了突出的贡献，使中国这一陶瓷故乡的美誉名扬天下。这些贸易瓷（或称为外销瓷）在国外存量较大，但是在中国的博物馆却鲜有收藏。倪汉克先生捐赠这批贸易瓷也是希望它们能够在中国的博物馆发挥更大的作用，让更多中国人了解一段中国瓷器远销海外并成为与当地人民友谊象征的历史。在这批景德镇烧造的青花瓷器中，除了四件是明代瓷器外，绝大部分是康熙时期的贸易瓷。它们不仅极大地丰富了上海博物馆的瓷器馆藏，也促进了中国古代贸易瓷的科研工作。为了彰显倪汉克先生大公无私捐赠的崇高精神，也为了进一步宣传，向广大观众和瓷器爱好者介绍明清、尤其是康熙时期贸易瓷的特征和面貌，2009年10月20日至12月20日，上海博物馆举办了"海帆留影：荷兰倪汉克捐赠明清贸易瓷展"，并同时出版了印刷精美的图录，以飨观众。谈及捐赠初衷时，倪汉克表示："这批藏品体现了古代中国匠人的独特技艺，又演示了欧洲人如何在家陈列中国宝贝的实景，与其把它们出售或者分给孩子，不如把它们作为一个整体保存，方便后来人观赏。"作为对倪汉克先生向中国人民表达的深情厚谊的回馈，2011年，上海博物馆在倪汉克的家乡荷兰海牙市立博物馆举办了一场主题为"中国明清官窑瓷器展"的特别展览，进一步加深了两国人民

之间的友好情谊。荷兰当地主流媒体 NRC<sup>①</sup> 对倪汉克先生进行了专题报道，其中一篇文章以"这是我对社会做出的一份贡献"为题高度赞扬了倪汉克先生为中荷两国友谊做出的杰出贡献。<sup>②</sup>2013 年，我国提出"一带一路"倡议，对于贸易瓷的研究迅速成为博物馆界和学术界的研究热点和焦点，全国各地与外销瓷相关的研讨会和展览层出不穷，大放异彩，而倪汉克先生捐赠的这批瓷器正可以为新一轮的科研工作提供实物素材。

捐赠这批青花瓷器后，倪汉克先生迷上了中国古代青铜器和汉代陶器，开始从各大艺术品博览会拍卖行和古董商那里收购。他发现，其中有部分藏品的来源可能尚待研究。而且矢志不渝地认为，应该把这些文物归还给它们的祖国才是正确的做法。他认为，上海博物馆是中国最有序运营的博物馆之一，所以选择它作为捐赠对象也顺理成章。<sup>③</sup>倪汉克先生的捐赠义举不仅感动了上海博物馆，同时也赢得了中国政府的褒奖。2012 年和 2014 年，他先后两次获得上海市人民政府颁发的"上海市白玉兰奖"。2019 年，又被授予"外国人永久居留身份证"，成为上海市首位因捐赠文物获得中国永久居留资格的外国人士。

2018 年和 2019 年，倪汉克先生又先后两次捐赠了两批珍贵的中国文物，种类涉及青铜器、陶瓷和牙雕等文物精品共计五十四件。为了感谢倪汉克先生慷慨的捐赠义举，上海博物馆于 2020 年 8 月 7 日至 10月 18 日专门举办了"荷浦珠还——荷兰倪汉克新近捐赠文物"的展览，并同时出版了精美图录。倪汉克先生在展览开幕式现场也积极表示："现在我把我的藏品托付给上海博物馆，相信上博一定能好好地照顾、保存这些非凡的器物，并让大众得以体验欣赏的乐趣。"

---

① 《NRC 晚报》，是 NRC 传媒集团在荷兰出版的每日晚报。它是荷兰家喻户晓的一份报纸。
② 迪尔克·林堡（Dirk Limburg）：《这是我对社会做出的一份贡献》，《NRC 晚报》，2011 年 4 月16 日。
③ 上海博物馆：《荷浦珠还——荷兰倪汉克新近捐赠文物》，上海书画出版社，2020 年 7 月。

倪汉克捐赠的这批文物中的一大亮点是一座清代象牙雕七层宝塔，高六十四厘米，底径十六厘米，重两千三百八十克。宝塔取材于亚洲象牙，共七层，呈六边形；塔尖雕刻一葫芦，底座为雕花围栏。塔身与塔座既是分为两部分的独立个体，也可以合二为一成为一个全新的完整宝塔。七层塔中每层设置佛像一尊，檐脊各坠一风铃，每层六个，七层共计四十二个。整座塔采用镂刻、圆雕、拼镶等多种牙雕工艺技法，雕刻细致入微、一丝不苟，打磨圆滑，造型典雅，比例匀称，高耸挺拔。这座象牙雕七层宝塔因其造型特别狭长，被单独置于一楼大厅展柜内。宝塔具有晚清时期南派牙雕的典型风格和时代特征，代表了当时较高的工艺水平。

除此之外，还有几件珍品不得不提。

云雷纹卣，商晚期，高二十五点二厘米，口横十二点八厘米，重三千四百九十九克。呈扁椭圆形，长直口，腹部向下垂，腹部偏上两端有两个半环形钮，套一绳状提梁，底部圈足外撇。盖面平缓，中心有一菌状捉手。器身上部装饰一圈云雷纹，中间以凸起的扉棱分隔开，器身

东汉·绿釉陶望楼（上海博物馆藏）

南宋晚期至元代早期·景德镇窑清白釉堆塑瓶（上海博物馆藏）

正面和背面各有一条扉棱。云雷纹上下分别饰有圆圈纹。

卷龙纹鼎，春秋晚期，高二十八点二厘米，口径二十八厘米，重八千五百五十九克，呈半球形，双耳略微外撇，三足为蹄形足。鼎盖略平缓，盖上均匀分布三个环形钮。鼎盖、鼎耳与鼎身满饰卷龙纹，器腹中部一道凸起陶纹，将器身纹饰分为上下两部分，上面为三行卷龙纹，下面为两行卷龙纹，纹饰纵横交错，令人目不暇接，体现了当时的高超技艺和艺术之美。

雁首柄鐎斗，汉代，高二十二点四厘米，口径十六厘米，重一千八百一十克，鐎斗整体造型取自大雁，前伸的雁首形成的颈部曲折弧度恰好可作为抓取的把柄，器身呈锅形，半圆形尾部配以套环，连接锅盖，开合自如。三足作蹄足状，符合几何学原理，利于稳定器身。该器物体现了汉人将生活用品的实用性和美观性完美结合的特点。

灰陶壶，汉代，高四十二点一厘米，口径十九点三厘米，足径十九点二厘米，灰陶陶胎，质地坚硬。盘口、长束颈、圆腹、高圈足。颈部饰蕉叶纹。腹部上下两段均为狩猎纹，中间以凸起的宽弦纹分隔开来。两侧对贴铺首。纹饰的装饰技法为印花装饰。

绿釉陶望楼，东汉，通高一百二十六厘米，红褐色胎，胎质粗糙，表面施以绿釉。望楼分为三层，每层既可拆分，又可组合。底层有一长方形院落。院门悬山顶，门下一佣，身后院落中两佣，三佣呈三角形排列，皆为踞坐。二、三层平座，四面隐作望柱及卧棂栏杆，正面贴塑两个斜方格窗，二层四面上部贴塑斜方格窗，下部开长方形门，三层除后面外，三面皆上部贴塑斜方格窗，下部开长方形门。四隅转角处皆有腰撑。二层正面立四佣，双手扶栏远眺。三层正面左角立一佣扶栏远眺，右面一佣作趴卧状。

展览中，一对南宋晚期至元代早期的景德镇窑清白釉堆塑瓶也颇为引人注意。瓶通高坝十九点三厘米，口径九点一厘米，足径十二点一厘米，红褐色胎，胎质粗糙。通体施青白釉，釉面光洁。下部近足处及足部、器盖口沿处及内部未施釉。瓶身直口，方唇，口下呈钵形外鼓，钵

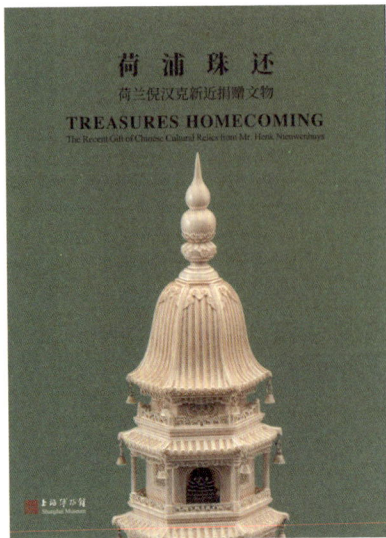

《荷浦珠还——荷兰倪汉克新近捐赠文物》书影

腹外塑一周荷叶纹。瓶身颈部斜长，分三层纹饰，上层贴塑朱雀及祥云，一轮明日祥云承托垂直于瓶身贴塑在侧；中层贴塑盘龙、猛虎及祥云；下层贴塑朱雀、玄武、马、鹿、鸡、犬、文武俑。肩部有一圈环瓶凸棱，上立贴塑十二立俑及一伏听俑。

"合浦珠还"一词取自《后汉书·孟尝传》，讲述了这样一个故事：靠近合浦的海里原来盛产珍珠，由于太守贪财过度榨取，珍珠迁到了别处；后来孟尝做太守时革除弊政，珍珠又回到了合浦。后来该词用以比喻物品的失而复得和人的去而复返。此次展览借用这个寓意深刻的成语，正是对倪汉克先生助力中华珍宝回归到上海这座明珠般的城市的恰如其分的比喻。

第三十一章

# 圆明园七兽首：

牵动民族情感的海外漂泊

一百六十多年前，在第二次鸦片战争中，随着英法联军利用坚船利炮轰开中国的大门，占领北京城，被称为"万园之园"的中国清代皇家园林圆明园惨遭蹂躏。这座坐落于北京西郊，历经康熙、雍正、乾隆、嘉庆、道光五朝帝王一百五十多年才建成的皇家园林，山水环绕，风景旖旎，盛景不胜枚举。园内最大的一处体现中西文化交融、中西合璧的建筑群就是长春园内的海晏堂，其正面中门外是一个大型喷泉池，左右两侧各有石梯环绕；南北两侧分列十二个石台，台上坐着富含中国元素的代表十二时辰的十二生肖像，南侧分别为子鼠、寅虎、辰龙、午马、申猴、戌狗，北侧分别为丑牛、卯兔、巳蛇、未羊、酉鸡、亥猪。大半生居住在中国的意大利画家郎世宁正是圆明园中的十二生肖水法[①]，也就是著名的水力钟的设计者，他对中西文化的理解使得这座水法兼顾东西方建筑与文化之精髓，令人叹为观止。据说，这座水法的喷水工作是

---

① 水法：北京圆明园中西洋楼景区中的人工喷泉，时称"水法"，特点是数量多、气势大、构思奇特。

圆明园海晏堂铜版画

被焚毁后的圆明园海晏堂

清·圆明园猴首（保利艺术博物馆藏，中国共产党历史展览馆供图）

由分别代表每个时辰的十二生肖完成的，每到一个时辰，代表这个时辰的动物铜像就会从口中喷出水来；正午十二时，十二生肖像则同步喷水，气势宏大，蔚为壮观。

当年，圆明园中的西洋楼工程全部竣工时，曾吸引了大批宫女和太监。这些会喷水的兽首人身的铜像神态表情各不相同，铜像中连接着喷水管，每隔一定的时辰，便有不同的生肖头像开始喷水。可令人颇感意外的是，喷泉建成后仅三年，乾隆帝就下令将提水机废弃，改为人工打水。他虽然对西方的新奇玩意儿颇感兴趣，但始终觉得那些只是雕虫小技，容易使人玩物丧志。尽管如此，海晏堂和南北十二石台上的十二生肖像一直完好地保存着。1860 年，英法侵略军攻占了圆明园，园中大量珍宝或被焚毁，或被劫掠到海外，其中就包括海晏堂前的十二生肖铜像。由于十二生肖铜像体型巨大，不便携带，野蛮的侵略者就将十二生肖的头部一个个生生地锯断劫掠西去。此后的一百多年里，这些兽首杳无音信。

直到 1985 年，在美国加利福尼亚州的一座私人花园，一个中年男

清·圆明园虎首（保利艺术博物馆藏，中国共产党历史展览馆供图）

人连续几天都盯着花园水池旁的一个虎首和一个马首的铜像，一站就是大半天，不忍离去。终于，他敲开了花园主人的大门，表达了自己对花园中那两个兽首铜像的喜爱之情，希望主人能够割爱。主人将其邀请进屋后，他竟然在不经意间又发现了主人浴室中用于挂浴巾的一个牛首的铜像。索性，他便提出了欲购买三个兽首铜像的请求。花园的主人对这个不速之客的来访颇感意外，对其提出的要求一头雾水，但是面对如此诚恳的请求只好应允下来，最终以每尊一千五百美元的低价出手了这三件兽首铜像。他并不知道，这个中年男人其实是美国一家古董店的老板，他经过几日的反复观察发现，这三个铜像不仅是货真价实的古董，而且来自地球那一端的中国。它们正是一百多年前中国的皇家园林——圆明园中赫赫有名的十二生肖铜兽首。这个美国商人竟然在一次随意的闲逛中就慧眼如炬地发现了牛、虎、马三个铜兽首。

继而，从 1987 年到 1989 年，这三件圆明园兽首铜像相继出现在纽约和伦敦的拍卖会上，全部成功拍卖，拍得兽首的是一个中国人——原中国台湾寒舍集团的董事长蔡辰洋。自从当年圆明园十二生肖兽首一露面，国人又重新关注起这批颇具历史意义的文物，纷纷积极打听它们的下落。其中，位于中国北京的保利艺术博物馆誓要找到这些头像。然而，当保利艺术博物馆的工作人员找到蔡辰洋时，他早就将它们转让给了台湾的其他收藏家。原本刚刚燃起的希望之火又在瞬间熄灭了。大家再次陷入等待之中。

2000 年 4 月，突然从香港传来一条惊人的消息：两名收藏了十二生肖兽首的收藏家打算在佳士得和苏富比拍卖会上拍卖牛首和虎首。据传，沉寂已久的猴首也将在佳士得拍卖会上出现，同时上拍的圆明园流失文物还包括清乾隆款酱地描金描银粉彩镂空花果纹六方套瓶。这样一来，1860 年英法联军掠夺出境的四件圆明园文物即将被佳士得和苏富比拍卖行公开拍卖的消息不胫而走，中国社会各界反响强烈，纷纷表达了对两家国际拍卖行的不满和愤怒之情。2000 年 4 月 20 日，中国国家文物局正式致函香港苏富比和佳士得拍卖行，要求他们停止公开拍卖这些被掠夺的中国圆明园文物。国家文物局官员在新闻发布会上指出，这些文物在法律上的性质是战争期间被掠夺的文物，关于这一类文物的归还，联合国教科文组织于 1995 年提出了一个现代国际法原则：任何因战争原因而被掠夺或丢失的文物都应归还，没有任何时间限制。1996年，中国政府签署了《国际统一私法协会关于文物被盗或者非法出口文物的公约》（Convention on Stolen or Illegally Exported Cultural Objects）[①]，郑重声明：中国保留对历史上被非法掠夺文物的追索权利。然而，两家拍卖行对中国政府的声明置若罔闻，毅然决定如期举行拍卖。香港市民反映最为强烈，认为这些文物见证了中国屈辱的历史，拍卖行的行为损害了中国人民的尊严。他们在拍卖行门前举行抗议活动，希望特区政府果断出击，通过司法程序收回相关文物。法律界人士认为，只要在拍卖前能够提供有效证明，证明文物的归属权属于中国就可以阻止拍卖。

最终，在各方努力均告失败的不利形势下，拍卖会如期举行，香港一时间成为万众瞩目的焦点。4 月 30 日下午，佳士得拍卖行首先开拍猴首，起拍价是二百万港币。场内气氛热烈，买家举牌频繁，你争我夺。一位留着平头的男士格外引人注意，他坚毅的目光透露出志在必得的决心，每次加价都在二三十万元，令在场的其他买家惊叹不已。他就是来自中国北京的保利集团代表易苏昊。此起彼伏的叫价声持续了一段时间后，大部分买家偃旗息鼓，场上仅剩易苏昊和一位着灰色套装的女子，后者由买家电话遥控叫价。两人决战到第二十五次出价时，易苏昊叫价七百四十万港币，对手终于败下阵来，不再回应。猴首的拍卖争夺得十分激烈，短短两分钟内，价格涨了两倍多，令人颇感

---

① 国际统一私法协会（UNIDROIT）是总部位于罗马阿尔多布兰迪尼别墅的一个政府间独立组织。其宗旨为研究更新、调节及协调国家与国家集团之间的私法，尤其是经济法的需求和方法。就国际合作方面，私法协会应教科文组织之邀，拟定 1995 年《关于被盗或非法出口文物的公约》，作为"1970 年公约"的补充文件。各国就归还被盗或非法出口文物做法达成一致，并允许由国家法院直接受理文物归还申诉。此外，《私法协公约》对所有被盗文物生效，不仅限于登记在册及已申报的文物，并规定必须归还所有文化财产。

意外。其后出场的牛首铜像也以二百万元起拍，首先应价的还是易苏昊，而对手也还是那位女士，通过电话遥控的买家一直死咬住不放。一分钟内叫价二十一次后，最终保利集团再度获胜，以七百万元将牛首收入囊中。会后，易苏昊也表示，参加竞投主要是因为这两件文物关乎中国人民的情结，使中国人想起了伤心往事，竞投国宝也是不希望国宝外流。

5月2日，继香港佳士得拍卖公司拍卖圆明园的两件文物后，苏富比拍卖行再度拍卖另两件圆明园文物。由于前两日的竞拍，世界目睹了中国人势如破竹的气势，随后的拍卖形势很可能难以把控，但保利集团已经做出不惜一切代价收回国宝的决定，誓要维护民族尊严。5月2日下午的拍卖中，虎首起拍底价为三百万港元，竞争态势从一开始就进入了白热化，七八分钟内共有三人参与叫价，此起彼伏叫价多达三十七次后才宣告尘埃落定，最终以一千四百万港币成交。三件兽首以总价两千八百四十万元结拍。其中，牛首七百万，猴首七百四十万，虎首一千四百万。三件圆明园十二生肖兽首在经历了百余年的海外漂泊后重

清·圆明园牛首（保利艺术博物馆藏，中国共产党历史展览馆供图）

归故里。易苏昊在拍卖会后对媒体表示，所有这些文物一定要拿回去留给我们的子孙后代，让他们勿忘国耻。他说，自己事先并无打算竞投国宝，但被场外香港市民对拍卖事件的愤慨抗议所感动，继而激发起民族情感，遂毅然决定竞投。他直言："我们不买，谁买！我们不拿回去，谁拿回去！"[①] 这就是一个中国企业家的民族情结和社会责任感。面对拍卖场上瞬息万变的竞拍形势，易苏昊始终坚定信心，用自己的实际行动践行了一位良心企业家的使命担当。如今，这些珍贵的铜兽首均被收藏在保利艺术博物馆。兽首表面的每一道伤痕都在向人们诉说着当年被外国侵略者野蛮劫掠、四处漂泊的过往。今昔强烈的对比怎能不让人感叹！

圆明园牛首、猴首、虎首通过拍卖方式回归祖国后，抢救国宝的脚步不曾停歇，中华抢救流失海外文物专项基金积极投身到新一轮寻找其他圆明园生肖兽首的战斗中。中华抢救流失海外文物专项基金由中华社

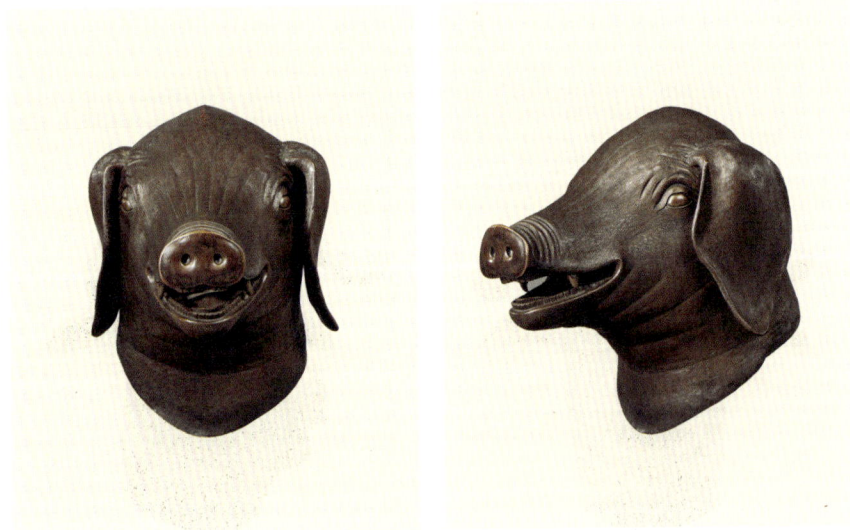

清·圆明园猪首（保利艺术博物馆藏，中国共产党历史展览馆供图）

---

① 张子成：《百年中国文物流失备忘录》，中国旅游出版社，2001，第32页。

会文化发展基金会与中国文博界专家学者、社会知名人士共同倡议组建，于2002年10月18日正式宣告成立，是中国国内第一个以抢救流失海外文物为宗旨的民间公益组织。自成立之日起，专项基金得到了社会各界，尤其是企业和媒体的拥护和支持，其第一个捐赠者就是中国保利集团公司。经过仔细梳理各种渠道获得的信息发现，猪首当年曾在美国纽约州立博物馆展出过。然而，当中华抢救流失海外文物基金的工作人员千里迢迢赶到地球的另一端却没有见到猪首。纽约州立博物馆的工作人员解释，猪首当时只是在这里借展，它的主人实则另有其人。多日的奔波所取得的成果竟然只是一个误会，历史仿佛再次和中国人开了一个不大不小的玩笑，大家一时间都有些心灰意冷。但作为中国人，必须找到国宝的使命感再次召唤他们踏上征程，开启了新一轮的寻找。也许是执着推动了进程，几经辗转，他们终于在美国找到了猪首的收藏家。但是，这位藏家并不愿意出售转让猪首。这意味着，猪首若想回归，必须做好打持久战的准备。基金的工作人员在半年的时间里不断与藏家沟通，多次登门拜访，动之以情，晓之以理，反复强调——这是中国圆明园的文物，应该回到中国，那里才是它的家。也许是中国人锲而不舍的精神感动了收藏者，他在2003年的夏天允许中华抢救流失海外文物基金先把猪首带回中国，鉴定后再决定取舍。于是猪首便被携往保利艺术博物馆。这件猪首的形态和我们传统概念中猪的形态有很大差别，鼻子、嘴十分突出，面部两侧长着两颗獠牙，眼睛小，脖子长，酷似野猪。唯独那一对宽大而耷拉下来的耳朵与我们常见的猪毫无二致。为了尽快知道真伪，保利艺术博物馆迫不及待地请来多位专家对其进行鉴定。当时定下的策略是，只要有任何一位专家对猪首持不置可否的态度，他们便立即放弃购回这件文物。经过多方面、多角度的鉴定，专家们都不约而同地认定这件猪首与保利集团此前买回的三件兽首基本相同，同属圆明园大水法丢失的十二生肖系列。为确保鉴定结果万无一失，北京大学的专家还运用先进仪器对猪首进行了微量元素检测和分析，得出的结论令人欢欣鼓舞——所有专家都认为猪首与保利珍藏的另外三件兽首的成分几乎一致，确为真品无疑。

鉴定结果确定猪首为真品后，大家都十分欣慰，所有人的努力没有白费。但是另一个问题接踵而至，猪首的收藏家开价六百万元人民币，而中华抢救流失海外文物基金可供调用的资金十分有限。正在大家为无力购买猪首焦头烂额之时，一位特殊客人的出现解了燃眉之急。他就是澳门地区著名企业家、爱国人士何鸿燊先生。何先生于 2003 年 7 月在北京参观保利艺术博物馆第一次见到从海外抢救回归的圆明园十二生肖兽首中的牛首、猴首和虎首时，就被深深吸引。这次来访，身边人向他提及了目前中华抢救流失海外文物基金所面临的困境，希望何鸿燊先生出手相助。何先生毫不犹豫便答应了。他信守承诺，于 2003 年 9 月向中华抢救流失海外文物专项基金捐款六百多万元人民币，从海外购回了圆明园猪首铜像，并且十分慷慨地把它捐给了保利艺术博物馆。何先生虽长年身居澳门，却心系祖国，在国宝流落海外亟待抢救之时，义不容辞、争分夺秒地捐款支援；文物购回后，也并未据为己有，而是慨然捐出，体现了一位澳门企业家伟大的爱国情怀和舍我其谁的社会担当。他的豪迈义举不仅感动了中华抢救流失海外文物基金的工作人员和保利艺术博物馆的工作人员，也为所有关心和关注国宝回归的中国人树立了一个不计个人得失、一心抢救国宝的光辉典范。猪首的回归历经波折，耗时更长，凝聚了无数爱国人士的心血，牵动着每一个中国人的心弦。十二生肖兽首中的四个已经回到了祖国，国人不免思量其他八个铜首像身在何方。

2007 年 8 月，苏富比拍卖行传出消息，圆明园十二生肖中的马首将于 9 月在苏富比香港预展中现身，并标出六千万元的起拍价。马首铜像工精美，细节刻画十分生动，马的眼睛、嘴巴、耳朵都显得高贵灵动、神气逼人，马鬃毛的铺叠错落有致、潇洒飘逸，惟妙惟肖的雕塑造型体现了中西方文化的高度融合。消息一经传出，便再次吸引了全世界的目光。因为中国保利艺术博物馆已经成功收回了四件圆明园十二生肖头像，第五件将身归何处令人十分好奇。国家文物局获悉后，第一时间

清·圆明园马首（圆明园管理处藏）

表达了终止公开拍卖的坚定立场、促成文物回归的良好意愿，香港苏富比拍卖公司予以积极回应。据说，由于何鸿燊先生对马首十分感兴趣，当即决定要买下马首捐献给国家，所以苏富比拍卖会在拍卖前曾将马首的资料传给了何先生。原定在 2007 年 10 月通过苏富比拍卖行进行拍卖的马首，因何先生有意将马首铜像捐赠国家，原藏者遂同意在拍卖前将铜像转让。2007 年 9 月 20 日，香港苏富比拍卖行宣布何鸿燊博士以六千九百一十万港元的创纪录价格，成功购入圆明园十二生肖马首铜像，并当即表达了他决定将铜像捐赠国家的意愿。这项交易也刷新了中国清代雕像的世界最高成交价。如此高的价格令人瞠目，事后，何鸿燊在接受记者采访时说，六千九百一十万港元确实是贵了一些，但只要国宝回归祖国，贵点儿也值了。马首回归祖国后，为了让更多的国人了解那段百余年前的屈辱历史，通过实物向大家讲述中国曾经遭受的苦难，鼓励更多人参与文物保护工作，共同宣扬热爱祖国和民族的高尚情怀，何先生在香港和澳门公开展示马首多年。

2019 年 10 月 31 日，在庆祝中华人民共和国成立七十周年、喜迎澳门回归祖国二十周年之际，何鸿燊先生决定将抢救归国正在澳门新葡京酒店展出的圆明园马首铜像正式捐赠给国家文物局，交由国家永久收藏。11月13日，国家文物局在中国国家博物馆隆重举行圆明园马首铜像的捐赠仪式。国家文物局局长刘玉珠在致辞中指出：流失海外文物是中华文化遗产不可分割的重要组成部分，承载着历史记忆与民族情感，牵动着海内外爱国同胞的心弦。在"回归之路——新中国成立七十周年流失文物回归成果展"中，马首居于中央，与其他六尊回归的圆明园兽首铜像共同出展，吸引了来自四面八方的观众，社会反响强烈。在七十年抢救流失文物的伟大实践之中，港澳同胞始终是不可或缺的重要力量，他们秉承着拳拳爱国之心，搜求海外遗珍，捐献祖国，化私为公，广益民众，何鸿燊先生就是其中的杰出代表。经过双方协商一致，文物局受捐后将圆明园马首铜像划拨北京市圆明园管理处收藏。2020年5月26日，何鸿燊先生在澳门驾鹤西去，但他的爱国情怀和捐赠义举必将激励社会各方力量持续关注和投身我国流

圆明园马首铜像捐赠仪式现场

"百年梦圆——圆明园马首铜像回归展"在正觉寺文殊亭长期展出

失文物回归的事业，激励海内外华侨和爱国人士同心同德为实现中华民族复兴的伟大梦想而奋斗。2020年12月1日，国家文物局、北京市人民政府在圆明园正觉寺举行圆明园马首铜像划拨入藏仪式。国家文物局正式将圆明园马首铜像划拨圆明园管理处收藏。圆明园马首铜像重回原属，为其百年回家之路画上了完满句号。马首成为第一件回归圆明园的流失海外的重要文物，"百年梦圆——圆明园马首铜像回归展"同期开展。展览以马首回归为主线，共有文物、照片等约一百组件，作为正觉寺基本陈列长期展出，向公众开放参观，让更多的中国人了解中华民族在历史上经历的苦难，也见证中国政府收回国宝的坚强决心和海外华侨的拳拳赤子之心，从而进一步激励每一个中华儿女为民族的复兴奋发图强。这是一堂以文物为依托的生动的爱国主义教育课，也是增强每一个中国人民族自豪感的现场展示。由于举办地的特殊性和马首铜像作为战争期间被掠夺文物身份的特殊性，开展当天就引发了全球媒体的关注，各国媒体争相报道。英国媒体《观察家报》（*Observer*）① 以"中国经历'百年屈辱'被掠夺的马首铜像回归北京"（Bronze Horse Head Looted During China's 'Century of Humiliation' Returned to Beijing）为题进行了报道②；《台湾新闻报》（*Taiwan News*）③ 以"中国马首铜像回归圆明园"（Chinese bronze horse head returned to Old Summer Palace）为题做了报道④；新加坡媒体《海峡时报》（*Straittimes*）⑤ 以"被掠夺的马首铜像回归中国的圆明园"（Looted horse head statue returns to China's Old Summer Palace）转载新华社的消息进行了报道⑥。

昔日的旷世园林圆明园只剩下残垣断壁，海晏堂、大水法这些盛景再也无法复制。十二生肖兽首承载着沉重而悲伤的历史，它们重见天日，回归故土，继续书写着新时代的篇章。与回归的文物一起被世人铭记的还有帮助它们回归的国有企业——保利艺术博物馆，澳门特区的爱国人士、著名实业家——何鸿燊先生，为抢救国宝归国四处奔波的民间公益组织——中华抢救流失海外文物基金。每一个有良知的中国人都有责任也有义务承担起国宝回归的重任，只要心怀祖国，每个人都有可能被历史铭刻。

马首回归祖国之后，2008 年 10 月从佳士得拍卖行又传来圆明园另外两个兽首——鼠首和兔首的令人喜忧参半的消息：喜的是，次年年初，鼠首和兔首铜像有望在巴黎的一场拍卖会上现身；忧的是，两位艺

---

① 《观察家报》，英国创刊最早的星期日报纸。1791 年创刊，1976 年被美国里奇菲尔德大西洋公司购买，1981 年 2 月 25 日又易手于乌特拉姆公司。该报是政治文艺综合性报纸，着重政治、经济和文艺方面的长篇评论。

② 海伦·霍姆斯（Helen Holmes）：《中国经历"百年屈辱"被掠夺的马首铜像回归北京》，《观察家报》，2020 年 12 月 1 日。https://observer.com/2020/12/bronze-horse-chinese-zodiac-summer-palace/，2021 年 4 月 6 日查阅。

③ 《台湾新闻报》，1961 年创刊的台湾报纸，属于政府所有。

④ 黄紫缇（Huang Tzu-ti）：《中国马首铜像回归圆明园》，《台湾新闻报》，2020 年 12 月 1 日，https://www.taiwannews.com.tw/en/news/4066733，2021 年 4 月 6 日查阅。

⑤ 《海峡时报》，新加坡本地历史十分悠久的英文报纸，是新加坡报业控股有限公司的旗舰刊物。于 1845 年 7 月 15 日首次发行，发行量为每日 40 万份。也是新加坡唯一宽版的英文报纸，报道一般社会新闻。

⑥ 《被掠夺的马首铜像回归中国的圆明园》，《海峡时报》，2020 年 12 月 1 日，https://www.straitstimes.com/life/arts/looted-horse-head-statue-returns-to-chinas-old-summer-palace，2021 年 4 月 6 日查阅。

术家收藏的兽首市场估价高达两亿元人民币。消息传到国内，中国民众一时间群情激愤、义愤填膺。事实上，早在 2000 年，国人就了解到圆明园十二生肖兽首中的鼠首和兔首当时是被法国一个私人收藏家收藏。2003 年，中华抢救流失海外文物专项基金的工作人员曾远赴法国，与私人收藏家的代理人反复谈判。起初他们并不同意转让鼠首和兔首，后来又突然同意转让，但竟然开口就要一千万美元，而同一年中华抢救流失海外文物基金从美国购得猪首时的价格还不到一百万美元。最终，高昂的价格阻止了鼠首和兔首的回归。世事无常，想不到六年后，佳士得再次违反国际法，居然要再次公开拍卖这两件中国圆明园流失的珍贵文物，这实在令中国人民痛心疾首。2000 年，圆明园三个兽首漂泊海外百余年后首次露面就遭拍卖，当时香港市民纷纷聚集在佳士得和苏富比拍卖行门前举行抗议活动；未曾想，多年后相似的一幕又将重演。社会各界纷纷发声表达自己的观点，国家文物局表示，反对采取回购方式收回，希望根据国际公约促其返还。许多中国人都希望佳士得能够按照国际法的规定取消拍卖这两件被英法侵略军劫掠的圆明园生肖兽首，并无条件地将其归还给中国。中华抢救流失海外文物基金的工作人员表示，不同的渠道、不同的方式表达了反对的立场和原则，这次佳士得拍卖圆明园鼠首和兔首，首先严重伤害了中国人民的感情，像这样与战争劫掠有直接关系的文物不应该被拍卖；而且，圆明园也不应该作为一个商标，因为这样不但对文物原属国人民的情感，包括整个人类文化遗产的保护都会造成极大的伤害。为了阻止这场拍卖，中国的八十名律师还自发组建了追索圆明园流失文物律师团远赴法国，向佳士得申明了反对拍卖的立场，并向巴黎的一家法院递交了禁止圆明园流失文物拍卖的申请。然而，法国的这家法院最终驳回了中国律师团的诉讼。这场关于中国文物归宿的舆论战不仅在巴黎当地上演，同时也引起了世界媒体的关注。西方媒体的某些有失公允的报道和评论一时间不绝于耳，而我国媒体也在第一时间予以回击和驳斥。英国《路透社》（*Reuters*）在 2 月 21 日报道的标题是："伊夫圣罗兰的伴侣愿意捐献兽首，只要中国政府兑

清·圆明园鼠首（中国国家博物馆藏）

清·圆明园兔首（中国国家博物馆藏）

圆明园兔首拍卖现场

现人权"（YSL Partner Offers China Art for Human Rights）①。报道称，伊夫圣罗兰的伴侣皮埃尔贝杰（Pierre Bergè）坚持上拍两尊圆明园兽首，他坚称，这些艺术品是他通过合法渠道购买所得，而且参加拍卖完全合法合规，他甚至向中国政府发出挑衅，如果满足"藏独"的要求，他愿意亲自归还兽首铜像。其嚣张气焰可见一斑。英国《每日电讯报》（*The Telegraph*）2 月 23 日报道的标题是"法国法院在佳士得拍卖开始前就伊夫圣罗兰持有的中国铜像上拍驳回中国律师团的诉讼"（French Court Throws Out Appeal over Yves St Laurent Chinese Bronzes as Christie's Sale Begins）。而美国《洛杉矶时报》（*Los Angeles Times*）在 2 月 24 日的报道则以"铜制兽首在啃食中国"（Bronze Heads Gnaw at China）为标题②，对法国法院批准拍卖进行的理由进行了详细报道。法院坚持认为，两尊兽首在整个 20 世纪的购买链条清晰，几次易主，按照法律规定可以上拍。而中国的媒体则对这些歪曲事实和充满讽刺意味的报道给予了有力的回击，《中国日报》援引新华社在 2 月 26 日拍卖结束后报道的标题是"中国政府将在拍卖结束后严格审核佳士得"③，人民网转载了新华社针对路透社的报道在 2 月 26 日发表了一篇题为"用人权'绑架'中国文物'荒唐'至极"（How 'Absurd' to 'Kidnap' Cultural Relics with Human Rights）的报道④。

2009 年 2 月 24 日，法国法院批准拍卖。2 月 25 日，法国佳士得拍卖会在巴黎如期举办已故著名时装大师伊夫圣罗兰（Yves Saint Laurent）及其伴侣皮埃尔贝杰（Pierre Bergè）收藏专场拍卖会，正式拍卖圆明园

① 利贝尔·吕西安（Libert Lucien）：《伊夫·圣罗兰的伴侣愿意捐献兽首，只要中国政府兑现人权》，路透社，2009 年 2 月 21 日，https://www.reuters.com/article/us-france-ysl-auction-idINTRE51J5 QU20090220，2021 年 4 月 6 日查阅。
② 德米克·芭芭拉（Barbara Demick）："铜制兽首在啃食中国"，《洛杉矶时报》，2009 年 2 月 24 日，https://www.latimes.com/archives/la-xpm-2009-feb-24-fg-zodiac24-story.html，2021 年 4 月 6 日查阅。
③ 《中国政府将在拍卖结束后严格审核佳士得》，新华社《中国日报》，2009 年 2 月 26 日，https://www.chinadaily.com.cn/china/2009-02/26/content_7516227.htm，2021 年 4 月 6 日查阅。
④ 《用人权"绑架"中国文物"荒唐"至极》，中国网，2009 年 2 月 26 日，http://en.people.cn/90001/90776/90883/6601168.html，2021 年 4 月 6 日查阅。

十二生肖兽首中的兔首和鼠首。对于法国佳士得一意孤行的行为，国家文物局于 2 月 26 日发表对外声明指出：一、国家文物局有关负责人曾多次约见并致函佳士得有关负责人，敦促其撤拍圆明园文物，但佳士得方面一意孤行，坚持拍卖被劫掠的圆明园文物，违背了相关国际公约的精神和文物返还原属国的国际共识，损害了中国人民的文化权益和民族感情，将对其在中国的发展造成严重影响；二、国家文物局坚决反对并谴责所有拍卖非法出境文物的行为，此次拍卖造成的一切后果应由佳士得方面承担；三、国家文物局不承认对被劫掠文物的非法占有，并将继续依照相关国际公约和中国法律规定，通过一切必要途径追索历史上被盗和非法出口的文物。

　　然而，事件并未就此完结。当天一位神秘买家通过电话竞拍的方式拍下圆明园兽后，迟迟未支付拍品款项，引起了各方面的广泛质疑。最后，买家本人——中国商人蔡铭超现身说法，对外界解释：因为文物局在 2 月 26 日紧急下发了《关于审核佳士得拍卖行申报进出境的文物相关事宜的通知》，通知明确指出，佳士得拍卖行在法国巴黎拍卖的鼠首和兔首铜像是从圆明园非法流失的，佳士得在我国申报进出境的文物，均应提供合法来源证明；如果不能提供这个证明或证明文件不全，将无法办理文物进出境审核手续。继而，面对外界纷纷猜测文物局和蔡铭超合唱双簧的说法，文物局也做出了明确回应，有关竞拍行为纯属个人行为，文物部门在其召开新闻通气会前毫不知情，更未参与。同时，我们已多次申明立场并正式下发通知文件，要求各级文物行政部门尽量劝阻我境内机构和个人参与竞拍、购买任何被盗或非法出口的中国文物，包括战争期间被劫掠出境的中国文物。明确要求政府设立的文物收藏机构以及登记注册的各类博物馆，不得购买被盗或非法出口的文物。这起拍卖事件最终在舆论的一片哗然中草草收场，佳士得拍卖行后来也并未追究蔡铭超先生的违约行为，也并未就此事多做解释。

　　这起由佳士得拍卖行违背相关国际公约精神和文物返还原属国的国际共识，严重损害中国人民的文化权益和民族感情，坚决拍卖非法流失中国珍贵文物，中国商人出于爱国之情毅然拍下却拒不付款的事件，在国际社会产生了前所未有的震动，也给我国政府和国人带来了更多的思考。国家文物局在第一时间积极发声，旗帜鲜明地表明了中国政府对外国拍卖行拍卖中国非法流失文物的强烈谴责以及对国有公藏机构和境内个人竞拍非法流失文物极力劝阻的态度。国家的表态为今后追索中国文物明确了努力的方向，具体的方式方法则需要在与国际拍卖行日益增多的交流协商中随机应变。面对文物追索工作，我们必须做好打持久战的准备，流失文物的回归前景是光明的，但过程必然充满坎坷和艰辛。

与圆明园十二生肖兽首前五件的回归过程相比，鼠首和兔首的回归可谓"山重水复疑无路，柳暗花明又一村"。2009 年拍卖事件后，这两件曾被伊夫圣罗兰及其伴侣皮埃尔贝杰收藏的兽首，在分散拍卖圣罗兰和贝杰收藏文物时，被法国 PPR 集团（现名开云 Kering 集团）董事长兼首席执行官弗朗索瓦－亨利皮诺（François-Henri Pinault）出手买下。至于成交价格，集团发言人并未透露，但也表示不是蔡铭超当时所拍下的价格（当时价格为每个兽首一千四百万欧元）。2013 年 4 月 26 日上午，中国国家文物局副局长宋新潮、博物馆与社会文物司司长段勇在北京会见弗朗索瓦－亨利皮诺。皮诺先生代表皮诺家族宣布，将向中国政府捐赠流失海外的圆明园十二生肖铜像中的鼠首和兔首。这个意愿在他前一日随同法国奥朗德总统访华的晚宴也向中方表达过。消息经媒体报道后，举国沸腾。2009 年拍卖事件带给国人的伤痛仿佛还未完全愈合，盼望已久的兽首这次竟然在一片友好祥和的氛围中安然归来。对此，中法两国各界都积极发声，支持皮诺家族对中国人民表达的友好意愿和伟大善举。

法国一名博物馆官员告诉《环球时报》记者，2009 年有关兽首的官司曾引起法国博物馆界的极大关心与担忧，因为文物归属问题一直是各国讨论与关注的焦点。他对皮诺先生对中国的好意表示满意，认为这避免了有关这两件文物所引起的冲突。欧洲保护中华艺术协会的任晓红律师表示，她对当年参与抗议拍卖的诉讼没有一丝遗憾，正是通过他们的法律行动，让很多法国人和欧美舆论了解了英法联军火烧圆明园、抢劫中国文物的真相。虽然官司败诉，但由此也令拍卖无法顺利进行。厦门大学人文学院院长周宁 2013 年 4 月 26 日就此事对《环球时报》记者表示，鼠首和兔首能回归祖国是中国人期待已久的事情。皮诺家族的举动具有积极的历史意义，为中法关系做出了贡献。

4 月 28 日，为了感激皮诺先生捐赠中国文物的义举，国家博物馆正式举行"皮诺先生捐赠圆明园青铜鼠首兔首仪式"，并决定由国家博物馆永久收藏这两件文物。法国皮诺家族向中方无偿捐赠流失海外的圆明园鼠首和兔首有利于进一步加深中法两国的友谊，也有利于中法外交关系的发展，更有利于圆明园历史文化的宣传和普及，这固然是一件激动人心、青史留名的好事；但我们必须清楚地意识到，皮诺家族也说得非常清楚，是捐赠，而非归还。中国流失海外文物的追索和回归之路漫长且曲折。如今，圆明园十二生肖中的牛首、猴首、虎首和猪首由保利艺术博物馆收藏并作为常设展对外展出，马首由北京市圆明园管理处收藏并在正觉寺长期展出，而鼠首和兔首则由中国国家博物馆收藏，目前正在《复兴之路》的展览中长期对外展出，这七件归来的圆明园兽首铜像正在向前来参观的每一位热爱和平、尊重历史、关心文物保护事业的友好人士讲述第二次鸦片战争时期圆明园那段悲壮的历史，也希望今人能够以史为鉴，继往开来。

# 第三十二章

# 天龙山石窟佛首：

## 中国古代石窟艺术的实物标本

在中央广播电视总台 2021 年春节联欢晚会上，我国海外流失文物追索的重要成果——天龙山石窟第八窟北壁主尊佛首隆重亮相。这件文物历经磨难，流失海外近百年，终于回归祖国，在农历除夕夜亮相，成为民族自信、国运昌隆的重要见证。

中国历史上石窟寺遭受的破坏和文物的流失，曾令多少仁人志士痛心疾首。新时代中国人满怀信心和力量，在中央方针政策的指导下，重视和加强石窟寺保护工作，集中精力追索石窟寺流失文物。天龙山石窟佛首的回归，是落实这一精神的重要阶段成果。

天龙山石窟位于山西太原西南方向四十公里处的天龙山腰，海拔一千七百米。石窟开凿于北朝东魏时期，距今已有一千四百多年。经过北齐、隋、唐连续几代的营造，石窟建筑绵延一公里有余，分别位于东西两峰山崖之间，至今仍存二十五座石窟遗址。

石窟最早开凿于东魏（公元 534—550 年）权臣高欢统治时期，高欢之子高洋称帝建立北齐后，以晋阳为别都，继续在天龙山建造石窟。隋代天龙山石窟工程又有延续，到唐代李渊父子更加重视发家之地晋

天龙山石窟佛首（天龙山石窟博物馆藏）

阳，石窟的建造达到高峰。

东魏、北齐、隋、唐共开凿石窟二十七窟，其中东峰八窟，西峰十三窟，山北三窟，寺西南三窟，窟之间山径相通。据不完全统计，石窟内外有石窟造像一千五百余尊，浮雕、藻井、画像一千一百四十四幅。各窟的开凿年代不一，以唐代最多。

与龙门石窟和敦煌莫高窟相比，这座石窟规模小的可怜，总计二十多个洞窟的数量不及前两者总数的零头，然其美学成就却十分突出，不逊于同时代的其他任何石窟。尤其是天龙山石窟供奉的佛造像，以造型娴熟、比例适当、线条柔和、雕刻精细著称，其独特的艺术风格被称为"天龙山式样"，为后人研究佛教、美术、雕刻、建筑各方面提供了丰富的实物资料，是中国古代雕塑艺术的典范，在世界雕塑艺术史上占有极为重要的地位。

如果说丝绸之路上来来往往的画师和工匠们成就了莫高窟的繁盛，那么天龙山石窟的辉煌则与龙门石窟一样得益于皇家主导的营造工程。

永熙三年（534 年），东魏权臣高欢扶植十一岁的元善见为傀儡皇帝，建立东魏，都邺城。高欢作为东魏的实际统治者，自居晋阳（今太原西南，位于天龙山附近），这一时期正值佛教盛行，天龙山石窟最初的开凿也就此开始了。

高欢病逝三年后，次子高洋称帝，史称北齐。邺城虽然仍是北齐的都城，但因晋阳是高氏发迹之地，所以北齐历代皇帝几乎每年都来往于晋阳、邺城之间。从登基到饮酒暴毙，高洋在位十年间，于天龙山共开凿三窟。

至隋代，杨广称帝之前，也曾守在这里雕像立佛。天龙山石窟的荣光一直延续到唐代，这个强大的王朝展示出了绝对自信的中国风范。在这里，西域犍陀罗艺术的影子已不复存在，取而代之的是汉化的塑像风格。

天龙山石窟煌煌三百多年的历史，生动地记载了中国石窟艺术由北

天龙山东峰旧照

朝到隋唐逐步演进的过程，由于都是统治者倾力营建，可见其等级规格之高。无奈历史潮流兴衰无常，随着天龙山作为皇家寺院供奉场所的地位不再，石窟寺也褪尽繁华，隐身山野，世人难识。

到了 20 世纪早期，一批日本学者来华访古，偶遇天龙山这座艺术宝库，震撼折服之余，以极大的热情向世人推介天龙山石窟艺术之美。如在中国寻找"精神的故国"的木下杢太郎曾留下这样的文字："佛像本身所潜藏着的那些可敬的创造者们身上的空想、热情、喜好与魂魄，一如透过水沟的沟底我们依然能够望见冬日午后的惨淡的太阳一样。……在熹微的晨光中或薄暮的夕阳下从远处仰望，内心总是不由得被大佛那庄严而又慈悲的容颜所深深打动。"其他人如关野贞、常盘大定、外村太治郎等，为详细记录沉睡中的天龙山石窟旧貌，将采集的影像整理出版，天龙山艺术又生动呈现在世人面前。

其中天龙山第八窟最受推崇，被誉为天龙山艺术之精华，当时的考察报告记录颇为详细：石窟入口左右两侧錾有柱形，柱肩呈棕状，有金襕卷，其上还有碗形柱头。入口上方，作莲花拱。整个莲花拱一直延及两端柱头，皆刻凤凰图形。入口左右两侧还有仁王像，其高七尺五寸许，造型简朴，却不失雄健、豪放之风。左壁碑文旁亦有小仁王像。右壁有一佛龛，为全窟独一无二，佛龛内纳三尊佛。佛龛上方有一长方形状凹湮，或是当初欲嵌小佛龛亦未可知。入口的双柱下方，当初各刻有石狮子，只是今已大半毁损。

石窟左右两壁及后壁部分的正中部位各有一佛龛，均雕有莲花拱。莲花拱两端均刻凤凰蹁跹。又有立柱，柱头饰以金襕卷，以承莲花拱。

天龙山石窟崖壁面旧照

盗割现场的照片定格了山中定次郎的罪行

主尊佛像纳于龛内方座之上，佛像后面有圭形背光。佛龛两旁壁面左右两侧，各錾有两尊罗汉与两尊菩萨。

石窟前廊有隋开皇四年（584年）开窟造像的题记碑，后称《开皇石室铭》，是确信石窟建造年代的重要史证。《开皇石室铭》的碑文中写有"有周统壹，无上道消"，还有"□隋抚运，冠冕前□，绍隆正法，弘宣方等"等句。藉此可知，此窟此碑当造在北周废佛之后、隋代复法之时。碑文末尾记"岁次甲辰季"，是隋开皇四年。有关隋代佛教复兴之际的礼佛活动及造塔立像，碑文记述："一尉一侯，处处熏脩，招提之提，往往□□"，当年盛况，由此可知一斑。

综观其历史艺术价值："窟内佛陀、菩萨及罗汉姿态，均为北齐时佛像的雕刻技法。虽然不无优雅风韵，但主调厚重浑朴。此石窟由于碑铭有记，其开凿年月确凿无疑乃是隋开皇四年。此石窟不仅是天龙山唯一有铭文记明开凿年月的石窟，而且也是规模相对较大、造像保存状况最好的石窟。"

随着天龙山石窟在近代的再发现，隐世已久的天龙山佛像以极高的历史价值与艺术魅力备受天下称道，也不幸成为文物走私窃盗的目标。时值军阀混战，不法商人与地方势力勾结，犯下种种罪行却无人过问，给天龙山带来了深重灾难。

开盗卖之风的始作俑者，是日本人山中定次郎。山中定次郎是日本山中商会创始人。19 世纪末 20 世纪初，他和他的山中商会进入中国，开始了收集并倒卖中国文物的经营活动，成为当时在中国最大的日本古董商。

1924 年 6 月和 1926 年 10 月，山中定次郎本人两次实地考察天龙山石窟。1927 年前后，所有散失海外的天龙山石窟造像名品几乎全部都是山中定次郎指挥山中商会盗凿贩售的。山中定次郎日记详细记载了其中一次的盗运过程，四十多个天龙山石窟造像的佛头被砍下来，装成箱，运到北京，然后由北京运往日本。

山中定次郎以利相诱，同天龙山脚下寺庙的住持净亮和尚合谋，盗割佛头，走私贩运的活动毫无阻碍。历史悠久的天龙山石窟就这样在锯齿中、在铁锤下失去了原有的面貌。1928 年，山中商会将盗运来的四十五尊造像编辑成书，名为《天龙山石佛集》。该书涵盖佛像十六尊、佛手与佛足三尊、菩萨像二十二尊、罗汉像一尊及天王力士像三尊。这些佛造像，在美学上丝毫不输给任何古希腊、古罗马的雕塑。1932 年

山中定次郎与净亮和尚（二排居中者）等合影

11 月，山中商会在日本东京美术协会举办了"世界古美术展"，并将这批天龙山石佛公开拍卖。寰宇知名的天龙山石窟，惨遭万劫不复的毁灭性破坏，再也找不出一尊完整造像，自 20 世纪 20 年代起竟成为无头的石窟。

新中国成立以后，天龙山石窟被定为全国重点文物保护单位，成立相关机构管理运营，加强保护。在保护性调查中发现，建国前天龙山石窟被盗佛造像超过二百四十尊，几乎所有造像头部都被盗运境外，有些甚至是造像全身被盗走，转手于日本、欧美博物馆以及私人手中，破坏程度在中国石窟寺中最为惨烈。散佚海外各处的天龙山石雕造像，仅部分可辨认确系出自天龙山哪个窟室。如哈佛大学所属福格美术学院集藏的二十四件天龙山雕像，其中的十九件为第二窟和第三窟作品；日本东京的私人收藏家根津嘉一郎藏有八件天龙山早期头像。而天龙山的唐窟精品，亦流传甚广。威斯罗波捐给福格美术学院两件第十七窟天王头像，费城的宾州大学博物馆藏有两件唐代早期天王全身塑像，日本东京的根津美术馆为全世界集藏唐代天龙山石窟名品最多的收藏单位，计有二十八件唐代头像和浮雕残件。

天龙山的历史教训令人痛心，更激发后人追索流失文物，弥补历史遗憾的决心。流失散布的天龙山文物，不管是在博物馆，还是在私人藏家手中，其流转都受到密切关注。2020 年 9 月 14 日，国家文物局监测发现，日本东瀛国际拍卖株式会社拟于东京拍卖一尊"唐天龙山石雕佛头"，疑似天龙山石窟在历史上流失的文物。经组织鉴定研究，判断应属天龙山石窟最有代表性的第八窟，为其北壁佛龛主尊佛像的被盗佛首，于 1924 年前后被盗凿并非法盗运出境。国家文物局随即启动追索机制，确定"叫停拍卖、争取回归"的工作目标，10 月 15 日致函拍卖行，要求终止与该佛首相关的拍卖和宣传展示活动，予以撤拍。10 月 16 日，拍卖行积极配合，做出撤拍决定，终止有关宣传。国家文物局与拍卖行董事长旅日华侨张荣取得联系，鼓励促成文物回归。

天龙山石窟第八窟外景

10 月 31 日，张荣与日籍文物持有人谈判完成洽购，经国家文物局充分沟通，决定将佛首捐献中国政府。11 月 17 日，我驻日使馆举行文物移交仪式，张荣将持有的天龙山石窟佛首无偿捐赠给中国国家文物局，移交使馆保管。国家文物局组织中国文物交流中心、北京鲁迅博物馆等相关单位，在我驻日使馆、北京海关全力支持下，取得日本文化厅文物出境许可，于 12 月 12 日十二时，将佛首安全运抵北京，当日点交入库，佛首重回祖国怀抱。

12 月 14 日，国家文物局组织来自中国社会科学院考古研究所、北京大学考古文博学院、清华大学美术学院的专家开展实物鉴定，安排中国文化遗产研究院实施文物测试分析与文保风险评估。经研究，与 1922 年 3 月拍摄的《天龙山石窟》图版三十五和 1923 年 10 月拍摄的《天龙山石窟》图版四十一所示第八窟北壁佛龛内佛像的原状图片相

八窟内部旧照

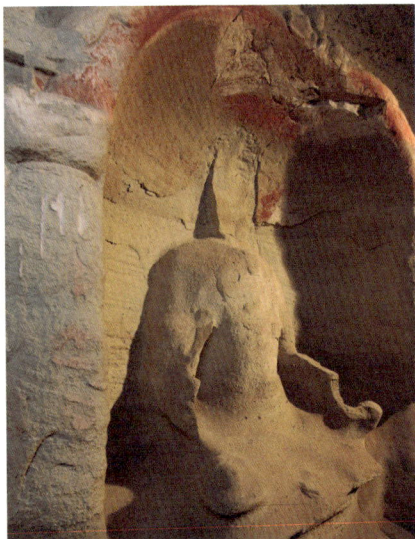

北壁主尊被破坏后

比较，佛首脸型、五官、形神高度吻合，特别是右脸颊的斑驳痕迹，从右眼睑下向右耳延伸扩展的形状，与实物完全一致。佛首面部的一些细微特征，如右腮小的斑点和颈部风化形成的边缘，两者亦一致。依目前石窟保留痕迹历史图片推测，佛首被盗凿后，其背面、鼻翼均经过修整。

佛首长三十三点七厘米，宽三十点四厘米，高四十四点五厘米，重五十五点五公斤。科技检测的分析结果表明，佛首石材主要由石英和方解石构成，符合天龙山岩体特征，内部一致性较好，无显著裂隙发育。顶部和耳部发现彩绘痕迹，推断佛像原始状态应有彩绘。鼻翼及鼻梁部位存有有机材料，推断有修复经历，与鼻翼修整情况相契合。

经实物鉴定、科技检测并与历史照片比对，专家一致认为，该佛首源自天龙山第八窟北壁佛龛内佛像，应为1924年前后被盗。第八窟为天龙山石窟唯一有明确开凿纪年（即隋开皇四年），且规模最大的石窟。该尊佛首肉髻低平、脸庞圆润、露出笑容，雕刻技术娴熟、表现手法细腻、时代特征鲜明，具备北朝晚期至隋初的显著特征，是研究天龙山石窟乃至我国古代石窟艺术的珍贵实物标本，具有重要的历史、艺术和科学价值，暂定为国家一级文物。

近来，石窟寺的保护受到社会广泛关注，国家愈加重视。2020年5月11日，习近平总书记考察山西大同云冈石窟，强调"历史文化遗产是不可再生、不可替代的宝贵资源，要始终把保护放在第一位"。11月，国务院办公厅印发《关于加强石窟寺保护利用工作的指导意见》，召开全国石窟寺保护与考古工作座谈会，进一步加强了石窟寺的保护利用。文化和旅游部、国家文物局将天龙山石窟等重要石窟流失文物确定为近期文物追索返还工作主攻方向，这次的拍卖活动一经发现，就迅速响应，进行干预协调撤拍，成功促成佛首回归祖国。此次回归的佛首是近百年来从日本回到祖国的天龙山石窟流失佛造像的第一件，具有标志性的意义。

天龙山石窟远眺旧照

天龙山石窟第八窟佛像原貌

2021 年春节联欢晚会设置的"国宝回家"特别环节，展示新中国成立以来特别是新时代在习近平总书记亲自关心下，流失文物追索返还工作取得的丰硕成果，重点呈现天龙山石窟回归佛首，与全国人民共享团圆之喜。7 月 24 日，天龙山石窟佛首回归仪式在山西太原举行，流失海外近一个世纪的天龙山石窟"第八窟北壁主尊佛首"终于回归故里，同时还举办了"复兴路上 国宝归来"特展。国家文物局会同有关部门，历经曲折追索过程，促成天龙山石窟佛首回归祖国，回到原属地，由太原天龙山石窟博物馆永久收藏展示。借着天龙山石窟佛首回归的东风，7 月 24 日当天，在国家文物局、山西省人民政府的指导下，由山西省文物局、太原市人民政府主办，太原市文物局承办的"新时代石窟寺保护研究与实践"学术研讨会在山西太原召开。与会专家有感于我国政府开展流失文物追索返还、促进文明交流互鉴的坚定信念和坚决行动，通过研讨和交流，一致决定发出关于石窟寺文物追索返还的《天龙山倡议》。这是流失文物追索返还领域第一个聚焦石窟寺文物的学术会议文件，反映了中国文物界专家学者对石窟寺文物追索返还的态度和主张，对于未来我们更好地在国际上追索流失海外的中国文物，尤其是石窟寺文物提供了指导性意见。

# 附录
# 中国流失海外文物回归大事记 ①

### 1950 年

年初，周恩来总理派人赴香港购回唐代韩滉的《五牛图》，后入藏故宫博物院。

### 1951 年

11 月，周恩来总理指示将郭昭俊抵押在香港汇丰银行的《中秋帖》《伯远帖》重金购回，交给故宫博物院永久收藏。

苏联列宁格勒大学东方系将十一册《永乐大典》归还中国政府，后入藏北京图书馆（现国家图书馆）。

### 1952 年

春，国家文物局从寓居香港的钱币收藏家陈仁涛手中回购陈氏所藏全部钱币，后入藏中国历史博物馆（现国家博物馆）。

夏，周恩来总理指示从旅居香港的书画家张大千手中购回五代顾闳中《韩熙载夜宴图》（宋摹本）、五代董源《潇湘图》，元代方从义《武

---

① 统计数据参考国家文物局编《中国文物年鉴》。

夷山放棹图》，后入藏故宫博物院。

9 月，潘世兹将存于香港的潘氏书斋"宝礼堂"全部一百一十一部宋元版古籍藏书捐赠国家，后拨交北京图书馆（现国家图书馆）收藏。

### 1954 年

苏联国立列宁图书馆归还中国政府五十二册《永乐大典》，后拨交北京图书馆（现国家图书馆）收藏。

### 1955 年

12 月，前民主德国总理格罗提渥访华时归还三册《永乐大典》和十面义和团战旗。

苏联科学院通过中国科学院图书馆归还《永乐大典》一册，后入藏北京图书馆（现国家图书馆）。

### 1956 年

中国政府从定居香港的藏书家陈清华手中购买一百二十六种宋元版古籍，包括《昌黎先生集》《河东先生集》，入藏北京图书馆（现国家图书馆），这是"荀斋"图书的第一次回归。

### 1959 至 1964 年间

杨铨先生将自己收藏的六千二百多件文物全部捐献给国家，其中四千多件捐给了广州市陈家祠博物馆。这是中华人民共和国成立初期我国政府接受的最大规模的文物捐赠。

### 1963 至 1972 年间

中国著名病理学家侯宝璋先生及其家属先后数次将在港期间收藏的陶瓷书画等各类文物两千余件捐献给故宫博物院。

印尼华侨谢政邻先生将一柄郑和铁矛捐赠给中国历史博物馆（现国家博物馆）。

### 1965 年

中国政府再次购买"荀斋"藏旧拓碑帖七种、善本古籍十八种，包括宋刻《荀子》、宋蜀刻本唐人集《张承吉文集》、元刻本《尔雅》、宋拓《蜀石经》《二体石经》《东海庙残碑》《佛教遗经》、宋拓残帙《大观帖》和《绛帖》以及海内外闻名的拓本《神策军碑》，入藏北京图书馆（现国家图书馆），这是"荀斋"图书的第二次回归。

### 1984 年

叶义先生将毕生珍藏八十一件犀角文物捐赠给故宫博物院。

### 1988 年

香港银行家胡慧春将家藏全部明清官窑瓷器捐赠给上海博物馆。

### 1989 年

5 月，中国政府从美国成功追索湖北秭归县屈原纪念馆被盗文物战国青铜敦，后入藏湖北省博物馆。

### 1992 年

12 月，上海博物馆馆长马承源从香港文物市场抢救回归山西省曲沃县北赵村晋侯墓地被盗的西周晚期的晋侯稣钟。

杨永德和妻子将多年珍藏的二百多件中国唐代至元代陶瓷枕捐赠给广州西汉南越王博物馆。

### 1993 年

2 月，香港实业家庄贵仑将王世襄收藏的七十九件明清家具全部买下，捐赠给上海博物馆。

7月，美国企业家莫里斯格林伯格将重金购得的颐和园万寿山佛香阁西侧宝云阁铜殿的十扇铜窗捐赠中国政府。12月，国家文物局、北京市园林局在颐和园举办了宝云阁铜窗安装仪式。

### 1994 年

5月，上海博物馆斥资购回出现在香港文物市场上的一千二百余枚战国楚竹书，后又于秋冬之际，多位香港人士出资收购第二批战国楚竹书，共计四百九十七枚，后捐赠给上海博物馆。

### 1995 年

12月27日，杭州钢铁集团公司将在香港花费重金购得的者旨於睗剑捐赠给浙江省博物馆。

故宫博物院根据徐邦达、启功、刘九庵等专家的建议，并得到国家文物局的批准，从瀚海秋季拍卖会上拍得北宋张先《十咏图》。

中国历史博物馆（现国家博物馆）从北京韩海拍卖公司拍得圆明园清乾隆银合金兽面铺首。

### 1997 年

日本人青山庆示遵照父亲青山杉雨遗愿，将在日本购买的八件敦煌遗书无偿捐赠给敦煌研究院。

### 1998 年

3月，中国政府从英国追索回归三千四百余件文物。

6月，美国总统克林顿访华期间归还宋代永泰陵采集的石客使头像，后入藏河南巩义市博物馆。

## 1999 年

3 月 29 日，台湾企业家陈永泰捐献的被盗山西灵石县资寿寺被盗十八尊罗汉头像运抵山西，回归资寿寺。

## 2000 年

4 月 28 日，上海图书馆举行交接仪式，深藏海外的一批珍贵中国善本古书翁氏藏书成功转让回到祖国，入藏上海图书馆。

6 月 24 日，北京市文物公司经北京市文物局批准，派人赴香港参拍购得的乾隆酱地描金描银粉彩镂空花果纹六方套瓶抵达北京，后无偿捐赠给首都博物馆收藏。

6 月 26 日，美国收藏家安思远把收藏的王处直墓被盗的五代龙冠浮雕武士像捐赠给中国政府，后划拨国家博物馆收藏。

旅居菲律宾华人收藏家庄万里子女秉承父亲遗志，将庄氏两涂轩珍藏的二百三十三件书画作品捐赠给上海博物馆。

## 2001 年

4 月 19 日，加拿大国家美术馆通过加拿大政府向中国政府送还龙门石窟摩诃迦叶雕像，后回归龙门石窟永久保存。

5 月 26 日，美国政府将从佳士得拍卖行扣押没收、法院做出返还文物裁决的王处直墓被盗的五代凤冠浮雕武士像归还中国政府，后划拨国家博物馆收藏。

11 月 12 日，旅日收藏家朱福元捐赠给昆山市的三百余幅珍贵书画作品在新开馆的昆仑堂美术馆展出。

## 2002 年

5 月，香港实业家张永珍女士在香港苏富比拍卖会上拍得清代雍正官窑粉彩蝠桃纹橄榄瓶，后捐赠给上海博物馆。

6 月 12 日，美国政府归还中国政府十四吨古生物化石，后交由北京自然博物馆永久收藏。

12月6日，中贸圣佳2002年秋拍拍卖米芾《研山铭》，国家文物局以定向拍卖的方式列入2002年重点珍贵文物征集计划，花费二千九百九十九万拍得，拨交故宫博物院收藏。

12月16日，美籍华人邓芳夫妇联合十四位海外爱国人士出资购买三十一件汉阳陵陶俑，并无偿捐赠给中国汉阳陵考古陈列馆。

中国收藏家易苏昊、樊则春赴藤井有邻馆参观学习时发现一幅明代山水地图手卷，重金购回国内，2017年，世茂集团董事局主席许荣茂慷慨解囊将其收购并无偿捐赠给故宫博物院。

国家文物局利用国家重点珍贵文物征集专用经费从日本购得宋代青白釉花口凤首壶，并于2008年11月15日入藏海南省博物馆。


### 2003 年

4月11日，国家文物局外事处处长王立梅代表上海博物馆从美国收藏家安思远手中买下《淳化阁帖》四、六、七、八卷，后入藏上海博物馆。

6月17日，美国海关将陕西省汉文帝灞陵窦皇后墓被盗的六件西汉裸体陶俑归还中国政府。

8月26日，香港佳士得拍卖行计划上拍的四十九件承德外八庙被盗文物中的四十件被成功追索回国。

10月23日，旅加收藏家杜月笙之子——杜维善将其珍藏的丝绸之路周边国家一千五百余枚古钱币捐赠上海博物馆。


### 2004 年

3月6日，香港佳士得拍卖行计划上拍的四十九件承德外八庙被盗文物中的九件被成功追索回国。

9月，瑞典东亚博物馆将一件汉代彩绘陶马归还中国政府。

## 2005 年

7 月，英国朴次茅斯市归还中国天津市乐威毅公祠铁钟，即大沽铁钟，该钟为纪念 1860 年殉国的直隶提督乐善而作。

10 月 22 日，国家文物局下属的中国文物信息咨询中心利用国家重点珍贵文物征集专项经费从美籍华人陈哲敬手中征集的古阳洞高树龛佛头像、火顶洞观音菩萨头像等七件龙门石窟佛造像正式入藏龙门石窟。

由嘉德拍卖公司牵线，陈清华多年前留赠其子陈国琅的善本古籍二十三种、画轴一件及收藏印十八枚由陈国琅送回祖国，至此，陈氏藏书的海外遗珍捐献全部入藏国家图书馆。

国家文物局下属的中国文物信息咨询中心利用国家重点珍贵文物征集专项经费从美籍华人陈哲敬手中征集天龙山石窟第十八窟西壁北侧菩萨头像、宋代彩绘木雕观音菩萨坐像，并入藏国家博物馆。

## 2006 年

4 月 28 日，国家文物局下属的中国文物信息咨询中心利用国家重点珍贵文物征集专项经费从香港私人藏家手中征集的子龙鼎运抵北京，划拨国家博物馆收藏。

## 2007 年

12 月 26 日，海外华人王崇仁将重金收购的一座五重舍利塔无偿捐赠给国家。

## 2008 年

1 月，日本美秀博物馆将购买的山东省龙华寺遗址被盗的北朝蝉冠菩萨像归还中国政府，并入藏山东博物馆。

4 月，丹麦警方在哥本哈根查扣的一百五十六件中国文物被当地法院确定为被盗和非法出境性质，最终裁决中国国家文物局对这批文物享有所有权，并归还中国政府，后入藏海南省博物馆。

清华大学毕业生赵伟国在香港文物市场上重金购买了二千三百八十八枚先秦时期的竹简，并把它们全部捐献给母校。

荷兰收藏家倪汉克将家藏九十七件中国瓷器捐赠给了上海博物馆。

### 2009 年

5 月 29 日，比利时收藏家尤伦斯收藏的宋徽宗《写生珍禽图》在保利拍卖会上被中国收藏家刘益谦拍得，后入藏上海龙美术馆。

10 月 24 日，丁玉灿将其父在海外收集的三十三片甲骨捐赠给福建省南靖县人民政府。

11 月，范季融夫妇将九件极为珍贵的秦公晋侯青铜器捐赠国家，后入藏上海博物馆。

北京大学收到一批海外抢救回归、来自民间捐赠的三千三百余枚西汉竹简。

### 2010 年

4 月，中国政府从美国成功追索被盗唐代武惠妃石椁，后移交陕西历史博物馆收藏。

12 月，澳门企业家吴多津将多珍堂收藏的三百三十六件珍贵文物无偿捐赠给海南省博物馆。

国家博物馆从美籍华裔收藏家陈哲敬手中征集一件天龙山石窟菩萨坐像。

### 2011 年

3 月，美国政府返还中国政府十四件中国文物，其中包括一件珍贵的宋代菩萨头像。

全国政协委员、收藏家郭炎将其从境外获得的甘肃礼县大堡子山遗址出土的两件鸷鸟形金饰片和一套金铠甲片捐赠给国家文物局。

国家文物局利用专项资金收购春秋时期青铜器芮伯壶，入藏国家博物馆。

## 2012 年

6 月，安思远将收藏的河北唐县出土的被盗西周文物归父敦归还中国政府，后入藏中国历史博物馆（现为国家博物馆）。

香港企业家曹其镛夫妇将珍藏的一百六十件（套）中国古代漆器无偿捐赠给浙江省博物馆。2014 年，夫妇二人再次向浙江省博物馆捐赠了一件雕漆舫式香盒。

## 2013 年

7 月 7 日，台湾知名人士叶景成将他多年收藏的一件明代佛像无偿捐赠给河南省驻马店市正阳县政府。

## 2014 年

6 月 28 日，在湖南省公私单位和热心人士的合力推动下，筹款两千万美元从美国买回皿天全方罍器身，与器盖在湖南完成合体，由湖南省博物馆永久收藏。

12 月 11 日，瑞士联邦文化局将瑞士海关查扣的一件汉代陶俑归还中国政府。

## 2015 年

3 月 5 日，澳大利亚将截获的一尊清代观音石像归还中国政府。

4 月 13 日，法国企业家皮诺向中国政府捐赠甘肃礼县大堡子山秦公墓地出土的四件鸷鸟形金饰片；

5 月 13 日，法国收藏家戴迪安向中国政府捐赠另外二十八件不同形制的金饰片；

7 月 20 日，国家文物局将这三十二件金饰片移交给甘肃省博物馆收藏；

9月21日，戴迪安将收藏的另外二十四件金饰片返还中国，直接移交甘肃省博物馆收藏。

12月10日，美国政府向中国政府移交包括十六件（组）玉器、五件（组）青铜器、一件陶器在内的二十二件流失文物和一件古生物化石，入藏中国（海南）南海博物馆。

12月12日，泰国佛教造像与文物协会常务副会长龙戴先生将父辈于20世纪40年代购入的一尊唐代木质自在观音菩萨像捐赠给中国政府。

## 2016 年

3月1日，台湾星云大师捐赠给中国政府于1996年河北幽居寺被盗的释迦牟尼佛佛首在国家博物馆完成回归大陆后的首展，后回归河北博物院与佛身合二为一，长期展出。

9月，美国大都会艺术博物馆委托纽约佳士得拍卖馆藏中国瓷器数百件，海南中视集团拍得十件符合"一带一路"主题的中国瓷器，并无偿捐赠给中国（海南）南海博物馆。

在国家文物局的协调下，山西博物院与台湾中台禅寺签署捐赠协议，中台禅寺将邓峪石塔塔身捐赠给陕西博物院。1998年陕西榆社县邓峪石塔塔身被盗后贩卖至台湾，当地信众将其捐给中台禅寺。

## 2017 年

1月18日，加拿大政府归还中国政府流失的两件文物和两件化石，其中包含一对来自云南的古建筑木雕。

8月27日，埃及向中国归还一批十三张票据，包含光绪年间银票等。

## 2018 年

5月16日，湖南省博物馆接受德国人提尔曼·沃特法捐赠的三十八件珍贵沉船出水文物。

7 月 13 日，流失海外近一个世纪的云冈石窟第七窟鲜卑装人物头像，由美籍华人王纯杰夫妇护送回国，并捐赠给山西博物院。

11 月 23 日，被掠夺的圆明园青铜器虎鎣由爱国人士从英国坎特伯雷拍卖行购得后捐赠给中国政府，在国家博物馆工作人员护送下安全抵京，后划拨国家博物馆收藏。

### 2019 年

1 月，山西警方从境外追回被盗春秋时期青铜器晋公盘，入藏山西博物院。

3 月 1 日，美国政府归还中国政府流失文物三百六十一件（套），后入藏南京博物院。

4 月 10 日，意大利政府返还中国政府 796 件中国文物抵达北京，划拨国家博物馆收藏。

5 月 13 日，山西公安机关将被盗西周青铜器义尊从境外成功追回，入藏山西博物院。

7 月 1 日，山西省公安厅成功从境外追回被盗西周青铜器义方彝，入藏山西博物院，后调拨晋商博物院。

8 月 23 日，中国政府成功将流失日本的八件曾伯克父青铜组器追索回国。

10 月 14 日，海外华人李汝宽之子李经泽代表其父向青岛市博物馆无偿捐赠一件明正德至嘉靖戗金雕填龙纹方盘，同样的日期和地点，已经坚持了整整十年，截至 2019 年，李氏后人已经向青岛市博物馆捐赠二十七件珍贵文物。

11 月 25 日，土耳其文化和旅游部向中国政府移交唐代石窟寺壁画一件和北朝晚期至隋代随葬陶俑一件。

2020 年

7 月 7 日，中国私人藏家在法国巴黎博桑·勒菲弗尔拍卖行拍得《永乐大典》卷 2268—2269、卷 7391—7392 两册。

11 月 17 日，我驻日使馆举行文物移交仪式，日本东瀛国际拍卖株式会社董事长旅日华侨张荣将持有的天龙山石窟佛首无偿捐赠给中国国家文物局，移交使馆保管。

2021 年

11 月 10 日，第四届中国国际进口博览会落下帷幕。首次参加进博会的苏富比、富艺斯等 9 家境外展商的四十一件文物艺术品达成购买意向，促使进博会成为海外文物回流的主通道。

12 月 13 日，国家文物局主办文物捐赠入藏仪式，美国加利福尼亚州苏珊娜·芙拉图斯女士捐赠我国的两尊明代陶俑入藏上海博物馆。

2022 年

9 月 26 日，"盛世回归——海外回流文物特展"在上海开展，展出清代圆明园长春园海晏堂十二生肖铜兽首之牛首、虎首、猴首、猪首原物，以及商周、两汉时期国宝级青铜重器等文物。

# 中英文参考文献

## 中文参考文献

曹兵武:《中国索还走私文物案例》,《国际博物馆》(中文版),2009 年 Z1 期。

陈浩主编:《浙江省博物馆》,北京:长征出版社,2013 年。

陈杰:《历经沧桑,流落英国百余年的天津塘沽大沽铁钟日前终于回到了故土——大沽铁钟百年回归路》,《人民日报》2005 年 7 月 22 日第 5 版。

陈佩芬:《说子龙鼎》,《中国历史文物》,2006 年第 5 期,6 ~ 7 页。

陈平主编:《浙江省博物馆镇馆之宝》,北京:中国青年出版社,2016 年。

陈文平:《流失海外的国宝》,上海:上海文化出版社,2001 年。

陈燮君主编:《上海博物馆》,北京:长城出版社,2007 年。

方汉文:《中国海外流失文物征约的原则、观念及方略》,《探索与争鸣》2009 年第 3 期,40 ~ 42 页。

方浦:《海外文物的回流与意义——易苏昊访谈录》,《艺术市场》2002 年第 1 期,9 ~ 11 页。

傅斌、呼林贵、闻悟:《海外文物回归——理智与情感》,《社会科学报》2004 年 1 月 29 日第 6 版。

高士振:《建国初期国宝秘密大营救》,《四川统一战线》2002 年第 8 期,38 ~ 40 页。

高文宁:《<研山铭>留下了什么?》《北京晨报》,2002 年 12 月 7 日。

公安部等编著:《众志成城 守护文明:全国打击防范文物犯罪成果精粹》,北京：北京时代华文书局，2019年。

国家文物局编：《回归之路：新中国成立七十周年流失文物回归成果展》，北京：文物出版社，2019年。

国家文物局主编：《追索流失海外的中国文物》，北京：文物出版社，2008年。

何力：《圆明园学当代外国文献线索研究常见常新——从史料著作、历史传记到索斯比兽首拍卖文件谈起》，《圆明园学刊》2014年第15期，36～40页。

黄风、马曼：《从丹麦返还文物案谈境外追索文物的法律问题》，《法学》2008年第8期，75～81页。

黄小驹：《国家重点珍贵文物征集资金使用近2亿》，《中国文化报》，2006年6月10日第1版。

李慧竹：《中国博物馆与海外流失文物的回归》，《中国博物馆》2010年第4期，296～300页。

烈烈：《文物回归 路漫修远：从法国皮诺家族向中国捐赠圆明园兽首说起》，《中外文化交流》2013年第8期，22～25页。

林爱莲：《文物拍卖中定向拍卖的法律思考》，《法学论坛》2008年7月第23卷第4期，115～119页。

林华：《国宝"回家"：一条崎岖之路》，《观察与思考》2008年第19期，42～43页。

凌其成：《呕心沥血，枵腹从公——国家第一任文物局局长郑振铎》，《民主》2005年第2期，37～39页。

刘慧：《浅议海外华侨华人捐赠对中华文物回流之影响》，《遗产与保护研究》2017年11月第2卷第6期，62～67页。

刘琼：《从2002年至今，我国花费约2亿元，从海外和民间征集来6万多件珍贵文物——国宝回流提速》，《人民日报》2006年6月7日第11版。

刘琼：《10月22日，7件佛教造像在流失海外多年后，被送还世界文化遗产龙门石窟——龙门佛雕八十载回归路》，《人民日报》2005年10月24日第5版。

刘涛：《米芾的＜研山铭＞与在国外的米芾墨迹》，《中国文物报》2002年6月26日第8版。

刘兴珍：《简介陈哲敬先生收集的古代佛雕》，《美术研究》，1991年第1期，58～59页。

刘修兵：《马首铜像终于回家》，《中国文化报》2019年11月18日第2版。

陆建松：《中国百万文物流失海外记》，《湖南文史》2003 年第 4 期，45 ~ 47 页。

陆建松：《文物灾难备忘录：当代中国文物犯罪与防治》，成都：四川人民出版社，2002 年。

陆海天：《国宝大抢救记香港秘密收购小组》，《湖北档案》2002 年第 8 期，39 ~ 41 页。

吕章申主编：《中国国家博物馆》，北京：长征出版社，2011 年。

吕章申主编：《中国国家博物馆百年收藏集萃》，合肥：安徽美术出版社，2014 年。

马继东：《国家海外重点珍贵文物回流工程：五年，两亿五千万元》，《艺术市场》2006 年第 12 期，36 ~ 39 页。

彭涛：《送往迎来——倪汉克先生捐赠明清青花瓷器》，《文物天地》2019 年第 4 期，55 ~ 63 页。

钱冶：《单霁翔就中国流失海外文物回归答记者问》，《收藏》2010 年第 1 期，159 页。

屈建军：《守护精神家园 保护文化遗产——"文化遗产日特别展览"侧记 》，《中国档案报》2006 年 6 月 23 日第 8 版。

单金良：《大沽铁钟从英国回家》，《中国文化报》2005 年 6 月 25 日第 2 版。

山西博物院编：《山西博物院》，太原：山西人民出版社，2021 年。

上海博物馆编：《荷浦珠还：荷兰倪汉克新近捐赠文物》，上海：上海书画出版社，2020 年。

上海博物馆编：《晋国奇珍——晋侯墓地出土文物精品》，上海：上海人民美术出版社，2002 年。

石文禹：《龙门石窟 7 件回归文物简介》，《洛阳日报》2005 年 10 月 24 日第 2 版。

孙冰：《中国文物回归的民间力量》，《中国经济周刊》2009 年第 12 期，38 ~ 39 页。

孙文晔：《港岛救宝》，《北京日报》2022 年 4 月 19 日第 9 版。

谭维四主编：《湖北出土文物精华》，武汉：湖北教育出版社，2001 年。

王蔚波：《龙门石窟海外回归文物七品》，《文物鉴定与鉴赏》2013 年第 11 期，6 ~ 17 页。

王悦阳：《历史的厚度，情感的温度——上博的文物回归故事》，《新民周刊》2019 年第 14 期，30 ~ 34 页。

闻哲：《我国流失海外文物超过 1000 万件》，《人民日报》（海外版）2007 年 1

月 29 日。

昔婷：《关于定向竞投》，《联合时报》2003 年 10 月 31 日第 3 版。

习近平：《习近平谈治国理政》，北京：外文出版社，2014 年。

习近平：《习近平谈治国理政》（第二卷），北京：外文出版社，2017 年。

习近平：《习近平谈治国理政》（第三卷），北京：外文出版社，2020 年。

习近平：《习近平谈治国理政》（第四卷），北京：外文出版社，2022 年。

喜宝：《文物回归的背后 展现国家力量》，《中国拍卖》2019 年第 1 期，30 ~ 33 页。

向阳湖：《天宝归途——文物回流》，《中国拍卖》2005 年第 9 期，24 ~ 25 页。

谢辰生：《纪念郑振铎先生诞辰一百二十周年》，《中国文物报》2018 年 10 月 30 日第 3 版。

谢小铨：《子龙鼎归国始末》，《中国历史文物》2006 年第 5 期，18 ~ 19 页。

胥晓莺：《流失海外国宝的漫漫回乡路》，《商务周刊》2005 年第 10 期，46 ~ 49 页。

徐丹丹：《新中国建国六十年来文物回流情况简述》，《荣宝斋》2009 年第 3 期，230 ~ 237 页。

徐秀丽：《2019 年，我们共同见证文物回归的那些时刻》，《中国文物报》2019 年 12 月 31 日第 3 版。

易苏昊主编：《米芾 < 研山铭 > 研究》，北京：长城出版社，2002 年。

于淑霞：《< 研山铭 > 无遗憾》，《中国经营报》2002 年 12 月 16 日。

俞莹：《米芾拜石的故事传承》，《宝藏》2007 年第 2 期，24 ~ 27 页。

张健：《国宝劫难备忘录》，北京：文物出版社，2000 年。

张然：《中国 164 万件文物流失海外 英国一博物馆藏 1.8 万件》，《京华时报》2015 年 3 月 27 日。

张铁英：《< 研山铭 > 是米芾真迹原件》，《中国书画》2003 年第 5 期，94 ~ 97 页。

张文彬主编：《国之瑰宝：中国文物事业五十年：1949-1999》，北京：朝华出版社，1999 年。

张音、苏显龙：《流失文物怎样"回家"？》，《人民日报》2003 年 9 月 1 日。

张泽伟：《被掠走的大沽铁钟："回乡"走了 1 个多世纪》，《新华每日电讯》2006 年 8 月 22 日第 8 版。

张子成主编：《百年中国文物流失备忘录》，北京：中国旅游出版社，2001 年。

章易、陆海天、李永翘：《我国建国初期的书画抢购工作》，《中国档案报》2004 年 2 月 20 日第 T00 版。

赵榆：《羡煞襄阳一枝笔 玲珑八面写深秋——米芾＜研山铭＞书法艺术研讨会纪实》，《收藏家》2002 年第 7 期，61～63 页。

赵瑜：《中国文物艺术品拍卖二十年》（上、中、下册），北京：文物出版社，2013 年。

赵榆、陈辉：《米芾＜研山铭＞惊现京城》，《市场报》2002 年 6 月 14 日。

郑朝晖：《当前海外中国文物艺术品回流的渠道与思考》，《中国文物报》2002 年 12 月 11 日。

郑周明、徐海艺：《从荷兰到中国，文物"合浦还珠"见证文化互信》，《文学报》2020 年 8 月 27 日第 3 版。

中国国家博物馆编：《中华文明：古代中国基本陈列》，北京：北京时代华文书局，2017 年。

《中国新闻周刊》，2016 年 10 月 24 日，总第 777 期。

中央电视台《国宝档案》栏目，2004 年至今。

邹懂礼、汤超：《流失文物的漫漫回归路》，《中外文化交流》2005 年第 3 期，18～23 页。

［日］难波纯子：《中国王朝之粹》，东京：北星社，2004 年。

［日］山中定次郎：《天龙山石佛集》，山中商会，1928 年。


## 英文参考文献

Deydier, Christian and Han Wei: *L'or des Qin : XVIIe biennale des antiquaires 10 au 24 novembre 1994*, Paris : Christian Deydier Oriental Bronze Ltd., 1994.

Han Wei and Christian Deydier: *Ancient Chinese Gold*. Paris: Les Editions d'Art et d'Histoire, 2001.

Sotheby's, *Sotheby's Hong Kong Twenty Years: 1973-1993*, Hong Kong: Sotheby's Hong Kong, 1993.

Sotheby's, *Sotheby's Hong Kong Thirty Years: 1973-2003*, Hong Kong: Sotheby's Hong Kong, 2003.